Dem Weggefährten

Moses – Ein Experiment

Roman

von

Barbe Maria Linke

Linke, Barbe Maria
Moses – Ein Experiment
Roman
Umschlagbild: Hans Laabs 1991, Rotes Profil, 40 x 50 cm
© VG Bild-Kunst, Bonn 2014
Geest-Verlag 2014

© 2014 Geest, Vechta
Verlag: Geest-Verlag, Lange Straße 41a,
49377 Vechta-Langförden
Tel.: 04447/856580
Email: Geest-Verlag@t-online.de
www.Geest-Verlag.de
Druck: Geest-Verlag

ISBN 978-3-86685-452-9
Alle Rechte vorbehalten
Printed in Germany

Vocatus atque non vocatus, Deus aderit
Gerufen und nicht gerufen wird Gott da sein

*aus den Collectanea adagiorum
des Erasmus von Rotterdam*

Traue nicht deinen Augen,
Traue deinen Ohren nicht.
Du siehst Dunkel,
Vielleicht ist es Licht.

Bertolt Brecht

Alle Figuren in diesem Roman, mit Ausnahme der namentlich angeführten historischen Persönlichkeiten, sind frei erfunden.

Vorgeschichte

Über dem Horizont ein silberheller Streifen. Der Nebel zieht sich langsam zurück. Es dämmert, der Tag beginnt. Moses hebt den Kopf. Stöhnen und Ächzen, leise Stimmen aus Laubhütten und Zelten. Sand klebt in seinen Augenwinkeln. Die rechte Hand hält den Stock, kräftig schreitet er aus. Der Pfad ist schmal, von Kinderfüßen festgetreten, die tagein, tagaus hier entlangrennen. Moses ist stehen geblieben, knöpft den Mantel zu. Die Luft ist feucht. Die Sandalen werden nass vom Tau. Wo Naba nur bleibt? Vor zwei Monaten sind sie auf diese Oase gestoßen. Das Lachen der Frauen, das Jauchzen der Kinder über das unerwartete Grün, hat er nicht vergessen. Die goldgelbe Wüstenblume, die Naba für einen Tee trocknet, ist noch geschlossen. Er mag diesen Tee, den er nur am Morgen trinkt.

Du bist ja ein richtiger Schlafmuffel, flüstert Naba, wenn sie merkt, dass er sich aufrichten will, und zieht ihn zu sich herab. Behutsam lässt sich Moses dann auf ihren Körper fallen, genießt die geöffneten Lippen. Doch plötzlich springt er auf, stößt mit einem Fuß den Schemel zur Seite, der neben der Bastmatte steht, stürmt hinaus. Am Morgen muss er allein sein, überlegen, was zu tun ist an diesem Tag. Er liebt die Ruhe, die sich über die Ebene breitet, weiß, dass es hier in wenigen Stunden laut und turbulent zugehen wird.

Jetzt packt er seinen Stock fester, schnauft mit offenem Mund: Was habe ich heute Nacht bei Zippora gewollt? Beinahe wäre er gestolpert, mit Mühe reißt er die Füße hoch –

da ist er wieder, der messerscharfe Stich in der linken Schulter. Er möchte aufschreien, ballt eine Faust, stößt einen dumpfen Laut aus, will den Schmerz los sein. Mit erhobener Faust eilt er an Hütten und Zelten vorbei. Es ist nicht der Schmerz, der ihn grimmig macht, es ist dieses Volk, das er seit Jahren durch die Wüste führt. Wieso kann ich nicht in Ruhe alt werden, mich irgendwo mit meinen beiden Frauen niederlassen und mit den Söhnen? Jahwe hat es so gewollt. Er, der mein Leben bestimmt. Ich bin nur ein Werkzeug, das Er benutzt. Es gab eine Zeit, da fühlte ich mich herausgehoben, da gefielen mir die Raubzüge, die Josua in Jahwes Namen begonnen hat. Was ist es, was macht mich so unruhig an diesem Morgen? Wie unter Zwang hebt Moses beide Arme: Ich muss das aufsässige Volk zur Ruhe zwingen, einige Stämme beginnen schon wieder zu murren und wollen nach Ägypten zurück. Doch ich will ihnen nichts mehr erklären, auch nicht, weshalb wir noch immer umherziehen. Wenn meine beiden Frauen nicht wären! Zippora, die mir zwei Söhne geboren hat, und Naba, die liebevoll die schmerzende Schulter massiert – und nicht nur dahin fasst. Die Falte zwischen den Augenbrauen verliert für einen Moment ihre Schärfe, ein Lächeln umspielt die stark durchbluteten Lippen. Moses spürt die Hitze, die Nabas Körper ausstrahlt, wenn er neben ihr liegt. Wo steckst du, Naba, wieso bist du nicht hier? Mit der Stockspitze schiebt er Steine zur Seite. Naba liebt diese porösen Steine, die sie Feuersteine nennt und auf seinem Körper verteilt, bevor sie mit der Massage beginnt. Er mag ihre Hände, die geschickt eine Nabelschnur durchtrennen. Zufällig war er bei einer Geburt anwesend, stand hinter einem

Vorhang, sah, wie Naba der Gebärenden half. Nur einmal stellten ihn die Stammesführer zur Rede wegen seiner Liebe zu Naba, zwei von ihnen forderten, dass er sich von ihr trenne. Zippora, in ihrer unnachahmlichen Art, sah die Männer nur an und sagte: Wisst ihr überhaupt, wer Moses ist? In wenigen Sätzen gab sie ihnen zu verstehen, wie reich ihr Leben an seiner Seite ist, und dass Moses neben der Hauptfrau eine jüngere Frau zustehe. Die Männer brummten Unverständliches, entfernten sich ohne Gruß. Moses wollte sie zurückrufen, doch Zippora ergriff seine Hand, streichelte die gekrümmten Finger: Ist es wieder so schlimm? Wie sie vor ihm stand, in das von Sonne und Wind ausgeblichene Tuch gehüllt, mit ihrem Lächeln, da beugte er sich zu ihr herab: Wie gut du immer zu mir bist, Zippora. Sie legte seine Hand zurück, ging zur Ziegenherde hinüber.

Seit geraumer Zeit schon beobachtet Moses den Falken, der pfeilschnell herabstürzt und ebenso rasch wieder aufsteigt. Aus dieser Entfernung ist nicht zu erkennen, ob er Beute macht. Bin ich Jahwes Beute? Moses versucht, dem Vogel mit den Augen zu folgen. Wie oft habe ich mit Jahwe gegrollt – aber davon wissen die Leute nichts, die in mir nur ihren Anführer sehen. Es gab Zeiten, da rotteten sich einige Stämme zusammen, verursachten Aufstände im Lager. Josua, sein Adjutant, war es, der dann für Ruhe und Ordnung sorgte.

Heute Nacht ist ihm ein Apfel auf den Kopf gefallen. Er spürt noch jetzt, wie er aus dem Traum aufgeschreckt war. Was war geschehen? Wie ist der Traum zu deuten? Ich sollte Naba fragen, sie ist nicht nur Hebamme, sie ist auch eine weise Frau. Doch Naba befindet sich im nördlichen Außenlager, wurde gestern Abend zu einer Gebärenden gerufen und ist noch nicht zurück. Bin ich deswegen zu Zippora ins Zelt getreten? Die Lust, die mich packt, wenn ich Nabas Brüste berühre, stellte sich nicht ein, doch zufrieden bin ich bei Zippora eingeschlafen, die mich wie einen Säugling auf sich liegen ließ. Woher nimmt sie die Stärke, mich so zu ertragen?

In hohem Bogen schleudert Moses einen Stein über die Steppe, zerrt am Mantelkragen. Was ist das für ein Zustand, in den ich gerate? Habe ich mich nicht mehr in der Gewalt? Wo kommt die Wut her, die mich plötzlich packt? Ist es der Traum, den ich nicht deuten kann? Es machte plumps, ich spürte etwas Hartes auf meinem Kopf, schrak hoch, merkte da erst, wo ich lag. Ich wollte aufspringen, Zippora zur Seite schieben, doch ihre Hände zwangen mich, noch einmal in sie einzudringen. Erst als ich schrie, ließ sie mich los.

Ich werde zum Schlangenkundigen gehen, werde ihm meinen Traum erzählen. Warum nicht Jahwe? Es ist zu profan, mit Gott über einen Apfel zu reden.

Sind Zippora und Naba das Problem? Für mich nicht, und für die Frauen auch nicht. Was also ist es, das meine Fäuste schüttelt? Moses rammt seinen Stock in die Erde. Ich werde das Wirtschaftslager inspizieren, obwohl das nicht meine Aufgabe ist. Was aber ist meine Aufgabe? Vor Gott zu treten, mit ihm zu reden, ihn zu fragen, wie lange noch, wie lange gedenkst du uns in der Wüste festzuhalten? Nein, so werde ich nicht mit Jahwe sprechen. Seit Langem ist mir klar, warum wir noch nicht gesiedelt haben.

Du, Moses, wirst das Gelobte Land nicht einnehmen.

Er kennt die Prophezeiung, aber noch hofft er, dass auch Gott seinen Sinn ändern kann. Abrupt dreht sich Moses um, kneift die Augen zusammen, versucht, das weitläufige Lager zu überblicken. Ich komme mir wie ein Knabe vor, der unter den Rock der Mutter kriechen will. Oder bin ich der Wolf, der nach einem saftigen Braten Ausschau hält? Er hebt den Kopf, ihm ist, als höre er Naba, die mit sanfter Stimme spricht: „Du bist beides, Moses, Wolf und Knabe, und deshalb liebe ich dich."

Rauch steigt auf. Das Lager erwacht. Ich hätte nicht zu Zippora gehen dürfen, ich bin ja ganz durcheinander. Vertrage ich beide Frauen nicht mehr? Ha! Es könnte noch eine dritte dazukommen! Moses wischt sich mit dem Handrücken übers Gesicht, reckt das Kinn.

Als wäre sie aus dem Nichts getreten, steht seine Mutter vor ihm und will ihm ihre Hand hinstrecken. Stumm, den Kopf gesenkt, möchte er an ihr vorbeigehen, sie nicht ansehen, nicht ansprechen, die Frau, die ihn verraten hat. Er flucht, wedelt Insekten vom Gesicht. Und plötzlich weiß er, was ihn zornig macht. Es sind nicht seine Frauen, auch nicht die Unruhestifter im Lager, die Josua zu zähmen versucht. Brüsk wendet er sich der hochgewachsenen Gestalt zu, die im bodenlangen Rock vor ihm steht. Wieso sie immer diesen weinroten Schal trägt? Wieso sie nicht aufgibt? Sie muss doch merken, dass er sie nicht sehen will.

Es ist wahr, Naba hat recht, ich bin ein Tatmensch, nichts regt mich mehr auf als das, was ich nicht ändern kann. Obwohl ich nach der endlosen Wüstenwanderung allmählich begreife, dass es nicht nach meinem Willen geht. Wäre es danach gegangen, hätte ich damals meine Mutter

verhaften lassen. Eine, die ihr Kind weggibt. Ich habe nach dir geschrien, Mutter, aber du bist nicht gekommen. Oder doch? Warst du die Amme, die mich am Königshof stillte? Hör zu, ich will nicht, dass du mir nachstellst. Geh mir aus dem Weg! Damals, in Ägypten, da hättest du da sein sollen, du und mein Vater. Wenn ihr doch aufbegehrt hättet! Ein einziges Mal! Wer hatte die Idee, mich im Schilf zu verstecken? Ob es meine Schwester Miriam war?
 Zum Lachen, eine Pharaonin hat mich aufgezogen. Irgendwann soll sie geäußert haben, es sei gut, dass Ramses noch einen Bruder habe. Mit mir hat sie dem Pharao ein Schnippchen geschlagen, der in jener Zeit nur mit seinen Konkubinen schlief. Zärtlich war die Pharaonin nicht zu mir. Es war eigentlich ganz außergewöhnlich, dass sie den Knaben aufzog, der am Nilufer entdeckt worden war. Moses kennt die Geschichte, die abends in den Zelten erzählt wird: von der wundersamen Rettung eines hebräischen Knaben, der den Namen Moses erhielt. Jemand vom Palast hatte das Kästchen im Schilf entdeckt und es der Pharaonin gebracht, die sich von Stund an um ihn kümmerte, obwohl der Pharao angeordnet hatte, jede hebräische männliche Erstgeburt zu töten.
 Moses drückt einen Ast zur Seite. Er muss weit gegangen sein, befindet sich jetzt mitten in der Oase. Nur hier ist das Gras noch grün, und es duftet nach Salbei und wilden Rosen, wie einst in den Gärten von Memphis, in denen er mit Ramses spazieren ging. Sooft sie auch darüber stritten, wie ein Text zu lesen und zu verstehen sei, sie versöhnten sich immer wieder, liefen gemeinsam zum Badehaus, um sich dort mit den Frauen zu amüsieren.

„Wie verrückt uns das Weibervolk machen kann!" Ramses' Lachen schwappte zu Moses hinüber, der sich gerade die Beine massieren ließ. „Und wie wir ihnen immer unterlegen bleiben, nicht wahr, Freund?" Der Prinz sprang kopfüber ins Wasser. Ramses war ein wunderbarer Freund, ihm hatte er vertraut, ihm konnte er erzählen, was für fremde Ohren nicht bestimmt war. Gemeinsam hatten sie studiert, um die Welt zu erforschen, wie Ramses großspurig verkündete. Eine Entdeckungsreise war es jedes Mal, wenn sie den Sinn erfassten, der in den Papyrusrollen steckte, die sie seit Tagen, nein, seit Wochen zu entziffern versuchten. Wieder und wieder malten sie die Zeichen nach, fielen sich um den Hals, küssten einander, wenn es ihnen gelungen war, ihren Sinn zu begreifen. Doch unergründlich blieben Moses die Weiber. Ramses war es, der ihn ermunterte. „Uns gehören die schönsten Früchte von Memphis!", rief er nicht nur einmal. Der Prinz wedelte mit einem roten Tuch. „Pflücken wir sie, mein Freund!"

Was für eine orgiastische Zeit! Moses atmet mit offenem Mund, sehnt den Freund herbei – nein, nicht nur ihn, auch Nefertari, auch sie soll dabei sein.

Er weiß noch genau, wie schüchtern er war. Wenn Ramses nicht gewesen wäre! Er hat mich auf die Fährte gelockt. „Sieh!", der Prinz klatschte in seine Hände, „wie sie die Röcke heben, ihre bemalten Fußsohlen zeigen, sieh sie dir an! Lass deinen Blick höher gleiten, Moses. So wollen es die Weiber. Sie wollen deinen Blick auf ihrer Haut fühlen." Ramses' Mundwinkel zuckten, es machte dem Prinzen offensichtliches Vergnügen, den Freund aufzuklären.

Verstanden habe ich die Frauen nie, grübelt Moses. Ich ahne mehr, als ich weiß, wieso sie sind, wie sie sind. Der Duft, der ihrer Haut entströmt, kann mich besinnungslos machen.

Mit Nefertari verhielt es sich allerdings ganz anders. Mit einer solchen Frau wollte er philosophieren. Sie war die berühmte Tempelmusikerin von Memphis. Er war ihr erst zwei Mal begegnet, da setzte sie ihn schon vor ihre Pauke. „Schlag drauf", rief sie. „Zeig deinem Gott, wer du wirklich bist, Moses!" Seine Finger zuckten, die wie von selbst ihren Rhythmus fanden. Nefertari strahlte: „Lass uns zusammen musizieren, Moses!" Sooft es seine Verpflichtungen erlaubten, war er nun mit ihr zusammen. Der Palast, in dem die Prinzen wohnten, befand sich im Nordosten von Memphis, ungefähr eine Wegstunde vom Ptah-Tempel entfernt. Vom ersten Tag an fühlte sich Moses zu Nefertari hingezogen. Es war ihre Musik, die ihm eine Tür aufstieß.

Doch die sorglose Zeit mit den Freunden in Memphis war plötzlich vorbei.

Die Überschwemmungsperiode brach gerade an, da starb Sethos, der Vater des Ramses. Sein Tod veränderte ihr Leben grundlegend. Ramses übernahm die Regierungsaufgaben während der Trauerzeit. Nachdem die siebzig Tage andauernde Mumifizierung des Pharao beendet war, richtete Ramses am zweiten Mondmonatstag die Begräbnisfeier für seinen Vater Sethos aus.

Ramses wurde zum Pharao gekrönt. Von nun an stand Nefertari an seiner Seite.

Wenige Tage nach den Krönungsfeierlichkeiten gab es im Nordwesten des Landes politische Querelen, in die Ramses II.

verwickelt wurde. Er bat Moses, der jungen Pharaonin in seiner Abwesenheit Gesellschaft zu leisten.

Nefertari hatte darauf bestanden, mit Moses eine Flussfahrt zu unternehmen, sobald der Regen aufhören würde. Sie war schon an Bord, als er aufs Boot kam. Diener schleppten Lebensmittel heran, verstauten sie unter Deck. Nefertari rief Moses etwas zu, winkte dem Freund, zeigte auf eine Trommel. „Spiel", rief sie und zog ihre Harfe heran.

Es war Abend geworden. Die königliche Barke legte am Ufer an. Die Pharaonin wollte sich die Füße vertreten. Sie gingen nebeneinander. Nefertari zeigte zum Himmel, auf dem drei violettrote Streifen lagen. Moses wollte sie umarmen, streckte eine Hand nach ihr aus. Sie schüttelte den Kopf, zog einen golddurchwirkten Schal über ihre Schultern. „Du bist unser Bruder, Moses!" Es klang wie eine Zurechtweisung. „Begreif es", wiederholte sie. Erklär es mir!, wollte er erwidern, doch nur ein Pfeifen brach aus seinem Mund. Da lachte sie, die Ohrringe klirrten. „Du bist ein so reicher Mann", sie zwickte ihn in den Arm, „und doch scheinst du keine Ahnung davon zu haben. Aber ...", sie spitzte die hennaroten Lippen, „das ist auch dein Glück." „Reich? Du sprichst in Rätseln, Herrin!" „Hier", sie strich über sein Herz, „da sitzt unser Reichtum."

Nefertari gehört der Vergangenheit an! Moses presst den Namen durch die Zähne, drückt einen weiß blühenden Zweig zur Seite. Naba stillt mein Begehren. Unbeschreibbar der Augenblick, wenn sie ihre Arme hebt, das Hemd abstreift, sich über mich beugt und ihre Brustspitzen meine Lippen berühren.

Wann hatte es begonnen, wann wurde Ramses sein Feind? Moses kennt den Ort, weiß die Stunde genau. Es war in Pi-Ramses. Die Szene, die sein Leben grundlegend verändert hat, wird er niemals vergessen. Von einer Minute auf die andere bin ich zum Mörder geworden. Ich war wie von Sinnen, als ich sah, wie ein hebräischer Ziegelmacher niedergeschlagen wurde. Der ägyptische Aufseher verlangte, dass der Handwerksmeister, bekannt für die hohe Qualität seiner Ziegel, diese selber auf den Bauplatz tragen sollte. Der Mann weigerte sich, stand da und rührte sich nicht, bis der Aufseher ihm ins Gesicht schlug. Der Handwerker stürzte, fiel zu Boden. Moses packte den Aufseher am Hals, starrte auf das Weiß der Augäpfel, bis der Körper zusammensackte.

Hat Jahwe diese Tat bewirkt? Kann ein Gott dich zum Mörder machen? Moses hebt beide Arme, brüllt gegen den aufkommenden Wind: „Ich habe nichts zu bereuen!"

Nur in Andeutungen konnte er mit Naba über den Mord sprechen. Sie hörte aufmerksam zu, plötzlich setzte sie sich auf. „Du bist ja ein Komödiant! Wieso zeigst du deine Ängste nicht, wovor fürchtest du dich, vor dir selber?" Sie pustete in sein Ohr, während ihre Finger über seinen Schläfen kreisten. „Gleich wird es dir besser gehn, Wüstenfürst", flüsterte sie und schmiegte sich an ihn.

Wohin er nach dem Totschlag auch kam, überall wurde er mit Ehrerbietung begrüßt. War es die imposante Gestalt, der rot leuchtende Bart, waren es die tief in den Höhlen funkelnden Augen? Was ging von ihm aus, das die anderen so ergeben machte?

Der Totschlag modert jahrzehntelang hinter Gitterstäben.

Was geht mich der tote Ägypter heute noch an? Aber ist es nicht gerade das, was mir zu schaffen macht? Rot glühend ist die Sonne aufgegangen. Es wird sofort heiß, wie an den anderen Tagen. Moses trinkt einen Schluck Wasser aus dem Schlauch, den er immer bei sich trägt. Vorsichtig wischt er Sandkörner aus den Augenwinkeln, zieht das Tuch übers Gesicht, nur Augen und Nase bleiben unbedeckt. Wieso zucke ich jetzt zusammen, wenn Josua von Hinrichtungen berichtet? Bis vor Kurzem hat mir das doch gar nichts ausgemacht. Meine Hände beginnen zu zittern, der Herzschlag gerät aus dem Takt. Er wird Naba fragen, was das zu bedeuten hat. Sie ist eine Heilkundige besonderer Art.

Midian hieß das Land, das Moses nach seiner Flucht aufnahm. Zippora, die Tochter des Priesters Jethro, wurde seine Frau. Sie war wie ein warmes Bad nach einem arbeitsreichen Tag. Es kommt auch vor, dass er an sie denkt, wenn er in Naba eindringt. Es erhöht seine Lust, wenn er sich Zipporas Brüste vorstellt, die winzige Narbe, die ihr sein Sohn gebissen hat. Zippora stößt helle, glucksende Laute aus, als lache sie über ihn, wenn er auf ihr liegt. So ist sie. Das vermutet niemand, der Zippora nicht kennt. Nein, er vergleicht die Frauen nicht, obwohl Nabas Zunge ... Sie kundschaftet ihn aus, wandert, wie auf einem feuerspeienden Berg, über Bauch und Schamhaar, flüstert ihm Worte ins Ohr, die das Blut kochen lassen. Solange ich die beiden Frauen habe, geht es mir gut. Sie halten den alten Klotz, der ich geworden bin, am Leben. Halt! Es ist unwichtig, wie alt ich bin. Wichtig ist, dass die Menschen und das Vieh, die mir anvertraut sind, nicht hungern. Es kommt vor, dass es tagelang keinen Bissen gibt in der Wüste. Dann muss man wissen, wo man nach Wurzeln graben kann, wo noch Samen und Gräser zu finden sind. Du tanzt vor Freude, wenn du auf Straußeneier stößt. Jeden Tautropfen beginnst du zu zählen. Einmal wurde der Durst im Lager unerträglich. Da war es Naba, die eine Wasserader entdeckt hatte. Im Grunde ist sie eine Seherin. Doch sie will nicht, dass ich es ausspreche. Sie sagt dann: Ich mag dich, so wie du bist, aber bitte schweig über mich, Moses. Nie hat er sie ganz verstanden, wollte es wohl auch nicht. Der Auftrag, den er von Gott auf dem Sinai erhalten hat, ist das Wichtigste für ihn geblieben. Nachts springt er auf, wandert zur Stiftshütte, um Jahwe zu dienen. Es kommt vor, dass Naba mit schläfriger Stimme fragt: „Wo willst du denn hin? Es ist mitten in der Nacht, Moses!" Doch nichts hält ihn auf, wenn Jahwe nach ihm ruft. Komm mit!, würde er dann gern zu ihr sagen, ihr eine Hand hinstrecken. Naba soll dabei sein, hören, was Jahwe zu sagen hat. Doch immer tritt er allein vor seinen Gott.

Auf dem Berg Horeb, im Sinaigebirge, ist ihm Jahwe das erste Mal begegnet. Jethro, Zipporas Vater, hatte Moses als Hirten bei sich behalten. Tagein, tagaus zog er mit den Schafen durch die Steppe. Es war Sommer geworden. Die Erde war hart und aufgerissen. Seine Tiere fanden kaum noch Futter. Da beschloss er, die Herde übers Gebirge zu treiben, wie er es bei den Beduinen gesehen hatte. Die Sonne stand im Zenit. Die Luft flirrte. Das Wasser im Ledersack ging zu Ende. Er wollte sich gerade unter einem Strauch ausstrecken, als er Feuer roch, sofort sprang er auf, sah sich nach allen Seiten um. Was war das? Hinter ihm, aus einem niedrigen Busch, schlugen rot züngelnde Flammen. Ohne zu überlegen, lief er aufs Feuer zu. *Halt!*, hörte er. *Es könnte dich dein Leben kosten!* Aber die Neugier trieb ihn dichter heran. Instinktiv legte er beide Hände vors Gesicht, lugte durch die Finger. Woher er den Mut nahm, die Stimme anzusprechen und sie nach ihrem Namen zu fragen? Die Antwort kam aus dem Feuer. *Ich bin da,* sagte die Stimme. *So heiße ich.*

Einen Monat später, wieder in Ägypten, war Moses vor den Pharao getreten und forderte von ihm: „Lass mein Volk frei! Es soll in der Wüste seinen Gott anbeten. So lautet der Auftrag, den ich auf dem Berg Horeb erhalten habe."
„Wer ist denn euer Gott?", wollte Ramses wissen. „Kenne ich ihn?" „Nein", antwortete Moses, und sah Ramses in die Augen. „*Ich bin da,* das ist sein Name." So?, wollte Ramses spotten, doch etwas hielt ihn zurück – vielleicht Nefertari, die eben eingetreten war.
„Ich bin da?" Lächelnd kam die Pharaonin auf Moses zu.
„Ja", sagte er nur, denn er hatte diese Begegnung gefürchtet. Stoisch wiederholte er: „Lasst die Hebräer frei! Ich bitte darum."
„Ha!", rief der Pharao, „als wäre es eine Kleinigkeit, ein ganzes Volk ziehen zu lassen. Weißt du, was du da von mir verlangst?" „Du wirst es tun", hörte Moses sich sagen und verließ den Palast. Es schien aussichtslos, den Pharao umzustimmen. Wie oft er auch in den Königsbezirk kam, um seine Forderung vorzutragen, Ramses blieb bei seinem

Nein. Immer wieder erinnerte er Moses an gemeinsame Zeiten. „Denk doch an Memphis...", insistierte er. „Hast du vergessen, wie glücklich wir dort waren?" Doch Moses wiederholte stur: „Lass die Hebräer ziehen!" Die Berater des Pharao witterten Gefahr, zweifelten jedoch an Moses' Durchsetzungskraft. Das war in ihren Gesichtern zu lesen. Von da an begleitete ihn Aaron, sein Bruder, in den Palast. Er wurde zu Moses' Wortführer.

Sie standen sich im Palastgarten gegenüber. Nefertari kam auf Moses zu, streckte ihm ihre Hand entgegen. „Sprich!", sagte sie, „sprich davon, was geschehen ist." Die Pharaonin zeigte auf eine Marmorbank: „Setzen wir uns!" Wortlos hörte sie ihn an, unterbrach ihn nur, wenn ihr etwas unklar war. Stockend berichtete er über seine Flucht, sprach von Zippora und den Kindern. Nefertari hob den Kopf, legte für einen winzigen Augenblick ihre Hand auf seine Schulter. „Zwei Söhne hast du also. Wie reich du bist!" Eine Dienerin kam angelaufen, sprach mit der Herrscherin, die sich erhob. „Verzeih, der Vorsteher der Ritualpriester erwartet mich."

Nachts, wenn er neben Zippora auf der Schilfmatte lag, wanderte Moses wieder und wieder Tausende Meilen bis nach Memphis zurück. Die besten Lehrer standen den Prinzen dort zur Verfügung. Wie jung, wie unbekümmert sie waren. Er genoss es, einer privilegierten Kaste anzugehören. Als Moses erfuhr, dass Ramses Nefertari heiraten würde, zog er sich zurück. Es fiel ihm nicht leicht, sich an den Gedanken zu gewöhnen, dass die Tempelmusikerin, die Harfe spielte wie eine Göttin, nur noch Ramses gehören würde. Sie lächelte, als sie Moses zusammengekauert auf den Tempelstufen sitzen sah; ihre Finger strichen über seine nackte Schulter. War das der Augenblick, den er verpasst hatte? Hätte sich Nefertari für ihn entschieden? Nein, die alte Pharaonin hatte längst ihre Wahl getroffen – für die Heirat mit Ramses II., dem neuen Pharao. Obwohl Moses zur Königsfamilie gehörte, blieb er doch immer der aus dem Nil gezogene Knabe.

Moses schwingt seinen Stock über dem Kopf. Was geht mich das heute an! Ich sollte Naba einen blühenden Apfelzweig mitbringen, anstatt mich den Erinnerungen hinzugeben. Auch hier, an der Wasserquelle, ist das Weideland abgegrast. Mit dem Stock zieht er einen Zweig herunter. Naba wird sich über die Blüten freuen, wenn sie von der Arbeit kommt.

Hinter dem Palmenhain taucht die Stiftshütte auf. Moses ist stehen geblieben. Nein, heute geht er nicht hinein! Hastig verlässt er den Pfad, geht mit schwerem Schritt weiter. Immer wieder muss er anhalten, sich Schweiß von der Stirn wischen. Plötzlich sackt der massige Körper zusammen. Er kann sich gerade noch an einem herabhängenden Ast festklammern. Mit der freien Hand zieht er den Wasserschlauch heraus, trinkt gierig einen großen Schluck, dann noch einen. Diese Hitze! Unerträgliches Wüstenklima! Wie gut, dass Naba ein Auge auf ihn hat. Aus selbst gesammelten Kräutern bereitet sie einen Tee, den sie ihm zu trinken gibt wie eine Arznei. Moses tastet die Manteltaschen ab, findet das Fläschchen mit dem Pflanzenextrakt. Mit zitternder Hand lässt er ein paar Tropfen auf die Zunge fallen.

Auch Nefertari kannte die Pflanzen. Voller Hingabe pflegte sie die blühende, wuchernde Salbeistaude, die rechts vom Ptah-Tempel wuchs und deren Blätter einen herbwürzigen Duft verströmten. Sie kannte die Namen aller Heilkräuter, an denen sie bei ihren Spaziergängen vorbei kamen, aber den Salbei schien Nefertari regelrecht zu verehren. An jenem Tag trug sie ein einfach geschnittenes, helles Leinenkleid, das die Knöchel umspielte. Sie zerrieb ein Salbeiblatt zwischen den Fingern. „Riech, mein Freund!" In kurzen Sprüngen lief sie eine Anhöhe hinauf, winkte ihn heran. „Komm hierher, Moses!" An ihrer Seite atmete er das Rosenparfum ein, das zu ihr gehörte wie die Silberreifen am Fußgelenk. Sie klopfte ihm auf den Rücken. „Grüble nicht immer, Moses! Freu dich an dem, was dich umgibt!" Mit den Sandalen in der Hand sprang sie auf einen Stein, zeigte auf die blühende Krokuswiese. „Aus den getrockneten Stempelfäden wird Safran gewonnen." Nefertari kniete jetzt zwischen den Krokusblüten, winkte ihn wieder heran. „Schon als Kind habe ich diese Blüten gepflückt, sie in Gläser gestellt und nach Farben geordnet. Erst später lernte ich, dass sie auch zu heilen vermögen."

Moses richtet sich auf. Nabas Tropfen wirken, allmählich lassen die Krämpfe nach. Endlich kann er weitergehen.

Ich habe diese Frau, die erste Frau Ägyptens, tief in mein Herz geschlossen. Habe ich sie geliebt? War auch das ein Grund, weshalb ich fort musste aus Ägypten? Oder war es allein Jahwes Wille? Wäre Naba jetzt hier, ich käme nicht auf solche Gedanken, aber sie zieht mal wieder ein Baby in die Welt. Wenn sie auf mir liegt, ist es, als zöge sie auch mich in die Welt, als würde ich durch sie neu geboren.

Moses steigt über einen Steinhaufen. Ob jemand ahnt, dass in mir noch immer der kleine Moses hockt, der Winzling im Papyruskästchen? Dieses Gefühl habe ich nie verloren: eingeschlossen und ausgesetzt zu sein. Eine Pharaonin hat mich großgezogen. Trotz aller Differenzen und Auseinandersetzungen später mit Ramses war ich mir immer bewusst, dass ich der alten Pharaonin mein Leben verdanke. Und doch ist es Jahwe, der mein Schicksal bestimmt. Es grenzt an ein Wunder, dass ich Nefertari von Ihm erzählen konnte. Sie hörte lange zu, bis sie sagte: „Es gibt doch nur das All-Eine, Moses." Die metallisch klingende Stimme hallte wie in einem Gewölbe. „Das Eine, das über unser Denken hinausführt", ihre Finger spielten im schwarzblauen Haar, das gerade geschnitten über den Augen lag. „Ich bin da – so heißt dein Gott, Moses? Aber das ist ein wunderbarer Name!" Er sah sie von der Seite an. Sie kam einen Schritt auf ihn zu, blieb vor ihm stehen. „Es ist immer da, das, was uns leitet und lenkt, nicht wahr?"

Dieses Gespräch fand kurz vor dem Auszug statt. Nefertari – das wusste Moses von den Beobachtern aus dem Hebräerviertel – hatte immer wieder versucht, den Pharao umzustimmen. Sie war nicht nur eine aufmerksame Zuhörerin, sie war auch eine kluge Politikerin.

„Ich glaube dir", fuhr sie am nächsten Tag fort. „Dein Gott kann einen Starrköpfigen wie dich zwingen, Unmögliches zu wagen, nicht wahr?" Sie blickte ihn aus grün geschminkten Augen an. Das war der Moment, den er tief in sich verschlossen hat, von dem er niemandem erzählen kann. An jenem Morgen sah er vor sich, was sich ereignen würde – der endgültige Bruch mit dem Pharao. Noch heute fühlt er den Schmerz, der ihn erfasste, als Nefertari sagte: „Du wirst uns verlassen, Moses. Du bist dazu auserwählt, dein Volk aus Ägypten zu führen."

„Hau ab!" Moses lässt seinen Stock durch die Luft sausen, will den Jagdhund los sein, der ihm gefolgt ist und der Josua gehört. Der Hund prescht davon, nur um gleich wieder zurückzukehren. „Hör zu, Tuareg ..." Er muss schmunzeln, der Name ist ihm plötzlich eingefallen. „Ich habe Nefertari geliebt! Siehst du, Tuareg, wie mir die Tränen in den Bart tropfen?" Moses streicht dem Tier übers weiche, kurze Fell. „Nefertari war es, die sagte: Ein Tier schlägt man nur, wenn man sich in Lebensgefahr befindet. Mit diesen Worten hat sie mich zurechtgewiesen, als sie beobachtete, wie ich einen Hund prügelte. Ihre Augen hättest du dabei sehen sollen!" Er zieht ein Tuch aus der Tasche. „Diesen Schal hat mir die Pharaonin geschenkt. Wann das war, willst du auch wissen? Es war unsere letzte Begegnung. Das goldene Ankh, das Ramses ihr in Memphis geschenkt hatte, glänzte an ihrem Hals. Die Pharaonin legte eine Hand auf meine Hand, als sie sagte: Mach doch nicht so ein Gesicht, Moses; man könnte meinen, du führst etwas gegen uns im Schilde. Moses, Moses! Du bist doch unser Bruder! Ich reagierte nicht, atmete den betörenden Rosenduft ein. Fang! Indem sich Nefertari drehte, warf sie mir das sonnengelbe Tuch ins Gesicht. So war sie, Tuareg, aber das alles liegt Jahrzehnte zurück, musst du wissen. Nur manchmal, wie heute, denke ich an sie. Und an den Traum von heute Nacht, an den Granatapfel, der mir auf den Kopf schlug, als wäre er ein Stein. Wieso gehe ich hier herum, weißt du das, Hund?

Es ist, als folge ich einem geheimen Plan, als rolle der Apfel, rolle und rolle ..." Moses' Blick verengt sich, er fixiert das Tier. Nefertari war es, die sagte: Geh deinen Weg, Moses! Das waren ihre Worte. Auch wenn der Pfad steinig ist, geh ihn, Bruder! Danach entfernte sie sich, kam aber noch einmal zurück, als hätte sie etwas vergessen. Komm heute Abend in den Palast. Ich möchte dir etwas zeigen! Die Pharaonin lächelte, hob den goldbestickten Saum ihres Mantels, der über der Erde schleifte.

Ich habe ihr Angebot ausgeschlagen – aus Angst, aus Feigheit? Moses wägt einen Stein in der Hand, schleudert ihn über den Dornbusch, der über den holprigen Weg wächst. Stein um Stein schleudert er jetzt über den Strauch, an dem Klumpen roter Käfer kleben. Plötzlich reißt er die Arme hoch, lässt sie langsam sinken. Schluss damit! Nefertari gehört der Vergangenheit an! Es gab eine Zeit, da wäre ich zu allem fähig gewesen. Mit dieser Frau wäre ich sogar geflohen. Sie wollte es nicht. Sie war stärker als ich.

„Stell dir auch das vor, Tuareg: Wir haben getanzt! Ein milder Abend. Lotusblütenduft. Trommeln. Flöten. Nackte Tänzerinnen. Nefertari saß neben dem Pharao, der sich seinen Becher immer wieder füllen ließ. Er winkte mich heran, sagte mit einem Blick, der Spannung verriet: Ich möchte dich tanzen sehen, mein Freund, dich und die schönste Frau Ägyptens! Er küsste Nefertaris Stirn, sagte etwas zu ihr. Dann klatschte er in die Hände: Beginnt!, rief er den Musikern zu. Hatte mich Ramses durchschaut, ahnte er meine Leidenschaft, was meinst du, Hund? Es war nicht nur ihre Sinnlichkeit, die mich erregte. Es war die Klugheit, die Le-

bensart, ihr ganzes Wesen. Würde ich Nefertari gewinnen? Es gab eine Stunde, da bat ich sogar Gott um seine Mitarbeit. Nefertari sollte dabei sein, wenn ich Ägypten den Rücken kehren würde. Jahwe sagte dazu, *Nein!*"
Moses krault das Tier hinter den Ohren. „Nun rede ich schon mit einem Hund, daran siehst du, wie es in mir brodelt. Dein Schwanzwedeln zeigt, dir gefällt diese Geschichte. Dann sollst du auch das noch hören, Tuareg. Letzte Nacht habe ich bei Zippora zugebracht. Naba lacht jedes Mal, wenn ich es ihr gestehe. Sie ist ganz anders als ich; nie scheint sie ein schlechtes Gewissen zu plagen. Dich auch nicht, Tuareg, das sehe ich dir an, selbst wenn du deinem Herrn untreu wirst und mir nachläufst. Was ist los? Wieso hechelst du so? Ah, du hast Durst, also kehren wir um!"

Eine Sturmböe erfasst Moses und hätte den kräftigen Mann beinahe umgeworfen. Er rammt seinen Stock in die Erde. Längst sollte ich bei Josua sein! Mein Adjutant wartet auf mich, um mit mir die Lage zu besprechen. Doch es ist, als folge ich dem Traum. Hat der Apfel ein Loch in meinen Verstand geschlagen, weißt du das, Hund? Dabei warten die Tagesgeschäfte auf mich. Aaron wird sich wundern, wo ich bleibe, und Josua auch. Die beiden haben recht: Wir müssen weiter, das Vieh findet hier keine Futterplätze mehr. Mit weit ausholenden Schritten läuft Moses zurück. Plötzlich dreht er sich um. Die Stiftshütte! Nur kurz will er mit Jahwe reden, ihm sagen: Etwas hat Einzug gehalten, etwas, das mir große Angst macht, das ich nicht kenne. Es kam mit dem Traum, mit dem Falken stürzte es herab. Was kann es sein, mein Gott? Es wächst, weitet sich aus, sprengt meine Vorstellungskraft. Was kann ich tun? Was rätst du mir, Gott?

Ich möchte es packen, es von mir schleudern. Nichts darf zwischen uns stehen, hörst du mich, Gott?

Als Moses aus der Stiftshütte tritt, steht Josua vor ihm und zeigt auf seinen Hund. „Wie kommt Tuareg hierher?" Sofort beginnt sein Adjutant aufzuzählen, was zu tun ist an diesem Tag. Stumm legt Moses ihm eine Hand auf die Schulter, doch Josua redet weiter. Wieder wird Moses klar: Josua ist und bleibt ein Kriegsmann. Eigentlich hat er nur eines im Sinn: die Fremdlinge zu schlagen, um ihr Weideland in Besitz zu nehmen. Das aber will er nicht mehr. Zu oft ist er überstimmt worden. Selbst Aaron und Miriam, seine Geschwister, sind ihm in den Rücken gefallen.

Wie habe ich das Kriegführen satt! Harsch weist er Josua zurecht, der eine Augenbraue hochzieht, bevor er herausstößt: „Hörst du die Rinder schreien?" Seine Hand zeigt über die Grasnarbe, auf der kein einziger grüner Stängel mehr wächst. „Wir werden diese Oase, die schon lange keine mehr ist, schnell verlassen müssen, wenn Mensch und Vieh nicht verhungern sollen."

„Hier haben die Handwerker wieder zu arbeiten begonnen." Moses schnauft durch die Nase, beschreibt mit seinem Stock einen weiten Bogen. „Auch die Streitigkeiten im Südlager sind endlich beigelegt; was willst du?" Nein, weiterziehen kann er erst, wenn Jahwe gesprochen hat.

„Was hast du?", fragt Josua, „du hörst ja gar nicht zu, Moses!"

„Du weißt ohnehin, wie ich darüber denke. Wir werden mit den Hethitern keinen neuen Krieg anzetteln! Und ich wünsche, dass auch du" – Moses tauscht mit Josua einen

Blick – „dies zur Kenntnis nimmst, und mich mit deinen Plänen in Ruhe lässt."

„Aber wir brauchen neue Weideplätze", versucht Josua es von Neuem.

„Das stimmt. Da hast du recht. Aber warte noch einen Tag, dann besprechen wir alles." Mit diesen Worten lässt Moses Josua stehen. In seinem Zelt füllt er den Wasserschlauch auf, greift einen Maisfladen, schreitet an Kindern und gackernden Hühnern vorbei. Hinter den Wirtschaftszelten wendet er sich nach rechts, die Richtung, aus der Naba kommen muss. Hier wird er auf Naba warten, die noch immer nicht zu sehen ist. Josua ist ja ein guter Adjutant, wieso rege ich mich nur in letzter Zeit so über ihn auf? Habe ich wirklich die Verbindung zu den Menschen verloren, wie Zippora es heute Nacht angedeutet hat? Oder liegt es daran, dass ich mich seit Wochen nicht mehr mit Jahwe beraten habe? Ich möchte meine Leute endlich siedeln lassen, ganz gleich wo. Ja, ich bin des Herumziehens müde. Soll Jahwe es nur hören, vielleicht greift Er dann ja ein und hat ein Erbarmen mit seinem Volk. Immer setzt Er seine Pläne durch. Um Seinetwillen habe ich Ägypten verlassen. Das ist die Wahrheit.

Kommt dort Naba, kann das sein? Erregt schwingt Moses seinen Stock, möchte damit wie mit einer Peitsche knallen.

Seit Stunden brennt die Sonne auf Hals und Rücken. Er muss eingeschlafen sein. Plötzlich springt er auf. Diesmal ist es nicht ein Apfel, der ihn wach macht. Es ist eine junge Frau in engen, hellen Hosen und grüner Bluse, die ihm übermütig winkt. Sie lacht mit offenem Mund. Moses schüttelt die steif gewordenen Beine. Ein Adler kreist über ihm, verliert sich in den Wolken.

Was ist das? Er reißt die Augen auf, versucht zu erfassen, was hier geschieht. Etwa dreißig Schritte entfernt erhebt sich eine gewaltige Sandsäule. Moses presst die Hände an die Ohren, wankt, dann wirft er sich in den Staub.

Teil I

1

Eine bequem sitzende Hose, glänzende Schuhe. Moses stellt die Füße nebeneinander, greift in seinen Bart. Neben ihm streckt jemand die Beine aus, ein frischer Atem streift sein Gesicht.

„Sie befinden sich in einem Flugzeug", sagt eine junge Frau in hellen Hosen, die neben ihm sitzt. Wer sind Sie?, möchte er fragen, die unbekannte Person mit den braun gesprenkelten Augen anstoßen; stumm wendet er sich dem ovalen Fenster zu, auf dem ein zerfurchtes Gesicht erscheint.

Ein Experiment – hatte Jahwe das zu ihm in der Stiftshütte gesagt? Moses wollte gerade berichten, was in den letzten Stunden mit ihm geschehen war, da hörte er Josua nach ihm rufen, der wieder und wieder zum Aufbruch drängte. Und danach? Habe ich auf Naba gewartet, unter der gleißenden Sonne.

Flugzeug, hat die junge Frau neben ihm gesagt. Das Wort muss er sich merken. Es ist, als erwache die alte Wissbegier. Moses schmunzelt, fühlt sich prächtig. Sie sieht ihn an, und er spürt, wie ihr Blick sein Gesicht durchforscht. „Was suchen Sie?", fährt er sie an. „Nichts. Sollte ich etwas suchen?", entgegnet sie mit einem Zucken in den Mundwinkeln.

Dann schweigen sie. Jemand hat ihm ein Glas Wasser hingestellt, in einem Zug trinkt er es leer. „Es war heiß heute Morgen", will er einlenken. Nein, wie Naba sieht sie nicht aus, die Junge mit dem forschenden Blick, dem zur

Seite gebundenen Haar. Auch mit Zippora ist sie nicht zu vergleichen. Sie hat Nefertaris Nase, kein Zweifel, doch ihre Lippen sind voller und hellrot geschminkt.

„Leichte Turbulenzen", die Unbekannte hebt eine Hand, „das kommt schon mal vor." Wieder ein Wort, das ich nicht kenne, registriert Moses, der insgeheim ein Wörterbuch anlegt. Er greift sich an die Stirn. „Wieso verstehe ich Sie?" Sie zieht einen Rucksack unterm Sitz hervor, kramt darin, dann sagt sie: „Sie sprechen unsere Sprache, obwohl Ihre Aussprache ... aber ich kann Sie gut verstehen." „Wenn Sie das meinen!" Ihm ist heiter zumute, leicht. Sie nimmt einen dunklen Kasten aus dem Rucksack, legt ihn auf ihre Knie, öffnet den Deckel, schaut ihn an. „Das ist ein Laptop, ein Computer. Er ist klug, er speichert alle Daten, auch die Worte, die Sie nicht kennen, und er kann noch viel mehr." Laut zieht sie Luft durch die Nase, bevor sie entschuldigend sagt: „Ich arbeite an einer Reportage über den Libanon und muss mir nur rasch etwas notieren." Sie versucht, ihre Füße auszustrecken und bemerkt, wie er sie beobachtet. „Schaffen Sie sich so ein Gerät an, es lohnt sich." „Vielleicht", entgegnet er. „Später." Was soll das für ein Kasten sein, der speichert, was man sagt? Plötzlich ist der stechende Schmerz in der Schulter wieder da. Also habe ich meinen Körper behalten. Schade, ich hätte den alten gern gegen einen unverbrauchten Körper eingetauscht. Ich heiße Moses, will er sagen. Er schließt die Augen; soll sie doch zuerst sagen, woher sie kommt und wie sie heißt. Die Frauen sind doch immer vorwitzig, sollte das hier anders sein? Er stöhnt leise, dann schläft er ein.

Als Moses die Augen wieder öffnet, weiß er, alles war Traum: Der Auszug aus Ägypten. Die Wanderungen durch die Wüste Sin. Naba. Zippora. Die Söhne. Auch den Mord an dem Ägypter habe ich wohl geträumt. Und Nefertari, gehört sie auch dem Traum? Er kann sich nicht entscheiden.
„Ein Traum im Traum, gibt es das?"
„Sie sind ja ein Poet", sagt sie und lächelt.
Wer soll ich sein? Genau das weiß er nicht mehr. Das ist ja das Erregende an diesem Experiment. Er reibt seine Hände, ist neugierig, was als Nächstes geschehen wird. „Wie heißt das Gerät, auf dem Sie schreiben?" Sie lacht in sich hinein, zwickt eine Haarsträhne fest. Er amüsiert sich über ihre Zungenspitze, die blutrot zwischen den Zähnen blitzt. Ich möchte dich beißen, dich schmecken. Wieder reibt er seine Hände. „Wenn alles ein Traum war bislang, was ist jetzt?" „Realität", antwortet die Junge und drückt dabei den Deckel auf den dunklen Kasten.

Wenn sein Körper auch derselbe geblieben ist, so scheint sich der Geist verjüngt zu haben.

Das Leben ist ein Spiel! Wie oft hat Ramses diesen Satz gerufen, dazu in die Hände geklatscht, als wollte er seine Lebensart auf Moses übertragen.

Ich saß auf einem Stein und wartete auf Naba ... Irritiert schaut Moses hoch. Wieso möchte ich der Unbekannten von mir erzählen? Dann sagt er doch: „Ein Adler kreiste und kreiste, bis er im Dunst verschwand. Dann, wie aus dem Nichts, war er wieder da, glitt dahin, ohne mit den Flügeln zu schlagen. Es könnte aber auch sein, dass mir das gleißende Licht den Adler nur vorgegaukelt hat. Woran ich mich jedoch genau erinnern kann, war etwas Leuchtendes am Horizont, das sich auf mich zubewegte." Seine Nachbarin legt ihre Hand auf seine Hand. Moses lächelt scheu. „Erst hier, auf diesem Sitz, bin ich aufgewacht." Ihr Haar streift seinen Arm, sie öffnet den obersten Knopf ihrer Bluse. Auf jeden Fall redet sie nichts Überflüssiges. Wieso trage ich diese verdammt engen Schuhe? Wo sind die bequemen Sandalen geblieben, die Naba erst neulich geflickt hat? Im Nu waren die Riemchen wieder dran. Für dich, Wüstenfürst!, hatte sie ihn angelacht.

„He!", seine Nachbarin berührt ihn am Ellbogen, „Wüstenfürst, sind Sie das?" „Habe ich laut gesprochen?" Sie geht nicht darauf ein, lächelt, als sie sagt: „Sie müssen viel trinken, Sie sehen ja aschgrau aus im Gesicht."

Eine Frau in einem engen, dunkelblauen Rock kommt auf sie zu. „Wünschen Sie etwas?" „Ja", antwortet seine Nachbarin, „bitte ein Bier!"

„In vierzig Minuten landen wir", sagt die Stewardess, die das Bier vor die beiden hinstellt.

„Darf ich Sie etwas fragen?", wendet sich Moses wieder seiner Nachbarin zu.

„Sehr gern."

„Ich bin ...", Moses blickt auf die rissigen Fingerkuppen, versucht sie wegzustecken, während nur das Brummen der Triebwerke zu hören ist. Er staunt, dass sie ihn nicht auffordert weiterzusprechen, wie es Zippora längst getan hätte. Auch Naba wird meist ungeduldig, wenn er so lange schweigt.

„Ich weiß nicht, wie ich das sagen soll ...! Sie gefallen mir!"

„Sie müssen nichts erklären, man sieht es Ihnen ja an."

Was denn?, will er fragen, aber da setzt die Maschine schon zur Landung an. Er muss seinen Körper fest an die Rückenlehne pressen. „Es tut mir leid, ich hätte Sie warnen sollen." Die Junge hat seinen Arm angefasst. „Möchten Sie, dass ich Sie zu Ihrem Flugsteig begleite?"
„Gern, wenn ..." Moses schüttelt den Kopf. „Ich weiß nicht ..."
„Auf Ihrem Kofferanhänger steht Berlin, also steigen Sie hier nur um, oder?"
Er wird vorwärts geschoben, versucht, dicht hinter der Unbekannten zu bleiben, die sich mehrmals nach ihm umdreht. „Sie müssen Ihren Pass vorzeigen."
„Wie bitte?"
„Ihre Identitätskarte." Sie zieht ihren braunen Poncho über den Kopf. „Vergessen Sie Ihre Jacke nicht, im März ist es bei uns noch recht kalt." Dann zeigt sie auf seine Umhängetasche. „Schauen Sie nach, wo Sie Ihren Pass haben, sonst könnte es unangenehm werden." Aber die Schweizer Beamten winken die Passagiere nur durch und wünschen einen guten Tag.
„Wissen Sie was ...?" Moses schweigt, blickt umher. „Das geht mir alles zu schnell. Sie müssen wissen, ich habe Jahrzehnte in der Wüste zugebracht."
„Wenn das so ist, dann seien Sie heute mein Gast! Natürlich nur, wenn Sie das überhaupt wollen." Sie sagt es so, als nähme sie ihn nicht ganz ernst. Egal, die Müdigkeit überwiegt, was soll er machen? Es war ein langer Tag. Wie lang denn, und welcher Tag?, hämmert der Verstand.
„Gehen wir?" Ohne auf ihn zu achten, rollt sie mit ihrem Koffer davon. Was kann er tun, was soll er sagen, wenn er es selber nicht weiß? Also folgt er ihr.

„Gewiss", sie zeigt auf die belebte Straße hinaus, „wird Sie interessieren, wie wir in der Schweiz leben."

„Nein", hört er sich antworten, „Sie interessieren mich."

„Ah!" Sie ist stehen geblieben, scheint einen Moment zu überlegen, dann nimmt sie ihren Koffer wieder auf. „Kommen Sie, da steht ein freies Taxi."

Unter der samtbraunen Decke ist Moses sofort eingeschlafen. Endlich hat sie Gelegenheit, sein Gesicht in Ruhe zu betrachten, das ihr sofort aufgefallen war, noch bevor sie ins halb leere Flugzeug einstieg. Deshalb hat sie sich spontan neben ihn gesetzt. Solch einen Kerl hat sie lange nicht getroffen, eigentlich nie. Augenbrauen wie zerzaustes Binsengras. Die Nase ein Tannenzapfen. Der feuerrote Bart an einigen Stellen ausgeblichen, aber sehr gut geschnitten. Wahrscheinlich hat er eine Geliebte. Sie beugt sich tiefer über das windgegerbte Gesicht. Da schlägt er die Augen auf. Wenn du mich jetzt fragen würdest, wieso ich mich über dich beuge ... Doch sein Atem deutet an, dass er weiterschläft.

So einen Mann habe ich mir immer gewünscht, einen, der dich ansieht, als könnte er es nicht fassen, dass es dich gibt. Aber es liegt mehr als nur Staunen in diesem Blick; eine außergewöhnliche Wahrnehmung, ein Innehalten, als wollte er sagen: Wieso begegnest du mir erst jetzt? Sie schnellt den Oberkörper zurück, steckt die Bluse in die Hose. Wieso seziere ich diesen Burschen so? Ich weiß doch längst Bescheid. Es gibt keine Zufälle, sagt Hugos Onkel immer. Er wollte zwar, dass ich noch einen Tag länger bei ihm bleibe, aber ich habe den Flug genommen, auf dem ich diesen Riesen traf. Und jetzt ist er hier, der Wüstenfürst, wie er sich nennt. Sie schmunzelt hinter vorgehaltener Hand, will den Schlafenden nicht wecken. Wenn Hugo jetzt hier wäre ..., er würde Zustände bekommen. Hugo ist in Beirut geblieben. Was verbindet uns eigentlich? Nur der Libanon? Seltsam, dass mir diese Fragen kommen, während ein Fremder auf meiner Couch schläft. Ja, ich mag Hugo, auf meine Weise, aber Hugo, was ist mit ihm? Die Zeiten, in denen wir uns nicht sehen, sind länger geworden, intensiver das Leben, das ich allein führe. Ihr Blick schweift über den mattgrünen Specksteinofen, den der Hausbesitzer im vorigen Herbst setzen ließ, wandert an den hohen Fenstern entlang, gleitet über die Stuckdecke zu den Bücherregalen. Da steht tatsächlich noch der Rosenstrauß, den sie vor der Reise geschenkt bekommen hat. Ich muss ihn wegwerfen, überall vertrocknete Blätter, aber das eilt nicht. Auch die Fliegen auf den Fensterbrettern ignoriert sie. Die Fenster müssten geputzt werden, vielleicht schaffe ich das in der kommenden Woche. Jetzt ist nur wichtig herauszufinden, wen ich da mitgeschleppt habe. Auf jeden Fall strömt er Vertrauen aus. Wie trocken und rissig seine Haut ist! Die Lippen aufgesprungen, aber gut durchblutet. Sie unterdrückt einen Schluckauf. Der Fremde hat zu schnarchen begonnen, ächzend wirft er den schweren Kopf auf die andere Seite. Muss ich mich vor dir in Acht nehmen? Aber das habe ich nie getan. Erst neulich wollte mich ein Kommilitone warnen, mit dem ich vor einem Jahr das Hiob-Seminar besuchte. Er zog die Oberlippe über die Zähne, sagte aufgebracht: „Wirst du denn nie gescheit, Kati? Wieso musst du den Prof immer provozieren?" Er sah sie streng an: „Wenn du meine Meinung wissen willst: Du fährst viel zu oft in den Libanon! Ist das nicht gefährlich heutzutage? Bist du denn immer noch mit Hugo zusammen? Sympathisierst du etwa mit der Hisbollah?" Es war in der Mensa, sie hatte sich gerade einen Kaffee genommen, erstaunt schaute sie den Kommilitonen an. Sieh an, sieh an! Sie schnappte ihre Mappe und setzte sich an einen anderen Tisch.

Hugo ist zwanzig Jahre älter als sie. Es gab eine Zeit, da konnte sie ohne ihn nicht einschlafen. Es machte sie kaputt, wenn er nachts nicht kam. Hugo hat ihr die bittere Medizin zu schlucken gegeben, die heißt: alleinstehen. Allein, Kati, verstehst du? Hugos glühender Blick, seine samtweichen Pfoten, die über ihre Scham tasten. Manchmal flüstert sie dann: Kommst du nur für eine einzige Nacht? Sie weiß genau, wie er darauf reagiert. Er wirft sich auf sie, rollt mit ihr über den Teppich, dann lacht er, weil sie sich auf den Holzdielen einen Splitter in den Hintern gerissen hat.

Für den Herbst ist die Hochzeit geplant. Deshalb ist sie zu Hugos Onkel in den Libanon geflogen. Sie mag den weißhaarigen Herrn mit dem breiten Lächeln, dem gerade geschnittenen Lippenbart, der in einem kleinen Weiler am Meer wohnt. Sie mag, wie er ihr immer wieder zu erklären versucht, wieso Hugo so und nicht anders ist. „Ich bin doch Hugos Vater", sagt er, wenn er Zweifel in ihrem Blick wahrnimmt. „Schließlich hat er nur noch mich. Und jetzt auch dich, Kati!" Ein Lächeln umspielt die geschlossenen Lippen, der hellblaue Hemdkragen steht weit offen. Er fasst sie bei der Hand, so wandern sie durch seinen Olivenhain. Und wieder erklärt ihr der Onkel, wie die Bewässerungsanlage funktioniert, die er sich ausgedacht hat. Er bückt sich, hebt einen dünnen Schlauch hoch, prüft, ob das Wasser fließen kann. Sie mag Hugos Onkel, auch weil ihr seine Gedichte gefallen und weil er ihr erklärt, wenn sie etwas nicht versteht. Sie schaut ihn von der Seite an, er lächelt, zieht eine Augenbraue hoch, zeigt zur Tamariske. „Setzen wir uns dahin!" Die filigranen Zweige sehen aus, als wäre Schnee auf sie gefallen. Unter dem Baum ein weißrosa Blütenteppich. Der Onkel legt eine Hand an den krumm gewachsenen Stamm, „Frieden und Gastfreundschaft, das drückt die Tamariske aus, wusstest du das, Kati? Dieser ist ein sehr alter Baum." Er nimmt die Sonnenbrille ab, schaut geradeaus. „Von hier aus habe ich einen weiten Blick, bis zu meinem Land." Sie hört keinen Hass in seiner Stimme, wenn er von Israel spricht. Er bleibt bei dem Thema. „Es ist mein Land, mein Grundstück, auf das sie ihre Häuser stellen." Die Stimme vibriert, der alte Herr zieht ein Taschentuch heraus, tupft über die Stirn.

„Die Geschichte, wie Hugo seinen Namen bekam, ist schnell erzählt", sagt der Onkel an einem anderen Tag. Sie sind unterwegs nach Beirut, um Hugo vom Flughafen abzuholen. Vorher will ihr der Onkel aber noch eines seiner Kaffeegeschäfte zeigen. Während er mit seinen Angestellten spricht, blickt sie auf die laute Straße hinaus, folgt mit den Augen einem drei- oder vierjährigen Jungen an der Hand einer verschleierten Frau. Ob sie einen Beruf ausübt, wie alt mag sie sein? „Schade", seufzt der Onkel, als er sich neben sie stellt, „ich hätte dir gern noch mehr gezeigt, aber wir müssen weiter. Fahren wir, sonst muss Hugo auf uns warten." Es ist der erste sonnige Tag nach einer längeren Regenperiode. Hugo kommt mit schnellem Schritt auf sie zu, küsst sie auf den Mund, umarmt seinen Onkel. Er ist direkt aus Paris hierher geflogen. Zusammen essen sie in einem Gartenlokal fangfrischen Fisch, den der Onkel aussucht. „Ich muss los! Die Arbeit wartet, wir sehen uns heute Abend!" Hugo küsst sie wieder auf den Mund, hebt eine Hand, dann ist er auf der Straße verschwunden. Der Onkel bezahlt die Rechung, nimmt ihren Arm. „Wohin möchtest du noch, Kati? Oder fahren wir gleich nach Hause?" Nach dem Kaffee bietet ihr der alte Herr eine Wasserpfeife an. Aber da sitzen sie schon wieder in seinem Haus, hocken auf einem dicken Teppich und ziehen an der Wasserpfeife. Plötzlich hebt der Onkel das Kinn. „Wir leben in einem unruhigen Land, es ist zum Verzweifeln!" Der stämmige Mann ist auf die Terrasse hinausgetreten, sie sieht, wie sich seine Schultern krümmen und wie er sich anstrengen muss, freundlich auszusehen, als er sich wieder zu ihr setzt. „Weißt du eigentlich, wie dein Freund zu seinem Namen kam? Hat dir das Hugo nie erzählt?" Der Onkel betrachtet seine Hände, plötzlich zieht er Kati hoch, läuft mit kurzen, schnellen Schritten den Olivenhügel hinter dem Garten hinauf. Ab und zu zieht er ein Messer aus dem Gürtel, schneidet damit ein paar wilde Triebe ab. Es ist, als hätte er Kati vergessen. Sie bedauert, keine Kamera dabei zu haben, um ihn oder genauer, um seine Hände zu fotografieren. Der Onkel nimmt auf einer Steinbank Platz, winkt sie heran. „Ich ahne", beginnt er, „weshalb Hugo darüber mit dir nicht spricht, Kati. Er hat diese Frau geliebt. Doch irgendwann war auch das vorbei, und er fuhr nicht wieder nach Berlin." Der Onkel stellt die Füße übereinander, stöhnt verhalten. „Was rede ich da. Es geht mich nichts an, oder doch, hast du nicht ein Recht, mehr über Hugo zu erfahren, als das wenige, das du schon weißt? Schließlich wird er dein Mann." Er klopft mit dem Absatz auf den steinharten Boden. „Es ist, wie ich finde, eine etwas makabre Geschichte. In jenen Jahren studierte Hugo an der Berliner Filmakademie. Sein richtiger Name ist Yossif, das weißt du? Er war damals in Berlin in einer marxistischen Gruppe aktiv. Eine Kommilitonin hatte ihn dort eingeführt, und wie sich herausstellte, war sie die Wortführerin. Der Vorsitzende dieser Gruppe hieß Hugo, es war ihr Mann. Vom 1. Mai, dem Kampftag der Arbeiterklasse, wie Yossif uns am Telefon erklärte, schwärmte er. Es gibt dann eine große Demo!, rief er ins Telefon. Es war zu spüren, wie elektrisiert mein Neffe von der ganzen Sache war." Der Onkel schweigt, schaut Kati aufmerksam an. „So kennen wir ihn, nicht wahr?" Es wird kühl. Kati zieht ein helles Fransentuch über die nackten Schultern, läuft ein paar Schritte, dann setzt sie sich wieder neben den Onkel auf die Bank. Mit ruhiger Stimme spricht der alte Herr weiter. „Auch in jenem Jahr war Yossif am 1. Mai mit seinen Genossen zur Demo gegangen. Unmittelbar neben ihnen explodierte eine Autobombe. Hugo, der Vorsitzende der Gruppe, war getroffen worden, er wurde sofort in ein Krankenhaus gebracht. Seine Frau hatte bis spät in der Nacht gekellnert, erst im Morgengrauen hörte Yossif sie kommen. Sie wohnten zusammen in einer Wohngemeinschaft", ergänzt der Onkel, der aufsteht und den Oberkörper dehnt. „Yossif hörte, wie die Frau am Telefon sprach, dann stand sie in seiner Tür. Es dämmerte gerade. Plötzlich lag sie auf ihm, schluchzte und schrie: Hugo ist tot! Was sich dann ereignete, darüber hat Yossif nie gesprochen, nur, dass er nach dieser Nacht Hugo hieß. Sie braucht mich, war das Einzige, was er am Telefon zu uns sagte. Wir aber sahen, als er uns besuchte, wie stolz er auf seinen neuen Namen war. Seitdem trägt Yossif auch Hugos Mütze." Der Onkel schiebt eine Olive in den Mund, kaut darauf, spuckt den Kern aus.

Ob diese Frau noch lebt? Kati sieht, dass der Onkel es nicht weiß und dass es ihn nicht interessiert, was aus der deutschen Frau geworden ist. „Ich mag keine Turbulenzen", sagt er leise. „Ich mag auch heute nicht, wenn sich Hugo in Dinge einmischt, die ihn das Leben kosten können." Wieso habt ihr diesen Namen akzeptiert?, möchte Kati fragen, doch der weißhaarige Herr ist schon auf dem Weg zurück in sein Haus.

Kati bewegt sich vorsichtig in ihrer Wohnung, möchte den Schlafenden nicht wecken. Sie lächelt bei dem Gedanken, einen Wüstenfürsten zu beherbergen, beugt sich noch einmal über das Gesicht, das sie an eine Vulkanlandschaft erinnert. Ein Zittern läuft über die sonnengegerbte Haut. Es zuckt in ihren Fingern, sie möchte die Falten und Risse glätten. Blödsinn!, ruft sie sich zur Ordnung, und spürt doch plötzlich einen heftigen Drang, die zerfurchte Haut vom Gesicht zu lösen. Abrupt dreht sie sich weg. Wieso störe ich einen Mann, der schläft? Das habe ich nie getan. Wie oft ist Hugo neben mir eingeschlafen, während ich noch darüber nachdenken musste, worüber wir gerade sprachen. Manchmal riss Hugo unerwartet die Augen wieder auf, stammelte etwas, setzte sich auf, fragte vorwurfsvoll: „Warum schläfst du nicht, Kati? Worüber denkst du wieder nach?" Auch Hugo trägt, wie dieser da, eine Maske, nur zittert sie bei ihm nicht. Bloß gut, dass er jetzt nicht hier ist. Er musste im Libanon bleiben, weil die Dreharbeiten stagnierten. Hugo war stinksauer darüber. „Schließlich zählt jeder Tag!", rief er ein ums andere Mal. Es ging um viel Geld, wie er sagte. Ein französischer Sender war ihr Auftraggeber. Es gab Termine, die eingehalten werden mussten. „Flieg du zurück, Kati!", fauchte er, „hier kann es noch dauern. Du musst endlich deine Diplomarbeit abgeben, wie lange willst du dich noch davor drücken?" Seine Stimme hatte einen scharfen Klang angenommen. Sie zuckte zusammen. Hugo hatte eine empfindliche Stelle getroffen. Nie konnte sie zügig eine Arbeit abschließen. „Bei mir dauert es eben", murmelte sie, und wusste doch, dass er recht hatte. „Warte!", rief sie Hugo nach, der die Mütze über seine Ohren zog und sich aufs Motorrad schwang.

Der Onkel bat Kati, wenigstens noch einen Tag zu bleiben. „Du kennst Hugo nicht!", rief er laut, als wollte er, dass sein Neffe es hören sollte. Leise, wie zu sich selbst, fügte er hinzu: „Ich kenne ihn ja auch nicht." Er lächelte, die Erregung war verschwunden. „Wer kennt schon einen anderen Menschen, du?" Sie grinsten sich an, und sie bat, während er heißes Wasser auf frische Pfefferminze goss: „Liest du mir eines deiner Gedichte vor?" Das sind die Augenblicke, die sie in sich aufbewahrt. Solch einen Vater hätte sie sich gewünscht. Einen, der sie anschaut, und sie weiß, er meint mich; der errät, was mit ihr los ist, ohne sie auszufragen. Vor allem aber hätte sie sich einen Vater gewünscht, der zuhören kann.

Sie schiebt die Reisetasche in eine Ecke, geht hinüber in die Küche, um sich einen Tee zu kochen. Wenn Hugo nicht einmal Hugo heißt! Pah, soll er doch heißen, wie er will! Ja, ich bin sauer auf dich! Was weißt du schon von mir? Beide sind wir verschlossen, wenigstens darin sind wir uns ähnlich. Immerhin hast du einen wunderbaren Onkel. Vaterersatz, sagst du. Das klingt abfällig, Hugo. Die Mama hat mir gefehlt, die kann auch der weiseste Onkel nicht ersetzen!, hast du mit flammendem Blick gerufen, dazu mit der Gabel herumgefuchtelt; wir aßen gerade eine Lammkeule, die dein Onkel gegrillt hatte. Deine Eltern sind bei einem Luftangriff ums Leben gekommen, auch das hat mir dein Onkel erzählt, warum nicht du? Noch immer kann ich nicht darüber reden, hast du in einer Nacht geantwortet. Es verschließt dir den Mund, sah ich, und spürte dein Elend. Ich muss Bilder dafür finden ..., deshalb bin ich Kameramann geworden. Da hätte ich dich in die Arme nehmen sollen, dich fragen, welche Bilder du meinst und wo du sie zu finden hoffst. Gedacht habe ich: Er will anderen seine Sichtweise aufzwingen. Wieso konnten wir nie offen zueinander sein, weißt du das, Hugo?

Es stimmt, du hast recht. Viel zu lange halte ich mich an meiner Diplomarbeit fest, als wollte ich den Moses nie aus der Hand geben.

Kati rührt den Tee um, gießt ihn durchs Sieb. Es ist Nachmittag geworden. Ihr Blick streift die Uhr, unentschlossen, was sie beginnen soll, geht sie ins Zimmer zurück. Noch schläft der Kerl aus dem Flugzeug. Er ist bestimmt zwei Meter groß, wenn das überhaupt reicht; seine Füße hängen vom Sofa herab. Ich sollte ihm die Schuhe ausziehen, aber dann wird er wach. Sie kramt am Schreibtisch, sortiert die Post. Der Abgabetermin für die Libanon-Reportage! Heiß und kalt läuft es ihr den Rücken hinab, beinahe hätte sie den Termin verpatzt, dabei hat sie der Redaktion versprochen, pünktlich zu sein. Der Beitrag ist so gut wie fertig, sie muss nur noch wenige Details einfügen. Ohne auf den Schlafenden zu achten, startet sie ihren Laptop.

Aus halb geschlossenen Augen beobachtet er das fremde Gesicht. Wie konzentriert sie geradeaus sieht, ab und zu fährt die Zungenspitze über die Lippen, während ihre Finger über dunkle Tasten huschen. Das ist ein Computer, das hat er sich gemerkt. Blitzartig wird Moses bewusst, dass er sich in einem anderen Zeitalter und auf einem anderen Kontinent befinden muss. Aber ich bin bei einer Frau, die mir vertraut, sonst hätte sie mich nicht mitgenommen. Oder ist sie auf ein Abenteuer aus? Auch das wäre mir recht, warum ist Naba nur nicht zurückgekommen! Moses stöhnt, reibt sich über die nasse Stirn.

„Sie sind ja wach!"

Er fühlt sich ertappt, hebt eine Hand. „Das ist Hugo ...", sagt sie, als sie seinem Blick folgt. Interessiert mich nicht, müsste er antworten, stattdessen schiebt er die Wolldecke zur Seite. „Hugo ist mein Freund, er stammt aus dem Libanon. Er lebt hier und in Paris." Da Moses schweigt, spricht sie weiter. „Seine Eltern sind tot. Ein israelischer Angriff ..." Wieso erzähl ich ihm das? Was geht ihn Hugo an? Ich rede doch sonst nicht einfach drauflos. Irritiert schließt sie ihren Laptop. „Was möchten Sie trinken?" „Kann ich ein Glas Wasser bekommen, bitte?" Sie spürt, wie sie ihn los sein möchte, den Kerl mit den viel zu großen Ohren, nicht nur, weil der Abgabetermin drängt, nicht nur, weil Hugo plötzlich hier sein kann. Es ist, sie sieht auf, weil du mich liebst. Erschrocken presst sie eine Hand auf den Mund. „Dort ist übrigens das Bad." Sie zeigt auf eine Tür, bemerkt, wie er sich suchend umsieht. „Sie sind in der Schweiz, in Bern, in meiner Wohnung", ruft sie aus der Küche. „Wie heißen Sie überhaupt?"

„Moses", sagt er und lässt den Kopf nach hinten fallen. „Ich bin Moses." Sie hat ihm den Rücken zugekehrt, der spinnt doch. Laut sagt sie: „Wenn Sie so wollen, wieso nicht Moses." Der hat's ja faustdick hinter den großen Ohren, mal sehen, was er sich noch ausdenken wird. „Möchten Sie Wasser mit oder ohne Kohlensäure?"

Er spürt, wie es in seiner Hand zuckt, wie er sie für jedes neue Wort umarmen möchte. Ich werde mir den schwarzen Kasten, den Computer, von ihr erklären lassen. Erstaunt über die Leichtigkeit, die ihn erfasst, springt er auf. Wieso verwirrt mich nicht, was hier vorgeht? Es ist, als wäre ich ein anderer, seitdem ich im Flugzeug saß. Und sie? Wieso hat sie mich überhaupt mitgenommen? Was hat sie vor? Hugo interessiert mich nicht. Sie möchte ich näher kennenlernen. Aber sie weiß ja nichts von mir. Wenn ich meine Hände betrachte, diese groben Pranken! Sie scheint sich nicht davor zu fürchten. Das Flugzeug kam aus dem Libanon, hat sie gesagt. Vom Libanon könnte ich viel erzählen. Aber nicht jetzt. Jetzt habe ich Durst. Außerdem muss ich pinkeln.

Das Bad ist viel enger, als ägyptische Bäder waren. Er findet sich gut zurecht, braucht nur den Wasserhahn zur Seite zu schieben. Als er sein Gesicht wäscht, nimmt er sich vor, zu genießen, was ihm begegnet. Gut, grinst er seinem Spiegelbild zu, wenn Du es so willst, Jahwe, dann soll es geschehen. Ihm ist, als höre er es lachen hinter dem

Spiegel, abrupt schließt er den Wasserhahn und geht ins Wohnzimmer zurück. „Hier, bitte, Ihr Wasser!" Sie sieht, wie er die Augen verdreht, wie er das Wasser im Mund behält, bevor er es in kleinen Schlucken trinkt. Ein Genießer ist er also auch, wunderbar, darin sind wir uns schon einig. „Was trinken Sie?", unterbricht er ihre Gedanken. „Ich habe Tee gekocht, Sie können auch welchen haben, möchten Sie?" Sie reicht ihm eine Teeschale, die er in beide Hände nimmt. Ich möchte dich nackt sehen, er versucht, ihrem Blick auszuweichen. „Was ist das für ein Tee?", fragt er und verzieht die Lippen. „Rooibos mit Vanille, schmeckt er Ihnen?" Sie zieht den kurzen Cordrock gerade, schlägt die Beine übereinander. „Was ist los, was amüsiert Sie so, ist etwas mit dem Tee?" Er schüttelt den Kopf. Wenn er sie so dasitzen sieht, weiß er genau, was er will. Langsam, langsam, alter Fuchs! Etwas an dieser Frau erinnert ihn an Miriam, an seine Schwester. Ob sie ebenso streitsüchtig ist? Sein Grundprinzip war immer, allein zu entscheiden, das aber hatte seiner Schwester überhaupt nicht gepasst. Doch ihm, und nicht Miriam, war die Verantwortung für das hebräische Volk aufgetragen worden. Er allein hatte mit Jahwe gesprochen, mit ihm verhandelt, was getan werden musste, um die vielen Menschen am Leben zu erhalten, für die er von einem Tag auf den anderen zuständig war, die er gegen Dürre und Nachtkälte schützen musste, vor Hunger und Durst. Nur selten zog er Josua und Aaron zu Rate. Schwierige Situationen bewältigte er allein, dazu brauchte er die anderen nicht. Aber das hatte seine Schwester fuchsig gemacht, die überall ihre Nase hineinstecken musste.

„Mein Kühlschrank ist leer, ich schlage vor, wir gehen essen." Die junge Frau zeigt auf einen gefütterten Anorak. „Ziehen Sie den an, abends wird es hier richtig kalt." Er schlingt sein weißschwarzes Tuch um den Hals, folgt ihr ins Treppenhaus. Ihm gefällt, wie sie zwei, drei Stufen auf einmal nimmt, wie sie in großen Schritten über die Straße läuft. Sie bleibt stehen, winkt, zieht laut Luft in die Lunge, springt über eine Pfütze. Ihr ist warm geworden, sie reißt die Mütze vom Kopf, wirft sie ihm zu. „Fang!" Sie macht einen Sprung in die Luft, breitet die Arme aus.

Am nächsten Morgen, als sie mit dem Frühstückstablett vor ihm steht, sagt sie: „Ich bin Kati Blank."

„Moses", sagt er noch einmal. Diesmal glaubt sie ihm.

Wieder nimmt sie ihn unter die Lupe. Sie beobachtet, wie er ins Bad geht, die Tür offen lässt, wie er die Muskeln anspannt, bevor er ins Waschbecken spuckt. Seine Haut wirkt frisch und gestrafft, als er vor ihr steht. „Du hast dich verjüngt", lacht sie, dass er aufschaut. „Wieso bestimme ich dich wie eine botanische Pflanze, weißt du das?"

„Ich habe zwei Frauen ..." Er zieht den Kaffeeduft in die Nase. „Ich brauche beide." Und nun bist du im Begriff, dich neu zu verlieben, lachen die braun gesprenkelten Augen über der Kaffeetasse. Und was sagt dein Gott dazu?, würde sie ihn gern foppen, doch sie kann jetzt kein neues Gespräch beginnen, um zehn muss sie im Büro sein. „Du findest dich zurecht?" Sie wartet keine Antwort ab, wirft das Haar zur Seite, zieht vor dem Flurspiegel die Lippen nach. „Termine, weißt du", sie greift hierhin und dahin, stopft Papiere in eine Tasche, hängt den Laptop über die Schulter.

„Wie du telefonieren kannst, erkläre ich dir später", ruft sie. Dann ist die Tür zu.

Telefonieren? Das Wort muss er sich merken. Er steht vor dem Bücherregal, zieht ein Buch heraus. Seltsam, dass ich nicht nur ihre Sprache sprechen und verstehen kann, ich kann diese Schrift auch lesen. Wunderbar, da wird es hier nicht langweilig. Und was ist das dort für ein Buch? Ein Konversationslexikon? Ah! Die kluge Kati hat es hierher gelegt, sie will mir auf die Sprünge helfen. Telefonieren hat sie gesagt, und noch kurz erklärt, was das ist. Wen könnte ich anrufen? Jahwe vielleicht, der würde sich wundern, wo sein Diener steckt.

Aber, hört er die vertraute Stimme, *das weiß ich doch, Moses.*

Klar, Du weißt alles von mir. Von Dir werde ich Kati erzählen, Du wirst sie interessieren. Ein Fuchs wie ich. Moses stutzt, wie spreche ich mit meinem Gott, habe ich gänzlich den Verstand verloren? Könnte es sein, dass ich Dich hier ganz anders erlebe? Hast Du das inszeniert, ist es Dein Wille, dass ich Kati getroffen habe?

Das Brot riecht köstlich, das Kati auf den Tisch gestellt hat. Am frühen Morgen hörte er eine Tür klappen, erkannte ihren Schritt. „Du bist mein Gast", antwortete sie auf seine Frage, wie er sich nützlich machen könne. „Du bist mein Gast", stöhnt Moses und beißt in eine Semmel. Wie lange habe ich dieses Luxusleben entbehrt! Aber habe ich das Wohlleben in der Wüste wirklich vermisst?

Selber schuld! Warum musstest du auch den Ägypter erschlagen! Den Kopf zur Seite gelegt, zieht er das Kaffeearoma ein, möchte die unangenehmen Gedanken stoppen.

Erinnere dich, wie du weggelaufen bist, mit blutverschmierten Händen, die Angst im Nacken, entdeckt zu werden. Einem Tier ähnlicher als einem Menschen, so bist du in Midian aufgetaucht. Dort bist du Hirte geworden.

Das weiß ich doch alles! Er belegt noch eine Semmel mit Schinken und Salatblättern, gießt sich Kaffee nach, den er mit halb geschlossenen Augen schlürft. Es stimmt, streng genommen lebte ich nur mit Schafen und Ziegen und mit den Hunden, die meine Herde zusammenhielten. Selten nur wärmte ich mich an Zipporas Busen. In der Steppe freute ich mich auf sie, auf das Sprechen mit ihr, auf ihr gurrendes Lachen. Dann zog ich wieder los, um allein zu sein mit meiner Herde. Wenn Jahwe mir nicht begegnet wäre, wäre mein Leben in geregelten Bahnen dahingeflossen. Nie hätte ich mir vorstellen können, Diener eines Gottes zu sein, der unsichtbar ist, dem ich folge, ohne zu fragen.

Er stellt das Geschirr zusammen, reibt über die Stirn. Wieso quäle ich mich? Ich bin hier, in Bern, in Katis Wohnung.

Diese Unordnung! Moses ist über einen Papierstapel gestolpert. Zippora hätte damit kurzen Prozess gemacht, in einem Zelt muss alles an seinem Platz liegen. Auch Naba legte immer alles gleich weg. Wie mag es ihr überhaupt gehen, ob das Baby inzwischen gesund zur Welt gekommen ist? Seltsam, ich spüre kein Verlangen, zu meinen Weibern zurückzukehren.

Kati heißt sie, sie möchte ich kennenlernen. Nein, ich will sie nicht besitzen, soll Hugo mit ihr glücklich sein. Aber es ist wunderbar, eine Begleiterin zu haben wie sie. Er versucht, die Kaffeemaschine noch einmal in Gang zu setzen, wie Kati es ihm gezeigt hat. Wasser in den Glasbehälter füllen, Kaffeepulver in eine Tüte schütten, und dann? Ah! Ich muss die Maschine auch anschalten. Bevor Kati ging, hatte sie noch kurz über den Strom gesprochen, „der zu jedem Haushalt gehört wie die Luft zum Atmen". Sie musste lachen, weil Moses es gleich ausprobieren wollte. „Ohne Strom würde hier nichts mehr funktionieren." Strom – gierig saugte er jedes neue Wort ein, kritzelte es auf einen Zettel. Die Kaffeemaschine dampft, er gießt sich noch eine große Tasse ein.

„Ich wohne zum Glück in einer ruhigen Seitenstraße", hatte Kati gestern Abend gesagt, bevor sie schlafen ging. Die Balkontür steht auf, von wegen Ruhe: Metallkarren werden herumgeschoben. Es rumpelt und quietscht von unten herauf. Als er die Tür schließen will, sich nach links wendet, fällt sein Blick auf einen Fluss, der ruhig an Häusermauern vorbeifließt. Auf der anderen Uferseite Kinder, die einem Ball hinterherrennen. Ein gelb blühender Busch. Ein umgestülptes Boot. Moses kreuzt die Arme vor der Brust. Was werde ich mit diesem Tag beginnen? Einem Tag, an dem ich weder Josua noch Aaron noch Miriam treffen muss, auch Zippora und Naba nicht. Obwohl es schön wäre, jetzt mit Naba zusammen zu sein.

Die Türen in der Wohnung stehen offen. Da, auf der blauen Couch, hat er heute Nacht geschlafen. Fest hat er geschlafen, und viel zu lange. Er reißt die Arme hoch, was für ein Leben! Tag für Tag musste ich für andere da sein. Was sag ich? Jahr für Jahr. Unzählbare Jahre. Jahrzehnte, in denen er unterwegs war, ohne das Ziel zu erreichen.

Was soll ich nun in diesem Land? Was hat Jahwe mit mir vor? Er hat mich schließlich ins Flugzeug gesetzt. Moses hebt den Kopf, eine Melodie dringt vom Fluss herüber.

Naba war länger als zwei Nächte fortgeblieben, wieder einmal half sie bei einer schwierigen Geburt. Zufällig kam er an der Hütte vorbei, in der sie der Gebärenden beistand. Rasch wollte er weitergehen, da hörte er seinen Namen und trat näher. „Segne es!", bat eine weiche Stimme. Ungeschickt nahm er das Neugeborene auf seine Arme, das zu weinen begann. Die junge Mutter stimmte leise ein Lied an. Hinter dem Vorhang hörte er Naba hantieren, bevor sie mit einer Schüssel in den Händen heraustrat. „Schau nur!", rief sie, „wie viele Haare das kleine Wesen schon hat." Sie wedelte mit einem Tuch. „Warte einen Moment, Moses, ich bin hier gleich fertig, dann komme ich mit." Noch immer hielt er das Kind im Arm. „Segne es, Moses!", bat die Frau noch einmal. Danach beugte sie sich über das Kind und nahm ihm das weiße Bündel ab.

Naba war ihm nachgelaufen. „Wieso wartest du nicht auf mich?" Sie reckte sich, zog seinen Kopf herab. „Wie müde ich bin", sie suchte seine Lippen. „Doch erst muss ich mich waschen, komm!" Laut prustend tauchte sie ins Wasserbecken, rief nach ihm, dann wuschen sie sich gegenseitig. Müde fielen sie in den warmen Sand. „Kennst du das Lied?", fragte er Naba am anderen Morgen. „Welches Lied? Ah, du meinst das Kinderlied, das die junge Mutter gesungen hat? Jeder kennt es doch, das alte Wiegenlied."

Kinderlied. Schlaflied! Moses knallt die Kaffeetasse auf den Tisch. Mit beiden Händen rüttelt er an der Balkontür, stößt sie auf. „Der Frühling lässt in diesem Jahr lange auf sich warten, fast alle Bäume sind noch kahl", hört er Kati sagen. Das war gestern Abend, als sie durch die Auen liefen. Jetzt steht er an der Brüstung, beobachtet die Kinder an der Uferböschung. Und wieder dringt die Melodie heran.

Ihm wurde kein Schlaflied gesungen! Im Palast gab es keine Mutter für den kleinen Moses. Und die Frau, die Jahre später vorgab, seine Mutter zu sein, hatte er fortgeschickt.

Es war kurz vor dem ägyptischen Neujahrsfest. Alle Vorbereitungen waren getroffen. In den zurückliegenden Wochen hatte Moses wenig Muße gefunden, sich in seine Schriften zu vertiefen. Sein Diener klopfte, blieb an der Tür stehen und sagte: „Deine Mutter will dich sprechen, Moses." Er trat ans Fenster. Der Diener zeigte in den hinteren Teil des Palastgartens. Von Weitem erkannte er eine Frauengestalt, in einen weinroten Schal gehüllt. Er sah seinen Diener an. „Wer, sagst du, soll das sein?" Er hörte nicht mehr zu, was sein Diener antwortete, die Gedanken überschlugen sich in seinem Kopf. Wo kommt diese Frau her? Was will sie von mir, dem Gelehrten am Königshof? Nein! Er will sie nicht sehen, nicht sprechen, eine, die behauptet, seine Mutter zu sein. Er gab dem Diener einen Wink, dann wandte er sich wieder seinen Schriftrollen zu.

Ramses hatte von dem Vorfall gehört. Es schien dem jungen Pharao auf einmal wichtig, Moses an seine Mutter zu erinnern. „Sie war für dich da, sie hat dich gestillt, wir haben schon darüber gesprochen, erinnerst du dich nicht?" „Nein, davon weiß ich nichts, und vor allem will ich es nicht wissen!" Als Ramses schwieg, ihn nur ansah, sagte Moses und versuchte dabei, seinen Ärger zu unterdrücken: „Hör zu, nie habt ihr am Hof von meiner Geburt gesprochen, so war es und so soll es bleiben, darum bitte ich dich!" „Ich weiß", wollte Ramses ihn beschwichtigen, „keiner durfte in Gegenwart meines Vaters, des ehrwürdigen Pharao, darüber reden. Alle haben sich daran gehalten, doch mein Vater ist tot. Ich bin der Pharao. Jetzt kannst du die Wahrheit über deine Herkunft erfahren." Moses hatte beide Hände an die Ohren gepresst, rief mit heiserer Stimme: „Die Wahrheit? Die gibt es doch nicht, Ramses, das haben wir schon in Memphis gewusst. Ja, als ich ein Kind war, da hätte ich eine Mutter gebraucht. Wozu heute den Schleier lüften, kannst du mir das erklären, Freund?" Ramses schwieg, trank seinen Becher leer.

„Ich bin ein Ägypter geworden. Daran wird sich nie etwas ändern!" „Wenn das dein Wunsch ist, dann soll es so sein", erklärte Ramses, der aufgestanden war. „Komm, lass uns zu Nefertari hinüber gehen, sie wartet im grünen Pavillon auf uns." Moses ließ seinen Blick über den Palastgarten schweifen. Für ihn waren seine Eltern tot. „Ich gehöre hierher. Hier ist mein Platz, nicht im Hebräerviertel." Ramses schmunzelte, fasste ihn unter den Arm. „Du bist ja ganz aufgebracht, Freund!"

Zu dritt debattierten sie an jenem Abend noch lange, wie es wäre, den Palast zu erweitern. Nefertari sollte einen Musikpavillon bekommen. „Einen Konzertsaal!" Die Pharaonin stand auf und gab Ramses einen Kuss. Dann setzte sie sich an ihre Harfe.

Tage sind vergangen. Moses sieht Kati immer nur kurz. Sie arbeitet für den Schweizer Rundfunk, außerdem schreibt sie an ihrer Diplomarbeit, so viel hat er mitbekommen. Morgens geht sie zeitig aus dem Haus, selten frühstücken sie zusammen.

Die Balkontür schlägt auf und zu. Wie viele Grünpflanzen sie besitzt! Einige hängen sogar von der Decke herab. Die Radiostimme sagt gerade die Uhrzeit an. Dazwischen klingelt das Telefon. Es hat einige Zeit gedauert, bis er Katis System verstanden hatte. Heute Abend will sie sich mit ihm an den Computer setzen. Es ist doch noch gar nicht lange her, dass er in die Stiftshütte gestolpert ist, um Jahwe zu fragen, wie es mit ihm weitergehen soll. Ist das die Antwort? Diese Welt? Doch wozu sich den Kopf zerbrechen, mir gefällt es hier. Ich bin neugierig auf Katis Welt. Nein! Das ist ungenau. Ich liebe diese Frau! Ich mag, wie sie mich ansieht, sinnend, forschend. Ich mag die Fragen, die sie an mich stellt. Das war einmal ganz anders. Stur, ohne Rücksicht auf die anderen, habe ich bestimmt, was zu tun ist.

Moses geht umher, zieht die Schuhe aus, läuft barfuß durch die Wohnung. Ich muss wieder arbeiten! Die Ruhe ist nichts für mich. Sicher werden in der Schweiz auch Baumeister gebraucht. Was für eine phantastische Zeit, als ich noch Bauleiter war in Pi-Ramses.

Wieder gab es kriegerische Auseinandersetzungen, und Ramses musste nach Oberägypten aufbrechen. Er nahm Moses zur Seite: „Ich möchte dich zum Baumeister über Pi-Ramses machen, sag bitte nicht nein, Freund, denn wen sollte ich mit dieser Aufgabe betrauen, wenn nicht dich?" Moses erkannte blitzschnell, was das bedeuten würde. Nur noch selten würde er hier mit den Freunden sitzen, selten Nefertaris Harfenspiel lauschen, auch das gemeinsame Stöbern in alten Schriftrollen wäre dann gänzlich vorbei. Die Aufsicht über ein derartiges Bauvorhaben würde alle seine Kräfte binden. Aber war das nicht die Gelegenheit zurückzugeben, was er empfangen hatte? Er drückte Ramses' Hand. „Ich werde dein Baumeister in Pi-Ramses sein."

Drei Sommer und zwei Winter waren vergangen seit dem Aufbruch aus Memphis. Seit der Trennung vom Pharaonenpaar. Mit dem Bau der Stadtanlage ging es gut voran. Moses hatte sich in seine Arbeit vergraben. Nicht nur die Architekten entwickelten ihre Pläne, er selbst entwarf Tempel, Paläste, ganze Wohnviertel aus Holz, Ton oder Lehm. Es machte ihm Freude, mit den unterschiedlichsten Materialien zu arbeiten. Ganze Straßenzügen wurden auf Tontafeln konzipiert. So entstand die Vision einer komfortablen Stadt, wie sie dem Pharao und seiner Gemahlin vorschwebte. Tage- und nächtelang debattierte Moses mit Architekten und Konstrukteuren. Nur selten machte er eine Pause und ging ins Badehaus. In seinem Palast gab es alle Annehmlichkeiten, die sich der Baumeister des Königs wünschen konnte. Verlangte er eine zärtliche, verführerische Frau, so lag sie schon auf seinem Ruhebett. Mehr wollte er nicht. Arbeiten und seine Lust stillen.

Die Erntezeit hatte begonnen. Mittags stieg die Hitze ins Unerträgliche. Nur auf dem Bauplatz mitten in der Stadt wurde weitergearbeitet. Die Fächerträger dösten vor sich hin. Fliegen umkreisten seinen Kopf. Plötzlich hörte Moses einen Schrei. Wenige Schritte von ihm entfernt schlug ein Aufseher auf einen hebräischen Handwerker ein. Ohne nachzudenken, sprang er die Stufen hinab, lief an den aufgeschreckten Dienern vorbei, riss einem Arbeiter die Eisenstange aus der Hand und schlug damit auf den Aufseher ein. Das Schweigen, das den Platz ergriff, setzte ihn in Trab. Noch während er durch die Stadt hetzte, wusste er, dass Ramses den Totschlag vertuschen würde, schließlich gehörte er, Moses, zur Königsfamilie.

Diese Hände haben einen Menschen erwürgt! Moses knetet jeden einzelnen Finger. Wieso gaukelt mir meine Erinnerung eine Eisenstange vor? Das ist doch gleichgültig. Ich bin und bleibe ein Mörder. Am ersten Tag lief ich wie betäubt umher. Ich begriff, dass ich mich tagsüber versteckt halten musste, denn ich fürchtete die Schergen des Pharao. Das Gesetz war gegen mich, auch wenn Ramses mich schützen würde. Hunger fühlte ich in der ersten Zeit nicht, doch die Hitze setzte mir zu. Erspähten meine Augen einen Fluss, schlich ich mich vorsichtig heran, um meinen Durst zu löschen.

Es war Winter geworden. Längst wanderte ich wieder am Tag. Manchmal erwischte ich ein Kaninchen, das ich auf offenem Feuer briet. Oder ich fing in seichten Gewässern einen Fisch, den ich gierig verzehrte. Es war kalt in den Bergen, vor allem in der Nacht. Vögel waren meine Begleiter. Es schien, als würde mir ein Adler folgen. Es gab aber auch Tage, da sah ich ihn nicht. Plötzlich tauchte der dunkle Vogel aus dem Himmelgrau wieder auf. Tauchte auf und verschwand. Seine Gegenwart beruhigte mich.

Ich hatte Ägypten hinter mir gelassen. Mühsam schleppte ich mich durch die Steppe. Bittere Kräuter und Diesteln waren meine Nahrung, auch Würmer und Insekten. Ein Fest, wenn ich Heuschrecken entdeckte. Hin und wieder schob ich ein staubtrockenes Blatt zwischen die Zähne. Durst war die grausamste Plage. Dem Wahnsinn nahe, gaukelte mir an einem feucht-schwülen Tag meine Phantasie einen Brunnen vor. Ich taumelte, hielt mich an meinem Stock aufrecht. Da war mir, als hörte ich Frauenstimmen. Erstaunt betrachtete ich die Szene. War das wirklich ein Brunnen, vor dem Gestalten hin und her waberten? Ich trat näher. Auf meine stockend hervorgebrachte Frage, wo ich sei, antwortete eine der Frauen: „In Midian." Plötzlich fand ein Gerangel statt. Eh ich begriff, was los war, wurden die Frauen von Hirten, die wie aus dem Nichts aufgetaucht waren, vom Tränkplatz gedrängt. Ich packte einen von ihnen am Kragen, schleuderte ihn herum, bevor ich ihn fallen ließ. Da stoben die Weider davon. Die Frauen musterten mich neugierig. Ich versuchte, aufrecht zu stehen, klopfte Dreck von meinem Mantel. Eine Frau mit üppigem Busen trat auf mich zu. Wer bist du?, schienen die dunkel glänzenden Augen zu fragen. „Ich heiße Zippora", sagte sie und hob den Tonkrug vom Kopf. „Hier, trink! Du wirst durstig sein, Fremder." Sie nahm meine Hand, zeigte geradeaus. „Dort leben wir, komm mit uns!"

Ich habe einen Menschen erschlagen! Moses ist aufgesprungen. Ein Schluchzen schüttelt den massigen Körper. Er presst die Fäuste vors Gesicht. Wer bin ich? Wen kann ich das fragen?
Kati! Frag sie!

Taumelnd stürzt er ins Bad, pinkelt, vor dem Spiegel schneidet er eine Grimasse. Wie habe ich die Prophetenrolle satt! Ich bin nicht der, für den mich die anderen halten. Der ewige Beter, der wissende Prophet. Er beugt den Kopf tief unter den Wasserhahn, saugt das Wasser auf, das in seinen Mund rinnt. In der Küche schaltet er das Radio ein. Kati scheint auch eine gute Köchin zu sein. Thymian und Rosmarin, Salbei und Pfefferminze, Kerbel und Kardamom auf einem Bord über dem Herd, in verschlossenen Gläsern. Laut summt er den Song mit, der aus dem Radio dringt. Vor dem Küchenfenster ein rot blühender Kaktus, der Wasser braucht, unwillkürlich hält Moses in der Bewegung inne. Ich tue ja so, als wäre ich hier zu Hause.

Ein Windstoß fegt die Zeitung vom Küchentisch. Er bückt sich, um sie aufzuheben. „Mein Gott", stöhnt er, „wieso heule ich?" Es sind die Nerven, würden die Ärzte sagen. Nein, müsste er antworten, es sind nicht die Nerven, es ist meine Seele, die Radau macht.

Das hast du aber fein ausgedrückt.

Ah, schmunzelt Moses, du bist es. Jetzt erkenne ich dich! Halt! Entweiche nicht gleich wieder. Ich ahne, was du von mir willst. Er zupft ein paar trockene Halme vom Bambus, die er in den Abfalleimer wirft. Ich vermute, in Memphis bin ich dir das erste Mal begegnet. Ramses wollte dich im Stein verewigt wissen, erinnerst du dich?

Der Prinz beauftragte einen berühmten Bildhauer, der aus einem Marmorblock einen Ibis schlagen sollte. „Ein Geschenk für Nefertari, denn sie wird die nächste Pharaonin sein", rief Ramses dem Freund zu. „Ein weißer Schopfibis muss es werden", erklärte Ramses dem Bildhauer, der mit dem Prinzen von einem Stein zum anderen ging. Nach einiger Zeit hatten sie den richtigen Steinblock entdeckt. Der Prinz strahlte, schlug dem Mann auf die Schulter. „Der Ibis ist eine Inkarnation des Gottes Thot", sagte er. „Thot", murmelte Moses, „der Wesir des Sonnengottes Re, der Herr des Mondes und der Herr der Zeit ..." „Und der Gott des Wortes und der schönen Künste", ergänzte der Bildhauer, der mit einem Stück Kohle Linien auf den Marmorblock zu zeichnen begann. Moses hörte nicht mehr zu, denn er hatte Nefertari entdeckt, die sich gleich in das Gespräch einmischte. „Ihr beschwört ja das ganze gewaltige Pantheon herbei", rief sie und klappte den Fächer zu. „Dabei wisst ihr doch Bescheid! Sonst hättet ihr zum Jahreswechsel nicht die höchsten Weihen erhalten. Die Menschen müssen den Ereignissen, die sie überwältigen, einen Namen geben. Das ist so. Aber hinter allen Namen waltet nur das Eine, das unaussprechbar ist." Nefertari schien sich über die beiden Prinzen zu amüsieren, die sie stumm anstarrten. Im Weggehen sagte sie: „Wie finster ihr dreinblickt, dabei haben wir eine so gute Ernte gehabt!" Ohne weiter auf sie zu achten, wandte sie sich ihrer Begleiterin zu. Vor der Blauen Fontäne winkte sie mit dem Sonnenschirm. Ramses stieß einen Seufzer aus und Moses hörte, wie er nach seinem Diener rief. Der Prinz mochte es nicht, wenn sich Nefertari allwissend gab, dazu überlegen lächelte.

Ich verrate dir etwas ...
Moses hebt den Kopf.
Ob Ibis, Thot oder ein anderer Name ... Die Schöpferkraft ist in jedem aufbewahrt. Denk zurück an die Zeit in Pi-

Ramses. Wie hattest du dich gemüht, dem Pharao ein treuer Baumeister zu sein. Doch erst als du von allen Vorstellungen frei wurdest, flossen dir ungewöhnliche Ideen zu. War es so?
Sie hat recht, es ist wahr, nie zuvor bin ich so an meine Grenzen gestoßen wie in Pi-Ramses. Nächtelang grübelte ich, wie die Stadt aussehen sollte, die dem Pharao vorschwebte. Die Hände waren es, sie vollbrachten, was dem Verstand nicht gelang. Es wetterleuchtete in meinem Kopf. Ich zitterte, bis ich erkannte, was los war mit mir. „Ein Stein muss her!", befahl ich. Mit blutenden Händen arbeitete ich an der Säule, die aus dem Granitblock wuchs. Als ich den Meißel fallen ließ, taumelte ich. In der folgenden Nacht wurde mir klar, was dieser Stadt vor allem fehlte. Ein Park, in dem sich alle Menschen vergnügen sollten, nicht nur die Oberschicht. Zu meinem größten Erstaunen unterstützte mich der Hohepriester darin. Er war es, der vom Volkspark sprach. Noch heute sehe ich das Gesicht des Mannes vor mir, das Licht, das in seinen Augen aufblitzte, wenn er in meine Werkstatt trat. „Das Karussell ist dir wirklich gut gelungen, Moses!" Der Weißgekleidete stand vor dem Modell aus Zedernholz. „Das wird nicht nur den Kindern Freude machen. Es fehlen aber noch Schaukeln, und einen Wasserlauf sollte unser Park auch haben." Der Hohepriester gab dem Karussell einen Schubs, das sich drehte und drehte.

Du warst es, lächelt Moses, du hast mich inspiriert, Seele. Ach, seufzt er, wie gut, dass du dich wieder bemerkbar machst. Die Sonne scheint, kommst du mit hinaus?

In der Diele greift er sich den Anorak, den Kati ihm gab, schlingt sein schwarzweißes Tuch um den Hals. Nur wenige Autos parken auf der Straße, die von Bäumen gesäumt wird. An der Ecke ein Geschäft, es duftet nach frischem Brot. Moses nimmt Anlauf, sprintet durch den Park, den er vom Balkon aus sah. Jungen kommen angerannt, treiben einen Kleineren vor sich her. Jetzt halten sie ihn fest und mindestens drei schlagen auf den Kleinen ein, zwingen ihn, sich auf die Erde zu knien. „Was macht ihr da?", brüllt Moses die Jungen an, die die Hände in die Hosentaschen stecken. Er hebt einen Arm, da ziehen sie weiter. Ich weiß, grummelt Moses, ich bin nicht besser als ihr. Eine Minute entschied über mein Leben. Sie hat mich zum Mörder gemacht. In einsamen, kalten Nächten hatte ich viel Zeit, darüber nachzudenken, was geschehen war. Da wusste ich noch nicht, dass es eine Dunkelheit gibt, die dich umbringen kann. Am schlimmsten aber war die Scham. Das Ausgeliefertsein an die Stimme, die nach Gerechtigkeit schrie. Moses zerrt an seinem Bart. Aber ich spürte auch eine große Genugtuung darüber, nicht zugesehen, sondern gehandelt zu haben. Die Tat zwang mich, meine gesicherte Position zu verlassen. Wollte ich das? Nein! Niemals. Mir gefiel das Leben in Pi-Ramses, das mich voll und ganz ausfüllte. Und doch, wenn ich es recht bedenke ..., etwas Wesentliches fehlte auch da.

Erst als er Jahwe begegnet war, dem All-Einen, von dem Nefertari auf ihre Weise sprach, erhielt sein Leben einen tiefen Sinn. Diese kluge Frau wusste auch, weshalb er nach Ägypten zurückgekehrt war. Nachdem er ihr wieder begegnet war, rebellierte er gegen die Rolle, die ihm Jahwe zugedacht hatte. Jahwes Befehl lautete, das hebräische Volk aus Ägypten zu führen. „Nein!", schrie er, „nein! Schick einen anderen, nicht mich!" Doch Jahwe ließ sich auf keinen Handel ein.

Sie standen sich gegenüber, die Männer, die einmal Freunde gewesen waren. „Und?", lächelte Ramses, „wie geht es dir, Moses? Du warst lange fort!" „Spar deine wohlklingenden Worte", unterbrach Moses den Pharao. Ramses trat auf ihn zu. „Lassen wir die Vergangenheit ruhen, die Hauptsache ist, wir sind wieder zusammen, Bruder." „Ich bin nicht mehr dein Bruder", kläffte es aus Moses' Mund, der einen Schritt zurückwich. Ramses schwieg, sah den Freund nur an, führte einen Becher Honigwein an seine Lippen. So ging es tagelang.

„Lass hören, was dein Gott von mir fordert", sagte der Pharao an einem anderen Tag. Aber Moses wollte nichts mehr erklären. Wie vorauszusehen war, kam es zum Bruch mit dem Königshaus.

Dann war es so weit. Die Hebräer konnten Ägypten den Rücken kehren. Wunder sollen dabei geschehen sein, wurde später erzählt. Moses aber weiß, wer seine Hand über sie hielt. Bei Ebbe zog er mit dem Volk durchs Schilfmeer. Die nachrückende ägyptische Armee wurde von der Flut überwältigt.

Die Schaukel, auf die sich Moses setzt, schwingt mit ihm vor und zurück, vor und zurück.

Vierzig Jahre sind sie unterwegs gewesen. Eine ganze Epoche. Womit habe ich die Tage, Wochen, all die Jahre zugebracht? Streit zu schlichten, war meine erste Aufgabe.

Aufstände zu verhindern eine weitere Pflicht. Und Kriege zu führen. Vor allem aber gehörte meine Zeit Jahwe. Selten nur waren wir uns einig, meist musste ich mühsam von seinen Vorstellungen überzeugt werden, um sie anschließend dem Volk mitzuteilen. Eine strapaziöse Angelegenheit. Wäre Josua nicht gewesen, hätte ich Jahwes Willen wohl kaum durchgesetzt. Kriege wurden auch geführt, weil die vielen Menschen und das Vieh Weideland brauchten, sonst wären sie verhungert. Abends, wenn die Arbeit getan war, ging ich zu Zippora ins Zelt, die schon auf mich wartete. Das änderte sich erst, als ich Naba kennenlernte.

Naba war Josuas Entdeckung gewesen. Er brachte sie von einem Streifzug mit. Ein Regentag ging zu Ende, an dem nicht nur die Menschen und das Vieh, nein, an dem die gesamte Natur aufzuatmen begann. Hinter der Zeltbahn hörte ich einen leichten Schritt, ich blickte von der Schreibarbeit auf. Vor mir stand eine hochgewachsene Frau mit einer Papyrusrolle in der Hand. Es war Naba, eine junge Witwe, wie ich wenig später erfuhr. Die Fremde blieb am Eingang stehen, sah mich eine Zeit lang nur an, dann fragte sie mit zögernder Stimme: „Störe ich dich, Moses?" Ja!, wollte ich antworten, schüttelte aber nur meine rote Mähne. Zippora hatte meine Haare lange nicht geschnitten. Neben der täglichen Arbeit musste sie auch noch Schafwolle spinnen, um daraus Umhänge für die Kinder zu weben.

Eine Haarsträhne löste sich unter Nabas Kopftuch, ihre Füße waren staubig. Ich zeigte in die Ecke, in der ein Wassertrog stand. Sie schüttelte den Kopf. „Ich möchte schreiben lernen, deshalb bin ich zu dir gekommen." Ah! Neugierig geworden, stand ich auf, bückte mich und wusch ihr die

Füße. Das hatte ich lange nicht getan, ich vermute, seitdem ich in der Wüste unterwegs war. Früher, als Hirte, wenn ich Zippora besuchte, da wuschen wir uns auch gegenseitig die Füße.

So hat es mit Naba begonnen. Ich weiß nicht mehr, wann sie erzählte, sie hätte von mir gehört und sei deshalb mit Josua mitgegangen. „Was hast du denn von mir gehört?", wollte ich wissen, als ich ihr das nächste Mal die Füße wusch. Naba war keine schwatzhafte Person, ich konnte ihr nichts entlocken, worüber sie nicht sprechen wollte. Sie trug immer einen breiten olivgrünen Schal, sodass sie im Lager bald ‚Die Grüne' hieß. Aber wo sie herkam, sagte sie nicht. Als ich Josua danach fragte, sagte er nur: „Die Grüne kam an einem Abend an unser Feuer und fragte nach dir." Mehr konnte ich auch aus Josua nicht herausbekommen.

Irgendwann, in einer sehr kalten Nacht, begann Naba davon zu sprechen, wie sie als zwölfjähriges Mädchen einem Mann gegeben worden war. Das waren ihre Worte, und ich bemerkte, wie Röte ihre Stirn überzog. „Er wurde mein Mann, war nie böse zu mir, nur ungeschickt", murmelte sie und lief hinaus. Sie kam erst wieder, als es hell wurde und ich aufgestanden war. Sie schmiegte sich in meine Achsel wie ein nacktes Vögelchen, das Schutz sucht. Scheu war sie aber nur in der ersten Zeit. Bald hatte sich Naba in unser Nomadenleben eingefügt und sie begann ihre Tätigkeit als Hebamme. Gleichzeitig wurde sie meine Schülerin. Ich staunte, wie rasch sie begriff, was ich ihr zu erklären versuchte. Sie wurde von einer ungeheuren Wissbegier geleitet, entwickelte ein besonderes Talent, alte

Schriften zu entziffern. Ich spürte, wie ich auf sie zu warten begann, auf den leichten, federnden Schritt. Manchmal, wenn sie mich warten ließ, weil sich eine Geburt verzögerte, ging ich zu Zippora hinüber. Es schien weder Zippora noch Naba etwas auszumachen, wo ich herkam.

Mit einem Satz ist Moses von der Schaukel gesprungen. Er hat Hunger. Ob er in ein Restaurant geht? Kati hat gesagt, er solle sich bei ihr wie zu Hause fühlen und nachsehen, was im Kühlschrank ist; etwas Essbares würde er schon finden.

Plötzlich stehen drei Mädchen mit ihren Schultaschen vor ihm, die ihn unverhohlen mustern. „Ist was mit mir?", fragt er und versucht, freundlich auszusehen. „Was machst du denn mit dem Messer da?" Ein schwarzhaariges Mädchen steht vor ihm und zeigt auf seine Hand. „Ach, das Taschenmesser ...", will er gerade erklären, da stürmen die Mädchen schon davon.

Naba trug auch solche Zöpfe wie das Mädchen, das ihn ansprach.

In der ersten Zeit, als Naba zu ihm in den Unterricht kam, band sie das Kopftuch nicht ab. Stumm deutete er auf einen Schemel, auf dem sie sich niederließ. Ihr Lerneifer brachte sein Leben durcheinander, das bis dahin geordnet verlaufen war. Es war nicht allein ihr Lerneifer, es war der Duft, den ihr Körper ausströmte. Noch konnte er sie kommen und gehen sehen, noch streckte er nicht seine Hand nach ihr aus, aber Naba ahnte, wie es um ihn bestellt war, wenn sie ihm in die Augen sah. Vielleicht hatte sie diese Erfahrung ja mitgebracht. Doch was ging es ihn an, wie viele Männer sie besessen hatten. Unvorbereitet trafen ihn Zipporas Worte:

„Geh zu ihr!" Er wusste, wen seine Frau meinte. „Nein!", brüllte er, „ich gehöre zu dir und zu meinen Söhnen, die du mir geboren hast." „Aber daran ändert sich doch nichts", lächelte Zippora und strich über seine zerfurchten Wangen. „Jahwe will es nicht!", stieß er keuchend heraus. Da lachte sie, wie sie noch nie gelacht hatte, als sie wieder sprechen konnte, sagte sie sehr leise: „Das glaubst du doch nicht, Moses! Dein Gott will, dass es dir gut geht, er möchte, dass es allen Menschen gut geht. In den zurückliegenden Wochen, lange bevor Naba zu uns kam, hast du nur noch gegrübelt. Wenn ich dich nach der Ursache fragen wollte, hast du abgewehrt, bist stumm hinausgelaufen. Was quält dich, liebster Mann? Ist es, weil wir immer noch unterwegs sind und das Ziel nicht erreicht haben, ist es das?" Ja, hätte er antworten können, aber im Grunde wusste er es nicht. So schwieg er, bis Zippora mit weicher Stimme weitersprach: „Naba liebt dich, nimm es an! Du wirst sie doch nicht verstoßen, Moses?" „Was redest du nur heute für einen Unsinn, Weib!" Wie soll ich jemanden verstoßen ..., wollte er sagen. Er stutzte, denn augenblicklich wurde ihm klar: Ich begehre diese junge Frau. Ich weiß, signalisierte ihm Zipporas Blick, ich weiß es seit Langem. Quäl dich nicht, das will dein Gott nicht! Und du? Heute weiß er nicht mehr, ob er das noch gefragt hatte. Zippora streichelte sein Gesicht, dann küsste sie ihn. In dieser Nacht hatte er Zippora geliebt, und doch nie begriffen, wer die Frau war, die tagein, tagaus für ihn da war.

Naba mochte es, wenn sie seine Füße massieren durfte, nachdem die Tontafeln weggeräumt waren. Oft saßen sie nur da und schauten sich an, bis am Horizont ein heller Streifen sichtbar wurde; manchmal tranken sie auch einen

Becher Bier. Moses genoss die Frische, die Naba ausstrahlte. Das Feuer loderte hell in ihm.

„Komm!", sagte Naba an einem Morgen, „lass mich nicht länger warten, Moses!" „Du?", fragte er, „du begehrst mich auch?" „Aber ja!" Langsam, als genieße sie seinen Blick, wickelte sie den Schal von ihren Hüften. Er spürte, wie sein Glied von der Wurzel her anschwoll. Lautlos bewegte sich Naba auf ihn zu. Er liebkoste erst die eine, dann die andere Brust, genoss ihre Zunge. Dann erfasste es ihn. Plötzlich wurde er gewahr, wie sie unter ihm weinte.

„Du sprichst nie von dir", sagte sie, als er sie fragte, wieso sie weine. Naba legte ihren Kopf an seine Brust. „Sprich von deinem Gott, Moses", bat sie, als es hell wurde. Ich habe es euch allen schon so oft erklärt!, wollte er hochfahrend antworten, doch er sagte nur: „Ich bin da, so heißt er." Die Antwort reichte ihr aber nicht. Naba setzte sich kerzengerade auf. „Aber", sie lachte aufreizend, „wie kann ich mir einen unsichtbaren Gott vorstellen? Ist Gott der Sonnenstrahl, der auf deinen Armen tanzt? Ist er das Staubkorn unter deinen Füßen ...?" „Du bist ja eine Dichterin!" Er beugte sich über sie, küsste ihre Achselhöhle. Ihr Körper gab unter seiner Schwere nach.

Am nächsten Morgen sollte Naba ihm den Bart schneiden. Die Schere in der Hand, blickte sie auf ihn herab, dann nahm sie sein Kinn in die Hand. „So kann ich dir doch nicht deinen Bart schneiden, wenn du immerfort den Kopf drehst." Drängten keine Termine, nahm sie sich auch seiner Füße an, die sie zwischen ihre Hände legte; jeden einzelnen Zeh massierte sie. Moses schrie, denn es tat unglaublich weh, gleichzeitig machte ihn der Schmerz hellwach.

Naba hat mich geliebt. Aber was war mit mir? Mit der Schuhspitze kickt Moses eine Büchse vor sich her, beginnt, damit wie mit einem Ball zu spielen, jagt über die weite Rasenfläche. Auf einmal ist ein Junge da, und ein richtiger Ball. Sie spielen Fußball. Als der Junge gerufen wird, hebt er nur kurz die Hand. Ach, seufzt Moses, der dem Jungen hinterher schaut, wie gut das tat. Sein Blick bleibt an einer Stuckfassade haften. Ist das dort Katis Haus? Er knöpft die Jacke zu, geht weiter, bleibt vor einem Strauch stehen. Seltsam, wundert er sich, die Zweige haben keine Blätter, aber die Blüten brechen schon auf. Vor ihm eine Frau in einem kanariengelben Mantel, die neben einem Mann hertrippelt und angeregt mit ihm plaudert. Kinder sausen auf Rädern vorbei. Er muss zur Seite springen. Sein Blick folgt dem Paar, das auf einer Bank Platz nimmt. Er kann nicht hören, ob sie sich streiten oder ob sie sich mögen. Was gehen ihn diese Leute an! Einer Eingebung folgend, hebt er die Hand, bevor er aus ihrem Gesichtskreis verschwindet, und ist überrascht, dass sie zurückwinken.

In Katis Wohnung angekommen, schneidet er einen Kanten Brot ab; kauend lässt er sich ein Bad einlaufen. Als er in den Spiegel blickt, erschrickt er über den ungepflegten Bart. Gleich am ersten Tag hatte Kati zu ihm gesagt: „Da liegt Hugos Rasierapparat, du kannst ihn benutzen, aber ich glaube, den brauchst du nicht, dein Bart sieht sehr gut aus! Was brauchst du noch, Wüstenfürst? Ach ja, dort hängt ein Bademantel, den du benutzen kannst."

Er reibt sich die Hände, zieht sich aus. Die geschwungene, türkisgrüne Wanne weckt Erinnerungen an ägyptische Wasserbecken, an rote und blaue Lotusblüten, an Dienerinnen, die die Prinzen verwöhnten. Und an Nefertari, an ihre metallisch klingende Stimme.

„Na, hast du sie entdeckt?", wollte Ramses wissen, der neben ihm im Wasser lag und mit Händen und Füßen nach ihm spritzte. Unversehens tauchte er Moses unter, der prustend hochschnellte. Er konnte sich nicht revanchieren, musste sich beeilen, denn er war mit Nefertari verabredet.

Das Gewand, das sie an diesem Nachmittag trug, war an den Säumen in purpurrote Seide eingefasst. „Darf ich mich zu dir setzen?" Nefertari machte eine Handbewegung, und er verneigte sich. „Lass die Förmlichkeiten! Du bist doch unser Bruder!" Auf diese Weise schaffte sie Distanz, ließ nicht zu, dass sich ein anderes Gefühl zwischen sie drängte. Nefertari zog eine Papyrusrolle aus ihrem Umhang, betrachtete die Schrift, reichte sie Moses. „Ich bin ein wenig müde, willst du sie mir vorlesen, Freund?" Er neigte den Kopf, keine verstand es wie sie, ihn für ihre Dienste einzuspannen, aber war es nicht wunderbar, in ihrer Gegenwart zu sein? Sie legte die Füße auf ein Kissen, winkte ihre Dienerin heran. „Bitte, bringe uns", Nefertari sah Moses an, „einen Krug gewürzten Wein." Diese Frau war die geborene Herrscherin. Sie verstand es, nicht nur eine harmonische Stimmung unter den Bedientesten zu erzeugen, sie hatte auch für das Konkubinenhaus ärztliche Aufsicht angeordnet. Ihr war es recht, wenn sich Ramses dort entspannte. „Ich liebe diesen Mann", sagte sie und lächelte. „Ramses braucht eine ganz besondere Pflege." Was sie darunter verstand, verriet die Pharaonin nicht.

Ihre Klugheit war einigen Priestern ein Ärgernis geworden. Sie hatte Ramses wiederholt darauf hingewiesen, dass an den Lehranstalten nicht sorgfältig genug unterrichtet wurde. „Ihr Geist ist eine Göttergabe", betonte Ramses. „Aber nicht nur der Geist. Sie ist auch eine begabte Liebhaberin." Wozu erzählte er ihm das? Wollte Ramses ihn aushorchen? Unsinn!, rief er sich zur Ordnung. Nefertaris Freundlichkeit war über die Palastgrenzen hinaus bekannt. Ging es um schwerwiegende politische Entscheidungen, wurde die Pharaonin häufig zu den Verhandlungen hinzugezogen. Sie konnte Ramses beeinflussen, ihm das Für und Wider in ausweglosen Situationen vor Augen führen. Dabei betrachtete sie die strittige Angelegenheit von allen Seiten, spann den Faden von einem Pol zum anderen, ließ nicht zu, dass sich Unklarheiten einschlichen. Nichts verachtete sie mehr als Unlauterkeit und Raffsucht. Sie war es, die Ramses vor einem zweiten Krieg mit den Hethitern warnte. Und doch hielt sie sich immer zwei Schritte hinter ihm. Sie würde dem Pharao nie die Ehrerbietungen schmälern, die ihm entgegenschlugen, sobald er sich in der Öffentlichkeit zeigte.

Moses betrachtete den mit Diamanten besetzten Reif, der Nefertaris Stirn schmückte. Was ging hinter dieser Stirn vor? Er gab ihr die Papyrusrolle zurück, nachdem er ihr den Text vorgelesen hatte. Eine Bittschrift, es ging wieder einmal um die Kriegswaisen im unteren Nildelta.

„Du möchtest wissen, woran ich gerade denke?" Er wollte abwehren, es erschien ihm ungehörig, die Pharaonin auszuhorchen. Nefertari war aufgestanden, wandte sich zum Gehen. „Treffen wir uns morgen wieder?" „Ich weiß nicht, was der Pharao vorhat. Vielleicht braucht er mich ja." „Also abgemacht", rief sie, als hätte sie seinen Einwand überhört.

Auch Moses entfernte sich, schritt hinüber zum Westtor, während er sich ab und zu nach ihr umsah.
 Was will sie von mir? Genügt ihr Ramses nicht mehr? Der Pharao hat wenig Zeit, weder für seine Gemahlin noch für ihn, den Freund und Bruder. Ich muss mich vorsehen, darf mich nicht mit ihr einlassen, nicht zu sehr, es könnte sie verletzen, denn niemals würde ich Ramses hintergehen. Niemals? Etwas kribbelte in seinen Adern, etwas zog sich hart zusammen. Ich bin ein Mann in den besten Jahren, ich sollte eine Aufgabe übernehmen und nicht hier herumsitzen. Wieso lässt mir Ramses nur so freie Hand, wieso spannt er mich nicht in seine Geschäfte ein? Vielleicht will er ja, dass ich seine Frau verführe? Ich werde ihn danach fragen, immer herrschte Offenheit zwischen uns. So soll es auch bleiben.
 Noch an jenem Abend unterrichtete ihn Ramses von seinen Plänen. Er hatte vor, eine neue Stadt in der Wüste zu errichten, nahe dem Nildelta, und er, Moses, sollte die Oberaufsicht darüber führen. „Schließlich kennst du dich gut aus, du warst ja in Memphis so versessen darauf, die Architektur unserer Väter zu studieren, dass du dabei die Rechtswissenschaft vernachlässigt hast. Deine Kenntnisse kommen dir jetzt zugute, das heißt unseren Plänen, nicht wahr, Bruder?" Er will mich von hier weg haben, war das erste, was Moses durch den Kopf schoss. Ob Ramses bemerkt hat, wie gern er mit Nefertari zusammen ist? Nein, das war nicht der Grund, Ramses würde es ihm direkt sagen, wäre er misstrauisch geworden. „Die neue Stadt, wo soll sie genau entstehen?", wollte Moses wissen, denn plötzlich merkte er, wie ihn die Aufgabe schon zu reizen begann. Er war aufgesprungen, stand vor dem Pharao und sah, Ramses würde

nicht darauf warten, dass er einwilligte, er setzte es voraus. „Es gibt keinen gescheiteren Kopf weit und breit, den ich damit beauftragen könnte", setzte der Pharao nach. „Du musst mir nicht schmeicheln, Bruder. Du weißt, dass ich tue, worum du mich bittest, noch dazu solch ein Auftrag! Ja, ich nehme die Herausforderung an. Für Ramses und seine Gemahlin soll eine einzigartige Stadt entstehen."

„Hitzkopf! Du glühst ja bereits voller Eifer, aber etwas Zeit lasse ich dir noch, erst muss ich nach Abu Simbel aufbrechen, ich möchte mich an Ort und Stelle umsehen, denn dort werde ich zwei neue Tempel errichten lassen. Doch das alles ist erst eine Idee. Genaueres berichte ich dir, wenn ich zurück bin. Da ich nicht weiß, wie lange ich wegbleiben werde, möchte ich dich bitten, dich während meiner Abwesenheit vor allem im Palast aufzuhalten." „Du weißt, ich stehe dir zur Verfügung, wo immer du mich brauchst, Ramses!"

An jenem Abend leerten sie noch mehrere Becher Wein und versicherten sich ihrer Freundschaft. Am nächsten Tag brach Ramses auf, den Löwen an seiner Seite. Den Löwenjungen hatte Nefertari ihm zu seinem Geburtstag geschenkt, der inzwischen eine stattliche Größe erreicht hatte. „Er soll dein Schutz sein, wenn ich nicht in deiner Nähe sein kann, Geliebter!", rief sie dem Schiff zu, auf dem der Pharao stand.

In den folgenden Wochen waren Moses und Nefertari fast täglich zusammen. Die Pharaonin liebte es, am Morgen spazieren zu gehen. „Hörst du? Siehst du das Vögelchen mit der roten Brust dort?" Nefertari nahm Moses' Arm, spitzte die Lippen, machte das Vogelzwitschern nach.

Sie ist eine Verführerin, so endeten seine Gedanken, wenn er sich auf seinem Lager hin und her wälzte und erst gegen Morgen einschlief. Und doch fehlte ihm der Pharao. Schon in Memphis waren die drei so unzertrennlich gewesen, dass die Pharaonenmutter die beiden Prinzen zur Rede stellte. „Nur einer", betonte sie und sah dabei Moses an, „wird Nefertari zur Frau nehmen, nur einer! Ihr liebt sie beide", hörte Moses, aber da hatte die ehrwürdige Pharaonin den Saal schon verlassen.

Es war oft nur für eine Stunde, dass sie sich im königlichen Palmenhain trafen. Jedes Mal stellte Nefertari eine Frage, auf die sie gemeinsam eine Antwort suchten. Es war ein Spiel, das ihnen gefiel. Insgeheim wünschte er, der Pharao bliebe, wo er war. Moses erschrak über solche Gedanken, wenn er auf seiner Matte lag und den Körper spürte, der sich nicht entspannen konnte.

Wovon haben sie gesprochen, worüber haben sie damals nachgedacht?

Seine Herkunft thematisierte Nefertari nicht mehr. Nur einmal hatte sie Moses danach gefragt, woher sein Interesse für die Hebräer stamme. Er war der Frage ausgewichen, und sie kam nicht darauf zurück.

Ramses war es gewesen, der eine hebräische Amme erwähnte. Sicher, dachte Moses, war es so. Das ist doch nichts Außergewöhnliches, es ist Sitte am Hof, eine Amme zu nehmen, um den Körper der Königin zu schonen. Selbst wenn es wahr wäre, was ihm zu Ohren gekommen war, dass irgendwo seine hebräische Mutter lebte, dann sollte sie bleiben, wo sie hingehörte, im Hebräerviertel. Er, Moses, gehörte zum Palast. „Ist ja schon gut", beruhigte Ramses den aufgebrachten Freund, „komm wir gehen in den Lustgarten!"

Jahre später trat Miriam auf den Plan. Sie behauptete doch tatsächlich, seine Schwester zu sein. Sie war es, die sich in seine Nähe schlich, die ihm Dinge zuflüsterte, die ihm ungeheuerlich vorkamen. Miriam blieb hartnäckig, versuchte ihn aufzuwiegeln und Gift in die Beziehung zum Königshaus zu träufeln. Er ertappte sich dabei, wie er begann, den Pharao zu beobachten und alles, was in seinem Umfeld vor sich ging, zu registrieren.

Miriam war es auch, die Moses die Legende vom Bambuskästchen erzählte, in das ihn seine Mutter gelegt haben soll. „Um dich zu retten, Moses! Du gehörst zu uns! Begreif das doch endlich, Mann!" Mit diesem Apell endeten immer Miriams Reden. Wie sie es geschafft hatte, die Palastwachen zu überlisten und unerkannt in seinen Gemächern aufzutauchen, konnte er sich nicht erklären. Angst kannte dieses Weib nicht. Wieso hatte er sie nicht abführen lassen? Er ahnte mehr als er durch Miriam erfuhr, dass es stimmen könnte, was dieses kesse Ding zu berichten wusste. Nur ein einziges Mal ließ er sich von ihr zu ihrem Elternhaus führen. Die Neugier hatte gesiegt.

Da stand eine hochgewachsene Frau in weinrotem Rock, die zum Stamm der Hebräer gehörte, und rührte in einem Topf. Dieses Viertel war ihm bekannt, seine Bewohner waren vor Jahrzehnten in Ägypten eingewandert. Wie um ihn herauszufordern, rief Miriam: „Wir haben unseren eigenen Gott! Nur El beten wir an, Moses!" Es klang wie ein Befehl.

Er erinnert sich auch, dass er sie stehen ließ, ja, dass er sie weggestoßen hatte. Was bildete sich dieses freche Mädchen ein? Einen aus dem Königshaus zu provozieren? Die hebräische Frau sprach er nicht an, obwohl Miriam zu ihr gelaufen war und aufgeregt auf ihn zeigte. So schnell er konnte, war er fortgegangen, nur weg wollte er aus diesem Bezirk. Doch etwas war bei der Begegnung geschehen: die hebräische Frau hatte ihn zärtlich angeschaut, so, als wollte sie ihm ein Zeichen geben. Von da an interessierte ihn alles, was die Hebräer betraf. Das war es, wonach Nefertari gefragt hatte. Er konnte nicht verbergen, dass er sich für diese Leute einsetzte, wann immer er mitbekam, dass sie zu Fronarbeiten oder anderen minderen Tätigkeiten herangezogen werden sollten. Jedes Mal bat er den Pharao oder seine Gemahlin, dem hebräischen Volk dieselben Rechte einzuräumen wie den angestammten Ägyptern. „Aber du führst dich ja auf wie einer aus diesem Volk", ermahnte ihn der Pharao. „Was gehen dich die Fremdvölker an, Bruder!" Da wusste er, dass er sich zurückhalten musste. Der Pharao hatte ja recht, doch der Blick der hebräischen Frau ließ ihn nicht mehr los.

Nach diesem Besuch hätte er Ramses fragen wollen, was weißt du über mich? Hat deine Mutter jemals etwas über meine Herkunft gesagt? Und was wusste ihr Gemahl, der tote Pharao, der ihn, als er noch ein Junge war, immer ignoriert hatte?

Die alte Pharaonin konnte er nicht nach seiner Herkunft fragen, das verbot die strenge Hofetikette. Vor Miriam würde er sich in Zukunft in Acht nehmen. Sie sollte es nicht mehr wagen, in seine Nähe vorzudringen, sonst müsste er tun, was er nicht tun wollte, und sie verhaften lassen.

Während sich Moses in der Badewanne dehnt und streckt, schwappt Wasser über den Rand. Wieso quäle ich mich heute mit diesen Fragen? Wer ich auch war, ob Ägypter oder Hebräer, jetzt bin hier. Bei Kati. Der Europäerin. Das Wort hat er im Park aufgeschnappt und sich gleich gemerkt.

Kati überrascht ihn im Bad, lehnt in der Tür, lacht, eine Hand vor dem Mund. Sofort zieht er sich den Bademantel über, versucht, die nassen Haare glatt zu streichen.

„Du bist schon da?"

„Wie du siehst", hört er aus der Küche. Kati hantiert am Herd, „worauf hast du Appetit?" Da er nichts sagt, legt sie ein Stück Fleisch in die Pfanne. Heißes Fett spritzt heraus, sie reißt ein Fenster auf. „In zehn Minuten können wir essen, deckst du den Tisch?" Kati zieht eine Schublade auf, zeigt aufs Besteck. Er nimmt Teller und Gläser vom Regal, legt eine blaue Tischdecke auf, die Kati ihm reicht.

„Hm", er wischt über seine Lippen, „du kannst wirklich gut kochen, Kati!"

„Was hast du heute gemacht?", will sie wissen. Erst jetzt stellt er fest, dass es draußen dunkel geworden ist. „Nichts", sagt er und verzieht das Gesicht. „Ich habe nichts getan." Er sieht es ihr an, sie glaubt ihm nicht. „Wenn du den ganzen Tag drinnen warst, wird es Zeit, dass du hinaus kommst. Ich kenne ein kleines Lokal, da gibt's einen vorzüglichen Wein, willst du? Ich ziehe mich nur noch schnell um. Gebadet hast du ja, Wüstenfürst", hört er sie im Bad sagen, „nur hast du vergessen, das Wasser abzulassen. Das nächste Mal tu es bitte! Ich hab nämlich keine Dienerin."

Eigentlich hat er keine Lust, jetzt noch auszugehen; viel lieber würde er hier mit ihr am Tisch sitzen bleiben. Woran erinnert ihn das Kerzenlicht?

Kati steht in rotem Pullover vor ihm. „Gehen wir?" Sie lacht ihn an, und die Unentschiedenheit, die er eben noch spürte, ist weggewischt. Wie heiter sie ist, und dabei hat sie einen langen Arbeitstag hinter sich, gegen neun war sie aus dem Haus gegangen. Moses betrachtet ihr Gesicht, möchte sie immerfort nur anschauen.

„Es ist, als gleite der Mond rückwärts, als schöbe er die Wolken mit seinem Rücken voran. Mit dieser Landschaft können selbst die Alpen nicht konkurrieren, oder?" Er weiß nicht, ob sie sich über ihn lustig macht. Plötzlich rennt sie los, erst am Flussufer bleibt sie stehen, während er langsam näher kommt. Komm!, möchte er sagen, gehen wir ins Bett!

„Wüstenfürst, sieh dir dieses Schauspiel an!" Wieder zeigt sie hinauf in den Nachthimmel, auf dem unter dem Mond die Venus strahlt. Heftig dreht sie sich zu ihm um: „Ach ja, ich vergaß, du lebtest ja unter Sternen, für dich ist das nichts Besonderes, schade, Wüstenfürst!" Kati irrt, die Gestirne bergen ein tiefes Geheimnis, auch ihn ziehen sie an.

Am nächsten Morgen steht er auf ihrem Balkon und beobachtet, wie sie mit schnellen Schritten zum Auto läuft. Bevor Kati einsteigt, winkt sie herauf. Heute will er das Berner Land erkunden. „Schade, ich würde dich gern begleiten, aber gerade heute habe ich einen ganz vollen Tag." „Ich schaff' das auch allein", hat er nur gesagt. Wieso lässt sich eine Frau wie Kati auf mich ein? Einen alten Zausel wie mich sollte sie in die Wüste jagen.

2

Sie hat ihm eine Armbanduhr und einen Kalender geschenkt. „Das ist Hugos Schreibtisch, aber er ist ja nicht hier." Kati nimmt ein paar Zeitschriften auf, „es ist dir doch recht, wenn du so lange in Hugos Zimmer wohnst, Moses?" Was soll er antworten? Er zuckt mit den Achseln. „Und was ist, wenn dein Freund plötzlich zurückkommt?" Ihr Lachen steckt ihn an; mit einem Blitzen in den Augen ruft sie: „Dann schläft er bei mir, was denkst denn du!"

Auf dem Sprung sein. Keine Truhe besitzen, die er ein- und auspacken muss, so hat er vierzig Jahre zugebracht. Aber davor, lange davor, war er ein wohlhabender und angesehener Baumeister in Pi-Ramses. Doch seine Herkunft holte ihn ein, noch bevor das Stadtzentrum fertig erbaut war. Moses stöhnt, es ist meine Art, draufzuschlagen, wenn mir etwas nicht passt.

Wahrnehmen was ist, was sich in jedem Augenblick wiederholen kann – das waren Katis Worte, als sie gestern Abend an der Aare saßen. Wo ist sie überhaupt? Ah, sie ist in ihrem Zimmer, er kann sie sprechen hören, also telefoniert sie wieder.

Hinter dem Schreibtisch, an den sich Moses setzt, bewegen sich dunkle Linien. Säulen tauchen auf, heben sich ab von der ockerfarbenen Wand.

Ist das Nefertari dort, an der Balustrade? Kann das sein? Was für eine absurde Situation, in die er geraten ist. Er, der Freund des Pharao, mit dem er zusammen Lesen und Schreiben lernte, soll sich nun gegen ihn wenden, ihm etwas abverlangen, was unvorstellbar ist.

Mit dem Löwen hatte Moses allerdings nicht gerechnet, der argwöhnisch um seine Beine strich, bis er auf Ramses' Pfiff hin von ihm abließ. Aaron stieß Moses in die Rippen. Lass das Schöntun, sollte es heißen, wir sind nicht hier, um alte Freundschaften zu pflegen, wir sind hier, um dem Pharao unser Recht abzutrotzen.

Geteilt waren die Meinungen über Moses auch unter den hebräischen Leuten, ob er der Richtige sei, für sie einzutreten. Und noch ganz andere Dinge wurden im Hebräerviertel laut, weshalb Moses Jahwe erneut anflehte: Ich bin nicht der richtige Mann! Schick einen anderen, der es besser kann! *Du bist es!*, lautete die Antwort.

Einem Impuls folgend hatte Moses beschlossen: Zur ersten Begegnung mit Ramses gehe ich allein. Es wäre unfreundlich gewesen, gleich am Anfang zu zweit aufzutreten. Außerdem hoffte er, Nefertari wiederzusehen. Selbst wenn er stottern sollte, was immer öfter geschah, wollte er in ihrer Nähe sein. Schon im Palastgarten setzte die Atemnot ein, die ihn heimsuchte, seitdem er nach Ägypten zurückgekehrt war. Lautlos wollte er umkehren, da erspähte er Ramses unter dem Granatapfelbaum. Oh, mein Gott, presste Moses durch seine Zähne, lass alles ungeschehen sein, ich möchte doch meine liebsten Freunde nicht verlieren.

Die beiden Männer schauten sich an, und es war, als würde jeder im anderen einen anderen erblicken. Schaudernd wich Ramses zurück. „Was hast du vor? Du kommst nicht als Freund!" Ramses rief seinen Löwen und schritt auf Moses zu. In dem Moment war Nefertari aufgetaucht. Der Pharao zeigte auf sie: „Um ihretwillen bleibe unser Bruder, Moses!", rief er mit rauer Stimme. „Und wisse, ich bin nicht dein Feind!"

Dann geschah etwas Kurioses. Eine Windböe riss dem Pharao die Krone vom Kopf und wehte sie vor Moses' Füße. Ohne nachzudenken, hob der sie auf und setzte sie sich auf den Kopf. Ramses war stehen geblieben, ein Diener lief eilfertig herbei. Gebietend hob der Pharao eine Hand: „Lass uns allein!" Sie standen ungefähr sechs Schritte voneinander entfernt, blickten sich an. Plötzlich brach Ramses in ein Gelächter aus, in das Moses, ohne es zu wollen, einfiel. Als sich der Pharao wieder beruhigt hatte, rief er: „Es ist wahr, du bist ein König, Moses!" Er machte einen Schritt auf ihn zu und beide hörten wie auf einen Befehl hin auf zu lachen. Moses bemerkte, wie der Pharao sich über die Augen strich. Da verneigte er sich und sagte: „Wenn es Jahwe nicht gäbe, wäre ich dir gefolgt."

Ein Schatten zog über Ramses' Stirn, der nun wieder die Krone trug. Er hob die rechte Hand, versuchte, seine Gefühle zu beherrschen, als er sagte: „In eurer Ziegelei ist eine Seuche ausgebrochen. Kümmert euch um die Aussätzigen und die Kranken in eurem Viertel!"

In der folgenden Nacht, als Moses bei Zippora lag, hörte er von ihr, dass es im Hebräerviertel Widerstand gegen ihn gäbe. Also hatte er auch unter den eigenen Leuten Feinde. Er spürte, wie er bebte, und sah, wie er die Fäuste ballte. „Mach dir nichts daraus", versuchte seine Frau ihn zu beruhigen. „Sie wissen nichts, versuchen immer und überall, Intrigen zu schmieden, aber sie sind in der Minderzahl."

Mit einem Ruck schiebt Moses Hugos Schreibtisch zurück. Es klirrt. Eine Vase ist zerbrochen. Er steht da, starrt auf die ockerfarbene Wand. Als er Kati hört, dreht er sich scharf herum, geht in den Flur, um Handfeger und Schippe zu holen.

Sie muss die Wohnung lautlos verlassen haben. Moses schaut auf die Uhr, es ist kurz nach sieben. Er räumt das Geschirr in die Spülmaschine, dann zündet er sich eins von Katis schwarzen Zigarillos an, stapft in der Wohnung umher, als suche er etwas, ächzend lässt er sich in den Sessel fallen, der rechts neben der Balkontür steht. Das geht doch nicht, dass ich hier herumsitze. Berlin steht auf meinem Kofferanhänger, darauf hat mich Kati schon mehrmals aufmerksam gemacht. Wieso fliege ich nicht dorthin?

„Berlin ist dein Ziel, so viel ist klar." Kati suchte seinen Blick. Er sah, dass sie wissen wollte: weshalb Berlin? Ich weiß es nicht, hätte er antworten können. Er schwieg, wollte nicht von hier fort, bevor er nicht wusste, wer die Frau war, die ihn ohne zu fragen bei sich aufgenommen hatte. Früher hätte er gleich mit ihr geschlafen. Sie herumgekriegt, wie Josua sich so manches Mal brüstete. Doch gerade das will er nicht. Ich möchte dich kennenlernen, Kati, möchte hören, wovon du träumst und was dir wichtig ist. Ich begreife zum ersten Mal, dass jeder Mensch ein Geheimnis besitzt. Wie ich darauf komme? Er schaut sich um, es drängt sich mir auf, wenn ich deine Pflanzen gieße, die Bücher betrachte, deinen schönen Kram. Ah, ich will gleich mal nachschauen, was du gerade liest.

Ägypten- und Palästina-Literatur. Kommentare zum Alten Testament. Eine aufgeschlagene hebräische Bibel. Märchen aus dem Libanon. Gershom Scholem. Überall liegen beschriebene Zettel drin. Ob ich die lesen darf? Besser nicht. Ich will ihr Vertrauen nicht missbrauchen. Und doch zuckt es in seinen Fingern. Ich kann Kati ja fragen. Immer wieder streift sein Blick über Hugos Foto. Am liebsten würde er draufschlagen. Doch es ist Katis Freund, und sie wird wissen, was sie an ihm hat. Wahrnehmen, was ist, hat Kati gesagt. Ob es nie in ihren Händen zuckt? Könnte sie zuschlagen wie ich? Moses knirscht mit den Zähnen. Als ob es nur das wäre.

Heiß war es in ihm aufgestiegen, hatte ihn überrollt, als er sein Schwert zog, um der Willkür ein Ende zu setzen. Und dann? Danach? So weit denkst du nicht, wenn es dich von hinten packt. Schluss damit! Wieso holt mich der Totschlag hier immer wieder ein, dass ich in die Knie gehen möchte, um Abbitte zu leisten? Der tote Ägypter weiß nichts mehr, oder doch? Wartet er darauf, dass ich zu sprechen beginne, brauchen die Toten unsere Vergebung? Ahnst du, wie es in mir brodelt, Kati? Ahnst du, wen du da aufgesammelt hast?

Wie oft sich Kati eine andere Frisur macht. Sie scheint Spaß daran zu haben. Er beobachtet sie, wie sie das Haar bürstet, wie sie es kämmt und wie sie sich einen Pferdeschwanz bindet. Er muss sie immer wieder anschauen. Das leichte Zittern der Augenlider, wenn sie am Computer sitzt. Die vollen, roten Lippen, der Mund, aus dem ein dunkles Lachen bricht, wenn sie sich umdreht und er plötzlich vor ihr steht. Der Schatten, der sich über ihr Gesicht legte, als er sie nach ihrer Kindheit fragte. Sie biss sich auf die Lippen und murmelte: „Später vielleicht... Lass es, Moses!"

Die Offenheit, mit der sie über Sex spricht, ihn dabei genau beobachtet. Will sie ihn reizen, aus der Reserve locken? Das ist es! Er kann Kati nicht einordnen, will es auch nicht, will sich überraschen lassen von einer Frau, die er liebt. Moses stutzt, stimmt das? Ist das Liebe, die ich für Kati empfinde? Ich hab Angst um sie, dass ihr etwas zustoßen könnte. Ich möchte sie mit diesen Pranken schützen, aber sie entzieht sich mir. Dabei sprechen ihre Augen eine andere Sprache.

„Der Wein ist gut, oder, Wüstenfürst?" Es ist Samstag. Sie sitzen an der Aare in Katis Lieblingslokal, vor ihnen ein süffiger Rotwein. Sie trägt einen metallblauen Pulli mit offenem Reißverschluss, darunter eine Korallenkette. Haare haben sich aus dem Pferdeschwanz gelöst, ihre Finger spielen darin. Kati kneift ein Auge zu, scheint nachzudenken. Er mag, wenn sie schweigen, genießt den Wein. Sie schaut ihn an. „Mir ist es völlig egal, wer du bist. Ob du aus Ägypten stammst oder aus Argentinien. Du bist mein Gast, Moses!" Sie lacht mit großem Mund, gibt ihm einen Klaps auf den Rücken. „Erzähl von dir, sprich von deinen Frauen!" Als hätte er darauf gewartet, stößt er einen Pfiff aus. Kati hebt ihr Glas. „Trinken wir auf dich und auf Zippora, und wen es sonst noch gibt!"

„Woher weißt du ...?"

„Ich hab Theologie studiert, habe ich dir das nicht schon erzählt? Also, wie war deine Zippora, Riese?" So soll sie ihn nicht nennen, das gefällt ihm nicht. Zwischen seinen Augen vertieft sich die Kerbe. „Was ist, habe ich dich gekränkt?" „Ja", Moses stutzt. Wieso gebe ich zu, dass mich eine Frau kränken kann, was ist los mit mir? In einem Zug trinkt er das Glas leer, schiebt laut seinen Stuhl zurück, geht zur Theke. Ohne Kati zu fragen, ob sie noch etwas möchte, bezahlt er die Rechnung. Doch dann wird er unsicher: Ich kann doch jetzt nicht zurückgehen. Wieso eigentlich nicht? Wieso nicht zugeben, dass etwas mit mir nicht stimmt, dass sich etwas in mir rührt, das ich nicht kenne. Er lässt sich neben Kati auf den Stuhl fallen. „Ich möchte mit dir in die Wüste reisen; ich möchte dir Zippora vorstellen, und nicht über sie reden, verstehst du das?" Kati hebt das Glas: „Auf dich, mein Fürst, und auf Zippora, die dich aufgenommen hat. Was wäre denn sonst aus dir geworden." Da muss er laut lachen. Er möchte sie küssen. „Das stimmt", sagt er, „du kannst dir nicht vorstellen, wie ich damals aussah, Kati. Einer, der sich wochenlang nicht gewaschen hat, der Mantel steif vor Dreck, Läuse im Haar. Zippora schien sich nicht daran zu stoßen. Sie ließ Wasser in einen Bottich laufen. Benommen von so viel Freundlichkeit, zog ich mich aus, paddelte im Wasser herum, verschluckte mich am Seifenschaum. Ich weiß nicht mehr, ob ich mich gleich in der ersten Nacht offenbarte und ihr gestand, einen Ägypter erschlagen zu haben. Ihre Zunge leckte meine Lippen. Ohne jede Scheu küsste sie mich. Ich war wie von Sinnen. Mit offenem Haar setzte sie sich auf mich, ich packte ihren Hintern. Als ich fertig war, konnte ich ohne zu stocken von mir berichten. Es war, als hätte ich diese Stunde gebraucht, als wäre ich sonst erstickt.

Ich kenne den Pharao, ich war sein engster Freund, sagte ich zu Zippora. Mir gefiel, wie er die Geschicke seines Landes lenkte, mit einer klugen Frau an der Seite. Ich war stolz darauf, zum Herrscherhaus zu gehören, stolz, als Ramses mich beauftragte, eine Stadt für ihn zu bauen.

Du gehörtest zum Palast? Ein Beben bemächtigte sich Zipporas Stimme. Ja, sagte ich nur, ich gehörte dazu, bis zu jenem Tag, an dem ich geflohen bin. Sie streichelte meine Hände. Jetzt bist du bei mir! Ich nickte und wollte mich vor ihr verstecken, kroch unter die Schafwolldecke. Ich bin kein Mörder!, flüsterte ich, glaubst du mir das? Zippora schwieg; was sollte sie darauf entgegnen. Ihre Hand strich über die Decke, unter der ich lag, strich über mein Haar, über meinen nassen Rücken. Und wieder begehrte ich sie. Ich habe getötet!, brüllte ich so laut, dass Zippora mir eine Hand auf den Mund drückte. Schrei doch nicht so, Moischele! Ja, ja, dachte ich, du willst es nicht hören. Aber es ist so!, keuchte ich. Es war Notwehr, nicht wahr? Zippora wollte meinen Rücken aufrichten, der immer wieder zusammensackte. Nein, es war keine Notwehr, es war Hass, weiß glühender Hass, der mich das Schwert ziehen ließ. Ein einziger Hieb genügte, und sein Leben war ausgelöscht. Und weißt du auch, wie es mir dabei ging, Weib? Nein, ich sehe es, du möchtest das nicht wissen, aber das geht jetzt nicht mehr, du hast es geschafft, dass ich zu reden anfange, nun muss auch das heraus. In jenem Augenblick, als ich sah, wie der Aufseher wankte und zusammenbrach, spürte ich Zuneigung zu einem Geschöpf, das mir ähnlich war. Ich umarmte ihn, bettete den blutenden Kopf auf die Erde. Stille lag über dem Platz, als ich wie gehetzt davonjagte.

Jetzt bist du bei mir, Moischele! Zipporas Wärme machte, dass ich nach ihr griff, doch diesmal entzog sie sich. Sie murmelte etwas, was ich nicht verstand. Kurze Zeit später stand sie mit einem Weinkrug vor der Matte, auf der ich ausgestreckt lag. Trink, Fremder!, sagte sie. Wie soll ich weiterleben, Zippora? Gierig setzte ich den Krug an die Lippen, trank ihn bis auf den Grund leer, ohne ihn ein einziges Mal abzusetzen. Ich packte meinen Mantel und stürmte hinaus. Tränen strömten über mein Gesicht. Es nützte nichts, nichts konnte die Tat ungeschehen machen, auch Zipporas Liebe nicht."

Moses hustet, als hätte er sich verschluckt. Sie verlassen das Lokal, gehen langsam die Brückenstraße hinauf. An der Uferböschung bleiben sie stehen, schauen den Enten zu, die ihre Köpfe ins Gefieder stecken. „Wenn du Theologin bist, Kati, dann ist dir das doch alles bekannt, wieso fragst du mich danach?" „Darum geht es nicht. Wie du es erzählst, und dass du darüber sprichst ..."

Er versucht, seinen Schritt ihrem Schritt anzupassen, sagt mit einem Kratzen in der Stimme: „Es ist wie ein Zwang, Kati, seitdem ich bei dir bin, muss ich wieder und wieder darüber nachdenken, wer ich war."

„Die Kirchengeschichte hat den Mord an dem Ägypter bagatellisiert; ihr geht es vor allem um einen heroischen Moses."

„Das bin ich nicht!"

„Ich weiß."

„Als ich die Peitsche hörte, die die Luft durchschnitt, als ich sah, wie sie den Handwerker zu Boden riss, wie der Aufseher auf dem Mann herumtrampelte ... Ungerührt schauten die Arbeiter zu. Ein Kind begann zu weinen. Und was tat ich, Kati? Ich stach zu. Blut spritzte in meine Augen. Es war Nacht, als ich unter einen Steinhaufen kroch, um vor meinen Verfolgern sicher zu sein. In der ersten Zeit hielt ich mich dicht am Ort des Geschehens auf, bewegte mich nur im Kreis. Erst nach einer Woche wagte ich mich weiter hinaus. Es gab eine Stimme in mir, die unablässig rief: *Stell dich!* Aber eine noch lautere Stimme geiferte: Da hast du aber Mut bewiesen! Toll, wie du das gemacht hast,

Moses! Aber war das Mut, einen Menschen zu erschlagen, Kati? In den Nächten, in denen ich lief und lief, fühlte ich nichts. Irgendwann stieß ich auf die Frauen am Brunnen. Ich war so erschöpft, dass ich annahm, es sei eine Fata Morgana. Jethro, der Priester dieses Landes, hieß mich willkommen. Als er mir in die Augen sah, da wusste ich: Er weiß alles von dir; diesen Augen kann nichts verborgen bleiben. Doch das Gastrecht gebot ihm, freundlich gegen einen Fremden zu sein. Er befahl seiner Tochter, mir ein Nachtlager zu richten. So wurde Zippora meine Frau."

Kati bleibt vor einem Schaufenster stehen, betrachtet Gemälde und Skulpturen hinter der Scheibe. Als sie sich zu ihm umdreht, läuft Moses in weiten Sprüngen davon. Erst auf der Monbijoubrücke holt sie ihn ein.

3

Die Tür steht auf. Moses beobachtet Kati, die in ihrem Zimmer hin und her geht. Da begegnet er ihrem Blick. Noch kann er ihr widerstehen, er reibt übers Herz, wie lange noch? Auf keinen Fall will er sie überrumpeln, nicht mit ihr zusammensein, bevor sie sich von Hugo gelöst hat. Ist Kati mein Forschungsobjekt? Das Wort hat ihm sofort gefallen, beim Stöbern im Wörterbuch hat er es entdeckt. Jeden Tag liest er in diesem Buch, um sich neue Worte anzueignen. Es macht Spaß, dem Gehirn Nahrung zu geben; auch deshalb ziehen ihn die Buchhandlungen an. In die Unibibliothek will ihn Kati mitnehmen, darauf ist er schon gespannt. Würde ihn jemand fragen, was Glück ist, würde er über einen Buchrücken streichen, eine Seite aufschlagen und zu lesen beginnen. Die Lust, Unbekanntes zu erforschen, ist ihm geblieben; das war es auch, was ihn mit Ramses verband.

Kati telefoniert, und er hat Muße, über sie nachzudenken. Inzwischen kennt er ihr dunkles, rollendes Lachen, auch das hohe, teuflisch klingende Hi-hi, das er überhaupt nicht mag. Es verunsichert ihn, er weiß dann nicht, ob sie über ihn lacht. Manchmal allerdings klingt ihr Lachen, als weine sie, ja, als weine und lache sie in einem. Als er es das erste Mal hörte – sie saß auf der Bettkante, das Handy lag auf dem Fußboden –, war es, als klemme ihm jemand die Herzschlagader ab. Und doch ist er nicht zu ihr gegangen, weil er sich vor solchem Weinen fürchtet. Ob sie sich nach Hugo sehnt, nach seinen Händen, dem glühenden Blick? Nein, er mag Hugo nicht. Er ist mein Rivale, Moses feixt, das ist er!

Berlin steht auf meinem Kofferanhänger, was wird das für eine Stadt sein? Nein, sie interessiert mich nicht, die Millionenstadt, die Kati mir neulich auf einer Karte gezeigt hat. Wer kann mich dahin schicken wollen? Hier möchte ich mit Kati leben. Kannst Du mir sagen, was ich in Berlin soll, mein Gott? Er kennt das, dass Jahwe nicht spricht, wenn er Ihn dazu auffordert. Es scheint, als wäre Er heiter, ja humorvoll geworden. Würde auch Gott sich verändern wollen? Da ist ihm, als streiche ihm jemand übers Haar, als kitzle ihn eine Hand im Nacken.

Moses zündet sich ein Zigarillo an, hängt die Füße über die Sessellehne. Mit Kati hat er über Jahwe gesprochen und war verblüfft, wie geschickt sie fragen kann. Aber so sind eben die Weiber!, hört er Ramses' Stimme. Sie wollen eindringen unter unsere Haut. Nefertari ist da keine Ausnahme! Das wusste Moses längst. Sie hatte ihm immer wieder ihr Gottesbild erklärt. Es war anders, als er es aus Lehrbüchern kannte, ganz anders als das, was der Vorlesepriester den Prinzen zu vermitteln versuchte. „Auch du, Moses, bist ein Aspekt Gottes." Nefertari klopfte gegen seine Brust. „Nimm die Sonne, was wissen wir von ihr?" Sie bewegte die Füße wie im Tanz, da fasste er sie um die Taille, schwang sie herum. Sie sah ihn streng an, drehte sich abrupt weg, ging kerzengerade davon. Später hatte sie ihm erklärt, dass er sie nie berühren darf. „Nimm dich in Zucht, Moses, du warst nahe dran!"

Tage danach setzten sie ihren Diskurs fort. „Gott steht für mich für das Gesetz, das ich einhalten muss", erwiderte er stur und lauschte trotzdem gierig ihren Ausführungen. „Was willst du?", fragte sie mit leiser Stimme. „Wieso machst du deinen Gott so klein, siehst du nicht, wie er schrumpft und wie er in dir weint? Lass ihn frei, er wartet darauf." Ihr plötzliches Lachen irritierte ihn noch mehr als ihre Worte. Als sich Nefertari wieder in der Gewalt hatte, murmelte sie: „Wer sagt denn, dass die Gottheit männlich ist?" Ihr Körper wurde so geschüttelt, dass sie sich an ihn lehnen musste. Sie winkte eine Dienerin heran und verabschiedete sich. Bevor sie ging, lud sie ihn für den nächsten Tag zu einer Spazierfahrt ein.

Am Nilufer bestiegen sie einen zweirädrigen Wagen. Nefertari zeigte aufs Wasser, als sie sagte: „Die Schwierigkeit besteht darin, dass wir die Gottheit erfassen und begreifen wollen, und auch müssen, so meinen wir jedenfalls, nicht wahr?" „Ja!", unterbrach Moses sie heftig, „sonst stehen wir doch mit leeren Händen da." Sie schwieg eine Zeit lang, bevor sie mit verhaltener Stimme sagte: „Demütig werden." Es war wie ein Windhauch, der seine Ohren streifte; erstaunt suchte er ihren Blick. Ich liebe sie wie ein Schüler seine Lehrerin. Irritiert über die Wucht seiner Gefühle stammelte er etwas, das sich wie eine Entschuldigung anhörte.

Moses drückt das Zigarillo aus. Das kann doch nicht sein, dass ich erst hier zu ahnen beginne, was Nefertari unablässig bewegte und was sie mir vermitteln wollte. Aber genau diese Kraft, von der sie sprach, habe ich erfahren.

Jahwe! – Du hast es wirklich faustdick hinter den Ohren! Doch mir gefällt, wie phantasiereich Du bist, und Kati anscheinend auch.

Stöhnend kommt er aus dem Ohrensessel hoch, reißt die Balkontür auf. Akazienduft strömt in seine Nase. Berlin kann warten! Ich bleibe bei dir, Kati! Ich möchte dir etwas schenken, aber was? Ich hab's! Ich werde dich nach Berlin mitnehmen. Er streicht sich über den gestutzten Bart. Plötzlich weiß er, was er tun muss. Ich werde mir eine Wohnung suchen, damit mich Hugo nicht überrumpeln kann, aber vor allem, um deine Gastfreundschaft nicht länger zu strapazieren, Kati. Ich sehe doch, wie angestrengt du bist, und dass dich etwas quält, wie kannst du dich dann für mich entscheiden?

In der Diele, vor der Yuccapalme, ist er stehen geblieben, sein Blick fällt in den Spiegel, er grinst seinem Ebenbild zu: Morgen muss ich mit meiner Bank sprechen, ich brauche Geld für die neue Wohnung. Kati wird staunen, wenn sie von meinem Vorhaben hört.

Da kommt sie, das Haar im Nacken festgesteckt. Ihr Blick verändert sich sofort, wenn sie spürt, dass er sie anschaut. Sie nickt nur kurz, verschwindet im Bad. Ihr Schweigen ist wohltuend. Es ist, als höre er dann eine nie vernommene Sprache. Begehre ich sie? Nein wäre gelogen; trotzdem strengt er sich kein bisschen an, ihr zu gefallen. Es rumort in seinen Eingeweiden, wenn er Kati im Treppenhaus hört. Es belustigt ihn, wie sie immer wieder eine Haarsträhne hinters Ohr zu schieben versucht. Und wenn sie ihm die Hand gibt, möchte er sie an sich ziehen. Nach Hugo fragt er nicht. Nur in Andeutungen hat Kati bisher von ihm gesprochen.

Moses schaltet die Nachrichten im Fernsehen an. Jedes Mal zuckt er zusammen, wenn gezeigt wird, wie eine Bombe explodiert und was sie angerichtet hat. Dicht drängen die Bilder heran, als geschähe das Attentat in diesem Zimmer.

„Wie geht es dir, wenn du siehst, was in deiner Heimat los ist?" Kati steht in der Tür, zeigt auf den Bildschirm. Sie scheint verstimmt. Ob etwas mit Hugo ist? Selten sehen sie zusammen fern, manchmal die Spätnachrichten.

Länger als eine Woche ist Kati fort gewesen. Dienstlich, hat sie nur gesagt, und überhaupt ist sie gereizt weggefahren. Sie arbeitet zu viel, gönnt sich kaum eine Pause.

Heute hat er das Kürbiskernbrot gekauft, das sie gern isst, Feldsalat und Gemüse auf dem Markt ausgesucht und eine Avocadosuppe gekocht, die Kati schmeckt.

Nach dem Essen streckt sie sich auf dem Sofa aus. Das Deckenlicht ist ausgeschaltet. Er zündet das Feuer im Ofen an, legt ihr eine Strickjacke über die Füße. „Wie kühl es heute wieder ist ..." Kati zieht an der Zigarette, sieht dem Rauch nach, der an der Stuckdecke entlangkriecht. Sie schweigen, bis sie sich aufrichtet und ihn anschaut. „Erzähl noch ein wenig", bittet sie. „Nein!", sagt er und ist darüber erschrocken. „Ich möchte wissen, wie es dir geht. Du hast beim Essen nur angedeutet, wie anstrengend die Reise war ..." Sie drückt die Zigarette aus, rollt mit den Schultern. „Hab ich das?" Plötzlich richtet sie sich gerade auf. „Ich war bei Hugo. Frag jetzt aber nicht weiter!"

Die Flammen hinter der Glasscheibe tanzen, das Holz glüht, bildet Gesichter, die grinsen, bis sie zusammenfallen. Kati geht in die Küche. Mit einer Weinflasche unterm Arm steht sie in der Tür. „Trinken wir einen Schluck, möchtest du?" Ich möchte dich, denkt Moses, während er Wein in die Gläser gießt. Sie hat die Augen halb geschlossen. „Und du? Was hast du in dieser Woche getrieben, Wüstenfürst?" Er schweigt, macht es sich im Schaukelstuhl bequem, spürt, wie sich sein Herz zusammenzieht. Was mag sie über mich denken? Ob ich ihr lästig geworden bin? Noch habe ich ihr nicht gesagt, dass ich mir eine Wohnung suche. Noch genieße ich ihre Gegenwart, den leichten Sandelholzduft, der den Räumen anhaftet. Moses beobachtet das Feuer, legt ein Stück Holz nach. Es kämpft in ihm. Gern würde er ihr jetzt sagen: Ich liebe dich, Kati, ich möchte mit dir leben! Etwas hält ihn zurück. Er kippelt mit dem Stuhl, der mit ihm hin und her schwingt, springt auf, stößt mit ihr an. „Kati! Seitdem ich bei dir bin, frage ich mich, wer ich bin. Bin ich tatsächlich der Moses aus dem Alten Testament, die Gestalt, über die du deine Diplomarbeit schreibst? Wieso fragst du mich immer wieder nach meiner Geschichte? Ist sie dir wirklich so wichtig?" Er möchte sie packen, schütteln, sie wendet das Gesicht ab. Hart lässt er sich in den Schaukelstuhl zurückfallen. Die Flamme schießt hoch hinter dem geschwärzten Glas.

„Was ist damals im Sinai geschehen? Die Dornbuschlegende ... Im Seminar haben wir den Text auseinandergenommen, darüber gestritten." Moses schüttelt sich, laut sagt er: „Was möchtest du wissen?"

„Wie du deinem Gott begegnet bist, Moses."

Er spürt, wie ihm ein Schauer den Rücken herunter läuft, rasch steckt er ein paar Trauben in den Mund. „Das willst du wirklich wissen?" Er atmet schwer, bleibt auf der Stuhlkante hocken. „Also gut. Du kennst das Klima in der Steppe, Kati. Ein außergewöhnlich trockener Sommer, der nicht nur mir zu schaffen machte. Jeden Abend überlegte ich, wo ich meine Tiere noch hinführen könnte. Ich hatte ein ganz bestimmtes Ziel. Den Berg Horeb im Sinai-Gebirge. Dort sollte noch Futter zu finden sein, erfuhr ich von den Beduinen. Bevor die Sonne aufging, zog ich mit der Herde los. Es war Mittag geworden. Ich hatte nur einen Fladen gegessen und wenig getrunken. Vor Erschöpfung musste ich eingeschlafen sein. Plötzlich roch ich Feuer. Ich sprang hoch, das konnte nicht sein! Es brennt in meiner Nähe und keiner der Hunde hat angeschlagen? So wie ich dastand, es waren vielleicht sechs Schritte bis zum Feuer, verharrte ich, rieb mir die Augen. Der staubtrockene Busch brannte lichterloh, aber seine Zweige verbrannten nicht. Ich wollte mich auf den Dornbusch stürzen, hielt in der Bewegung inne, etwas zwang mich, nicht weiterzugehen. Da stand ich, mit bebenden Knien, und begriff nicht, was vor meinen Augen geschah. So kann es gewesen sein, Kati. Willst du noch mehr hören?"

„Ich bitte darum!"

„Plötzlich hörte ich meinen Namen. Nein, das stimmt so nicht. Meine Ohren waren verstopft. Ich vernahm keinen einzigen Laut, nicht einmal das Prasseln des Feuers. Wie konnte ich da meinen Namen hören, begreifst du das? Über mir ein wolkenloser Himmel, wie an allen anderen Tagen. Ich blickte auf meine Füße. Da stand ich und hörte mich sagen: Hier bin ich! In dem Augenblick fiel mir ein, was Zippora in einer Nacht zu mir gesagt hatte: Wer Gott nahe ist, ist nahe dem Feuer.

Ich bin der Gott Abrahams, Isaaks und Jakobs, der zu dir spricht, Moses – sprach die gewaltige Stimme. *Du wirst mein Volk aus Ägypten führen!*

Kati geht ins Bad, als sie zurückkommt, legt sie eine Hand auf seine Schulter: „Moischele!" Dann kuschelt sie sich wieder in ihre Decke. „Erzähl weiter!"

„Mit aller Kraft versuchte ich, dem Bannkreis zu entkommen, und vermochte doch keinen Fuß vor den anderen zu setzen. *Vertrau,* hörte ich, *sei ohne Furcht, Moses!*
Wer soll jemals begreifen können, was mit mir auf dem Sinai geschehen ist?" Moses schweigt, greift den Feuerhaken, schiebt Asche durch den Rost, schichtet drei Birkenscheite auf die zusammenfallende Glut. Kati streckt sich neben ihm aus. Nur das Knistern und Knacken des Feuers ist zu hören. Die Flammen werden gehalten, selbst wenn sie hochschießen, wie jetzt. Die Glastür schließt fest. Ganz anders auf dem Sinai – da stand er dem brennenden Busch gegenüber, aus dem die gewaltige Stimme kam. Angst war es nicht, die sich seiner bemächtigt hatte. Panik schon eher. Moses schaut Kati an, hat sie etwas gesagt? Er stöhnt hinter vorgehaltener Hand. Diese Frau! Wer ist sie, dass sie ihn verführt, über das Intimste zu reden? „Jahwe hat sich dieses Experiment ausgedacht", brüllt er plötzlich los. Sie lächelt. Bei Gott, diese Frau lächelt! Er springt auf, zittert, obwohl er vor dem Ofen steht. „Dir ist ja kalt." Kati legt ihm eine Decke über. „Du zitterst ja, komm, leg dich hierher." Ihr Atem streift sein Gesicht. Er reißt sie an sich. „Kati, was ist mit Hugo? Liebst du ihn?" „Lass mich!" Er beißt sich auf die Lippen, wirft die Decke ab. „Ich muss an die Luft!" Vor dem Flurspiegel stülpt er den breitkrempigen, schwarzen Hut auf, den er seit gestern besitzt. Kati lehnt am Türrahmen. Wie zerbrechlich sie ist, tiefe Schatten unter den Augen. Sie ist den ganzen Tag unterwegs, muss Geld verdienen, die Miete bezahlen, und nun bin ich auch noch da. „Was kann ich für dich tun, Kati? Wie kann ich dich entlasten?"

Indem du mich liebst! Sie sieht ihn nicht an, er soll es nicht wissen, nicht bevor sie Klarheit in ihre Beziehungen gebracht hat. Vor allem muss sie mit ihrem Vater reden. Was für ein naiver Kerl Moses doch ist! Ahnt er nicht, wie es in mir aussieht? Weiß er denn nicht, dass ich Abstand brauche, gerade zu ihm? Es ist seine Geschichte, die Unruhe erzeugt. Nein! Es ist meine, es ist unsere Geschichte. Er soll mich nicht so ansehen, der Riese! Sonst kippe ich gleich in seine Arme. „Geh allein!", flüstert sie, „ich muss ins Bett."

Leise öffnet er die Tür. Kati ist ihm wichtig, nicht das, was gewesen und vergangen ist. Er schnaubt ins Taschentuch. Verdammt, was geschieht mit mir?

Hör zu, Jahwe, ich habe Dir gedient, habe Deine Gesetze befolgt und versucht, sie Deinem Volk zu erklären. Und was ist dabei herausgekommen? Gesetze haben die Menschen genug. Sie müssen nicht von Dir kommen. Was sie brauchen, fragst Du? Kennst Du den Song Ohne Liebe geht es nicht?

Es ist Sonntag. Heute kann Kati mit Moses frühstücken, die Zürcher Zeitung lesen und überlegen, was sie zusammen unternehmen wollen. Heute schaut sie nicht auf die Uhr. „Kochst du uns ein Frühstücksei?" Sie streckt die Beine aus, gähnt. „Heute hab ich frei, wie findest du das? Irgendwie siehst du müde aus, Moses. Bist du gestern Abend noch lange herumgelaufen, oder bist du bei Carlos versackt?" Sie zeigt auf sein Hemd. „Ein neues Hemd wäre nicht schlecht, oder? Hugo müsste in den Schultern so breit sein wie du ... Nein!, du bist ja ein Riese." Sie springt auf, zieht Schubfächer auf. „Dieses Hemd müsste dir passen, es ist ihm zu groß. Hab ich Hugo aus der Karibik mitgebracht. Er mag es nicht, es ist ihm zu bunt. Hier, fang!"

„Lass, Kati, ich werde mir Hemden besorgen. Wenn du willst, kannst du mich ja dabei begleiten." Schuhe braucht er auch. Am liebsten würde er Sandalen tragen, doch dafür ist es noch zu kalt. Er legt zwei Eier ins kochende Wasser, bleibt am Herd stehen, beobachtet die brodelnde Flüssigkeit. Könntest du einen wie mich lieben?, würde er sie jetzt gern fragen, doch Kati ist immer beschäftigt. Sie schleppt tatsächlich Hugos Hemden heran, als gäbe es ein ganzes Warenlager davon. Er schüttelt den Kopf, stellt ihr das Ei auf den Tisch. „Bitte sehr!" Da lacht sie, streckt ihm ihre Tasse entgegen: „Ist auch noch Kaffee da?" Er mag, wenn sie fröhlich ist, dann wird alles leicht, scheint alles einfach zu sein. „Schuhe sollte ich mir auch kaufen." Sie köpft das Ei, grinst. „Von Schuhen hab ich doch gar nichts gesagt." Ihre Hand streicht über das bunte Hemd, das über der Stuhllehne hängt. „Der oberste Knopf ist lose, ich werde ihn gleich annähen." Er rührt in seiner Tasse, möchte sie nicht verletzen, und will doch nicht in Hugos Hemden spazieren gehen.

„Das versteh ich! Du wirst hier", sagt Kati kauend, „schon etwas Passendes finden."

„In Memphis ...", er sucht ihren Blick, „also in Memphis wurden für uns extra feine Hemden genäht, und einen Palastschuhmacher gab es auch." „Ich weiß", murmelt Kati, während sie Hugos Hemden wieder zusammenfaltet. „Aber du bist weder in Memphis noch im Sinai." Erstaunt blickt er hoch. Das Telefon klingelt. Sie geht mit dem Handy in ihr Zimmer. „Die Redaktion", erklärt Kati, als sie zurückkommt. „Mein freier Tag ist hin! So ist das, Moses, ich bin eben kein Prinz."

Sie läuft hin und her, ruft: „Also kauf dir Klamotten, die dir gefallen!" An der Tür sagt sie leise: „Entschuldige bitte, aber ich muss los!" „Ist schon gut", murmelt er und zieht die Tür hinter ihr zu. Dann steht er auf dem Balkon, späht über die Straße. Plötzlich überfällt ihn panische Angst. Wenn es Kati gar nicht gibt, wenn er sich das alles eingebildet hat? Er kennt die Lichtspiegelungen in der Wüste, die Verführung, die von einer Fata Morgana ausgeht, gerade dann, wenn du am verdursten bist. Auch er war solchen Illusionen erlegen.

Da ist sie! Dort, zwischen den Kindern, läuft Kati mit eiligem Schritt. Würde sie ihm jetzt winken, heraufschauen zum Balkon ... Ich bin ja meschugge, und abergläubisch obendrein. Er dreht sich um seine Achse, juhu! Kati ist kein Phantom und keine Fata Morgana, juhu! Pfeifend räumt er das Geschirr weg, schnappt seine Tasche und macht sich auf den Weg.

Die Verkäuferinnen haben mit ihm gescherzt, ihm die unterschiedlichsten Hemden und Hosen hingelegt. Schließlich hat Moses zwei Hemden genommen und eine Jeans. Auch drei T-Shirts, Unterwäsche und Handtücher. Die Hemden haben genau den Schnitt, den er bevorzugt. Kragenlos, mit einem gesteppten Bündchen, und länger als gewöhnliche Hemden sind sie auch. Sandalen, beinahe so fein genäht wie in Memphis, entdeckte er in einem winzigen Laden. Nach dem Einkaufsbummel speiste er in dem Fischrestaurant nahe der Aare, in dem er schon mit Kati war. Das Zanderfilet schmeckte vorzüglich. Vielleicht ist er deswegen so lange beim Wein sitzen geblieben? Danach waren alle Geschäfte geschlossen, nur am Bahnhof würde er noch Blumen für Kati kriegen, oder an einer Tankstelle. Spät kam er nach Hause, ob Kati schon schlief? Er öffnete die Balkontür, der Verkehr war ruhig geworden, ein Käuzchen war zu hören.

„Du schläfst noch nicht, Moses?" In karminrotem Schlafanzug steht Kati hinter ihm und legt eine Hand an seine Hüften. Er späht über ihre Schulter. „Ist Hugo da?" „Nein, nein, ich konnte nur nicht schlafen, weiß auch nicht wieso. Machst du mir bitte ein Glas Milch warm?" In kleinen Schlucken trinkt sie die heiße Milch, in die er einen Löffel Honig gerührt hat. Du lässt mich nicht schlafen, gehst mir nicht aus dem Sinn, Moses, müsste sie jetzt sagen. Unvermittelt fragt sie: „Was war eigentlich mit deiner Mutter los? Wieso steht von ihr so wenig in der Bibel?" Moses presst jeden einzelnen Finger, er würde ihr am liebsten das Glas aus der Hand schlagen, das sie gerade an die Lippen führt. So unwissend kann Kati doch nicht sein! Jetzt bemerkt er, wie sie sich die Schläfen reibt. „Hast du wieder Kopfschmerzen?" Sie nickt, „ich nehme ein Aspirin, dann lege ich mich wieder hin. Verzeih, ich wollte keine Gespenster wecken. Die Frage war plötzlich da, dabei spielt deine Mutter im Alten Testament überhaupt keine Rolle."

Diese Frauen! Erst entlocken sie dir deine geheimsten Gefühle, dann lassen sie dich stehen wie einen Stock, den man nicht mehr braucht. Wie seine Mutter! Auch sie war aufgetaucht und blitzschnell wieder verschwunden. Aber hatte er das nicht selbst angeordnet?

Er sieht seinen Diener genau vor sich, der sich räuspert, bevor er meldet: „Moses, deine Mutter ist gekommen!" Die Worte hallten wie ein Donnerschlag, der sein Leben zerschmettern konnte, wenn er nicht auf der Hut war, erinnert sich Moses, während er sich auf Katis Sofa ausstreckt.

Nie wird er dieses Bild loswerden. Die hebräische Frau, bis zu den Füßen in einen weinroten Schal gehüllt, die an der Palastmauer lehnt und zu seinen Fenstern schaut. Ohne auch nur einen Augenblick zu zögern, ließ er die Person wegführen, die behauptete, seine Mutter zu sein. Wie war sie überhaupt bis zu ihm vorgedrungen? Sollte er den Wachen Vorhaltungen machen und Ramses informieren? Nein, einer Frau wegen mach ich doch kein Geschrei. Dabei hätte er große Lust gehabt, Ramses' Löwen auf sie zu hetzen. Kaum hatte er seinem Diener Anweisung gegeben, die Hebräerin wegzuführen, da ließ Ramses ihn in den Vorhof bitten. „Kannst du dich in den nächsten Tagen im Hebräerviertel in der Ziegelbrennerei umsehen? Wir müssen feststellen, wie viele Ziegel dort an einem Tag gebrannt werden." Ramses erklärte ihm, was er vorhatte und weshalb er die Anzahl ganz genau wissen musste.

So war Moses mit den hebräischen Handwerkern ins Gespräch gekommen. Er ertappte sich dabei, wie er sie nach seiner Herkunft fragen wollte. Immer wieder beschäftigte ihn die Frage: Ist die Legende wahr, die über den Knaben Moses erzählt wird? Geschichten werden überall und zu allen Zeiten erzählt, beruhigte er seine Nerven. Doch etwas Dunkles machte sich breit, das ihn mehr und mehr gefangen nahm. Sei es, wie es sei, ich bin und bleibe der engste Vertraute des Pharao. Das rief er sich täglich ins Gedächtnis, denn er genoss das Leben am Hof. Was ging ihn da seine Abstammung an?

Die Überschwemmungszeit, auf die alle gewartet hatten, begann mit einem großartigen Fest. Ramses, der länger als zwei Monde fort gewesen war, war pünktlich zurückgekehrt, siegreich, wie so oft. Die Unruhen waren geglättet, auch die nubischen Völker wussten nun wieder, wer ihr Herrscher war.

Es war Moses' letzter Abend vor seiner Abreise nach Pi-Ramses. Nefertari saß neben ihrem Mann, der einen Arm um ihre Schultern legte. Der Pharao lächelte, zu seinen Füßen schlief der Löwe, der ab und zu den Kopf zur Seite warf. „Dich stört das Mondlicht", flüsterte Nefertari der Raubkatze ins Ohr und kraulte die goldflammende Mähne. Streichle mich auch! Moses musste an sich halten, um es nicht laut zu sagen. Plötzlich ärgerte er sich, dass er die Abwesenheit des Pharao nicht genutzt hatte, um der verführerischen Frau näherzukommen.

„Was ist mit dir, Freund, du wirkst so abwesend, bist du schon unterwegs?" Ramses stieß ihn freundschaftlich in die Seite. „Wieso antwortest du nicht? Wann willst du morgen aufbrechen? Oder stimmt etwas nicht? Ist der Zeitpunkt ungünstig gewählt? Sprich! Schließlich wirst du die Bauaufsicht in Pi-Rames führen! Trinken wir auf das Neue, das uns alle erwartet." Der Pharao war aufgestanden und reichte dem Freund einen Becher. „Ja", bekräftigte Nefertari, „trinken wir, dass dich ein guter Stern leiten möge, Moses!"

Da stehen die beiden liebsten Menschen, die ich habe und die ich verlassen werde, durchfuhr es Moses, der aufgesprungen war. „Es ist spät, ich muss noch packen, verzeiht, wenn ich mich schon entferne." „Warum so förmlich, Bruder?" Ramses schaute seine Gemahlin an, die unmerklich die Schultern hob: Lass ihn, sollte es heißen, lass ihn in Frieden ziehen.

Seit Tagen segeln sie mit kräftigem Wind. Das Seidentuch, das ihm Nefertari zum Abschied gab, liegt auf dem Kopfkissen in seiner Kabine. Gute drei Wochen werden sie unterwegs sein. Für jede Art von Bequemlichkeit ist gesorgt; selbst ein heftiger Sturm wird dem stabilen Schiff nichts anhaben können. Was kann dem Freund des Pharao auch geschehen? Moses wirft sich auf der Matte herum, hört das Wasser an die Bordwand klatschen. Wieder träumt er von der hebräischen Frau, die im Palastgarten erschienen war. Deutlich hört er, wie sie ‚mein Moischele' flüstert. ‚Moischele!' Darüber wird er wach. Er greift seinen Mantel und steigt an Deck, läuft auf und ab, bis der Steuermann sich zu ihm gesellt. „Trinken wir einen Becher Bier!", sagt der Mann mit der Narbe über der rechten Augenbraue. Moses trinkt den Becher leer. Die Männer schweigen, der scharfe Nordostwind macht jede Unterhaltung zunichte.

Es ist ein Fluch, ein Fremdling zu sein, wütend reißt Moses an seinem Bart. Ich weiß es ja längst, wer mich geboren hat. Weit lehnt er sich über die Reling, die Finger ins nasse Holz gekrallt, brüllt er in den Wind: „Aber ich bleibe ein Ägypter!"

Wieso Kati nach seiner Mutter fragt und damit eine Wunde aufreißt? Meine Gefühle gehen niemanden etwas an. Ahnt

Kati, wie es in mir aussieht, will sie mir eine Brücke bauen? Ich sollte auch schlafen gehen, das wäre das Beste. Er schleppt sich zur Toilette. Was für ein Narr ich bin zu glauben, es gebe ein neues Leben für mich. Wieso suche ich mir nicht endlich eine eigene Wohnung, was tue ich hier? Wer ist diese Frau, die auf Hugo wartet, wie ich erst heute Vormittag wieder mitbekommen habe, als ihre Hände zärtlich über seine Hemden strichen? Moses schnäuzt ins Taschentuch. Nie hat ihn interessiert, was die Frauen tun, wenn sie allein sind, worüber sie nachdenken, worüber sie mit ihren Freundinnen reden. Sie sind für ihn wichtige Gesprächspartnerinnen gewesen, in ihrer Gegenwart kann er schärfer denken, so kommt es ihm vor; nur die aufbrausende Miriam mochte er nicht, die behauptete, seine Schwester zu sein. „Sie hat einen schnellen Verstand, setzt die Dinge gleich in die Tat um", mit diesen Worten hatte Aaron immer wieder die Geschwister zu versöhnen versucht. „Er begreift aber auch nichts, dieser Ägypter", schrie Miriam. Sie wollte ihn treffen, ihn verwunden, denn die tiefe Freundschaft zum Pharaonenpaar, vor allem zu Nefertari, konnte Moses auch während der Wüstenwanderung nicht verbergen.

Jetzt bin ich hier, in Katis Welt, die ich kennenlernen will, beschließt Moses, der in der Küche ein Glas Wasser trinkt.

4

Das Berner Land. Klare Seen, schneebedeckte Gipfel. Moses hat sich eine Kletterausrüstung besorgt, die er ausprobieren will. Unterwegs spricht er die Leute an, die ihm begegnen, so erfährt er mehr aus ihrem Leben. Überall gibt es ein schwarzes Schaf in der Familie, oder es gibt Unfälle. Der Tod ist immer nah. An manchen Abenden kommt er erst spät zurück. Den Plan auszuziehen, hat er nicht aufgegeben. Mit dem Auto oder mit schnellen Zügen durchquert er die Schweiz. Manchmal bleibt er über Nacht fort, dann schickt er Kati eine SMS. Thomas, der Computerverkäufer, führte ihn in die fremde Materie ein. Er berät ihn auch, wenn es ein Problem gibt mit seinem Rechner. Kati möchte Moses damit nicht belästigen. Sie hat ein volles Arbeitsprogramm. Er freut sich darauf, wenn er ihr die erste E-Mail schicken wird. Moses hat Feuer gefangen, ist begeistert von den Möglichkeiten, die der Computer bietet. Selbst Thomas ist erstaunt, wie interessiert Moses an den neuen Medien ist. Es ist die alte Wissbegier, die ihn stundenlang tüfteln lässt, bis er das Problem lösen kann, das ihm tagelang zu schaffen macht. Kommt er nicht weiter, hilft der Fachmann. Mit Thomas versteht er sich gut. Der junge Mann ist unkompliziert und kompetent. Als Thomas erfährt, dass Moses nicht Auto fahren kann, ruft er einen Bekannten an, der eine Fahrschule besitzt. Bei ihm nimmt Moses die ersten Fahrstunden.

Fährt Moses mit dem Zug und betritt ein Abteil, hört er auch schon mal: „Da schau doch, der Hüne dort!" Es stört ihn nicht. Der Stock ist auch in der Schweiz sein Begleiter, ohne ihn verlässt er die Wohnung nicht. Inzwischen kennt er die Straßen, die zu Katis Haus führen, auch

bestimmte Geschäfte sind ihm vertraut. Ab und zu plaudert er mit den Ladenbesitzern. Es macht ihm Freude, Kati zu beschenken, ihr einen Blumenstrauß hinzustellen. Selten denkt er noch darüber nach, wer sie ist und ob sie Hugo wirklich liebt.
Sie liebt dich! Lass dir Zeit!
Ah! Endlich höre ich dich wieder. Ob du recht hast, liebe Seele?
Und ob!
Du hast Humor, du gefällst mir.

„Ich fahre mit Anna nach Glarus, wir wollen meine Diplomarbeit noch einmal durchgehen und die Sonne dort oben genießen", sagte Kati an einem Nachmittag, während sie mit Moses Tee trank.

Er kennt Anna, ist ihr zwei Mal begegnet. Die kluge Anna, wie Kati ihre Freundin nennt, arbeitet, wie Kati, im Schweizer Rundfunk.

An einem Wochenende hatten sie zu dritt einen Bootsausflug unternommen. Braun gebrannt, als käme Anna direkt aus der Karibik, stand sie mit einem Picknickkorb in der Diele. Die Sonnenbrille im kastanienbraunen Haar, lachte sie Moses an. „Na, seid ihr fertig? Dann Leinen los! Das Boot ist klar und wartet auf uns!"

Es ist faszinierend, überlegte Moses, der hinter den Frauen herging, wieso die eine mein Herz klopfen macht, während die andere mir gleichgültig ist. Beide Frauen von schmalem Wuchs, mit langen Beinen und offenem Blick. Sie sind sich auf eine bestimmte Weise ähnlich. Und doch ist es Kati, die in seinen Adern pocht.

Anna kannte sich mit dem Segelboot gut aus. Mit knappen, präzisen Worten zeigte sie Moses die notwendigen Handgriffe, während Kati sich die Bluse auszog und die Sonne auf nackter Haut genoss. Irgendwo am Ufer legten sie an, schwammen um die Wette. Klar hat er die Frauen abgehängt, wäre ja gelacht! Als sie ihren Picknickkram zusammenpackten, begegnete er Annas Blick, als wollte sie ihn durchleuchten. Schließlich wohnte er nun schon eine Zeit lang mit ihrer Freundin zusammen, aber Fragen stellte ihm Anna nicht. Als sie sich verabschiedeten, umarmte sie ihn.

Heute sind die Freundinnen nach Glarus aufgebrochen. Er hätte Kati noch etwas sagen wollen, drückte ihr jedoch zum Abschied nur stumm die Hand.

Auf dem Schreibtisch steht der Laptop, den er bei Thomas gekauft hat. Wenn er schreibt, kann er seine Gedanken ordnen. Auch im Internet kann er recherchieren. Das wäre etwas für Nefertari und für Ramses gewesen, die über alle technischen Neuerungen entzückt waren. Doch es ist, als wären die Gestalten zusammengeschmolzen, als zögen sie sich in den Horizont zurück. Moses klatscht in die Hände, es geht mir gut, was will ich noch? Da ist ihm, als freue sich die Seele, als streiche sie ihm zärtlich über den Hinterkopf.

Weiter so, mein Junge!

Mehr will er nicht, als die Verbindung mit ihr halten. Nie stellt sie ihn vor ein Ultimatum, nie zeigt sie ihm die kalte Schulter. Danke!, ruft Moses.

Über Nacht ist es Sommer geworden. Es ist, als wäre die Luft mit Blüten gefüllt. Auf dem Fluss, gegenüber, tummeln sich Kanus und Ruderboote. Die Stadt ist leise geworden. Die Kinder sind in die Ferien gefahren. Kati und Anna sind noch nicht aus Glarus zurück.

Er wäscht gerade das Geschirr ab, das nicht in die Spülmaschine passt, da klingelt das Telefon. Es ist Kati, die mit froher Stimme spricht, von Braunwald erzählt und von Menschen, die er nicht kennt. „Ich fahre nach Italien weiter, mein Chefredakteur hat mich gefragt, ob ich über die Giacometti-Ausstellung in Milano berichten kann, also hab ich den Auftrag angenommen. Anna müsste schon zurück sein." Dann fragt Kati noch, und es kommt ihm so vor, als schwanke ihre Stimme: „Vermisst du mich?" Mit einem Lachen hat sie aufgelegt, ohne auf seine Antwort zu warten.

Heute will er an den Thunersee fahren, auf dem sie mit Anna gesegelt sind, beschließt Moses und krempelt gleich die Ärmel auf. Das wenige, das er braucht, ist rasch zusammengepackt, vielleicht bleibt er über Nacht. Pfeifend sitzt er am Steuer, der Mietwagen hat ein Schiebedach. Er schaltet das Radio an, klopft die Musik mit, die aus den Lautsprechern dringt. Ein Mädchen winkt, soll er anhalten? Kurz entschlossen legt er den Rückwärtsgang ein: „Wohin möchten Sie denn?" „Geradeaus", sagt das Mädchen und setzt sich neben ihn. Verflixt, das ging aber schnell! Sie erinnert ihn an seine Schwester Miriam, hat auch so einen Zug um den Mund, der ihn nervös macht. Das Mädchen schlägt die Beine übereinander, zündet eine Zigarette an, die sie ihm in den Mund stecken will. Er schüttelt den Kopf. „Ich heiße Sonja", sagt sie und dreht die Musik lauter. „Ich hab kein Geld, deshalb hab ich dich angehalten. Kannst du mir fünfzig Franken leihen?" „Leihen? Wie soll das denn gehen?", fragt er und sieht ihr ins Gesicht. „Ich bring das

Geld vorbei, wenn ich wieder bei Kasse bin." „Dort", sie zeigt auf ein Schild, „dort muss ich hin, mein Freund arbeitet da!" Dann ist es ja nicht mehr weit, denkt Moses und entspannt seine Muskeln. Als Sonja aussteigt, winkt sie mit den Geldscheinen. Nach zwei Kilometern hält er an einer Raststätte. So einfach ist das, du sagst, ich brauche Geld, und schon geht es dir besser. Das Mädchen wollte unbedingt seine Adresse haben, er hat sie ihr nicht gegeben. Wozu? Du bist mir nichts schuldig, hätte er sagen können, sie hätte bestimmt gelacht. Ihm ist leicht zumute, als hätte das Mädchen seinen Kopf frei gemacht. Über Kati muss er auch nicht mehr nachdenken. Soll sie es gut haben in Mailand.

Mit freiem Oberkörper liegt er auf dem Bootssteg, schaut stundenlang nur in den azurblauen Himmel. Es ist Nachmittag geworden. Die Sonne treibt als helle Scheibe hinter weißen Wolken dahin. Nie hat er solch ein Leben geführt. Nie wäre es ihm in den Sinn gekommen, den Tag zu genießen. Es verlangt ihn nicht einmal, mit Kati im Bett zu liegen. Noch hebt er die Nase, wenn sie durchs Zimmer geht, ihren Schritt kennt er genau, hört sie schon von Weitem kommen, lauscht, wenn sie die Tür aufschließt. Es ist, als gäbe es nichts, das er nicht schon wüsste über sie. Wieder schaut er den ziehenden Wolken nach. Ob ich noch einmal ins Wasser springe, oder mit dem Jungen Ball spiele wie vorhin?

„Wer bist denn du?", hatte der Junge, der vielleicht neun Jahre alt war, gerufen, als Moses ihm seinen Ball zurückwarf. „Moses, und wie heißt du?" „Stefan", rief der Junge und sprang davon. Dann, es war eine halbe Stunde vergangen, stand der Junge wieder vor ihm. „Spielst du mit mir?"

Hab ich jemals mit meinen Söhnen Ball gespielt? Hab ich sie überhaupt wahrgenommen, so wie diesen Jungen hier, der Stefan heißt? Die Erziehung habe ich Zippora überlassen, mich überfordert gefühlt, wenn sie meine Meinung dazu hören wollte. Nicht einmal schreiben und lesen habe ich ihnen beigebracht, da ist Aaron schneller gewesen. Auch Miriam kümmerte sich um meine Söhne. Ich bin doch ihre Tante, hat sie nur gesagt. Und in Midian, bei den Großeltern, gefiel es den Jungen besonders gut.

Wen hatte denn ich, als ich ein Kind war, außer Ramses? Wieder die alte Litanei! Schluss damit! Das macht die Hitze, die ich nicht mehr gewohnt bin. Moses blickt auf, weil ein Schatten auf ihn fällt. Vor ihm steht Stefan. Da springt er auf, nimmt den Jungen an die Hand, läuft mit ihm über den Steg, zeigt übers Wasser, erklärt ihm den Stand der Sonne und alles, wonach Stefan ihn an diesem Nachmittag fragt. Von dir, Stefan, werde ich Kati erzählen, wenn wir endlich wieder Zeit füreinander haben. Sie weicht mir in letzter Zeit aus.

„Mit wem sprichst du denn?", will der Junge wissen, der seine Hand drückt. „Ist Kati deine Frau? Lebt ihr zusammen oder getrennt?" „Na nu", wundert sich Moses, „wonach du fragst!" Stefan ist stehen geblieben, leise sagt er: „Meine Eltern leben getrennt. Ich sehe meinen Papa nur in den Ferien." „Ach so?" Moses streichelt Stefans Arm, „und wo ist deine Mama?" Erst jetzt bemerkt er die hochgewachsene Frau, die im schwarzen Bikini hinter ihm steht und Stefan zu sich zieht. „Danke!", sagt sie, „dass Sie auf ihn aufgepasst haben." „Hat er doch nicht", mault der Junge, „wir haben zusammen Fußball gespielt." Dann kommt Stefan noch einmal zurückgerannt. „Wir sind jeden Sonntag hier. Kommst du auch wieder her?" Er will den Jungen nicht enttäuschen. „Ja, Stefan, wahrscheinlich bin ich nächsten Sonntag auch wieder da." „Okay, du hast es gehört, Mama?" Stefans Mutter hat inzwischen einen Blümchenrock übergezogen, das Oberteil sitzt so knapp, als hätte sie den Bikini anbehalten. Jetzt winkt sie Moses, scheint sich zu freuen, zieht den Jungen hinter sich her.

Moses springt noch einmal ins Wasser, kraulend schwimmt er weit hinaus. Wie jung diese Leute sind, die den ganzen Tag am Wasser liegen, mit ihrem Handy spielen und sich aneinander schmiegen. Möchte ich so jung sein wie sie? So jung wie Kati? Ob sie mein ausgeblichenes Haar stört, die Flecken auf meinen Händen? Ich bin ein Mann Mitte sechzig. Es grenzt an ein Wunder, dass ich das Leben noch einmal beginnen kann. Doch beginne ich wirklich von vorn? Es gibt nicht den absolut leeren Raum, das unbegangene Feld. Die Erinnerungs-Festplatte ist dem Menschen fest auf seinen Buckel geschnallt. Auch wenn ich in der Wüste gestorben und dies meine Wiedergeburt wäre, die ich spaßigerweise mit sechzig antrete, bin ich kein unbeschriebenes Blatt.

Er schwimmt auf dem Rücken, lässt sich vom Wind treiben. Kati ist auch eine uralte Seele. Die Art, wie sie mich anschaut, den Kopf neigt, wie sie spricht.

Der Himmel ist wieder wolkenlos, das Wasser glasklar, in das er taucht. Ich bin ein anderer geworden, habe eine Haut abgeworfen, wie die Ringelnatter, die sich neulich auf dem Misthaufen sonnte. Meine Augen blicken vollkommen klar, das war nicht immer so. Mehr und mehr respektiere

ich das Fremde, nicht nur in mir, auch in den anderen lasse ich es gelten. Moses taucht wieder auf, schwimmt in kräftigen Zügen zum Ufer zurück. Meine Zeit in Bern geht zu Ende. Berlin, hat Kati gleich am ersten Tag gesagt, steht an meinem Koffer. Inzwischen sind fast zwei Monate vergangen. Berlin? Was soll ich da? Die Antwort ist, ich weiß es nicht. Deshalb lasse ich mich treiben, Seele, jetzt weißt du es. Über die Seele habe ich in der Wüste selten nachgedacht. Hier habe ich Muße dazu, betrachte die schneebedeckten Gipfel, genieße die laue Luft. Dennoch, wie soll es weitergehen? Weißt du das? Wie bitte? Was sagst du?
Beende das Kapitel. Nimm ein leeres Blatt!
Wie klug sie ist, die Seele.

Der Himmel färbt sich rotviolett. Die Sonne ist gerade untergegangen. Unter seinem Schritt knarren die Planken. Da! Was für ein Prachtexemplar von einem Fisch! Hätte ich jetzt eine Angel, dann würde ich Kati einen Fisch servieren, wie sie ihn noch nie gegessen hat. Mit drei Sprüngen ist Moses am Ufer, er will gleich zurückfahren, vielleicht ruft Kati am Abend nochmal an. Sie hat nicht gesagt, wie lange sie in Italien bleibt. Wieso hab ich sie nicht gefragt? Meine Zunge war wie betäubt. Ich musste mich anstrengen, um zu verstehen, worüber sie so schnell sprach. Wieso habe ich ihr nicht geantwortet auf ihre Frage und gesagt: Ja, Kati, du fehlst mir, komm zurück! Es geht nicht darum, sie zu besitzen. Mein Verlangen ist leise geworden, wie kann ich es mir sonst erklären, dass ich Tür an Tür mit ihr wohne und sie nicht haben muss.

Broccoli mit Steinpilzen und Sauerrahm. Das Gemüse ist so gewürzt, wie Kati es gern isst. In den Blattsalat gibt er einen Schuss Sherry. Vom Balkon aus kann Moses die Straße überblicken. Die knorrigen, alten Bäume haben ein dichtes Blätterdach gebildet. Wind zaust in seinen Haaren.

Nach dem Mittagessen ist er auf der Korkliege eingeschlafen, mühsam kommt er hoch, reibt sich die Augen, streckt sich. Im Stehen trinkt er ein Glas Wasser. Ich sollte hinuntergehen und einen Blumenstrauß besorgen. Er entscheidet sich für ein Orangenbäumchen, das er rechts vom Klavier platziert, auf dem er herumklimpert, bevor er den Deckel schließt.

In den zurückliegenden Tagen hat er in der Bibel geblättert, im Alten Testament gelesen und darüber geschmunzelt, was da alles aufgeschrieben ist. Einmal, so nimmt er sich vor, möchte er auch Katis Diplomarbeit lesen. Moses knirscht mit den Zähnen, die biblischen Autoren haben ziemlich genau wiedergegeben, was er erlebt hat. Doch es ist ein gewaltiger Unterschied zwischen erzähltem und erfahrenem Leben. Heiß und kalt läuft es ihm den Rücken hinab. Wie anders ist sein Leben verlaufen, nachdem Jahwe sich ihm offenbart hatte. Doch was heißt offenbart? Wer soll sich das Nichtfassbare vorstellen können, das eher dem Wind gleicht als einem menschlichen Wesen? Dass ich jetzt hier bin, in dieser Welt, widerspricht jeglicher Vernunft.

Ob Nefertari recht hatte, wenn sie immer wieder von der Sonne sprach? „Es ist genau diese Energie ...", ihre Hand deutete auf den Horizont, an dem die Sonne glühend unterging. „Sie ist es, die uns antreibt, das zu tun, wozu wir

Menschen aus eigener Kraft nicht fähig sind. Oder wie stellst du dir die Gottheit vor, Freund?"

Es war eine ihrer letzten Begegnungen. Die Pharaonin kam in Begleitung ihrer Dienerin, die den Sonnenschirm über sie hielt und sich entfernte, als sie Moses erblickte. Während sie nebeneinander hergingen, nahm Nefertari das Gespräch vom Vortag wieder auf: „Es hat den Anschein, als gäbe es in Ägypten viele Götter, für jedes Phänomen einen Gott oder eine Göttin. Wir aber wissen, dass die Hand dem Körper gehört, auch dann, wenn wir nur die Hand gebrauchen. Nimm eine Granatapfelbeere. Schmeckst du in ihr nicht die ganze Frucht, den ganzen Baum? Es sind die Menschen, die das Unnennbare in Teile zerlegen, es ist unser Verstand, der die Spaltung erzeugt." Er wollte ihren Redestrom stoppen; wieso musste sie ihn immer belehren? Wut stieg in ihm auf, vor allem gegen Ramses, der bei ihrer letzten Unterredung sehr deutlich geworden war. Er würde, wenn überhaupt, nur nach zähen Verhandlungen bereit sein, die hebräischen Stämme ziehen zu lassen. „Nein, Nefertari!", rief Moses erregt, „es ist Jahwe, dem ich folge, nicht irgendein Gott!"

„Ich bin da, so heißt er doch?" Nefertari stieß ihn mit dem Sonnenschirm an. Das war der Moment der Ernüchterung. Von da an wusste Moses wieder, weshalb er nach Ägypten zurückgekehrt war. Hart schlug er die Hände vor's Gesicht: Wohin habe ich mich verrannt? Wie von Sinnen riss er der Pharaonin den Schirm aus der Hand, schlug damit auf die Erde. „Bitte! Hilf mir! Ich muss die Hebräer in die Wüste führen. Sie sollen dort ihrem Gott ein Opfer bringen!" Ihre Lippen zuckten, und er wusste nicht, ob sie sich über ihn lustig machte oder ob sie traurig war, dass er sie verlassen würde. Den Kopf erhoben, ging die Pharaonin davon. An der Blauen Fontäne drehte sie sich um und rief ihn noch einmal heran. Ihre Nasenflügel bebten, als sie mit einem Klirren in der Stimme sagte: „Wieso sagst du uns nicht die Wahrheit? Ihr werdet niemals zurückkehren." Er starrte sie an. Wie zu sich selbst sagte sie: „Es wird nicht leicht sein, den Pharao von deinen Plänen zu überzeugen." Plötzlich legte sie eine Hand auf seine Hand. „Denk an die Verantwortung des Pharao für ganz Ägypten, darum bitte ich dich als unseren Freund." Aber es sind nicht meine Pläne, wollte er erwidern, hielt jedoch inne. Nefertari wusste doch längst Bescheid. Die Frist war abgelaufen, die Geduld seines Gottes war aufgebraucht. Er stotterte, als er sagte: „Es ist Jahwe, der dies von mir fordert. Nie würde ich es sonst wagen, mich gegen den Pharao zu stellen." „Ich glaube dir", entgegnete sie mit Wärme in der Stimme. „Ich kenne dich doch, Moses. Aber bitte vergiss nie, dass Ramses dein Bruder ist." Tränen liefen ihr übers Gesicht. „Du wirst mich also unterstützen?" Sie versuchte zu lächeln. „Wenn es Gott gibt, wird er dir beistehen, nicht ich. Vertrau darauf, Moses!" Nefertari knickte eine Blüte ab, steckte sie ihm hinter's Ohr.

Aus dem Hof dringen Stimmer herauf. Autoreifen quietschen. Moses schiebt den Klavierhocker zurück, schließt das Fenster. Ist das Katis Schritt? Nein, jemand anderes geht an der Tür vorbei. Er brüht sich eine Tasse Pfefferminztee, blickt nach draußen, bemerkt erst jetzt, wie staubig die Fensterscheiben sind. Mit dem Fuß stößt er die Kammertür auf, zieht die Trittleiter heraus. Käme Kati jetzt, würde sie schallend lachen über den Patriarchen, der ihre Fenster putzt.

Die Scheiben sind wieder blank, sie geben den Blick frei auf den Fluss, auf dem er ein Ruderboot erkennt. Gegen Abend, wenn es dunkel wird, wird der Fluss asphaltschwarz. Manchmal springen die Wellen bis an die Häuserwände empor.

Er schlägt das Buch zu, in dem er gelesen hat. Ein Foto fällt heraus. Es ist Kati. Sie lehnt am Schreibtisch, wie neulich abends, als er in ihr Zimmer kam. Es sah aus, als wäre sie froh über die Störung. „Weißt du, worüber ich gerade nachdenken musste?" Sie wartete keine Antwort ab. „Wie unzertrennlich die beiden sind, Moses und sein Gott." Das Abendlicht fiel schräg ins Zimmer, wanderte an den Bücherrücken entlang, spielte in ihrem Haar. Unzertrennlich, dachte er, wie kommt sie darauf? Wie oft hatte er an diesem Gott gezweifelt, wenn er sah, wie seine Leute zurückwollten nach Ägypten, dahin, wo ihr Leben trotz Unterdrückung geordnet verlaufen war. Hart musste er durchgreifen, selbst dann, wenn er anderer Meinung war. Er hatte sich gefügt, führte aus, was Jahwe von ihm wollte. Moses ging auf Kati zu, die noch immer am Schreibtisch lehnte. „Ich war ein Funktionsträger, gewisserweise der Assistent Jahwes. Heute staune ich darüber, wie bedingungslos ich durchsetzte, was ich oft selber nicht verstand. Ob Gott einverstanden war, wie ich mit den Menschen umging? Er hatte mir ja freie Hand gelassen ..." „Manna", murmelte Kati, als hätte sie nicht zugehört, „glauben ist wie Manna, das Wüstenbrot. Man kann es nicht horten, die kleinen, runden Samen werden über Nacht schlecht. Jeden Tag müssen sie neu gesammelt werden." Sie drehte sich um, auf ihrer Stirn ein blassgoldener Schimmer. „Diesen Gott, Moses, mit dem du deine Erfahrungen gemacht hast, kenne ich nicht. Aber", Kati kreuzte die Arme über der Brust, „durch dich erfahre ich etwas ..." Sie wurden unterbrochen. Es hatte geklingelt. Anna war gekommen. Schade, er hätte gern gehört, was Kati durch ihn erfährt. Es wurde ein Abend zu dritt, die Frauen wollten ins Konzert, und er sollte sie unbedingt begleiten.

Moses schaut auf die Uhr. Kati ist auch heute nicht gekommen. Das Bier zischt, als er die Flasche öffnet und an die Lippen setzt. Nachts sinken die Temperaturen. Er stellt sich auf den Balkon, schaut aufs Thermometer. Kälte kriecht ihm unter die Haut, mit einer Hand reibt er übers Herz. So steht er, bis der Mond hinter der Brücke verschwindet.

5
Die Champagnerflasche in der Hand, so geht er auf Kati zu, um den Korken knallen zu lassen. Er will mit ihr auf ihre Diplomarbeit anstoßen.

„Na, Wüstenfürst, was ist? Schau mich nicht so an! Ich weiß ja, was du sagen willst." Kati deutet auf den Bücherstapel, der auf der Kommode liegt. „Wie ist es möglich, in eine so weit zurückliegende Epoche einzutauchen und in ihr spazieren zu gehen, als wäre es heute, he, Wüstenfürst, was meinst du?"

„Du hast es doch geschafft!", sagt er und stößt mit ihr an.

Trink nicht so schnell!, möchte er sie warnen, ihre Lippen sind bleich, die Nase spitz, kein gutes Zeichen. „Gehen wir etwas essen!", unterbricht sie seine Gedanken, „der Kühlschrank ist bestimmt leer." Er reibt seine Hände, schmunzelt, denn heute hat er eingekauft. „Warte einen Moment, ruh dich aus, Kati, dann serviere ich dir etwas Gutes."

Sie ist tatsächlich eingeschlafen. Der Geruch von Knoblauch und gedünstetem Fisch macht sie wach. „Du hast gekocht, Wüstenfürst?"

Sie faltet die Serviette zusammen, leckt über die Lippen. „Das hat aber gut geschmeckt! Jetzt kann ich es dir ja sagen, ich habe länger als eine Woche nur Knäckebrot gekaut, zu mehr hatte ich keine Zeit und keinen Appetit, bevor diese verflixte Arbeit endlich fertig war." Er spürt den Wunsch, einen Arm um sie legen, ihr zu sagen, wie froh ihre Gegenwart ihn macht, doch ihre Haltung drückt Distanz aus. Rauchend geht sie umher, blinzelt ins Lampenlicht, dann bleibt sie vor ihm stehen, sieht ihn forschend an. „Es ist gut, dass du hier bist, schreib dir das hinter deine großen Ohren, Moses!" Einen Augenblick drückt sie ihn an sich, dann schiebt sie ihn zurück. Mit dem Glas in der Hand geht sie ins Bad.

Ferien wären jetzt dran. Er könnte sich vorstellen, mit Kati zu verreisen. Aber will sie das? Sie ist eine sehr eigenwillige Person. Disziplin, ja Askese forderte diese Arbeit ihr ab; nächtelang saß sie am Schreibtisch. Aber Kati ist auch weich. Ihre Stimme wird sanft, wenn sie mit ihrer Mutter am Telefon spricht.

„Was will der Mensch, Moses? Kannst du mir das sagen?" Kati lässt sich in den Schaukelstuhl fallen, zieht die Füße an den Po. Sie lacht, aber es hört sich an, als weine sie. „Wozu hab ich mich mit diesem Thema so lange befasst?" Mit einem Satz steht sie wieder auf ihren Füßen, packt ihn am Gürtel. „Du bist hier, bist zu mir gekommen, he, Wüstenfürst, es ist so, oder?" Sein Herz pumpt laut, sie müsste es eigentlich hören. Kati, hört er sich ohne Stimme sagen, ich möchte mit dir leben, mehr weiß ich nicht. Sie hält ihn noch immer fest, plötzlich lässt sie seinen Gürtel los. „Prosit! Es möge nützen!", sagt sie laut und dreht sich in seinen Arm. „Eins möchte ich dich noch fragen, wo, meinst du, liegt überhaupt das gelobte Land?" Sie stutzt, wie rede ich mit ihm; habe ich vergessen, dass das alles längst vergangen ist? In Buchdeckel gepresste Geschichte, die ich mir reingezogen habe. Wozu habe ich Theologie studiert? War es Neugier, Wissbegier? Im Grunde hoffte ich, hinter die Buchstaben vorzudringen. Es ist mir nicht geglückt. Nichts habe ich von dem Mythos begriffen, den der ausstrahlt, der in weißem Hemd und dunklen Jeans vor mir steht.

Wind bläht die durchsichtige Gardine. Moses hat die Tür aufgelassen, raucht auf dem Balkon. Das gelobte Land? Eine Metapher, doch wofür? Er hat es hier, in ihrer Bibel gelesen: Die hebräischen Stämme sind in Kanaan sesshaft geworden. Die Geschichte ist weitergegangen, auch ohne ihn. Er reckt sich, spürt die feuchte Luft, die ihm unters Hemd kriecht. Langsam geht er ins Zimmer zurück. Wie weich ihr Mund ist, wenn sie schläft. Da hebt sie den Kopf, springt auf, hält ihm ihr Glas hin. Er stößt mit ihr an, dann küsst er sie. „Hier!", ruft er und breitet seine Arme aus. „Hier, ist das gelobte Land! Wo denn sonst, Kati?" Es gibt kein Davor, kein Danach, weiß er, als wäre eine Tür aufgesprungen. Es gibt nur diesen Augenblick. Nur er ist wirklich.

„Sprich, weiser Fürst!"

Er hebt die Schultern; wie entspannt sie ist, wenn sie sich über ihn lustig macht. Laut sagt er: „Ich bin doch kein Phantom." Kati ist zusammengezuckt, verschüttet Champagner auf ihrer Hose. „Nein", sagt sie leise, „ich glaube dir doch." So einfach kann das Leben sein, jemand sagt: Ich glaube dir, was bedeutet: Ich vertrau dir, reg dich nicht auf. Es ist wahr, Kati ist eine uralte Seele, vielleicht älter, als ich selbst. Er schenkt ihr nach, legt eine Hand auf ihre heiße Stirn. Mit halb geschlossenen Augen murmelt sie: „Es spielt gar keine Rolle, wann was wo geschah. Du bist hier. In Bern. Bei mir. Und es gefällt dir hier, oder, mein Fürst?" Er möchte sie umarmen, sie an sich drücken, doch sie legt den Kopf an die Lehne. „Ja, Kati, es gefällt mir bei dir!","Dann ist alles gut."

Und doch wirst du sie verlassen!

Moses schüttelt sich, als wäre er nass geworden, beinahe hätte er mit den Fäusten in die Luft geschlagen. Er bückt sich, hebt ihre Strickjacke auf.

„Ist die Flasche schon leer?" Er schüttelt den Kopf, sie legt die Füße auf den Tisch, das rechte Augenlid zuckt. Wieder möchte er ihr übers Haar streichen, ihr sagen: Ruh dich aus, du hast es verdient!

„Es ist schon erstaunlich, wie du es geschafft hast, die unterschiedlichsten Menschen zusammenzuhalten ..." Sie sucht seinen Blick. Wer ist dieser Mann, der mich in seinen Bann schlägt? Ist er ein Prophet? Ein Magier? Wie genau er Zippora beschrieben hat, die Wüstenfrau an seiner Seite. Und Naba? Kati stutzt, bemerkt, wie feindselig sie über seine Geliebte denkt. Möchte ich Nabas Position einnehmen, ist es das? Sehne ich mich nach seinen Pranken, die mich packen sollen, damit ich ihn endlich spüre auf meiner Haut? Es geht nicht! Ich bin mir meiner Gefühle nicht sicher. Sie richtet sich auf, stützt den Rücken ab. In meiner Diplomarbeit habe ich mich mit Moses befasst. Wie ich darauf kam? Es war ein Traum, aus dem ich schweißgebadet aufgeschreckt war. Wie ich auch grübelte und sann, erinnern konnte ich mich am nächsten Morgen nur an den Namen: Moses. Sofort schlug ich nach, las mich im Alten Testament fest. Dann kapitulierte ich, kam einfach nicht weiter. Ich fragte Freunde, Kollegen, wie sie den Text verstehen würden. Keine Antwort befriedigte mich. Das Feuer war gelegt. Konsequent, wie ich nun einmal bin, begann ich, Theologie zu studieren. Hätte ich damals schon gewusst, dass mir dieser Kerl begegnen würde, hätte ich mir die ganze Mühe sparen können. Sie lacht in sich hinein: so'n

Quatsch! Ich bin einfach fertig. Aber es geht mir gut, weil die Arbeit endlich geschafft ist. Sie nimmt die Füße vom Tisch, sieht, wie Moses die Balkontür aufreißt. Was ist los mit ihm? Ständig läuft er hinaus, greift sich ans Herz. Wie laut er atmet! Was fehlt ihm? Sex? Ist es das?

Er trinkt einen Schluck Wasser, schaut zu ihr. Es ist vielleicht besser, ich erzähle noch ein bisschen, dann beruhigen sich ihre Nerven, nach den Anstrengungen der letzten Wochen. Also geht er ins Zimmer zurück, setzt sich neben sie.

„Habe ich meine Leute wirklich zusammengehalten? Glaubst du das, Kati? Einige Stämme träumten immer von einem fruchtbaren Land, das alle ernähren würde, in dem sie friedlich miteinander leben könnten."

„Wir wissen aber, dass es so nicht funktioniert", wirft Kati ein.

„Im Grunde war es eine Utopie. Das genaue Gegenteil war der Fall. Du weißt, wie viele Kriege wir geführt haben. Land einnehmen bedeutete auch, nicht zu verhungern. Gegen wilde Tiere mussten wir immer auf der Hut sein, sogar gegen Hyänen kämpfen. Deshalb versuchten wir, in geschlossenen Formationen vorzurücken, was nie gelang. Es war Jahwe, der mich zwang, die Lage zu begreifen und die richtigen Entscheidungen zu treffen. Ohne ihn wäre das Chaos ausgebrochen, denn täglich wuchs die Unruhe im Lager."

„Du hattest doch Josua an der Seite, deinen Adjutanten."

„Ja, ohne Josua, ohne seine Armee, hätte mich das Volk wohl gelyncht. Das kennst du, Kati – innerhalb kürzester Zeit ist der, der eben noch dein Freund war, dein Feind."

„Stimmt", sagt Kati und gähnt.

„Trotzdem hatte ich angenommen, das Zusammenleben unter außergewöhnlichen Bedingungen würde die Stämme zusammenschweißen und die Standesunterschiede ausgleichen. So war es nicht. Viele sehnten sich nach Ägypten zurück. Dort war ihr Leben überschaubar gewesen. In Ägypten mussten sie nicht überlegen, wie sie den Tag überstehen sollten und das kommende Jahr. Auch das ist dir bekannt, Kati. Nicht alle Hebräer waren Fronarbeiter. Es gab Beamte und Vorarbeiter, die den Ägyptern gleichgestellt waren. Und es gab eine beträchtliche Anzahl von Mischehen. Doch wenn du mich danach fragst, muss ich bekennen, ich wusste nicht, was die Leute wirklich bewegte, woran sie dachten, wovon sie träumten. Ob ich es wollte oder nicht, ich blieb auch in der Wüste der Prinz aus Ägypten. Viele konnten es nicht verstehen, wieso gerade einer wie ich, dessen Herkunft ungeklärt war, ihr Anführer sein sollte. Miriam, meine Schwester, war es, die immer wieder lautstark verkündete: Moses ist einer von uns! Waren wir allein, schalt sie mich einen Ägypter! Danach nahm sie ihre Pauke und schlug auf die ausgespannte Haut. So konnte Miriam sein.

Blicke ich zurück, dann erkenne ich, wie schwer es für die Menschen gewesen sein muss, mich zu akzeptieren. Die Auswanderung hatte zwar besser geklappt, als vorauszusehen war. Aber dann die Kälte in der Nacht, kein festes Dach überm Kopf und am Tag eine unbarmherzig niederbrennende Sonne. Wer mochte mir da noch glauben, dass ich nicht im eigenen Auftrag handelte? Ich war überheblich, starrköpfig, wollte an der Verpflichtung, die ich Jahwe gegenüber eingegangen war, unter allen Umständen festhalten. Heute frage ich mich, ob das nicht rücksichtslos und unmenschlich war. Wie sollten die ägyptisierten Stämme begreifen, wer Jahwe ist und was er von ihnen will? Darüber denke ich erst heute nach."

Moses schaut Kati an, liest in ihren Augen, was sie nicht ausspricht: Was beziehst du mich ständig in deine Erfahrungen ein? Sie gehören dir, nicht mir. „Ich bin ein Idiot, ein engstirniger Prediger. Nimm die Gesetze, Kati, wer konnte sie begreifen, wer hätte sie leben wollen? Nie habe ich den Menschen erklären können, was auf dem Sinai geschehen ist. Es gibt nichts zu erklären!, krähte eine hochmütige Stimme in mir. Du bist der Prophet! Diese Haltung barg genügend Zündstoff, der sich in jedem Augenblick entladen konnte. Aaron wirkte ausgleichend, ihm vertrauten auch meine hartgesottensten Gegner. Zwischen Miriam und mir kam es oft zum Streit. Sie war meine Rivalin, das spürte ich."

Kati ist aufgestanden, steht mit bleichem Gesicht vor ihm, drückt ihm einen Kuss auf die Wange. „Schön, dass es dich gibt, Moses! Gute Nacht!"

Wieso rede ich ununterbrochen? Er räumt die Gläser ab, stellt das Geschirr in die Spülmaschine. Bevor Kati in ihr Zimmer geht, sagt sie: „Freitag fliege ich in den Libanon." Er will sie schütteln, sie anschreien: Wieso sagst du das erst jetzt? „Gut", sagt er, „wenn es gut ist für dich und du dich dort erholen kannst." Eine Frage kann er nicht unterdrücken: „Wird Hugo auch dort sein?"

„Ich weiß es nicht."

6

Schon von Weitem hat er ihre Tasche erkannt, die gestreifte Kosakenmütze liegt auf dem Klavierhocker. Kati ist zurück! Sie hat seine Tulpen entdeckt, den Strauß aufs Fensterbrett gestellt. Ob sie schläft? Ob ich zu ihr gehen kann? Er steht da wie einer, der das Abc neu lernen muss. Jetzt hört er sie telefonieren. Er atmet leicht, will an ihrer Tür vorbei in die Küche gehen. „He!", ruft sie, „wo kommst du her, Moses?" Sie winkt ihm, zeigt aufs Handy. Er wäscht sich die Hände, will das Essen kochen, das er für diesen Tag vorbereitet hat. Er wird ihr aber nicht erzählen, wie lange er damit gewartet hat. Nun ist sie da, und ihm ist, als wäre die Luft mit goldenen Blüten gespickt. Ich bin ja verrückt! Er weiß, wie sie den Blattsalat mag, mit gehackter Zitronenschale, einer Messerspitze Knoblauch, einem Teelöffel Senf, Balsamico und Olivenöl.

„Hm, wie gut es riecht! Was gibt es denn? Bratkartoffeln, das ist gut, die hab ich lange nicht gegessen. Wo hast du die Forellen her, bist du angeln gewesen? Machst du den Wein auf, oder soll ich das machen?"

„Ruh dich aus, ich ruf dich zum Essen!"

Kati staunt, wie entspannt er ist und wie er am Herd hantiert. Sie gießt sich ein großes Glas Weißwein ein, geht in ihr Zimmer, soll er mich rufen, wenn er fertig ist. Nie hätte ich gedacht, dass ein Wüstenfürst mich bedienen wird. Rücklings wirft sie sich aufs Bett, du musst die Leute nur in Ruhe lassen, dann finden sie heraus, was gut für sie ist.

„Kommst du essen?"

„Woher weißt du, wie man Forellen brät?"

„Ist doch ganz einfach, ich hab in deinem Kochbuch nachgeguckt."

Sie prosten sich zu, und Moses wartet darauf, dass sie zu berichten beginnt, wie es im Libanon war. Dann steht sie auf dem Balkon, zündet sich eine Zigarette an, zeigt auf den senkrecht stehenden Mond. Pafft in die Luft, während er darauf wartet, dass sie spricht. „Morgen", sagt sie, „morgen ist ein neuer Tag."

Sie haben die Stadt verlassen. Kati will ihm ihren Berg zeigen. Der Zug fährt an Kühen und Ziegen vorbei. Kati isst ein Käsebrot, er trinkt Kaffee aus einem Becher. Dann treten sie auf den Gang. Und wie war deine Reise?, würde er jetzt gern fragen. „Sieh dir die Leute an, wie fleißig sie sind. Jemand bastelt immer an seinem Haus. Immer haben sie etwas zu tun. So ist es überall auf der Welt, auch im Libanon." Ihre Hand zeigt hinaus. Dann reckt sie sich, sagt laut: „Was ist den Menschen wichtig? Wofür setzen sie sich ein, weißt du das?" Jemand zwängt sich an ihnen vorbei. Kati ist zur Seite getreten. Mit einem lang gezogenen Pfiff windet sich der Zug an Almwiesen und Fachwerkhäusern entlang. Sie faltet eine Zeitung auseinander, plötzlich dreht sie sich um und gibt Moses ein Zeichen. Langsam begreift er, dass er sich neben sie stellen soll. Sie hält ihm die Zeitung unter die Nase, fuchtelt damit herum. Irritiert schaut er sie an, hebt die Schultern. „Israel ist eine Herausforderung für seine Nachbarn. Immer wieder zettelt es Kriege an. Hier, lies das! Der reine Wahnsinn, den Libanon zu überfallen. Kannst du das verstehen, oder bist du nicht mehr der Prophet?" Die Stimme klingt spitz und hart, dass ihn fröstelt und er sich ins Abteil zurückwünscht. „Steh nicht so da, als würdest du es nicht begreifen. Sie haben Beirut bombardiert, und weißt du warum? Zwei israelische Soldaten sollen im Libanon festgenommen worden sein. Israel will sie auf diese Weise freipressen." Mit zitternder Hand faltet sie die Zeitung zusammen. „Hoffentlich ist Hugo nichts zugestoßen oder dem Onkel!" Tränen laufen über ihre Lippen. Sie drückt die Stirn gegen die Fensterscheibe, möchte Moses wegstoßen, hält in der Bewegung inne. Was tue ich da, was ist los mit mir? Dreh ich jetzt durch? „Komm!" Sie versucht, seine Hand zu fassen, „setzen wir uns wieder hin." Er weiß nicht, was er sagen soll, wie er sie beruhigen kann. Ich liebe sie! Ich kann nicht zusehen, wenn sie leidet. Nur gut, dass Kati jetzt nicht im Libanon ist, ich würde vergehen vor Angst. Ob Hugo noch dageblieben ist, wo steckt der Kerl, den sie liebt? Moses macht seinen Rücken steif, will die Zeitung jetzt nicht lesen, die ihm Kati reicht, möchte nur neben ihr sitzen, mehr will er nicht. „Klar", sagt sie und putzt sich die Nase, „gibt es auch in Israel Friedensgruppen. Ich kenne in Tel Aviv ganz phantastische Leute. Erst im vorigen Jahr habe ich mit ihnen gesprochen und ein Feature für den Rundfunk mit ihnen gemacht. Doch diese Regierung macht alles kaputt! Wieso sagst du nichts? Fällt dir nichts ein, he?" Er rührt sich nicht, starrt auf die Tränen, die auf ihrem Pulli dunkle Flecken hinterlassen. Wie kann ich dich trösten, wie dir nahe sein? Er sieht, dass sie das nicht will, dass sie eine Antwort von ihm erwartet, die es nicht gibt. Nie gegeben hat, das weiß er auch. In den Tagen, als er allein war, hat er sich über die Lage im Nahen Osten informiert, hat ferngesehen und Zeitung gelesen. Aber was heißt das schon, Bescheid wissen? Wer durchschaut die Pläne der Regierenden, der Parteien? Er weiß nur, dass ihm das Kriegführen zuwider ist, und dass Josua der richtige Mann dafür war. Ob es jemals ohne Kriege gehen wird? Frieden. Schalom. Mein Gott, wo bist Du, und was ist mit uns Menschen los? Er ahnt, warum Er nicht eingreift. Er ist es auch leid, sich einzumischen. Aber Kati leidet, und er kann nichts dagegen tun. Das ist das Schlimmste für ihn, ratlos, hilflos, ohnmächtig ihrem Schmerz ausgeliefert zu sein. Er nimmt die Zeitung und geht aus dem Abteil. Was er dann liest, lässt die Halsschlagader schwellen, er spürt, wie das Herz hart gegen den Rippenbogen schlägt. Wenn er jetzt im Libanon das Sagen hätte, würde er eingreifen, nur wie?

Kati hat sich neben ihn gestellt, sieht hinaus, plötzlich schiebt sie eine Hand unter sein Hemd. „Ach du", sagt sie und sieht weiter geradeaus.

Am Fuß des Berges, den Kati ihm zeigen will, nehmen sie die Seilbahn, lassen den Verkehr unter sich. Doch es ist kein Ausflug wie sonst, die Unruhe, die Ängste sitzen zu tief. Kati versucht zu telefonieren, bekommt aber keine Verbindung zu Hugos Onkel. Am frühen Abend fahren sie zurück, nehmen einen Expresszug. Moses spürt, Kati muss jetzt allein sein. Am Bahnhof sagt er deshalb: „Ich kaufe noch etwas ein, nimm du ein Taxi, damit bist du schneller zu Hause." Sie nickt abwesend.

Gegen neun ruft er Kati an, um ihr zu sagen, dass er heute nicht mehr kommt. Sie schweigt, fragt nichts. „Auf bald!", sagt er. Und nun? Wohin? Er wird in einem Hotel übernachten, aber ist es richtig, Kati in dieser Stunde allein zu lassen? Sie zieht mich da in etwas hinein ... Ziellos wandert Moses durch Gassen und Straßen, steht plötzlich vor Katis Haus, sieht zu ihren Fenstern hinauf. Ob Hugo sich gemeldet hat? Wovor habe ich Angst, warum drücke ich mich hier herum? Ohne zu überlegen, ist er in kurzen Sprüngen die Treppen nach oben gelaufen, hat den Schlüssel ins Schloss gesteckt und Stimmen gehört. Kati ist nicht allein! Also wird er doch im Hotel übernachten. Sie trägt einen kurzen, engen Jeansrock und die bordeauxroten Schuhe, die sie sich aus dem Libanon mitgebracht hatte, so viel kann er durch den Türspalt erkennen. Mit wem spricht sie? Moses will gerade die Flurtür leise zuziehen und wieder nach unten gehen, da hat Kati ihn erspäht. „Hallo!", ruft sie und winkt ihm, näher zu kommen. „Hast du schon gegessen? Das ist Anna, mit der ich in Glarus war. Sie saß vor der Tür, als ich kam."

Er kennt Anna, das hat Kati vergessen, kein Wunder bei all dem Wahnsinn. „Ich mach' euch was zu essen", murmelt er und verschwindet in der Küche. Gut, dass er eingekauft hat. Er röstet Brot, nimmt Käse und Schinken aus dem Papier, schneidet Schnittlauch in den Quark, zuletzt brüht er einen Kräutertee auf. Kati scheint sich etwas beruhigt zu haben. „Ich hab mit dem Onkel telefoniert, er rief hier an. Er ist okay, nur weiß er nicht, wo Hugo sich aufhält und macht sich große Sorgen."

Anna sitzt neben Kati, streicht ihr ein Brot. Sie wird hier schlafen, erfährt Moses, der sofort aufsteht. „Dann übernachte ich im Hotel!" „Das kommt gar nicht infrage", Kati wirkt verärgert, „wie kommst du denn darauf? Hier ist doch genügend Platz für uns alle! Oder wird es dir zu eng, Wüstenfürst?"

Die Sonne scheint. Die Frauen frühstücken auf dem Balkon. Die Tür steht auf, er hört sie miteinander reden. Kaffeeduft steigt in seine Nase, doch er möchte sie nicht stören, gießt sich in der Küche eine große Tasse ein. Die Frauenstimmen werden lauter, er kann sie deutlich unterscheiden. Kati hat geweint, die Wimpertusche ist verwischt. Sie putzt sich immerfort die Nase. Ob Hugo etwas zugestoßen ist? Durch das offene Eckfenster kann er die Frauen beobachten. Kati lehnt mit der Tasse in der Hand an der Brüstung. „Wie lange will denn Moses noch bei dir bleiben? Oder hast du dich in ihn verknallt, ein irrer Typ ist er ja." Anna grinst, reicht Kati eine Semmelhälfte, die sie auf dem Handteller balanciert. „Iss doch etwas, bitte! Hier ist auch Quark mit Schnittlauch, wie du ihn gern magst. Hugo ist ein Schwein, wieso meldet er sich nicht und lässt dich so hängen? Er weiß doch, wie verzweifelt du auf eine Nachricht wartest, weiß er doch?" Kati schüttelt den Kopf, legt die Semmel auf den Teller zurück. „Ist noch Kaffee in der Kanne?" Anna nimmt Kati die Tasse aus der Hand. „Er ist kein Schwein, wie kannst du so etwas sagen! Du weißt doch, dass wir heiraten werden." Kati wirft den Kopf in den Nacken, „du sollst Brautführerin sein, Anna, aber das hat noch Zeit, und außerdem weiß ich gar nicht, ob ich ihn noch liebe." „Ach, so ist das ..., und warum regst du dich dann so auf?" „Spinnst du jetzt, Anna, das eine hat doch nichts mit dem anderen zu tun."

„Ach, lassen wir das jetzt! Es ist spät, Kati. Ich muss los. Soll ich dich mitnehmen, dein Auto ist doch noch in der Werkstatt?"

„Nein, ich bleibe hier. Ich will noch telefonieren. Die Redaktion weiß Bescheid, dass ich heute erst am Nachmit-

tag komme. Nimm dir einen Apfel mit, wenn du willst. Das vorhin, das hab ich nicht so gemeint!" Kati umarmt die Freundin, die sie an sich zieht. „Ist schon gut, ich bin ja auch eine blöde Gans, du hast ganz recht. Sag, hast du schon mit ihm über den Holocaust gesprochen?"
„Mit Moses?" „Mit wem denn sonst?"

Die Tür fällt ins Schloss. Moses hört Annas Schritt auf der Treppe. „Hallo!", ruft Kati, „bist du endlich wach, Moses? Komm frühstücken, oder hast du keinen Hunger?" Sie reicht ihm den Brotkorb. „Die Milchsemmeln hat Anna vom Bäcker geholt, schmecken ausgezeichnet. Probier mal!" Er hat gesehen, dass sie noch nichts gegessen hat, spielt sie ihm etwas vor? Kati schaltet das Radio ein, die Bombardierung auf den Libanon hält an. Wieder ist er ratlos, was soll er sagen? Sie sieht ihn an, dann prustet sie los, dass er erschrickt. Jetzt weint sie, schluchzt, presst eine Hand vor den Mund. „Von Hugo hast du noch nichts gehört?" Sie schüttelt den Kopf, murmelt: „Dem Onkel ist nichts passiert. Was meinst du, soll ich in den Libanon fliegen?" Nein! Er möchte sie schütteln, ihr sagen, Hugo braucht dich nicht! Moses starrt auf seine Hände. „Warum sagst du nichts?" Sie schlägt mit der flachen Hand auf den Tisch, dass seine Tasse umkippt. „Ich habe dich gefragt, soll ich in den Libanon fliegen?" „Ich hab's gehört, Kati, willst du wirklich meine Meinung hören?" „Deine Leute werfen Bomben, und du schüttelst nur deinen irrsinnig großen Kopf. Wer bist du eigentlich?" Sie hat ja recht. Alle haben recht. „Flieg hin, wenn es dir dann besser geht." „Was, wie bitte? M i r soll es besser gehn – spinnst du jetzt total?

Mann, oh Mann, wen hab ich da nur aufgenommen!" „Einen Idioten", grinst er mit schiefem Mund. Sie legt ihre Arme um seinen Hals. „Zwei Idioten sind wir, zwei!, du bist nicht allein, Moses."

„Und, was wirst du nun tun?" „Wenn ich das wüsste. Zuerst rufe ich noch mal den Onkel an, der wird heute schon mehr wissen. Er soll entscheiden, ob ich kommen soll. Davon werde ich es abhängig machen. Danach rufe ich in der Redaktion an, die würden froh sein, Informationen aus erster Hand zu erhalten, aber diesmal nicht von mir." Und Hugo? Moses unterdrückt die Frage; soll der Kerl sich zum Kuckuck scheren. Das ist kein Mann für Kati, er hätte sich längst melden müssen.

„Und wenn er tot ist?" Kati scheint seine Gedanken zu hören, mit abwesendem Blick richtet sie sich auf und beginnt, den Tisch abzuräumen. „Ich mache das!" Er schiebt sie sanft aus der Küche, räumt das Geschirr in die Maschine. Er muss gleich bei seiner Bank vorbeigehen, auch im Maklerbüro sollte er nachfragen. Er möchte Kati nicht verlassen, doch er sieht ja, dass er ihr nicht helfen kann, erlebt, wie sehr sie an Hugo hängt. Mit diesen Pranken kann ich ihr nicht einmal ihre Tränen abwischen.

Die Dame im Maklerbüro ist zuvorkommend. „Ja", sagt sie, „da hätten wir etwas für Sie." Sie zeigt Moses einen Plan, öffnet den grell geschminkten Mund so weit, dass er eine Goldkrone sehen kann. Er schüttelt den Kopf, erklärt, welche Wohnungen für ihn nicht infrage kommen. „Wir suchen weiter, oder soll es vielleicht ein Häuschen in den Bergen sein?" Die Maklerin hat seine Handynummer und wird ihn anrufen. Auf der Bank gibt es auch keine Probleme. „Diamanten in Schweizer Franken zu tauschen, ist doch ein Kinderspiel", grinst der Banker jovial. Was beginne ich nun an diesem Tag? Fahre ich zu den Terrassen hinauf? Vorigen Sonntag war er mit Kati dort. Sie hatten Glück, es herrschte eine ganz klare Sicht, so konnten sie Eiger, Mönch und Jungfrau sehen. Kati fotografierte, stieg mit der Kamera auf ein Podest, es sah gefährlich aus, wie sie balancierte. Sie liebt es, waghalsig herumzuklettern. Ihre Kosakenmütze lag auf der Erde, er hob sie auf, sie bemerkte es nicht, fotografierte und fotografierte.

Nein! Heute fährt er nicht zu den Terrassen hinauf. Ich sollte Hugos Spur aufnehmen, alles deutet doch darauf hin, dass er im Libanon geblieben ist. Mit der nächsten Maschine könnte ich nach Beirut fliegen. Nein!, auch das geht nicht. Kati braucht mich hier, oder bilde ich mir das ein? Nie war ich so unschlüssig, so unsicher wie heute. Wozu rätst du mir, Seele?

Gib auf.

Wie bitte?

Misch dich nicht ein!

Er schüttelt sich, schwingt seinen Stock, springt damit über einen Baumstamm; inzwischen befindet er sich im Botanischen Garten. Weiter! Ich muss weiter! Wie heißt diese Gasse? Gerechtigkeitsgasse. Ha! Als ob es irgendwo Gerechtigkeit gäbe, auch nicht hier, in der Schweiz. Er versucht Kati anzurufen, aber die meldet sich nicht. Jetzt überquert er den Bahnhofsplatz. Er wird von Demonstranten aufgehalten. Wogegen sind sie, wofür wollen sie kämpfen, die Leute mit den bunten Plakaten? Soll ich mich ihnen anschließen? Aber dann müsste ich mich erst darüber informieren, was sie bewegt und was sie fordern. Weiter, ich muss weiter! Moses drängt sich durch die Menschen, die laut rufen und auf ihn einreden. Endlich hat er sie hinter sich gelassen. Jetzt ist es nicht mehr weit bis in Katis Wohnung. Oder kehre ich noch in meiner Buchhandlung ein? Da kann ich mich ausruhen, werde nicht mit der Tagespolitik konfrontiert. Vielleicht finde ich sogar ein Buch, das ich Kati mitbringen kann. Außerdem gibt es da auch eine Tasse vorzüglichen Tees. Er schaut sich um, als er den Laden betritt, nimmt verschiedene Bücher in die Hand. Was hatte Anna, bevor sie ging, Kati gefragt? Holocaust! Danach werde ich jetzt fragen. Wortlos geht die Buchhändlerin mit ihm in die obere Etage, zieht Bücher heraus, reicht sie ihm, zeigt auf einen Korbsessel in der Fensternische. „Wenn Sie mögen, können Sie sich dort hinsetzen." Er nickt, nimmt ihr den Bücherstapel ab. Als Erstes schlägt er einen Fotoband auf. Tote, wie Briefmarken zusammengepresst. Den Text unter den Abbildungen kann er nur mit Mühe lesen, Tränen schwimmen über die Seiten. Fassungslos starrt er auf die belebte Straße hinunter, um erneut seine Augen auf die Leichenberge zu senken. Bis zum Abend sitzt er hier, blättert ein Buch nach dem anderen durch. „Wir schließen in einer halben Stunde", sagt die Buchhändlerin mit freundlicher Stimme in seinem Rücken. „Sie können ja wiederkommen." Aus rot geäderten Augen sieht er ihr nach. Niemals! Nicht noch einmal diese Dokumente! Ohne Gruß stolpert er hinaus, den Schal vor den Mund gepresst. Wie lange er durch die Stadt irrte, weiß er hinterher nicht mehr. Irgendwo trinkt er ein Bier, lässt sich einen doppelten Whisky geben. Plötzlich befindet er sich wieder auf dem Bahnhofsplatz, gehetzt läuft er weiter, springt in einen anfahrenden Bus, an der Endstation steigt er aus. Gepflegte Vorgärten. Eine Amsel trillert aus einem Busch. Licht fällt aus breiten Fenstern auf den Gehweg. Kerzen auf einem weiß gedeckten Tisch, an dem eine Frau, ein Mann und zwei Kinder Platz nehmen. Die Scheibe einschlagen, es klirren hören, um mich an den aufgerissenen Augen zu weiden, um diese unschuldigen Leute zu erschrecken, um sie anzubrüllen: Was habt ihr mit meinem Volk getan? Er ringt nach Luft, reißt sich den Schal vom Hals. Kati weiß das alles. Alle wissen es. Er hat die Gartenpforte aufgestoßen, steht vor dem Fenster, blickt auf Hände, die die Suppe auffüllen. Da hebt die Frau das Gesicht, tritt wie suchend ans Fenster, lässt mit einem Knopfdruck die Jalousie herunter. Moses ist ausgerutscht, er flucht, zerrt am Bart. Unter der Straßenlampe bleibt er stehen. Was ist, wollte ich nicht noch heute Mittag in den Libanon fliegen? Warum nicht nach Israel? Aber was soll ich da? Ich gehöre nirgendwo hin. Auch Kati ist mir egal. Zu ihr gehe ich nicht. Nie mehr! In einem Hotel würde ich alles kurz und klein schlagen. In hohem Bogen spuckt er aus, wankt um einen weißschwarzen Stamm herum. Vor einem Kiosk macht er halt. „Ein Bier, bitte! Auch für den da!" Er zeigt auf eine Gestalt neben ihm. „Trink ein Bier mit mir!" Sich an den Händen haltend, ziehen sie weiter, unterm Arm einen Packen Bier. Jetzt haben sich die beiden untergehakt, der andere spricht abgehackt, sagt, dass ihn seine Frau geschlagen habe, plötzlich heult er, hält sich an Moses fest. „Erst hab ich meine Arbeit in der Akademie verloren, dann meine Frau. Ich trinke, was soll ich sonst tun? Ich muss vergessen, wie beschissen das Leben ist. Ich heiße Max, mein Freund, und wer bist du? Moses? Das soll ich dir glauben? Ein Jud bist du? Hast du gelesen, wie deine Leute den Libanon bombardieren? Na, komm, mach dir nichts draus, du bist schon in Ordnung, mit dir kann ich wenigstens reden. Warte, wär' doch gelacht, wenn wir nicht irgendwo einen Schlafplatz finden würden. Komm, hier entlang, hier kenn' ich mich aus. Die Garage steht seit Wochen leer, darin hab ich schon öfter gepennt. Nun zier dich nicht so, komm rein, und mach die Tür hinter dir zu!" Max stolpert, kann sich wieder fangen, zieht Moses mit sich, wirft ihm eine klebrige Decke vor die Füße, fällt auf den Boden, schläft sofort ein und schnarcht mit offenem Mund.

Vorsichtig, um keinen Lärm zu machen, klopft Moses Staub von der Hose, dann rüttelt er den Kumpel wach. „Komm, steh auf, Max, hier kannst du nicht liegen bleiben!" Doch wohin sollen sie gehen, so, wie sie aussehen? Plötzlich will er nur noch weg, raus hier! Hastig stopft er Max ein paar Franken in die Tasche, versucht noch einmal, den Schlafenden wach zu machen, dann wankt er aus der Garage. Bloß weg von hier!

„Wie siehst du denn aus?" Stumm zeigt Kati ins Bad. Moses fuchtelt mit den Armen, will sie um ihre Taille schlingen. Plötzlich reißt er eine Hand hoch. „Heil Hitler!" Kati steht mit offenem Mund da. Behutsam, als dürfe sie ihn nicht wecken, zieht sie seine Hand herunter, versucht, ihm die dreckige Hose auszuziehen, dann lässt sie Wasser in die Badewanne laufen. „Du weißt es", flüstert sie und streicht ihm Haare aus dem verschmierten Gesicht. „Kommst du alleine klar?" Er nickt, lallt etwas, das sie nicht verstehen kann. Heil Hitler, mein Gott, wo hat Moses nur die Nacht zugebracht? Was ist mit ihm geschehen? Anna hat recht, ich hätte längst mit ihm darüber reden müssen. Kati stößt an eine offene Schranktür, der linke Knöchel schwillt an. Ich halte das alles nicht mehr aus! Seine Geschichte. Hugos Geschichte. Hört es denn nie auf? Sie humpelt in die Küche, um für Moses Kaffee zu machen. Als sie ins Bad kommt, sieht sie, dass er eingeschlafen ist. Zum Glück sind seine Schultern so breit, dass er nicht im Wasser untergetaucht ist.

„Sie bringen uns alle um ...", mit geschlossenen Augen lallt Moses immer nur diesen Satz, während Kati ihn aufzurichten versucht. „Das Wasser ist ja schon kalt, hier, halt dich fest. Ja, so geht es, und nun steig aus der Wanne. Bitte!" Sie wickelt ihn wie ein Kind in ein Badetuch, schiebt ihn ins Zimmer. Der Kaffeeduft macht ihn wieder munter. „Wo bin ich?" „Nicht in der Wüste", versucht sie zu spotten, dabei laufen Tränen über ihre Wangen. „Du weinst?" Er will vom Sofa aufspringen. Sie hält seinen Kopf, führt die Tasse an seine Lippen. Er nippt und schläft wieder ein.

Das Telefon hat mehrmals geklingelt. Kati sitzt da und beobachtet seinen Mund, aus dem ein Pfeifton dringt; ab und zu, in Intervallen, läuft ein Zittern über die eingefallenen Wangen. Plötzlich reißt sie ihre Jacke vom Stuhl. Das Böse ist immer gegenwärtig! „Ist so!", zischt sie an seinem Ohr, „auch du weißt, dass es nicht nur in den Nazis steckt." Laut schlägt sie die Tür hinter sich zu. Auf der Treppe zündet sie sich eine Zigarette an. Soll er schlafen, so lange er will. Soll Hugo sich versteckt halten und mit anderen Frauen herumvögeln, was soll's! Doch wenn Hugo in

Lebensgefahr ist, und Moses dich jetzt braucht, Kati? Ohne auf den Verkehr zu achten, mit wehendem Schal rennt sie über die breite Straße. „Einen Doppelten bitte, und ein Glas Wasser!" Sie sitzt in ihrem Café. Auf ihrem Platz. Hier sitzt sie oft, manchmal halbe Tage lang, hier kommen ihr die besten Ideen. Doch heute hat sie ihren Laptop nicht dabei. Es ist kein normaler Tag. Nie mehr will ich mir ausmalen und darüber schreiben, wie es im Libanon oder in Israel ist. Ich kann und ich will es nicht mehr, es ist mir scheißegal! Bloß jetzt nicht an den Onkel denken, an den Dichter im Libanon, der nicht in seinem Garten sitzen kann, weil Jagdbomber drüberfliegen. Wenn sie doch die Gedichte lesen würden, die ihre Dichter schreiben! Sich gegenseitig Verse vorlesen, wäre das eine Lösung? So weit sind wir noch lange nicht. Kati hebt den Kopf, erkennt den Studenten, der neben ihr Platz nimmt. „Was hast du gesagt?", fragt er, und bestellt einen Espresso. „Du schreibst sicher über den Libanonkrieg, stimmt's?" „Gedichte", antwortet sie, „Gedichte solltest du schreiben, Mensch, und nicht blöd herumfaseln, von Krieg und solchen Sachen, von denen du ..." Sie tippt an seine Stirn. „Ich geb's ja zu, von denen auch ich nichts verstehe, geschweige denn sie begreifen kann. W i e, sag es mir, wie soll man den Holocaust begreifen?" In einem Zug trinkt Kati das Glas leer, spuckt ins Taschentuch. „Bist du krank, Kati? Kann ich etwas für dich tun?" „Tu etwas für die Kinder im Libanon, meinetwegen auch für die Kinder im Gazastreifen oder in Syrien, mir ist alles recht, nur tu etwas, Mensch! Und lass mich aus dem Spiel, hörst du!" Er ist weggerückt, versucht, seine Tasche zu schnappen, blickt sich nach der Bedienung um. „Ja", sagt sie, „ist schon gut, wenn du gehen willst, geh! Schließlich hast du doch vom Krieg angefangen, oder nicht? Glaubst du, darüber kann man ruhig diskutieren? Hast du an die Krüppel, die Waisen, an die vielen Toten gedacht? An zerstörte Häuser, kaputte Existenzen? Von den Gärten nicht zu reden, von den Vögeln im Sumpfland ..." „Hör auf, Kati! Was regst du dich nur so auf! Ist was mit Hugo?" Er versucht, seine Hand auf ihre Hand zu legen, die sie wegzieht. „Lass mich in Ruhe mit deinem Gesülze, mehr will ich nicht."

Die ist ja übergeschnappt, wieso hat sie sich auch mit einem wie Hugo eingelassen, das konnte ja jeder sehen, dass das nicht gut geht. Und an der Uni munkelt man, dass sie einen alten Juden aufgenommen hat, der Moses heißt. Der Student verzieht das Gesicht, geht an die Theke, bezahlt seinen Espresso, verlässt das Lokal.

Plötzlich ist Kati neben ihm, sagt etwas, was er nicht versteht, der Verkehr ist viel zu laut. Der Student will ihr über die Straße helfen, da macht sie sich los. Er sieht, wie sie fällt.

„Ist ja noch mal glimpflich abgegangen, junge Frau, was haben Sie sich nur dabei gedacht, direkt auf mich zuzulaufen?" Der Autofahrer sieht, dass ihr Rock zerrissen ist, die Strümpfe blutverschmiert wie das bleiche Gesicht. Der Mann versucht mit dem Taschentuch, Blut von ihrer Stirn zu wischen, dann hakt er sie unter, schleppt sie an den Bordstein. „Soll ich die Rettung rufen?"

Sie schüttelt heftig den Kopf. „Gut, wie Sie wollen. Hier ist meine Karte, falls ..." Hilflos sieht der Mann sich um. „Kennen Sie die Frau?", fragt er den jungen Mann, der hinter ihm steht. „Ja! Wir haben zusammen studiert." „Dann ist es ja gut, dann kann ich sie Ihnen überlassen." Der Autofahrer schaut auf seine Uhr. „Ich komm zu spät! Hier, meine Karte, falls noch etwas ist."

Kati will nicht nach Hause, doch wohin mit ihr, so wie sie aussieht? Immer wieder guckt der Student auf sein Handy, was für eine vertrackte Situation, in die sie ihn bringt. Er möchte los, kann Kati aber doch nicht am Bordstein sitzen lassen. „Hier!" Er hält ihr ein Taschentuch hin, das sie nicht nimmt. Mühsam richtet er sie auf, zeigt zum Café hinüber. Anna fällt ihm ein, die wird er anrufen, die soll sich um Kati kümmern.

„Das wird nicht nötig sein." Moses streckt dem jungen Mann seine Hand hin. „Moses. Ich wohne bei Kati Blank." Der Student atmet auf. „Gott sei Dank!" „Was ist denn passiert?", wendet Moses sich Kati zu, die abwehrend beide Hände hebt. „Man kann heute nicht mit ihr reden", sagt der Student, „eigentlich bin ich immer gut mit ihr ausgekommen." „Von wem sprechen Sie, junger Mann?", in Moses' Stimme schwingt Ironie, „wollen Sie mir das nicht verraten?" Der ist ja genauso beknackt wie sie, denkt der Student und verabschiedet sich schnell.

Wie er Kati überzeugt hat, mit ihm nach Hause zu gehen, weiß Moses nicht, als er die Wohnungstür aufschließt. Es ist spät, ein langer, ein viel zu langer Tag. Kati liegt in ihrem Bett; er hat sie zugedeckt, ihr einen Gute-Nacht-Tee gebrüht – so stand es jedenfalls auf der Packung. Sie hat nur ein paar Schluck getrunken, dann ist ihr Kopf nach hinten gekippt.

Er schaltet die Nachrichten ein, noch immer kreisen Bomber über dem Libanon. Sie geben nicht nach, geben wohl nie auf. Dabei hatte er geglaubt, ein neues, ein anderes Leben anzufangen. Wie denn, wenn Kriege weitergehen, wenn Bomben geworfen werden, auf Alte und Junge? Wieder rauft er sich die Haare, dann schaltet er den Fernseher aus. Ohne Licht anzuknipsen, sitzt er da, lauscht auf Katis ruhig gewordenen Atem, gießt sich ein Glas Rotwein ein. Ich werde dich nicht verlassen, solange du mich brauchst. Wo immer ich auch sein werde, ich behalte ein Auge auf dich.

Und wie willst du das machen?

Schweig, das geht dich nun wirklich nichts an. Oder doch, hat sie nicht recht, die Seele?

Plötzlich setzt sich Kati auf, guckt ihn aus weit geöffneten Augen an, als blicke sie durch ihn hindurch. Was siehst du?, möchte er sie fragen und sie schütteln, weil sie ihm Angst macht. Sie zittert, er zieht ihr die Bettdecke bis ans Kinn. „Möchtest du noch Tee?" Sie nickt, hält die Tasse mit beiden Händen fest, als wärme sie sich daran. Regentropfen schlagen an die Fensterscheiben. Etwas ist umgefallen auf dem Balkon. Er sieht nicht nach, will hören, was Kati sagt. Aber sie spricht so leise, dass er sie nicht versteht. Unvermittelt wird ihre Stimme hoch und spitz: „Begreifst du überhaupt, von wem ich rede, Moses? Hugos Onkel gehört zu den Liberalen, nicht zu den Fanatikern im Libanon." Sie legt die Hände vors Gesicht. „Wie ich diesen Menschen mag! Er ist mit mir durch sein Land gefahren, an der Grenze zu Israel haben wir gestanden und hinübergesehen. Von einem Tag auf den anderen sind die Grenzen verschoben worden, sagte der Onkel und ging mit mir einen Hügel hinauf. Dort, siehst du das gelbe Haus? Es gehört meiner Familie! Abrupt wandte der Onkel sich um. Im Auto legte er einen Arm um mich, so, als wollte er sich für seine Tränen entschuldigen. Es tut mir leid, sagte er, doch wenn du Hugo heiraten willst, musst du wissen, aus welcher Familie er stammt. Am Abend saßen wir unter der Dattelpalme vor seinem Haus, ich bat: Liest du mir etwas vor? Ja, sagte er, das ist gut. Das ist das Einzige, was heilen kann. Er klopfte auf einen Buchdeckel. Schmerz, Trauer, Wut, Hass – hier sind sie eingeschlossen, in den Versen sind sie aufbewahrt. Als er seinen Mund öffnete, klang es, als rolle eine Lawine heran."

Kati trinkt den Gute-Nacht-Tee in kleinen Schlucken, ihre Lippen zittern, als sie sagt: „Der Tee schmeckt nicht, aber er tut gut." Da hätte Moses sie am liebsten in die Arme genommen, doch etwas warnt ihn. Seine Stirn ist gefurcht, als er aufsteht, das Glas nimmt und daran nippt. Der Rotwein schmeckt ihm heute nicht. Wie kann ich sie festmachen in dieser Welt? Verwundert über die Frage, beugt er sich über Kati, die wieder eingeschlafen ist, vorsichtig zieht er das Kopfkissen an den Ecken glatt. Ohne darüber nachzudenken, schlägt er sein Nachtlager in ihrem Zimmer auf. Es ist beinahe wie gestern Nacht in der Garage. Oh, Max, alter Krampus, du hast mir das Leben gerettet! Einen saufen, sich unterhaken – das ist es doch, was wir brauchen, wenn es uns dreckig geht.

Hör zu, Jahwe, wendet er sich an seinen Gott, es geht mich ja nichts an, wie Du über uns Menschen denkst, aber schließlich bist Du mit uns einen Bund eingegangen. Hältst Du Dich daran? Wie bitte, wir haben uns von Dir abgewandt? Du hast uns die Freiheit geschenkt? Welche Freiheit und wozu? Jetzt hüllst Du Dich wieder in Schweigen. Ich soll Kati fragen, meinst du. Habe ich das richtig verstanden?

Behutsam, um sich nicht gegenseitig zu verletzen, versuchen sie in den kommenden Tagen, über den Holocaust zu sprechen. Und Moses kann berichten, wie es ihm in der Buchhandlung gegangen war. Er kann seine Fragen stellen, die Kati stockend zu beantworten sucht. Irgendwann sagt sie: „Mein Vater ist Deutscher, das macht es mir nicht gerade leicht ..." Er möchte sie nach ihrem Vater fragen, sieht, wie es um ihren Mund zuckt, findet nicht die richtigen Worte, lässt es auf sich beruhen. Drängen will er Kati nicht. Immer wieder sagt er sich: Auch der Holocaust ist Geschichte geworden. Doch seine Gefühle rebellieren, es geht rauf und runter in ihm, manchmal denkt er, ich drehe noch durch. Ein ganzes Volk auszurotten, wie konnte das geschehen? Und die Welt hat zugesehen! Seine Hand ballt sich zur Faust. Wen kann er haftbar machen für die unzählbaren Toten? Aber, bin ich ihr Richter? Ich sollte mit den Beteiligten sprechen, mir von ihnen erzählen lassen, wie es war. Und dann? Geht es dir dann besser, Moses? Gibt es einen Unterschied zwischen einem einzigen Mord und dem Mord an Millionen? Kati hat von einer hoch technisierten Mordmaschinerie gesprochen, als ich nach den Konzentrationslagern fragte.

In ihrem Bücherregal findet er ein Buch, das er lesen will. **Der siebente Brunnen**, von einem Mann, der den Holocaust überlebt hat. „Ich kenne den Autor", sagte Kati, „bei einer Lesung bin ich ihm begegnet. Später hab ich ein Interview mit ihm geführt. Zuerst wollte er nicht sprechen, nicht offiziell. Wir schlenderten durch Wien, liefen durch den Burggarten, er blieb stehen, rieb sich die Schläfen, plötzlich hockte er sich auf einen Brunnenrand, begann zu erzählen. Wie dieser Mann über die Zeit sprach, in der er seine Jugend verloren hatte. Er dehnte das Wort J u g e n d; es hörte sich an, als würden die toten Kameraden neben ihm stehen.

Im Lager in Buchenwald sind sie geblieben, die Jungen, die so alt waren wie ich, dort liegen sie unter der Erde. Für sie habe ich das Buch geschrieben, sagte der Mann mit dem eisgrauen Bart. Inzwischen saßen wir im Café Landtmann und tranken Kaffee. Sieh dich um, sagte er, als ich gehen musste. Wenn du wach bist und nicht taub, dann schreib auf, was du hörst und siehst, Kati!"

Sie schwieg, und Moses spürte, dass sie über das Gehörte nicht mehr sagen würde.

Er nimmt das Buch mit in sein Zimmer, legt es aufs Kopfkissen. Sie sind tot, die er fragen wollte. Die Gewissheit versetzt ihm einen Schlag. Moses wankt, muss sich an der Gardine festkrallen. Es ist das Herz, weiß er.

Weder Kati noch Moses können sich vorzustellen, wie es jetzt, nach dem Libanonkrieg, in Beirut aussieht. Hugos Onkel schickt einen Gedichtband, den Kati so platziert, dass er nicht zu übersehen ist. Neben dem Buch ein Glas mit sternartigen, weißen Blüten.

Moses beobachtet Kati wie ein Arzt seine Lieblingspatientin, erschrickt über die fahle Blässe in ihrem Gesicht und das Zucken des rechten Augenlids. Sie sollte sich schonen! Er kocht, kauft ein, kümmert sich um den Haushalt. Kati hat sich krankgemeldet, sitzt auf dem Balkon oder am Schreibtisch, starrt vor sich hin. Ihm macht das Angst, da er sie so noch nicht erlebt hat. Oft wandert er allein durch die Stadt, die er inzwischen ganz gut kennt. Die Wohnungen, die man ihm im Maklerbüro anbietet, sagen ihm nicht zu. Man würde weiter für ihn tätig sein, verspricht ein Herr im hellgrauen Jackett.

In der Küche riecht es nach Rosmarin und Lavendel. Er hat die Kräuter auf dem Markt ausgesucht und hofft, dass Kati auf ihren Duft reagieren wird. Aber Kati bleibt apathisch und stumm. Nur am Telefon wirkt sie lebendig, wenn sie mit Anna spricht. Kontrolliere ich sie?

Moses zieht den Hut vom Haken, läuft die Stufen hinab. Er sehnt sich nach einem Kumpan, nach einem wie Max, mit dem er nur eine Nacht zusammen war. Max! Wo steckst du? Moses späht den Uferweg entlang. Max hätte bestimmt eine Idee, wie Kati zu helfen ist. Und ich Idiot habe sie auch noch nach dem Holocaust gefragt! Als sei der Libanonkrieg nicht erschreckend genug. Beim Gehen kickt er Steinchen zur Seite, wirbelt Laub auf. An seinem Kiosk angelangt, trinkt er ein Bier und fragt wieder nach Max. Doch der scheint die Stadt verlassen zu haben. Auch Anna ist verreist. Sie hätte es vielleicht geschafft, die Freundin wieder ins Lot zu bringen. Es ist zum Heulen! Moses zieht den Hut tief in die Stirn, schlägt den Kragen hoch, so wandert er durch Bern, während Kati mit leerem Blick am Schreibtisch sitzt. Hier, an diesem Haus, dieser Arztpraxis, ist er schon vorbeigekommen. Ob man Kati dort helfen kann? Er blickt sich um, eine Frau geht die Stufen hinauf. Unschlüssig steht er da, sieht der Frau nach. Ich sollte hineingehen und mich nach einem Termin für Kati erkundigen. Ruckartig macht er kehrt, schlendert durch die Altstadt, überquert den Münsterplatz, bleibt stehen, betrachtet lange den Brunnen, der seinen Namen trägt. Das bin ich nicht! Aber das war ich, so haben mich die anderen gesehen: hoch auf einer Säule stehend, auf einem Podest, in der Hand das Gesetz. Wer bin ich? Suchend blickt sich Moses um. Ein Mann spricht mit einem Kind in einem Sportwagen, wischt ihm die Tränen ab. Ich muss weiter! Weiter. Unterwegs trinkt er einen Kaffee. Am Nachmittag steht Moses wieder vor der Buchhandlung, in der er neulich war. Diesmal geht er gleich in die obere Etage, lässt sich in den Korbsessel fallen.

„Suchen Sie etwas Bestimmtes, mein Herr?" Die Buchhändlerin trägt eine enge Hose und eine taillierte Hemdbluse. Moses streckt ihr eine Hand hin. „Sie haben mir neulich Literatur über den Holocaust gebracht, erinnern Sie sich?" Er sieht, wie die Frau nach hinten greift, sich am Regal festhält. „Ich bin Jude", sagt er. Erst da bemerkt er die blutroten Pumps, die so gar nicht zum Weinrot der Hose passen wollen. Unwillkürlich schließt er die Augen.

Dort entlang! Die Buchhändlerin zeigt auf eine angelehnte Tür. Erzählen Sie!, bittet sie ihn, und schließt die Tür, durch die er mit ihr geht. Wohin er sieht Bücher, in der Fensternische eine dunkle Steinfigur, die eine Feuerschale in den Händen hält. Das Zimmer ist ziemlich groß. Es ist der Salon, hier finden Lesungen statt, sagt die Buchhändlerin so, als würde sie sich an jede einzelne Veranstaltung erinnern. Plötzlich dreht sie sich um. Moses, sagten Sie, heißen Sie? Er weiß es genau, er hat seinen Namen noch nicht genannt. Verwundert schüttelt er den Kopf. Hinter den Fensterscheiben weiße schwebende Kristalle. Ein Insekt kriecht auf dem Fenstersims. Ohne Vorwarnung schlägt die Buchhändlerin zu, wischt mit dem Ärmel den Dreck weg. Was wollen Sie von mir?, entfährt es ihm. Er eilt zur Tür, doch die blutroten Pumps sind schneller als er. Sie ist nicht unattraktiv, stellt er fest. Das dunkle Haar kurz geschnitten, ein Pony über koboldartigen Augen. Wenn sie doch sagen würde, was sie von mir will! Wieso stellt sie sich mir in den Weg? Da fällt sein Blick auf einen Spiegel. Es ist die Tür, die hinausführt, weiß er, durch die er gehen muss, wenn er am Leben bleiben will. Jetzt hält sie ihm ein Glas hin: Trinken wir auf's Leben! Worauf sonst? Er versucht, die Buchhändlerin zur Seite zu schieben, um durch die Spiegeltür zu entwischen. Ah!, ruft sie, aber da hat er schon die Tür erreicht, die braun und fleckig schimmert. Man sollte den Spiegel putzen, finden Sie nicht? Er wischt über die stumpfe Fläche, wischt und wischt, bis die blutroten Pumps darin auftauchen. Es ist der Geruch! Es kann nur der Geruch sein ... Die Buchhändlerin schnuppert, kommt dicht an ihn heran. Er weicht zurück. Gehen Sie mir aus dem Weg! Die Buchhändlerin lacht, als würde sie eine Tonleiter singen. Genug!, sagt er und stößt die Spiegeltür auf, die unter dem Druck seiner Hände nachgibt.

Was geht hier vor? Aus dem Hintergrund muss die Stimme dringen. Es ist meine Mutter, sagt die Buchhändlerin. Ich wollte Sie ja einweihen, bevor ... Schlurfend erscheint jetzt ein Mensch, nein, ein Menschlein, oder wer ist das, der vor ihm steht? Da haben Sie den Holocaust!, sagt das Menschlein, ohne seine Augenschlitze zu öffnen.

Seine Knie beginnen zu zittern. Die Buchhändlerin schiebt ihm einen Stuhl hin. Ob er will oder nicht, lässt er sich darauffallen.

Sie also sind Moses, oder soll ich sagen, Sie wollen es sein?

Ist das ein Verhör?

Das geht Sie nichts an, beantworten Sie nur meine Frage.

Seltsam, wundert sich Moses, dass ich mich nicht fürchte vor dem augenlosen Gesicht. Sieh mich nur an!, scheinen die Augenschlitze zu spötteln, dann erkennst du dich.

Plötzlich wird es taghell. Moses reißt die Augen auf und jemand sagt in seinem Rücken: „Hier bist du also!" Wo sind die blutroten Pumps? Wo die weinrote Hose? Vor ihm steht Kati. „Hier bist du also, hierher hast du dich verkrochen, Moses." Mit großer Anstrengung erhebt er sich aus dem Korbsessel. Ihm ist schwindlig im Kopf, er unterdrückt einen Fluch. Nur jetzt nichts sagen, was Kati missfallen könnte. Sie zeigt auf die Buchhändlerin, die an der Kasse steht und ein Buch in Glanzpapier einwickelt. „Ihre Mutter war noch ein Kind, man hat sie nach Auschwitz gebracht und medizinische Experimente an ihr vorgenommen." Kati blickt an ihm vorbei. Als Moses sich bei ihr einhaken will, macht sie sich los.

7

Papiere und Zettel liegen wieder herum, aufgeschlagene Bücher. Moses hört Kati am Telefon lachen. Seit einer Woche arbeitet sie wieder. Verlässt sie das Haus, wirkt sie wie eine Frau, die den Kampf aufnimmt. Hier, in ihrer Wohnung, ist sie oft blass und stumm, als hätte sie alle Energie in der Redaktion gelassen.

Sie haben ihre Gewohnheit wieder aufgenommen und fahren, wenn Kati frei hat, aus der Stadt hinaus. „Möchtest du?" Sie reicht ihm einen Kaugummi, er schiebt ihn in den Mund.

Ein großer, übermütiger Junge, der die Basecup nach hinten schiebt und mit einer Hand das Auto lenkt. So würde sie Hugo Moses beschreiben, der jetzt jeden Tag hier sein kann. Eigentlich möchte sie das nicht. Doch ihr ist, als habe ihr jemand ein Pflaster auf den Mund geklebt. Etwas verbietet ihr, Hugo zu sagen: Es ist vorbei. Unmissverständlich reden, das gehört doch zu ihrem Beruf. Als Mitarbeiterin im Rundfunk muss sie gerade Brisantes ansprechen. Ihre Interviews sind dafür bekannt, dass sie ungewöhnliche Fragen stellt.

Neulich wollte ein Kollege von ihr wissen, wieso sie Theologie studiert hat. „Auch Philosophie", hat sie hinzugefügt. „Willst du denn ein Pfarramt übernehmen, Kati?" „Wieso denn, ich hab doch einen einträglichen Job." Sie zwinkerte mit einem Auge, „wie dir nicht entgangen sein dürfte. Ich will keine Kanzel, willst du noch mehr wissen?" Der Kollege ließ nicht locker. „Es ist wegen Hugo, stimmt's?" Kati prustete los. „Wegen Hugo? Glaubst du im Ernst, ich beuge mich anderer Leute Meinung?" „Es geht doch nicht um Meinungen, Kati! Es geht um Religion!" „Hältst du Hugo wirklich für so intolerant?" Noch bevor der Kollege aufgestanden war, fiel ihr plötzlich ein, wie Hugo reagiert hatte, als er hörte, sie würde ihre Diplomarbeit über Moses schreiben. Die verfluchten Juden!, rief er nicht nur einmal. Was würde Hugo sagen, wenn Moses leibhaftig vor ihm stünde? Trägt dieser Mann, der neben ihr im Auto sitzt, tatsächlich die jüdische Geschichte auf seinem Buckel? Sie versucht, in Moses' Gesicht zu lesen, der konzentriert auf die Fahrbahn schaut. Ein Prophet aus Zeit und Raum gefallen, um bei mir zu sein? Sie muss grinsen über die Vorstellung. Aber es geht nicht darum, was möglich ist. Auch die Wissenschaft kann bestimmte Phänomene nicht erklären. Sie nimmt sie wahr, beobachtet und registriert sie, versucht sie zu messen, zu vergleichen, doch immer bleibt ein Rest, eine unbekannte Größe.

Prophet oder nicht, das ist für mich keine Frage. In seiner Gegenwart fühle ich mich wohl, und vor allem sicher. Mit Moses möchte ich über meinen Vater reden, nur nicht jetzt. Nicht heute. Erst muss ich Genaueres über ihn in Erfahrung bringen. Anna hat da so eine Idee ..., die ich verfolgen muss.

Als Mama mit mir aus Berlin wegging, war ich elf. Die Eltern hatten sich scheiden lassen. Mama zog mit mir wieder nach Genf, wo sie herstammte. Nur andeutungsweise habe ich erfahren, wieso sich meine Eltern getrennt haben. Es gab eine jüngere Frau, Hexe nannte Mama sie, mit der Vater zusammen war. Aber war das der Grund? Schämte sich Mama für ihren Ehemann, den Offizier, der Menschen observieren ließ? Das war sein Beruf. Ich rannte weg, als ich mich von ihm verabschieden sollte. Ich war ja nicht blöd, hab die Diskussionen mitgekriegt. Mamas gehetzte Stimme, die Vater aufforderte, sich zu seiner Schuld zu bekennen. „Wie bitte?" Der Vater flüsterte die Worte, er war ungewöhnlich blass, als er die Tür aufstieß, hinter der ich stand. „Kati!", rief er, „bist du nicht in deinem Bett?"

In Genf war mir alles fremd. Ein ganz anderes Schulsystem. Mädchen und Jungen, die den Lehrern offen und unbekümmert begegneten und ihnen ihre Fragen stellten. Das war ich in der DDR nicht gewöhnt. In der Pause stand ich abseits, beobachtete, registrierte. Mit wem hätte ich da über meinen Vater reden können? Auch Tante Else gab es nicht mehr. Die endlose Zeit, in der ich allein in der viel zu großen Wohnung war. Mama war im Theater, es war wie immer.

Kati reibt die kalten Finger, da schaut Moses sie an. „Ist dir kalt? Soll ich die Heizung andrehen?" Sie schüttelt den Kopf, und doch ist sie froh, dass er sie fragt. Das ist es, was mich zu dir zieht, Wüstenfürst. Du gibst mir zu verstehen: Du bist wichtig für mich.

Schafe tauchen auf. Kühe glotzen herüber. „Wollen wir im nächsten Dorf etwas essen?" Sie nickt. Nach dem leichten Mahl beschließen sie, nicht weiterzufahren. Sie entscheiden sich spontan für eine Wanderung; die richtigen Schuhe haben sie schon an.

Beim Abstieg, als die Wege breiter werden, beginnt Kati, vom Negev zu erzählen, von Tamara, die in Israel lebt und die sie mit Anna im vorigen Jahr besucht hat. „Tamaras Vater war Jurist in der Hitlerzeit. Wie ich später von Anna erfuhr, war er an der Verurteilung der Männer des 20. Juli beteiligt. Das missglückte Attentat gegen Hitler", erklärt Kati und fügt ein paar weitere Fakten an. „Tamara litt unter diesem Vater, der nie über seine Vergangenheit gesprochen hat."

Moses ahnt, dass Kati über Tamara reden muss, um nicht über ihren eigenen Vater zu sprechen, nach dem er schon mehrmals gefragt hatte. Jedesmal fuhr sie ihn an: „Mein Vater? Was geht der dich denn an!"

An einer abschüssigen Stelle reicht er Kati eine Hand, zieht sie herüber. „Du kennst also die Wüste, kennst die Sonne, die dort unbarmherzig brennt. Wieso lebt Tamara dort?"

„Weiß nicht genau, sie ist schon eine ungewöhnliche Frau. Du solltest sie kennenlernen, Moses. Ich bin mit ihr im Krater Makhtesh Ramon gewandert. Da das nicht ungefährlich ist, kam Tamara mit. So erfuhr ich, wieso sie Deutschland verlassen hatte. War es nur der Vater?, fragte ich sie. Tamara schaute mich an: Ach was, einen Vater wirst du nie los! Für einen Moment spürte ich das Verlangen, ihr von mir zu erzählen, aber da war sie schon weitergegangen, und ich musste mich beeilen, um mit ihr Schritt zu halten. Bald darauf verließen wir den Krater, denn Tamara musste am Nachmittag wieder im Camp sein, um Gäste zu begrüßen. Davon lebte sie. Doch bevor wir umkehrten, machten wir kurz Rast auf einem Plateau. Steine wohin ich sah, dunkle Vulkansteine. Ein Leuchten lag über dem Platz, es funkelte wie aus abertausend Augen. Ich stopfte so viele Steine in meinen Rucksack, dass ich gebückt den Heimweg antreten musste. Nach und nach warf ich sie fort, doch einen Stein habe ich behalten. Er liegt auf meinem Schreibtisch."

Moses ist stehen geblieben. „Es wird gleich dunkel, wir müssen uns beeilen." Sie zieht die Kapuze über den Kopf: „Es ist nicht mehr weit, das schaffen wir schon."

Beim Abendessen in der Dorfschänke fragt Moses dann doch: „Wie war eigentlich deine Kindheit, Kati?" „Wie soll sie gewesen sein?" Sie zuckt mit den Achseln, sagt gehetzt: „Lass mich, Moses, lass es, hörst du?" Nur einen Augenblick lang ist er konsterniert, dann bestellt er eine Flasche Wein. Sie essen und trinken, lachen, und er erzählt. Sein Gesicht verändert sich, er scheint zu träumen, der Riese, der plötzlich in einer anderen Sprache spricht. Hinter den bleiverglasten Scheiben schimmert ein Licht. Ist das die Straßenbeleuchtung, ist es der Mond? Sie beschließen, heute nicht mehr nach Bern zurückzufahren. Plötzlich sagt Kati: „Ich bin in Berlin geboren. Im Ostteil der Stadt." Als sie ihn ansieht, merkt sie, dass sie ihm das erklären muss. Doch dazu hat sie jetzt keine Lust. „Eine deutsch-deutsche Geschichte. Ich gebe dir zu Hause ein Buch, wenn du magst, kannst du darüber etwas lesen, falls es dich interessiert." Die deutsche Geschichte ..., klar interessiert sie ihn. Unvermittelt stößt sie heraus: „Mama hatte nie Zeit für mich. Sie war in ihren Beruf verliebt. Das ist so geblieben. Bis heute. Sie lebt wieder in Genf, arbeitet am Theater." Moses gibt sich einen Ruck: „Bist du ohne Vater aufgewachsen?" „Ja, nein. Ich bin ein Scheidungskind. Frag jetzt bitte nicht weiter!" Sie starrt ins Glas, flüstert: „Ich schäme mich für meinen Vater." Das hat Moses nicht gewollt. Gespenster wollte er nicht wecken. Der Abend war so heiter, so leicht. Wie zur Versöhnung reicht er ihr seine Hand. Sie gehen auf ihr Zimmer. Moses schläft sofort ein.

Nach Hause kommen ... Kati richtet sich im Bett auf. Das war es doch, was ich in der Wüste erfahren habe. Um Anna nicht zu stören, die mit mir im Zelt schlief, bin ich vorsichtig über sie hinweggestiegen. Als ich draußen stand, überwältigte mich die Stille, die sich wie ein Mantel über mich legte. Ich sang, aber ich hörte nichts. Hier, in der Wüste, würde ich leben wollen. Ich drehte meine Hände, die Arme, machte ein paar Körperübungen. Tautropfen, die wie Sterne an stachligen Pflänzchen hingen. Kristalle, in denen sich das erste Sonnenlicht brach. Wie auf einen Ruf hin öffneten sich die gelben, roten und blauen Kelche. Was für ein Duft!

Auch das hat sie nicht vergessen, wie Tamara sie gleich in der ersten Stunde unterwies, mit Wasser zu sparen. Tamara hob eine Kupferkanne hoch, sagte: Normalerweise reicht das Wasser aus der Kanne zum Waschen. Sie zwinkerte mit den Augen: Und wenn ihr kacken wollt, müsst ihr einen Stein aufnehmen. Danach legt ihr den Stein zurück. So bleibt die Wüste rein.

Mit diesem Gedanken schläft Kati ein.

Jeden Morgen zur selben Stunde wird Moses wach. Sofort fällt ihm der gestrige Abend ein, und dass er immer noch nicht mit Kati über seinen Auszug gesprochen hat. Er versucht leise zu sein, um Kati nicht zu wecken, spürt das laut schlagende Herz, möchte ihm befehlen: Nimm dich zusammen, du störst! Durchs offene Fenster hört er einen Hahn, irgendwo klappt eine Tür. Kati liegt mit dem Kopf unterm Fenster, eine Hand hält das Kinn, die andere ist unter der Decke. Er möchte ihre Hände streicheln, muss an sich halten, um nicht aufzuspringen. Vorsichtig streckt er die Füße aus dem Bett, zieht Pullover und Hose über, schleicht, mit den Schuhen in den Händen, zur Tür. Die Wirtin ist auch schon wach, steht am Tresen, grüßt und fragt: „Kaffee?" Er hebt nur eine Hand. „Ich lauf erst ein paar Schritte." Im Laufschritt rennt er einen Hang hinauf und einen anderen hinab. So ist es gut, wenn er sich bewegt und nicht eingesperrt ist. Er wird Kati verlassen. Sie muss allein sein, um eine Wahl zu treffen. Der Wunsch, mit ihr zusammen zu sein, ist unbezwingbar geworden. Gestern hat sie zum ersten Mal von ihrer Kindheit gesprochen und den Vater erwähnt. Moses bleibt an einer Hecke hängen, bricht eine Blüte ab, die wird er Kati auf die Bettdecke legen, falls sie noch schläft.

„Und was hast du heute morgen sonst noch so getrieben?" Die Sonnenbrille im Haar, die Beine übereinander geschlagen, schlürft Kati ihren Milchkaffee. „Na, sag schon!"
Moses muss lachen, doch dann besinnt er sich. Er fasst Kati an den Schultern, lässt sie jedoch gleich wieder los. „Ich muss dir etwas gestehen." Er räuspert sich, bevor er sagt: „Ich habe mir eine Wohnung genommen, nahe am Thunersee."
Ihre Hand zittert, sie hat viel zu viel Zucker in die Tasse geschüttet. Sie verzieht die Lippen, so scheußlich schmeckt der Kaffee.
„Was ist, Kati, was schaust du so?"
„Lass mich!"
Er schließt die Augen, weil er ihrem Blick nicht standhalten kann. Plötzlich stellt er sich eine gebogene, von Warzen zerfressene Nase, einen zahnlosen Mund und ste-

chende Augen vor. Ich muss sie entstellen, damit ich sie aus mir herausreißen kann. Beinahe hätte er aufgeschrien: Ich sehne mich nach dir! Das ist die Wahrheit, Kati. Aber du weichst mir aus, noch immer weiß ich nicht ... Schluss jetzt! Sie muss sich entscheiden.

Kati hebt den Kopf, bemerkt seinen Blick, schiebt die Tasse zur Seite. „Und", fragt sie mit spitzer Zunge, „warum ziehst du nicht gleich an den Lago Maggiore, he?" Ihm ist kalt, obwohl die Sonne auf seinen Rücken scheint. „Wenn ich eingerichtet bin, kommst du mich dann besuchen?"

„Du bist ja verrückt, ein ganz und gar durchgeknallter Nomade!" Sie schnappt nach Luft, bevor es aus ihr herausbricht: „Was geht hier eigentlich vor, Moses?"

„Weißt du was, Kati, nimm ein paar Tage frei, dann zeige ich dir das Haus, in dem ich wohnen werde."

„Nein!" Sie schiebt ihren Stuhl unter den Tisch. „Wir müssen zurück, ich hab heute noch eine wichtige Besprechung." Er geht hinein, bezahlt die Rechnung.

Am Markt steigt Kati aus, will gleich in die Redaktion. Plötzlich kommt sie zurück gerannt und drückt ihm einen Kuss auf die Lippen. Sie kann ihn nicht mehr hören, trotzdem ruft er ihr nach: „Morgen ziehe ich an den Thunersee."

Moses schiebt die Zeitung zur Seite, rückt die blaue Glasvase in die Mitte. Wie vertraut ihm die Gegenstände sind, so als hätte er immer hier gelebt. Er grinst, weil er Eigenschaften an sich entdeckt, die ihm fremd waren. Ohne Beschäftigung sein, das ist für ihn undenkbar gewesen. Diejenigen im Wüstenlager, die faul herumlungerten, hat er Nichtsnutze genannt und Josua angewiesen, ihnen Beine zu machen.

Jetzt ertappt er sich, dass er vor dem Küchenfenster steht, einen Spatz beobachtet, der auf der Regenrinne hockt und tschilpt und tschilpt. Er reißt das Fenster auf und ruft: „Wovon singst du, kleiner, grauer Spatz?"

Mit wenigen Handgriffen hat er die Küche aufgeräumt. Hier, an diesem Tisch, wird er lange nicht mehr sitzen.

Kati hat angerufen, sie war kurz angebunden, sagte nur, dass sie heute nicht mehr kommt. So kann er ihr nicht einmal Adieu sagen. „Ruf nicht an, Moses! Ich melde mich bei dir."

Er geht in Hugos Zimmer, packt seine Sachen. Wie schnell ich mich an die Bequemlichkeiten gewöhnt habe, an das Sitzen auf weichen Kissen, an das Mittagsschläfchen auf der Korkliege. Es kommt ihm so vor, als lache sein Gott, als würde ihn jemand in die Wange kneifen.

Es ist heiß im Büro, die Klimaanlage ist ausgefallen. Kati schaut aufs Handy, steckt Papiere in ihre Tasche, nickt dem Kollegen zu. „Ich gehe jetzt, oder ist noch was?" Als sie vor ihrem Auto steht, überlegt sie, ob Anna schon zurück sein wird, oder ob sie nach Hause fahren soll, um sich von Moses zu verabschieden. Er ist so stolz, dieser Wüstenfürst, er kann mir gestohlen bleiben, wieso hat er nicht über seine Pläne mit mir gesprochen, verdammt!

In der ersten Zeit hat sie viel über ihn nachgedacht, wollte wissen, woher er stammt und was er in Europa macht. Irgendwann ließ die Neugier nach. Und sie hat sich in den Typen verknallt. Nur gesagt hat sie es ihm nie. Die Autotür schlägt zu, Kati wendet, dann gibt sie Gas. Ich muss endlich mit Hugo ins Reine kommen! Ich will Klarheit, nein, ich brauche sie, unbedingt. Und Vater? Was ist mit ihm? Wieso bestimmen mich die beiden Männer, die nichts miteinander zu tun haben? Oder doch? Liebe ich sie nicht beide? Und nun auch noch Moses! Hi, hi, hi! Leckt mich doch alle mal!

Sie parkt vor Annas Tür, zieht die Lippen nach, nimmt ihre Tasche.

„Kati? Komm rein, o je, du bist ja ganz durchnässt!"
„Verzeih, Anna, aber ich wusste einfach nicht ..."
„Hier, zieh das über, regnet es denn so stark?" Anna läuft hin und her, setzt Wasser auf, ruft aus der Küchenecke: „Ich mach uns was zum Essen, ja?"
„Nein, Anna, ich mag nichts essen, setz dich nur ein bisschen zu mir."

Kati ist auf dem Sofa eingeschlafen. Anna überlegt, ob sie Moses anrufen soll, damit er weiß, wo sie ist. Aber Kati hat deutlich zu verstehen gegeben, dass sie das nicht will. Was ist passiert? Etwas ist faul, stimmt hier nicht. Zu dumm, nächste Woche muss ich nach Berlin, hoffentlich gibt's hier keine Probleme.

Am nächsten Morgen ist Kati wie ausgewechselt. Anna atmet auf. Das fehlte ja noch, dass die Freundin in einer Krise steckt, die ich nicht lösen kann. Anna hört Kati in der Dusche trällern. Die Haare unter ein grünes Frotteetuch gesteckt, so lässt sie sich das Frühstück schmecken, bis Anna sagt: „Übrigens habe ich gestern erfahren, dass die Redaktion mich nun doch nach Berlin schickt, und zwar schon nächste Woche." Kati legt die Semmel auf den Teller zurück, kippt mit dem Stuhl nach vorn. „Das geht nicht", flüstert sie, „du weißt, dass das jetzt nicht geht, Anna! Wir wollten doch zusammen den Antrag für die Berliner Behörde stellen. Ich muss die Sache mit meinem Vater hinter mich bringen!" „Ist bereits geschehen. Der Antrag ist auf die Schiene gebracht." „Was? Wie bitte? Und wieso sagst du mir das nicht?" „Ach, Kleine, wann sollte ich dir das denn sagen, es ist ja gerade erst passiert, aber das ist doch nicht alles, was dir zu schaffen macht, oder?" Anna schiebt eine Hand unter Katis Kinn: „Es ist dieser Moses!"

„Wie bitte?" Kati starrt die Freundin an, springt auf, schnappt ihre Tasche, ruft an der Tür: „Lasst mich doch alle in Frieden!"

Anna beobachtet, wie Kati zum Auto rennt und losfährt, ohne sich nach ihr umzublicken, wie sie es sonst tut. Soll sie! Ich kann nicht überall Samariter spielen. Bevor ich nach Berlin fliege, muss ich noch bei meiner Mutter vorbei, aber den Moses knöpfe ich mir bei der nächsten Gelegenheit vor. Was ist das überhaupt für ein Mann? Taucht aus dem Nichts auf und verdreht Kati so den Kopf, dass sie Hugo nicht mehr heiraten will.

Wer Moses war, wollte Anna von Anfang an wissen. „Das kann ich dir nicht sagen, Anna!" Kati lachte, hörte nicht auf zu lachen. Jetzt ist sie wirklich übergeschnappt! So dachte Anna, bis sie Moses gegenüberstand. Verflixt, der bewegt sich ja wirklich wie ein Fürst. Wer ist das? Am liebsten hätte sie sich den Kerl geschnappt. Im Grunde neidete sie Kati diesen Mann.

„Jetzt ist Moses also der Favorit!", stichelte Anna und zündete sich ein Zigarillo an. Sie kamen aus einem Jazzkonzert. Kati hatte sich bei ihr eingehängt. Aufgekratzt schlenderten die Frauen zum Taxistand.

Anna war gespannt, wie es in dieser Dreiecksgeschichte weitergehen würde, denn Hugo war auch kein gewöhnlicher Mann. Künstler durch und durch, nicht weltfremd, nein, das nicht. Ein Steher, eine Kämpfernatur. Was sich Hugo in den Kopf setzt, führt er aus. Liebt er Kati? Wie oft hat sich Anna das gefragt. Was für ein ungleiches Paar! Sie sind emanzipiert, jeder besitzt eine eigene Wohnung. Hugo war schon einmal verheiratet, hat einen Sohn, der bei der Mutter aufwächst.

„Und du?", fragte Anna, „möchtest du kein Kind?" Kati gackerte los: „Wieso fragst du mich? Greif dir doch an deine eigene Nase!" Sie lachten, rissen Witze, amüsierten sich über die Männer. „Aber zu spät darf es auch nicht werden", sagte Kati mit ernster Miene.

Katis dreißigster Geburtstag. Eine Party vom Feinsten. Das Fest hatte sich Hugo ausgedacht. Er hatte ein Boot gemietet und alle Freunde zu einer Nachtfahrt eingeladen. Nur Kati wusste von nichts. „Stell dir vor, Anna, Hugo wird an meinem Geburtstag nicht hier sein."

Sie trug ein tief ausgeschnittenes, karminrotes Kleid. Auch Hugo sah phantastisch aus im dunklen Anzug mit knallgelber Fliege. Donnerwetter! Anna folgte ihnen mit ihrem Blick, bis ihr Freund aufgetaucht war. Kati drehte sich um, kam angelaufen, fiel der Freundin um den Hals, flüsterte ihr ins Ohr: „Hugo ist der Favorit!" Dann tanzten sie. Wer Kati in dieser Nacht sah, ahnte, dass sie glücklich war.

Es gab eine Zeit, da war Anna in Kati verliebt. Die knabenhafte Figur, die Brüste, aber vor allem war es der Blick. Wie sie einen ansah! Als Kati in die Redaktion kam und

Anna das erste Mal traf, fühlte sie sich überrumpelt von ihrem Blick. Sie bekam aber schnell mit, dass Kati mit Hugo liiert war. „Hugo hat mich vom Kopf auf die Füße gestellt", sagte Kati nicht nur einmal. Erst viel später wusste Anna, wie die Freundin das meinte. Kati stellt immerzu Fragen, gibt sich nie mit einfachen Antworten zufrieden, schürft tief. Aber ob sie die richtige Frau für Hugo ist? Oder hat sie Schluss mit ihm gemacht? Und was ist mit Moses? Wieso grüble und grüble ich, anstatt endlich zu Mutter zu fahren. Wieso Kati heute grußlos weggelaufen ist? Sie hört ihr Handy nicht, vielleicht hat sie es ausgeschaltet. Suchen kann ich sie jetzt wirklich nicht. Mutter wartet. Und in einer Woche muss ich in Berlin sein.

Teil II

1

Die Villa steht am Nordufer des Thuner Sees, umgeben von einem parkähnlichen Garten. Hier hat Moses eine helle Wohnung gefunden. In der unteren Etage lebt der Hausbesitzer, ein älterer Herr mit schütterem Haarkranz. Vielleicht wohnt noch jemand dort, das weiß Moses nicht. Die Habseligkeiten, die sich in den zurückliegenden Wochen wieder angesammelt haben, vor allem Bücher und CDs, packt er gleich aus. Beim Durchsehen weiß er bereits, dass er das meiste davon nicht braucht. Ihm ist, als höre er Kati, wie sie mit spöttischer Zunge sagt: Wieso schleppst du das Zeug dann mit, he? Diese Frau! Er kann sie nicht loswerden, will es auch nicht. Unwillkürlich hält er inne, betrachtet seine Hände, die riesigen Pranken, springt auf, um die Traurigkeit abzuschütteln, die ihn überfällt. Jetzt bin ich hier! Er ist ans Fenster getreten, sein Blick schweift über Bäume und Sträucher, bleibt an einem düster wirkenden Teich hängen. Ein Lorbeerbaum zieht seine Aufmerksamkeit an, auch einen Feigenbaum kann er erkennen. Das Klima ist mild, genau das Richtige für ihn. Er zieht den Pullover aus und ein helles T-Shirt über den Kopf. Die Wohnung ist möbliert, das machte den Umzug einfach. Die Küche ist komplett, eine Waschmaschine gibt es auch, sie steht im Bad. Moses reibt die Finger, die sich steif anfühlen. Er wird hinausgehen, die Gegend ist ihm von Ausflügen vertraut. Den Koffer wird er später auspacken.

Als er durch den gemütlich wirkenden Ort wandert, wird ihm erneut bewusst, dass er keine Aufgabe hat. Er ballt die

Fäuste; als er es merkt, feixt er in sich hinein: Gut so, ich bin frei. In einem Café bestellt er einen Espresso, wie Kati ihn mag. Sie ist ein Magnet, er kann sie nicht abschütteln. Und doch muss ich meinen Rhythmus finden!, schnauft Moses, der durch weiße Gassen schlendert, ab und zu einen Blick ins Hausinnere wirft. Er wird Kati nicht anrufen. Es muss erst einige Zeit verstreichen, bevor er sie wiedersieht. Sie will es so. Schließlich hat sie Anna und ihre Kollegen, sie braucht mich nicht.

Inzwischen hat er die Ortschaft hinter sich gelassen. Es geht jetzt steil bergauf. Ein Stock wäre gut. Er muss sich einen neuen kaufen, denn seinen hat er bei Kati vergessen. Spatzen balgen sich im Straßenstaub, hüpfen in einen Busch, spreizen die Flügel. Bevor er umkehrt, setzt er sich ins ungemähte Gras.

Er muss eingeschlafen sein. Es ist dunkel geworden, als er die Augen aufreißt. Das bin doch nicht ich – einer, der Zeit und Stunde vergisst! Entschlossen bricht er einen Ast ab, der ihm als Stock dienen soll. So stapft er bergab. Bald hat er den Ort und das Haus, in dem er wohnt, wieder erreicht. In der unteren Etage brennt kein Licht, es ist auch schon spät.

Am Vormittag trifft er seinen Vermieter, der ihm seinen Garten zeigen möchte. „Sie können sich hier frei bewegen, Sie stören mich nicht!" Der alte Herr wirkt müde, obwohl er aufrecht neben ihm steht. Etwas geht von ihm aus, das Moses unangenehm ist, oder bildet er sich das ein? Ich hätte Kati die Wohnung zeigen sollen, sie hätte entscheiden können, ob sie gut für mich ist. Nun bin ich hier, und ich werde diesen Platz so schnell nicht verlassen. Keine Verantwortung tragen. Das nimmt er sich an diesem Vormittag vor, während der Mann mit dem unruhigen Blick ihn von einer Baumgruppe zur anderen führt. Plötzlich schüttelt sich Moses. Ihm ist kalt an der Seite des Mannes. Er zaust seinen Bart. Ich muss aufpassen, dass ich ihm nicht Unrecht tue. Der Vermieter bückt sich, schneidet eine verblühte Rose ab. Moses beobachtet ihn genau, betrachtet die Füße, die in gut geschnittenen, braunen Halbschuhen stecken, schaut auf die Hände, die die Gartenschere halten. Nur in seine Augen hat er noch nicht geblickt; die scheint der Hausbesitzer ihm nicht zeigen zu wollen. Moses zieht einen Gartenstuhl heran. „Ja", haucht der alte Mann in seine Hände und lässt sich Moses gegenüber auf eine Bank fallen. „Sie haben es richtig erkannt, ich war beteiligt. Aber, und das können Sie nun glauben oder nicht, ich war kein Nazi, wie Sie vielleicht annehmen, mein Herr. Wer ich in der Hitlerzeit war, möchten Sie wissen? Vielleicht sprechen wir darüber, wenn ich Sie besser kenne. Ich weiß so gar nichts von Ihnen. Dass Sie Moses heißen, gut, gut, das besagt noch nichts, obwohl der Name hier nicht geläufig ist, das stimmt schon ... Wissen Sie was, ich werde Ihnen etwas zum Lesen geben, wenn Sie diese Epoche interessiert."

Moses dreht sich halb herum, hoffentlich hat er sich mit der Wohnung nicht in die Nesseln gesetzt. Wer ist der Mann im grauen Flanellanzug? Die Frage lässt Moses nicht los. Er ist aufgestanden, betrachtet die Tomatenstauden, die rote und grüne Früchte tragen. „Auf jeden Fall", hört er in seinem Rücken, „müssen wir uns nichts vormachen. Wenn Sie gehen wollen, wenn Ihnen meine Gegenwart lästig ist, dann gehen Sie einfach, Herr! Wir Schweizer sind freie Leute, müssen Sie wissen, wenn ich auch ein wenig ungelenk bin in vielen Bereichen. Die Wohnung, in die Sie gezogen sind, gehörte übrigens meiner Frau." Der Mann zeigt über die Rasenfläche zum Haus, lässt den Arm sinken, als bereite es ihm Mühe, und stößt plötzlich ein spitzes „Hi, hi" aus. „Warten Sie bitte! Ich hol' uns einen süffigen Spiezer, die Trauben reifen am anderen Ufer, unweit von hier." Mit schnellen Schritten läuft der Hausbesitzer fort, gleich ist er zurück mit einer Flasche unterm Arm. „Wir müssen doch anstoßen auf Ihren Einzug, nicht wahr, Herr Moses?"

Die Gläser funkeln im Mittagslicht. „Im Grunde ist es für mich zu früh, um Wein zu trinken, doch heute mache ich eine Ausnahme." Lächelnd stößt der Hausbesitzer mit Moses an, der sein Glas hebt. „Prosit!", bekräftigt Herr Noeri. Eigentlich möchte Moses sich nicht in fremde Lebensläufe hineinziehen lassen, das hat er sich vorgenommen, bevor er hierher zog, und doch, wenn er in das Gesicht dieses Mannes blickt ... Etwas stimmt nicht mit ihm. Da ist sie wieder, die Neugier, die ihn packt, als wäre der Mann eine Papyrusrolle, die es zu entziffern gilt. Herr Noeri würde Kati interessieren – die Journalistin ist scharf auf Geschichten. Der Hausbesitzer bleibt an einer Brombeerranke hängen, als er Wein nachgießen will. „Ich heiße Rafael Noeri", er streckt Moses eine Hand hin, „aber das wissen Sie ja. Wir sind jetzt Nachbarn, gewissermaßen; da müssen wir miteinander auskommen, oder wie sehen Sie das?"

Die Bücher, die Moses in Bern gekauft hat, stehen im Regal. Eine blaue Glasvase auf dem Fensterbrett. Das Wollgras erinnert ihn an einen Ausflug mit Kati. Er sieht, wie sie sich bückt, die Stengel pflückt, hineinpustet, wie sie in hohen Sprüngen einem Schmetterling hinterherläuft. Er betrachtet die afrikanische Figur, die ihm Kati geschenkt hat. Die Afrikanerin trägt eine schwere Last auf ihrem Kopf, sie steht sehr gerade. Wie schmal ihre Schultern sind, wie geschlossen das dunkle Gesicht. Vor bodentiefem Fenster ein Ohrensessel, daneben ein Glastisch, auf dem eine Schale mit Weintrauben steht.

Insgeheim hofft Moses, dass Kati anruft. Oder Anna, die ihm etwas von der Freundin berichten kann. Nebenan das Schlafzimmer. Ein breites Bett mit Konsole, auf die er legt, was er braucht, wenn er nicht schlafen kann. Im Wohnzimmer eine altmodische Hängelampe, an der er sich schon den Kopf gestoßen hat. Er wird sich eine andere Lampe kaufen, eine, die nicht so viel Strom frisst. Natürlich gibt es Fernseher, selbst im Schlafzimmer steht einer auf der Kommode. In der geräumigen Küche der Esstisch, vier geschnitzte Holzstühle.

Mittags isst er manchmal im Terrassenrestaurant, trinkt ein Glas Wein dazu. In der Jackentasche das Buch, in dem er gerade liest. Die Buchhändlerin aus Bern hat ihm seine Bestellung nachgeschickt. Dabei war auch das Buch, von dem Kati oft gesprochen hatte. Sie kannte den Autor, der den Holocaust überlebte, traf ihn in Wien. Moses möchte alles über die Schreckenszeit erfahren. Alles? Er hebt den Kopf, beobachtet die Leute an den anderen Tischen. Oft sitzen sie allein, auch zu zweit werden sie nie laut. Noch kommt er ohne Kati aus, obwohl er gern ihre Stimme hören würde. Er muss sich darüber klar werden, ob er ohne sie leben will. Aber ist das nicht längst entschieden?

Drei Frauen haben ihn in seinem Leben begleitet. Nefertari, die Tempelmusikerin. Mit ihr hat er einen intensiven Gedankenaustausch gepflegt. Das Gottesthema war ihnen dabei immer besonders wichtig gewesen. Nefertari sprach über das All-Eine, das gewollt oder ungewollt anwesend ist – so drückte sie sich aus. Er liebte es, neben ihr herzugehen, den Duft einzuatmen, der dem lose fallenden Gewand entströmte. Es war Rosenöl, das nur für Nefertari auf eine ganz spezielle Weise hergestellt wurde. Moses zieht die Nase hoch, spitzt die Lippen.

Zippora wurde seine Frau, mit ihr hat er zwei Söhne gezeugt. Wie stolz Zippora auf die Söhne war, die bereits Männer waren, als er für immer das Lager verließ. Zippora interessierte sich auch für Nefertari; sie wollte mehr über die Pharaonin wissen. Aber das fiel gerade in eine Zeit, in der er seine königliche Herkunft endgültig abstreifen musste. Unruhen machten sich unter den Auswanderern breit. Die Rolle, die ihm Jahwe aufgepfropft hatte, veränderte Moses, machte aus ihm einen unerbittlichen Patriarchen. Es gab Augenblicke, da erschrak er vor sich selber. Er forderte viel, eigentlich forderte er von den Auswanderern alles. Vor allem sollten sie ohne Wenn und Aber seinen Gott anbeten. Nie hatte er darüber nachgedacht, wie dieses Ansinnen auf Menschen wirken mochte, die seinem Gott nicht begegnet waren. Als einige Stämme ihm dann noch in den Rücken fielen und ein Götzenbild anbeteten, hätte er sie am liebsten umgebracht.

Naba, die inzwischen in sein Leben getreten war, versuchte zu vermitteln. Ihr gelang, was keinem möglich schien: den Frieden in den eigenen Reihen zu bewahren. Naba besaß die Fähigkeit, seinen Zorn zu dämpfen. Mit wenigen Worten hatte sie ihm nahegebracht, dass es viel Geduld brauchen würde, um so einen Haufen, wie die hebräischen Stämme es waren, ans Ziel zu führen.

Für ihn gehörten Zippora und Naba zusammen wie die beiden Seiten einer Münze. Es war Zuneigung, die er für beide Frauen empfand, Achtung und Respekt.

Ach so?, würde Kati rufen: und wo, bitteschön, ist die Liebe? Moses kennt ihren Spott, kennt Katis Lust, ihn in die Enge zu treiben. Das hat er in den zurückliegenden Wochen oft genug erfahren.

Oleander in Weiß und Rot. Feigenbäume. Unterhalb der Straße der klare, türkisfarbene See. Moses genießt die Landschaft, pfeift die Melodie mit, die aus den Lautsprechern dringt. Das rote Cabrio hat er gemietet. Wind bauscht seine Haare, das Hemd steht offen.

Baumwipfel. Bimmeln von Glocken. Er fährt mit der Seilbahn höher hinauf. Unter ihm die funkelnde Wasserfläche.

Gegen Abend sucht er die Badebucht auf, die er entdeckte, als er am Morgen die Bergstraße hinauf fuhr. Er taucht, schwimmt auf dem Rücken. Nackt liegt er in der Abendsonne. Moses weiß, ich muss zurückfahren, gleich wird es dunkel. Noch rafft er sich nicht auf. Die Straßen sind leer, als er zurückkommt. Fliegen an der Windschutzscheibe. Auf der Hose ein Blaubeerfleck. Der Hausbesitzer trägt einen Spitzbart, seltsam, dass ihm das jetzt einfällt. Ohne Licht zu machen, versucht er, seine Tür zu erreichen. Er verspürt keine Lust, sich so spät noch auf ein Gespräch mit Herrn Noeri einzulassen. In der Hosentasche eine Handvoll Pilze, die er gleich braten wird. Hätte er ein Gefäß dabei gehabt, wer weiß, vielleicht hätte er auch Beeren gepflückt.

Sie scheppern auf einem Raddampfer über den See. Der Hausbesitzer hat Moses dazu eingeladen. Die Männer sitzen auf Deck, vor ihnen ein schmales Tischchen. Der geräucherte Fisch schmeckt köstlich, dazu ein Schluck besten Weins. Kaffee wird serviert. Moses zündet sich eine Pfeife an. Das Pfeiferauchen hat er sich in der Schweiz angewöhnt. Er schaut dem alten Mann ins Gesicht, der mit zusammengekniffenen Augen zum anderen Ufer blickt. Der Kapitän scheint Herrn Noeri zu kennen, die Männer klopfen sich auf die Schultern.

An den darauffolgenden Tagen hat Herr Noeri nicht mehr das Gespräch gesucht. Gut so, denkt Moses, gut, wenn er mich in Ruhe lässt; wer bin ich, dass ich ihm zuhören soll? Noch hat sich Kati nicht gemeldet, und er ruft sie auch nicht an. Sie hat es so gewollt. Er richtet sich danach, wenn es ihm auch nicht gefällt.

Es war nach dem Bootsausflug, als Moses eine hellblaue Mappe zwischen seinen Büchern entdeckte. Sie gehört ihm nicht. Absicht? Zufall? In der Mappe befinden sich Aufzeichnungen, wie unschwer zu erkennen ist. Lose Blätter in Katis Handschrift. Soll er sie lesen? Hat Kati das gewollt? Wie oft er sich das fragt – und doch nicht sicher ist, wie er sich verhalten soll. Das einfachste wäre, er redete doch mit ihr und berichtete von dem Fund. Aber in Bern springt nur der Anrufbeantworter an. Sicher ist sie in den Libanon geflogen. Eine Woche ist vergangen. Inzwischen streicht Moses wie ein hungriger Hund um die hellblaue Mappe herum, hebt die Nase, als könnte er schnüffelnd auf eine Antwort stoßen. Kurz entschlossen schließt er sie weg.

Im Café, in dem Moses seine Zeitung liest, hat er einen jungen Mann angesprochen, der ihn öfter schon bedient hat. Er heißt Alexis und kommt aus Zaire. Sein Vater, hört Moses, ist Pfarrer; er wurde verfolgt und ist spurlos verschwunden. Die Mutter hatte Angst um den ältesten Sohn, deshalb riet sie Alexis zur Flucht. Gleich auf dem Flughafen wurde er aufgegriffen. Zwei Jahre hat er im Gefängnis gesessen.

„Dieses Schicksal ereilt alle", sagt Alexis mit unbewegtem Gesicht, „die unser Land illegal verlassen wollen. Mein Onkel", fährt er fort, „der eine wichtige Rolle in der Familie spielt, seit mein Vater untergetaucht ist, ermöglichte es mir, in die Schweiz auszureisen."

Alexis ist jung, achtundzwanzig. „Ich sorge mich um meine Mutter, die nicht gesund ist, doch ich kann nicht zurück. Wenn ich genügend Geld zusammen habe, will ich Informatik studieren." Als hätte er schon zu viel von sich preisgegeben, lässt er das Kinn auf die Brust sinken.

Betritt Moses das Café, hält er gleich nach Alexis Ausschau. Er ist erst beruhigt, wenn er den Jungen sieht. Doch Alexis scheint sich zu schämen, dass er so viel über sich gesprochen hat, mit gesenktem Kopf nimmt er die Bestellung auf. Wie wäre es, fragt sich Moses, wenn ich ihn einladen würde, mich zu besuchen? Oder ob es ungehörig wäre, als nutze ich sein Vertrauen aus? Seltsam, über so etwas habe ich mir doch nie Gedanken gemacht. Ich habe die

Leute zu mir bestellt, habe ihnen Anweisungen erteilt; wie wäre ein geordnetes Leben, unter Wüstenbedingungen, sonst auch möglich gewesen.

Vierzig Tage und vierzig Nächte bin ich allein auf dem Berg gewesen. Auf dem Gottesberg, so wurde es später aufgeschrieben. Für Moses ist das gleichgültig; doch niemals wird er vergessen können, was ihm auf dem Berg widerfahren ist. Wovon habe ich mich in den vierzig Tagen ernährt, wie habe ich meinen Durst gestillt? Tief im Felsen versteckt sprudelte eine Quelle. Beeren, Blüten und Kräuter wuchsen auch auf steinigem Boden. Doch wie habe ich diese Tage, wie die Nächte zugebracht? Am Tag brannte eine gnadenlose Sonne herab, als sollte sie ihre Energie unter Beweis stellen. Dort, auf dem weißen Berg, hat Jahwe mich in die Knie gezwungen.

Wie geht das? Was ist damals geschehen?, würde Kati wissen wollen. Seine Antwort könnte lauten: Es war, als würde mir nach und nach eine Haut nach der anderen über den Kopf gezogen.

An der Grenze zum Wahnsinn, würde Kati konstatieren. Ja, Kati, so könnte man es nennen, aber selbst Wahnsinn trifft es nicht. Dann sag es anders, Wüstenfürst!, würde sie ihn herausfordern. Versuch es, Moses! So spricht, wer es nicht erfahren hat.

Er zündet sich eine Pfeife an, schiebt die Kaffeetasse zur Seite. Wenn ich meine Verhältnisse geordnet habe, werde ich mich um Alexis kümmern, beschließt Moses, bevor er das Café verlässt. Doch was heißt geordnete Verhältnisse? Das ist doch auch nur eine Ausrede, weiß er, als er über den Marktplatz schlendert.

In der Nacht träumt er von Kati. Er steht neben ihr, spricht sie an, will ihr erklären, weshalb er sie verlassen musste. Schweißnass wird er wach. Unter ihm spielt jemand Klavier. Er schaut auf die Uhr. Es ist zwei Uhr in der Nacht. Nein, er wird nicht klopfen, sich nicht bemerkbar machen. Soll der alte Herr doch Klavier spielen, wann er will, es ist sein Haus. Und doch stört ihn das Geräusch – oder ist es der Traum, ist es Kati, die gerade noch neben ihm stand? Die Lippen geöffnet, das helle Haar über die rechte Schulter geworfen, im Ohrläppchen ein funkelnder Diamant. Im Traum sah ihn Kati an, sie rief ihm etwas zu. Was hast du mir sagen wollen, Geliebte? Es ist zum Verzweifeln, denn in diesem Moment löste sich die Gestalt auf.

Auf halber Treppe wird er gewahr, was er vorhat. Verflixt, jetzt gehe ich doch zu dem Alten hinunter. Moses dreht sich auf dem Absatz um, da hört er seinen Namen. Unwillig ist er stehen geblieben. „Ich habe Sie gestört, es tut mir sehr leid!" Moses will wortlos nach oben gehen. An seiner Tür dreht er sich um, erschrickt, weil der Mann, der in der Diele steht, weint. Kati würde sich amüsieren über die Szene, schießt es ihm durch den Sinn. Laut sagt er: „Kommen Sie herauf, wenn Sie wollen, Herr Noeri." Mürrisch schiebt er die Tür auf. Was geht mich nur dieser Alte an! Mit dünner Stimme ruft der herauf: „Nein, nein! Schlafen Sie noch ein wenig, es wird ja schon hell."

Weder am nächsten Tag noch an den folgenden Tagen hatte er den Hausbesitzer zu Gesicht bekommen, sodass Moses schon dachte, er wäre verreist. Es gefiel ihm, allein zu sein in Haus und Garten. An diesem Morgen klopfte es an seiner

Tür. Eine mittelgroße, resolut wirkende Frau stand vor ihm, spähte ins Zimmer. „Herr Noeri schickt mich", sagte sie so, als müsste sie erst eintreten um weiterzusprechen. „Gehen wir in den Garten", kam ihr Moses zuvor. „Herr Noeri möchte, dass Sie ihn besuchen kommen." „Wo ist er denn?", fiel Moses der Frau ins Wort. „Bei mir." Moses grinste. „Und wo ist das?" Die Frau nannte eine Straße, sagte eine Hausnummer. „Kann ich ihn anrufen?" Die Frau hob die Schultern: „Ich weiß nicht, ob er das will." „Ist Herr Noeri denn krank?" Die Frau sprang auf. „Ich muss los! Verzeihen Sie die Störung!" Bevor er sie zur Pforte begleiten konnte, war sie schon hinter einer Hecke verschwunden. Taucht auf, ist weg!

Moses weiß nicht, ob er Herrn Noeri besuchen will. Was soll das Ganze überhaupt? Wieso verhält er sich so geheimnisvoll? Die Frau hat ihren Namen nicht genannt, und er hat sie nicht danach fragen können. Da fällt ihm ein, dass er heute mit Alexis verabredet ist. Er hat ihn hierher eingeladen, weil sein Vermieter nicht da ist. Vielleicht gehe ich später noch mit Alexis bei Herrn Noeri vorbei.

Sie haben zusammen gekocht. Alexis brachte Gemüse mit. Jetzt schaukelt der Junge in der Hängematte, während Moses die Zeitung liest.

Alexis hat ihm Fotos von seiner Mutter gezeigt. Moses sah, wie seine Lippen zuckten, als Alexis von ihr sprach. Eine füllige Gestalt, in ein buntes Tuch gehüllt, es fehlte nur der Krug auf dem Kopf und Moses hätte geglaubt, Zippora käme auf ihn zu. Jung sah Alexis' Mutter nicht aus, die ernst in die Kamera blickte.

„Habt ihr immer noch nichts von deinem Vater gehört?", fragte er seinen Freund, als sie Kaffee tranken.

„Nichts!", sagte Alexis und schloss seine Augen.

Sie verschleppen ihre Gefangenen, kerkern sie ein, foltern sie, lassen die Angehörigen im Ungewissen. Wird es nie enden? Niemals? Jahwe hatte den Teufelskreis unterbrochen, als er ihn zwang, die Hebräer aus Ägypten zu führen. Und dann? Danach? Nach der Befreiung, wie fühlten sich da die Hebräer? Einige, mehr als tausend Leute, wollten umkehren, weil es für sie in Ägypten immer ein geordnetes Leben gegeben hatte. Das konnte Moses ihnen nicht bieten. Wieso hat Jahwe ihn für diese Aufgabe ausgewählt? Er braucht sich nicht zu rechtfertigen, nichts zu begründen. Jahwe entscheidet, nimmt Menschen in die Pflicht. Viel lieber wäre er in Midian geblieben, und Zippora hätte ihm noch ein Mädchen geboren. Irgendwann wäre er sicher Jethros Nachfolger geworden. Und dann?

Immer wieder schweift Moses' Blick zu dem schlafenden Jungen in der Hängematte. Alexis ist kein Junge mehr, er geht zielgerichtet seinen Weg. Er braucht mich nicht, aber mir ist er hier begegnet. Nachdem ich Kati verlassen habe. Ein Stich krampft Moses' Herz zusammen. Schweiß bricht ihm aus. Alexis steht plötzlich hinter ihm, legt eine Hand an seine Hüfte. Es ist, als wüsste er, wie es um Moses steht; in seinen Augen kann er es lesen. Ohne Übergang beginnt Moses, von sich zu reden, breitet vor dem Freund sein Innerstes aus, nennt Katis Namen.

„Du liebst diese Frau", sagt Alexis. „Nimm das Leben, wie es dir begegnet, roll' es nicht von hinten auf. Wer du auch warst, Prophet oder Schafhirte, das ist unwichtig geworden. Jetzt bist du im Berner Land." Wie um dem Älteren etwas Tröstliches zu sagen, fügt er hinzu, „wir schleppen doch alle unsere Ahnen mit uns herum, auf welchem Kontinent wir auch geboren sind, ist es nicht so?"

Es muss an Alexis liegen, an seiner Art, dass Moses sprechen kann. Weiß er dadurch mehr über sich? Wieder ist es Alexis, der seine Gedanken unterbricht. „Genau darum geht es. Wer sind wir? Woher kommen wir? Was haben wir hier zu tun? Wenn wir das wissen ..., wenn wir darüber einmal Klarheit erlangen ..." Alexis schlürft den heißen Kaffee, in den Moses zwei Stück Zucker und ein Gläschen Kirschwasser geschüttet hat. „Hm, schmeckt gut! So etwas kennen wir in Zaire nicht."

Gleich danach ziehen sie los, fahren in südöstlicher Richtung, überqueren die Seestraße, unterwegs halten sie an, um oberhalb des Sees den Heiligen Beatus zu besuchen, der Wunder vollbracht haben soll, vor sehr langer Zeit. Sie laufen durch niedrige Gänge, müssen die Köpfe einziehen. Gebückt stehen sie in der Tropfsteinhöhle, ihre Umrisse spiegeln sich im unterirdischen See. Lachend ziehen die Männer weiter. In einem Gasthaus bestellen sie einen Oberhofener, und Moses beginnt wieder zu reden, bis Alexis aufsteht, eine Hand auf Moses' Schulter legt. „Du liebst diese Frau, worauf wartest du nur? Mann! Wenn ich mir deine Kati vorstelle ..."

Ein Zittern erfasst Moses. Der Junge weiß Bescheid, sagt ihm, worauf es ankommt. Freund!, möchte er rufen, Alexis in die Arme schließen, der aufgestanden ist und zum Auto geht.

Auf dem Heimweg schauen sie noch bei Herrn Noeri vorbei, dem es offensichtlich an nichts fehlt. Doch wer ist die Frau, bei der er wohnt? Moses ist erleichtert, als er den alten Herrn auf der Gartenbank sitzen sieht. Als sie gehen wollen, sagt Herr Noeri: „Sie ist meine Schwester. Hier ist unser Elternhaus."

In seiner Wohnung fällt es Moses wieder ein, dass die Frau heute Morgen gekommen war, um ihm zu sagen, dass Herr Noeri ihn sprechen wollte. War es so, oder hatte Neugier sie hergetrieben? Wieso hat Noeri vorhin nichts davon verlauten lassen? Er war durch Alexis abgelenkt, der mit den beiden plauderte und sie zum Lachen brachte. Alexis ist ein Magier, er kann die Menschen fröhlich machen.

„Soll ich dir die Haare schneiden?" Alexis hält eine Schere in der Hand, grinst.

„Hast du denn noch Zeit?"

„Für dich schon!" Auf Zehenspitzen bewegt sich Alexis hinter dem Hocker, auf dem Moses sitzt. Zuletzt putzt er ihm noch die Ohren aus, pfeift ein Lied dabei. Eigentlich ist ihm das zu intim, aber Alexis hat eine so angenehme Art, dass es Spaß macht, sich ihm auszuliefern. „Das hab' ich doch immer in meiner Familie getan, allen die Haare geschnitten." Alexis' Augen blitzen, wenn er sich freut, sich die Hände reibt. „Jetzt bist du meine Familie, Moses!" Leise, nur für sich sagt er: Du bist mein Vater, solange er gefangen ist.

Eine Kuhhirtin, in derben Hosen und fester Jacke; zwei Hunde laufen vor ihr her. Sie wechseln ein paar Worte miteinander, dann geht Moses weiter. Hier wachsen keine Bäume, in dieser Höhe breitet sich eine andere Vegetation aus. Es ist Mittag geworden. Moses lässt sich ins trockene Gras fallen, blinzelt durch die Augenlider. Plötzlich richtet er sich auf. Ein Hakenkreuz am Himmel? In Zeitlupe lösen sich die Kondensstreifen auf. Er kennt das Symbol, hat es in den Büchern entdeckt, die ihm die Berner Buchhändlerin gab, als er nach dem Holocaust fragte. Das Zeichen ist harmlos, aber wozu wurde es benutzt! Wie kann er sich dazu verhalten? Einer, der von so weit herkommt, einer, der einen Menschen erschlagen hat. Plötzlich spürt Moses, dass er sich stellen muss. Es gibt kein Entrinnen mehr. Noch kämpft er dagegen, aber da kniet er schon nieder, presst das Gesicht in die Erde. Was er stammelt, was er der Erde anvertraut, bleibt ungehört. Vor ihm taucht das Gesicht des Ägypters auf, und er erschrickt. Dann, nachdem Moses die Tränen getrocknet hat, steht er langsam auf, legt die Arme über der Brust zusammen. So steht er da, bis er die Hände aufs Gesicht legt. Die Sonne ist untergegangen. Mit dem letzten Sessellift fährt Moses ins Tal zurück.

Herr Noeri ist noch immer nicht da. Er genießt die Stille in Haus und Garten. Ich war beteiligt, hatte der Hausbesitzer gleich am Anfang verlauten lassen. Wie meinte er das? Wenn Noeri nicht allein davon anfängt, Moses wird ihn nicht danach fragen. Nur weil einer ihm nicht in die Augen sieht, soll er verdächtig sein? Wer weiß, was der alte Herr für ein Schicksal hat. Es gab Momente, da hätte Moses ihn zum Reden bringen können, er wollte es nicht, wollte nicht hineingezogen werden in seine Geschichte. Herr Noeri hat sich zu seiner Schwester zurückgezogen. Was geht mich der Hausbesitzer an? Aber wieso kam seine Schwester zu mir, bat mich, ihren Bruder zu besuchen? Ich werde daraus nicht klug. Alexis scheint das nicht zu interessieren, er sagt dann nur: „Wozu musst du dir über andere Menschen den Kopf zerbrechen?" Immer wieder betont er, man müsse in der Gegenwart leben. Das Wort Jetzt gehört zu Alexis. „Du lebst jetzt, Moses!" Wie ich mich an den Jungen gewöhnt habe, an die Art, wie er einen Bissen kaut, eine Hand an meine Hüfte legt; aber vor allem mag ich das Lächeln, das Alexis mir schenkt.

An Alexis' freiem Tag fahren sie mit der Zahnradbahn ins Lauterbrunnental. Alexis ist ein geschickter Kletterer, das wusste Moses nicht. An heiklen, brüchigen Stellen reicht er Moses seine Hand, die dieser ohne zu zögern nimmt. Sie steigen weit hinauf. Es ist Mittag. Moses wird von einer Müdigkeit überfallen, die er nicht kennt. „Geh weiter, mein Freund! Ich ruh' mich ein bisschen aus." Damit ist Alexis aber nicht einverstanden. Er schmunzelt, als er sagt: „Du wirst doch jetzt nicht aufgeben, Moses. Sieh hinauf! Dort wollen wir hin, oder?" Für einen kurzen Moment hockt sich Alexis zu Moses. Kopf an Kopf ruhen die Männer aus, bis Alexis wieder aufspringt und den anderen hochzieht. „Was ist? So kommen wir nie zum Gipfel, also los!" Es gefällt Moses, wie der Junge mit ihm umgeht. Alexis ist einen Kopf kleiner als er, schmal im Becken und mit leichtem, federndem Gang.

Es geht weiter bergauf. Die Männer stapfen durch Schneefelder, über ihnen ein Greifvogel und ein kleiner Vogel. Es sieht aus, als spielten sie miteinander, oder will der Große den Kleinen verschlingen? Ein Pfeifton lässt Moses aufhorchen.

Dann machen sie wieder eine Pause, essen einen Apfel. Alexis kratzt einen Becher Schnee zusammen, den er Moses reicht. Der Schnee löscht den Durst und kühlt Stirn und

Nacken. Im Felsgestein unzählige Löcher, aus denen es pfeift.

Sie haben den Gipfel erreicht. Die Männer umarmen sich. Mit freiem Oberkörper lagern sie hinter einer Felswand, die ihnen Schutz vor der Sonne bietet. „Hörst du die Murmeltiere? Sie tragen die Schutzfarbe der Erde." Alexis zeigt auf eine steingraue Wand. Moses lauscht, stellt sich an den Abhang. In die Stille hinein fragt Alexis: „Wie kommt es, dass du nie von deiner Mutter sprichst?" Moses baut sich vor Alexis auf, packt ihn an den Schultern, schüttelt ihn. Die Männer ringen miteinander, aus Moses' Mund zischt es. Sie rollen an die Felskante, schweißnass kriechen sie auf allen vieren zurück. Alexis' Augen blicken starr, als er herausstößt: „Was ist los mit dir? Was habe ich dir getan?" Nichts, weiß Moses, du hast mir nichts getan, von außen betrachtet. Aber du hast etwas ausgelöst, mein Junge! Er schweigt, gibt dem Freund zu verstehen, dass er absteigen möchte. „Macht nichts, bist eben auch nur ein Mensch, Moses." Auf schneeverwehtem Feld geht es bergab. Moses gleitet aus. Alexis zieht ihn hoch, plötzlich löst er seinen Griff. „Na, wie ist das, wenn du fällst und keiner dich hält?" Er lacht, Tränen laufen ihm übers Gesicht. Hintereinander passieren sie eine enge Schlucht, steigen über Baumstämme, springen über Wasserlachen. Moses packt Alexis unter den Achseln, der ausgerutscht ist. Die Männer grinsen, als sie sich in die Augen sehen. Moses klopft dem Freund auf die Schulter. Sagen will er immer noch nichts. „Was deine Mutter betrifft, Moses: Sie hat dich geboren, dich geliebt, wenn du es auch nicht wissen willst. Es gibt Situationen, die uns Entscheidungen aufzwingen, die gegen alle Vernunft verstoßen.

Aber wer, Moses, und das frage ich dich, kennt den Weg, der ihm bestimmt ist, he?"

Häuser kommen in Sicht. Der Weg wird breit. Eine Frau mit einem Kissen unterm Arm nickt mit dem Kopf, als sie an den Männern vorübergeht.

„Nimm Arnikasalbe, sie hilft gegen Sonnenbrand", sagt Alexis, der in der Hängematte schaukelt. Zum Abendessen gibt es Fisch. Moses teilt den Hecht in verschieden große Stücke, träufelt Zitrone darauf. Alexis raspelt Möhren, hackt Zwiebeln klein. Moses salzt und pfeffert die Fischstücke, wälzt sie in Mehl, brät sie goldgelb. Zuletzt gießt er Schmand in die Fischpfanne, streut die geraspelten Möhren darüber, gibt die gedünsteten Zwiebeln dazu. „Nun kann das Ganze zehn Minuten garen", seufzt Moses zufrieden und gießt sich ein Glas Wein ein.

Nach dem Essen beginnt Moses, vom Holocaust zu sprechen. Alexis hört zu, und doch sieht es so aus, als ginge es ihn nichts an; er äußert sich nicht, holt einen Krug Wasser, füllt die Gläser. Alexis zieht die Augenbrauen hoch, deutet an, was er nicht aussprechen will. Für den Bruchteil einer Sekunde spiegeln seine Augen das Schicksal seines Volkes wider. Und du?, scheinen sie zu fragen, wer bist du denn gewesen, Moses?

„Es kann nicht darum gehen", sagt Alexis, der das Geschirr zusammenräumt, „das Grauen wieder und wieder zu beleben. Wir müssen uns dem eigenen Dunklen stellen, das ist unsere einzige Chance." Moses setzt sich gerade auf; am liebsten hätte er den Jungen hinausgeworfen, was fällt ihm ein, mit ihm wie ein altkluger Mann zu reden? Ich weiß, ich weiß, beruhigen ihn Alexis' Hände, die er über der Brust kreuzt. „Wie meinst du das, sprich zu Ende, Mann!", fährt Moses ihn an. „Das Böse besitzt Macht über uns, und gleichzeitig ist es ein Teil von uns. Es geht darum, das zu erkennen." Alexis hockt auf dem Fensterbrett, schaut in den Garten. „Ich bin geflohen, wie du, Moses, ich kann nicht im Kerker verrecken, das halte ich nicht aus. Beinahe hätten diese Hände ..." Alexis dreht die Handflächen nach außen, reißt die Augen weit auf, schiebt den Unterkiefer vor. „Nur eine hauchdünne Linie ist es, die uns vor uns selber schützt."

„Ich rede vom Holocaust!", schneidet ihm Moses das Wort ab. „Ja, es stimmt, ich bin nicht dabei gewesen, als die Hitlerfanatiker sechs Millionen Juden ermordet haben, dennoch ist es eine Tatsache." Alexis senkt den Kopf, es ist deutlich, er wird nichts mehr dazu sagen, es würde den Freund nur noch mehr aufbringen. Dann, als hätte er sich etwas ausgedacht, hebt er das Kinn. Als sein Blick auf Moses fällt, weicht er einen Schritt zurück. „Du weinst?" „Ich weine", schnauzt Moses, „jawohl, ich weine ... Mein Gott, wieso weine ich, und vor dir, weißt du das auch, du kluger Junge?"

Es beginnt zu dunkeln. Moses begleitet Alexis heim. Ein Auto fährt an den Männern vorbei. Sonst ist es still. Über ihnen der ferne Mond. Das Licht, das mit Häusern und Gassen spielt. Alexis ist stehen geblieben. „Es ist, als könntest du durch die Steine blicken", er schiebt seinen Arm unter Moses' Arm, drückt dessen Hand. „Ich danke dir für diesen Tag, mein Freund!"

Auf dem Rückweg singt Moses, leicht ist ihm zumute. Das hat Alexis' Gegenwart bewirkt. In seiner Wohnung angekommen, weiß er, was er tun muss. Er zieht den

Schreibblock heraus und versucht, einen Brief zu schreiben, ohne sich darüber klar zu sein, wie er beginnen soll. Der Adressat ist der Ägypter, den er erschlagen hat und dem er in dieser Nacht wieder begegnet. Worte fließen aufs Papier, die er nie über seine Lippen brachte. Eine Stunde später steht er wankend auf, wie betäubt von dem, was ihm widerfahren ist. Er hat es immer gewusst, aber es stets von sich fern gehalten: Auch dein Feind hat ein Gesicht. Was war geschehen? In dieser Nacht hat ihm der Ägypter seine Geschichte erzählt, von seinen Sorgen und Nöten gesprochen, und zuletzt hat er Moses zu Wort kommen lassen. Der Ermordete hat seinem Mörder zugehört.

Eigentlich ist Moses jetzt erschöpft, aber etwas zwingt ihn, einen zweiten Brief zu beginnen. Wie soll er sie anreden, da er ihren Namen nicht kennt?

Liebe Mutter, ich schreibe dir, weil ich dir vergeben habe. Wenn das so einfach wäre! Moses stutzt, aber das ist es ja gerade, das, worüber du im Zweifel bist, was dich nicht schlafen lässt, kannst du in wenigen Worten ausdrücken. Versuch's! Es ist, als würde Alexis ihn anstacheln.

Liebe Frau, liebe Mutter!

Ich weiß, du wirst nicht mehr leben, aber deshalb schreibe ich dir auch nicht. Ich habe einen Freund, der mich ermutigt, mit dir zu reden, was ich nie getan habe, wie du weißt. Gleichzeitig sagt Alexis immer wieder: Du lebst jetzt, Moses! Ist das ein Widerspruch? Nur scheinbar, denn die Ahnen, und das sagte er auch, leben in uns.

Jetzt will ich es aussprechen, was ich tief in mir bewahrt habe: Es ist deine Stimme, die ich vermisse, nein, es ist deine Liebe, die ich heute Nacht spüre. Ich umarme dich, Mutter, ich brauche dich, hab dich immer gebraucht. Wie nah du mir plötzlich bist, so, als wärst du hier, in diesem Zimmer.

Verzeih mir, Mutter, kannst du es? Wieder höre ich dich. Oder ist es der Wind, der mir deine Stimme zuträgt?

Alexis hat von seiner Mutter gesprochen. Von da an wusste ich wieder, dass ich auch eine Mutter habe.

Ich danke dir, dass du mich geboren hast.

Moses ist aufgesprungen, möchte das Papier in Stücke reißen. Er weiß doch, dass die Mutter längst tot ist. Was ist los mit mir?

Alles.

Was sagst du da?

Alles löst sich auf.

Und dann? Sie kichert, die Seele kichert! Da brüllt er los, rauft sich die Haare, schlägt sich ins Gesicht.

Halte ein!

Ein Kampf findet statt, wirft ihn nieder. Er wimmert, ringt nach Luft. Plötzlich taucht ein Gesicht auf, ist zum Greifen nah.

2

„Hast du dich nun für Kati entschieden?" Die Frage überrumpelt Moses. Alexis schiebt die Zähne vor, zieht Moses am Hosengürtel heran.

Sie haben ein Boot ausgeliehen, rudern über den See. In einer Bucht legen sie an, springen ins kristallklare Wasser, schwimmen um die Wette, spritzen sich nass, tollen wie ausgelassene Jungen herum. Als sie sich am Abend verabschieden, sagt Alexis: „Ich wusste es ja nicht, wie sehr du deine Kati vermisst, sonst hätte ich bestimmt nicht noch einmal davon angefangen, glaubst du mir, Freund?" Dieser Junge mit dem dunklen Gesicht und dem durchdringenden Blick. Merde!, was löst der in mir aus! Erschrocken senkt Moses den Kopf. Alexis nimmt seine Hand, drückt sie fest. „Alles wird gut, ich weiß es, Freund!"

Hätte Moses da geahnt, dass dies ihr letzter gemeinsamer Abend ist, er hätte Alexis umarmt und ihn nicht gehen lassen. Wo kann er sein, wenn er nicht im Café ist? Niemand scheint sich an den jungen Afrikaner zu erinnern. Sie zucken mit den Achseln, heben kurz den Blick. „Das gibt es doch nicht!", schnauzt Moses, während er mit großen Schritten über den Markplatz eilt. Ja, er vermisst seinen Freund, den Jungen aus Zaire.

Am nächsten Tag erfährt er, dass Alexis nach Frankreich abgeschoben worden ist, weil dort Verwandte von ihm leben. Es muss über Nacht passiert sein, sonst hätte er etwas mitbekommen. Ich werde dich suchen, nimmt sich Moses vor. Ein Rabe humpelt heran, krächzend fliegt der Vogel auf, setzt sich auf eine Baumspitze. Und was ist mit Kati?, scheint der dunkle Vogel zu rufen. Alexis hat recht, er muss sie suchen. Noch heute wird er Kati anrufen, und wenn sich bei ihr niemand meldet, wird er Anna fragen.

Weder Kati noch Anna hat er erreicht. Unruhig läuft Moses in der Wohnung umher, greift ein Buch, blättert darin, lässt es auf die Dielen knallen. Was kann er tun? Wie kann er vorgehen, ohne Katis Grenzen zu verletzen? Dass sie sich von ihm zurückgezogen hat, ist unverkennbar.

Als er am nächsten Morgen ein Hemd herauszieht, fällt die hellblaue Mappe vor seine Füße. Er wirft sie auf den Tisch, hebt den Kopf, weil er Schritte hört, die näher kommen. Es klopft. Der Hausbesitzer ist zurückgekehrt. Schmalbrüstig, mit eingefallenen Wangen, steht er in der Tür. „Bitte!" Moses macht eine einladende Geste. Was ihn wohl veranlasst, so früh zu ihm zu kommen? Der Mann wankt in den Knien, kippt mit dem Oberkörper hin und her, bevor er sich setzt. „Ich werde Sie nicht mehr um Erlaubnis fragen: Ich muss es aussprechen, einmal will ich die verdammte Geschichte los sein." Der Hausbesitzer zieht ein weißes Taschentuch aus der Hosentasche, reibt über die Schläfen. Moses beeilt sich, um über die Mappe eine Zeitschrift zu legen; dann schaut er dem Alten ins Gesicht.

„Sie müssen wissen, Moses, wer ich in meiner Jugend war. Ein unbedeutender Grenzbeamter", beginnt Herr Noeri, der nach Luft ringt. Moses will aufspringen, aber Herr Noeri wehrt ihn ab. „Damals lebte ich noch bei meiner Mutter, unweit der französischen Grenze, denn eine Frau hatte ich noch nicht. Ich war gerade zweiundzwanzig geworden. Versetzen Sie sich bitte zurück in die Zeit um das Jahr 1942, können Sie das, Herr Moses? Deutschland hatte seinen Nachbarn den Krieg erklärt. Hitler wollte die Welt erobern, er wollte eine ‚reine Rasse', alles Fremdartige ließ er ausrotten. Vor allem aber hatte er es auf die Juden abgesehen, die er zu Untermenschen erklärte, zum Freiwild für jedermann." Moses reagiert nicht, blickt zum Fenster hinaus.

Wortreich erläutert der Hausbesitzer dem Ausländer, wie er Moses nennt, die weit zurückliegende Zeit; schildert die Situation in der Schweiz, wie sein Land durch den Zweiten Weltkrieg in Mitleidenschaft gezogen worden war. Seine Hände zeichnen die Flüchtlingsströme nach, die in der Schweiz Schutz suchten. Herr Noeri erklärt Moses, wie die eidgenössische Regierung damit umgegangen ist. „Alle Illegalen, vor allem aber alle Juden, die in der Schweiz Zuflucht finden wollten, mussten wir festnehmen. So geschah es auch an jenem Tag, von dem ich Ihnen nun berichten will." Herr Noeri bittet um ein Glas Wasser, stellt es neben sich auf den Tisch, und fährt mit heiserer Stimme fort: „Ich sehe ihn vor mir, werde die Augen in dem eisgrauen Gesicht nicht vergessen. Immer noch, Jahrzehnte danach, höre ich seine Stimme: Sieh weg, Kamerad! Lass mich laufen, bitte! Seit Wochen bin ich auf der Flucht. Kannst du dir überhaupt vorstellen, wie das ist, Kamerad?

Und was tue ich? Was denken Sie, Moses, was ein Schweizer Beamter tun wird, der einen Flüchtling aufgespürt hat?" Herr Noeri drückt den Stuhl, auf dem er sitzt, an die Wand.

„Er war jung, der Bursche, der uns ins Netz gegangen war. Ich sah es ihm an; sah, dass es stimmte, was er in kurzen Sätzen herausstieß. Doch hätte ich ihn deshalb laufen lassen können? Niemals! Er war Jude, so viel war mir klar. Ich kannte die Gesetzeslage, wusste, was ich zu tun hatte, Moses!"

Es klingt, als wolle Herr Noeri seinen Mieter beschwören, als suche er einen Fürsprecher für seine Tat. „Ich setzte ihn fest, telefonierte; nach kurzer Zeit kam das Auto und nahm den Flüchtenden mit. Und, werden Sie mich jetzt fragen, was bedrückt Sie daran? Doch bis das Auto kam, vergingen etwa zehn Minuten. Inbrünstig bat mich der Junge wieder, ihn laufen zu lassen. Nein, ich sollte ihn nicht bei mir aufnehmen, so weit ging er nicht. Lass mich fliehen, Kamerad!, bat er immer wieder, seine Stimme war ein einziges Flehen. Er zitterte, fasste nach meinem Arm. Wieso hältst du mich hier fest, Kamerad? Er sagte tatsächlich Kamerad. Das habe ich nie vergessen. Niemals. Ich hätte mich nur umzudrehen brauchen, nicht einmal aufs Klosett hätte ich gehen müssen, um ihm das Leben zu retten. Ich wusste schon damals, wohin die Juden kamen, wohin man sie brachte. Und dieser hier war fertig, dazu brauchte man keine Brille aufzusetzen. So war das, Moses. Das habe ich getan."

Entschlossen, als käme es jetzt darauf an, es zu Ende zu führen, schreitet der Hausbesitzer auf Moses zu. Stumm blickt er ihn an. „Könnten Sie mir vergeben, würden Sie das tun?" Moses, der ebenfalls aufgestanden ist, richtet sich zu seiner vollen Größe auf. Was denkst du!, will er das Männchen anschreien, ihn an den Schultern packen, und Hinaus! brüllen. Hinaus! Scheren Sie sich zum Teufel, Mann! Was geht mich Ihr Leben an!

Der Hausbesitzer ist wieder auf seinen Stuhl gesunken, schnauft in die hohle Hand. „Ich werde das Gesicht nicht los, wissen Sie, wie das ist? Nacht für Nacht verfolgt mich der Junge. Ich kenne seinen Namen. Denn als sie mit ihm weggefahren waren, ging ich an den Telefonapparat, fragte, wie der Flüchtling hieß, den ich aufgegriffen hatte. In der Zentrale hatten sie inzwischen seine Personalien aufgenommen, wussten, woher er kam, auch wer sein Vater, sein Großvater war. Später hörte ich, dass sie ihn nach Frankreich ausgeliefert hatten, und von dort ist er nach Groß-Rosen gekommen. Wie gesagt, das habe ich erst nach dem Krieg in Erfahrung bringen können."

Herr Noeris Blick flackert wie im Fieber, als er auf den Wasserhahn zeigt. Moses füllt wieder das Glas, in kleinen Schlucken trinkt der alte Mann, wischt mit zwei Fingern über die Lippen. „Gibt es einen Gott, was meinen Sie, Moses?" Wie kommen Sie jetzt auf Gott?, möchte Moses den Mann anbrüllen. Aber stur sieht er aus dem Fenster.

„Sie meinen ..." Der Alte hebt die Hände.

„Lassen Sie das!", zischt Moses, obwohl er spürt: Was in diesem Zimmer geschieht, das geht auch dich an!

„Simon hieß der flüchtende Jude", stößt Herr Noeri plötzlich heraus.

„Haben Sie nach ihm geforscht? Haben Sie nach dem Krieg nach ihm gesucht? Das frage ich Sie!", schnauzt Moses den Alten an, der die Hände vors Gesicht zieht.

„Recherchieren Sie im Internet, das ist heutzutage doch ein Kinderspiel, wenn man einen Namen hat."

„Simon Reich stammte aus Berlin, das hat er damals gesagt. Er kam aus Frankreich, war dort in verschiedenen Internierungslagern, bevor er in die Schweiz geflüchtet ist."

„Lebt der Mann, Noeri, ich frage Sie, lebt dieser Mann?" Moses ist über sich selbst erschrocken, doch jetzt hält ihn nichts mehr auf, jetzt soll das Männchen ausspucken, was es weiß.

„Ach, Moses, Sie wissen nichts! Wie sollte ein Jude jene Zeit überleben, glauben Sie wirklich, dass ihm das gelungen ist?"

„Es geht nicht um Glauben, Herr Noeri! Es geht um einen Menschen, den Sie auf dem Gewissen haben."

Der Hausbesitzer wischt mit dem Taschentuch über Nacken und Schläfen, stöhnt, als er sagt: „Ich bin ein Schwein. Ich habe ihn umgebracht. Sie haben ja recht, Moses."

„Suchen Sie ihn! Suchen Sie nach dem Mann", sagt Moses in versöhnlichem Ton, als er Herrn Noeri zur Tür führt.

Kaum ist er allein, reißt Moses alle Fenster auf. Auch das Hemd reißt er sich vom Leib, hört, wie die Knöpfe auf die Dielen knallen. In dieser Nacht kann er nicht schlafen. Es dröhnt in seinem Kopf, als wären Hundertschaften in seinem Schädel unterwegs. Es dämmert, als Moses aus der Hocke hochkommt und sich an der Tischkante festklammert. Mit zitternden Händen brüht er sich Tee auf, die Tasse gleitet ihm aus der Hand, zerschellt auf den Fliesen. Er bückt sich, aber er sammelt die Scherben nicht auf. Mit der Schuhspitze stößt er sie weg, tritt darauf, dass es kracht. Sollen alle Henker, und ihre Helfershelfer, in die Hölle fahren! Plötzlich, als wäre er eben erst erwacht, bricht ein böses Lachen aus seinem Mund. Moses stößt die Tür auf und brüllt ins Treppenhaus: „Was denken Sie, Noeri, wer ich bin, dass Sie mir das zumuten!"

Mörder!, krächzt Moses, als er sich vor dem Spiegel kämmt und in sein Gesicht sieht.

Dichte Nebelschwaden ziehen über die Wiese, die an Noeris Grundstück grenzt. Die Luft ist feucht, die durchs Fenster strömt. Moses kaut auf einem Brotkanten herum, verschüttet Tee, eine dunkelbraune Lache breitet sich auf der Tischplatte aus. Katis Mappe! Mit einem Handgriff hat er sie an sich gerissen, drückt sie an die Brust. Kati, weißt du, wie sehr du mir fehlst? Weißt du, dass ich dich jetzt brauche? Er presst noch immer die Mappe an sich, sucht die Brille, die er zum Lesen benötigt. Bevor er sich hinsetzt, kippt er einen Brandy hinunter.

Die Füße auf dem Hocker, den Rücken an die Wand gelehnt, auf den Knien Katis Mappe. Als es hinter den Fensterscheiben hell wird, sucht er die Seiten zusammen, legt sie zurück in die hellblaue Mappe.

Am nächsten Morgen muss er sich zwingen, die Mappe nicht gleich wieder aufzuschlagen. Obwohl er den Inhalt inzwischen kennt, zuckt es in seinen Händen. In seine Überlegungen hinein platzt der Hausbesitzer. Das Gesicht zerfurchter als vor zwei Tagen. Ohne Einleitung sagt er: „Ich habe einen Detektiv beauftragt. Sie haben recht, Herr Moses, Berlin ist ein Anhaltspunkt. Wenn Simon Reich aus Berlin stammt, dann beginnen wir in Berlin mit der Suche, meint der Detektiv. Ist das ein gangbarer Weg, was sagen Sie dazu, Moses?" Herr Noeri versucht Moses anzusehen. „Ich störe!", haucht er, „störe Sie schon wieder, verzeihen Sie bitte, aber das musste ich Ihnen doch mitteilen." Herr Noeri pfeift ein Lied, als er die Treppe hinunterhüpft.

Gut!, denkt Moses, jetzt wird er aktiv. Das fehlte ihm noch, dass der Alte ihn weiter in Beschlag nähme. Er ist vor der Tür stehen geblieben, Schweiß bricht ihm aus. Er ist ein

Mensch wie du, wie gehst du mit ihm um? Verflixt, ich kann doch keinen Seelsorger abgeben!

Das musst du auch nicht; nur behandle ihn wie einen Menschen und nicht wie deinen Untertan!

Ach was!, will Moses sich zur Ruhe zwingen, um Noeri muss ich mich nicht kümmern, er hat einen Detektiv beauftragt, den bin ich los. Um Kati sollte ich mir Sorgen machen, und Alexis' Adresse habe ich immer noch nicht in Erfahrung bringen können.

Es ist wie ein Sog, er muss heute weit hinaus fahren. Auf dem Sitz neben ihm die hellblaue Mappe. Die Sonne ist nur kurz hinter dichten Wolken vorgekommen. Moses hebt das Gesicht in den Wind. Oberhalb der Bucht, in dem Bistro, in dem er mit Kati war, lässt er sich einen Wein servieren. Ohne aufzublicken, wenn jemand an seinem Tisch vorüber geht, beginnt er, in der Mappe zu lesen:

Bern, am 25. April
Moses ist da, und das verursacht mir auch Bauchschmerzen. Fange ich damit an, wie er aufgetaucht ist. Ich saß im Flieger, kam gerade aus dem Libanon zurück, wo wir mit dem Onkel über die Hochzeit gesprochen haben. Ich habe nicht überlegen müssen, als Hugo vor zwei Monaten sagte: Wir heiraten, Kati Blank! Er nennt mich mit beiden Namen. Anfangs hat mich Hugos Antrag gestört, inzwischen freue ich mich darüber, dass es nun entschieden ist. Heiraten, wem gefällt das nicht? Einer sagt ja zu dir, vor aller Welt. Na ja, etwas denkt so in mir. Etwas anderes weigert sich noch, weil ich frei sein will. Ob das mit Hugo möglich ist?

Was wird sich ändern, wenn wir verheiratet sind? Auf das Fest freue ich mich sehr. Hugo wird weiter unterwegs sein, das bringt sein Beruf als Kameramann mit sich. Manchmal allerdings habe ich den Eindruck, er ist froh, nicht dauernd bei mir zu sein. Wie oft sagt Hugo: Die Schweiz ist nicht mein Land, sie ist zu bürgerlich für mich. Danach umarmt und küsst er mich, dass es schwer ist, ihm Paroli zu bieten, aber das will er auch nicht. Das ist ja der Witz. Er will das Weibchen, nein, er sucht es und glaubt, es gefunden zu haben – hier in der Schweiz.

Ich sollte ihn Yossif nennen, so heißt er, das weiß ich von seinem Onkel. Wieso werde ich in seiner Gegenwart so zahm, als führe er mich wie einen Hund an der Leine? Liebe ich Hugo überhaupt? Ich mag, wie er spricht, schnörkellos und präzise. Die originellen Ideen, die aus ihm heraus sprudeln, die seine Filme widerspiegeln, begeistern mich. Demnächst werde ich zweiunddreißig. Ist das ein Grund zu heiraten?

Hugo hat nie gesagt, dass er mich liebt. Plötzlich war er hier, stand auf meinem Balkon, lehnte seinen Rücken gegen das schmiedeeiserne Gitter, an dem Weinlaub rankt. Ist es der Funken in seinen Augen? Hat er mich damit behext? Ich werde also zweiunddreißig und noch immer habe ich meine Bestimmung nicht gefunden. In zwei Wochen schließe ich das zweite Studium ab. Wie ich auf Theologie gekommen bin, wollte Hugo nicht wissen.

Mama hat mir die Josefsgeschichten aus dem Alten Testament vorgelesen, da muss ich sechs Jahre alt gewesen sein. Ich stellte mir vor: Ich bin Josef. Ich werde von meinen Brüdern verkauft, weil ich einen bunten Rock trage.

Der Rock muss meine Brüder so gereizt haben, dass sie mich in die Grube warfen.
 Da liege ich, über mir ein rundes Stück Himmel. Keine Leiter, keine einzige Trittstufe im glatten Gestein. Hinunter geworfen wie einen Sack. Meine Brüder neideten mir das Verhältnis zu meinem Vater. Er hieß Jakob, und er liebte mich.
 Jakob mit der Himmelsleiter, wer kennt die Geschichte nicht? Es ist derselbe, der seinen Bruder Esau ausgetrickst hat, weil er der Erstgeborene sein wollte. Es ist die Geschichte vom Linsengericht. Das alles ist viel zu lange her, eigentlich interessiert mich heute weder Jakob noch Josef. Was hat mich dann an der Theologie gereizt? Soll ich jetzt sagen, wie es war? Es gab kein Fach, das mich mehr angezogen hätte. Und doch wusste ich bereits, als ich es wählte, dass es ein Blindgänger ist. Auf diese Weise würde ich nie hinter die Dinge sehen, und darum ging es mir, nur darum. Warum hat mich Hugo nie nach meinen Beweggründen gefragt?
 Hugo war plötzlich da, ich habe ihn auf einer Party getroffen. Er kommt und geht, ist fort, ist wieder da. Eigentlich will ich das nicht. Und doch zieht er mich an. Das kann nur Liebe sein, sagte Anna, als sie uns das erste Mal zusammen sah. Anna ist meine liebste Freundin, aber sie kennt weder Hugo noch mich.
 Ich werde Hugo heiraten. Es soll ein ausschweifendes Fest werden, ich will es so. Gelernt habe ich früh, dass es nicht nach meinem Willen geht. Doch an diesem Tag will ich schwelgen. Die Sonne wird scheinen, kein Jagdbomber soll den Himmel über dem Libanon trüben. Die Kriegsgefahr ist dort allgegenwärtig. Und doch wird gefeiert werden.

Hugo soll in weißem, aufgeklapptem Kragen neben mir stehen; ich werde seine Rosen im Haar tragen. Kitschiger geht es wohl nicht, Kati? Nein, es ist alles so mit dem Onkel abgesprochen. Anschließend an das Trauungszeremoniell wird es ein Festmahl mit unzählbaren Gängen geben. Gitarren, Flöten und Geigen werden zum Tanz aufspielen, wir werden singen, tanzen und glücklich sein.

Und dann gehöre ich dem Hohenpriester. Da staunst du, Hugo. Es gibt noch das Recht der ersten Nacht, wusstest du das denn nicht, Lieber? Lach' doch mal! Nur ein einziges kleines Mal! Ich nehme dich bei der Hand, Hugo, ich halte dich fest. Was kann uns geschehn? Du wirst die Bluttat an deinen Eltern nie vergessen, sagst du. Und die junge Frau, die Mutter, die in Tel Aviv, in dieser Minute, durch eine Autobombe stirbt? Die sehe ich nicht!, hast du mich angeschrien, und hinzugefügt: Du bist nicht berechtigt, so mit mir zu reden, Kati Blank! Hugo ..., versuchte ich es erneut. Harsch hast du mich unterbrochen. Deine Augen sahen auf mich herab, deine Hand hat mich weggestoßen.

Aber du konntest auch zärtlich sein, Hugo. Du bist mein Schutz, hast du in Venedig zu mir gesagt. Wir feierten am Lido deinen fünfzigsten Geburtstag mit zwei, drei Freunden. Genossen nanntest du sie. Am zweiten Tag besuchten wir Ravenna. Es hat mich überrascht und neugierig gemacht, wie du in der Basilika S. Maria in Porto vor dem Altar der betenden Madonna knietest. Er ist ganz anders, als er sich gibt, durchfuhr es mich. Hugo ist kein Materialist, er ist ein Zauberer, der mich immer aufs Neue überrascht. Die Wahrheit ist, ich kann nicht dein Schutz sein, Hugo. Ich will es auch nicht. Ich bin deine Geliebte. Eine Gefährtin hast du in mir nicht gesucht, die hattest du in Berlin gefunden. Sie war es, die dir deinen Namen gab. Das hat mir dein Onkel erzählt, von dir habe ich es nicht erfahren. Eigentlich gibt es keinen Grund, dass wir heiraten, siehst du das auch so, Hugo? Was hat dich zu diesem Entschluss bewogen? Das beginnende Alter? Die Ruhe in der Schweiz, die du glaubst, hier finden zu können? Du bist vermögend, wie mir dein Onkel verraten hat, aber das interessiert mich nicht. Ich fülle die Seite aus, die du nicht kennst. Ich bin dein blinder Fleck, ist es so? Und du, wer bist du für mich?

Es stimmt, ich brauche dich, Hugo, wie das Bier, das mir nach einem langen Arbeitstag gut schmeckt. Doch reicht das aus? Nein, ich habe kein Recht, dich Yossif zu nennen. So muss ich dir einen Namen erfinden. Und wenn mir keiner einfällt? Dann lassen wir das ganze Zeremoniell. Ob ich dann auch deinen Onkel als Freund verliere? Die Wahrheit könnte lauten: Ich bin ins Wanken geraten, seitdem Moses hier ist. Ach, wärst du doch mit mir hierher geflogen, mein Zauberer! Nun ist mir Moses im Flugzeug begegnet. Plötzlich fürchte ich mich davor, dich zu heiraten, Hugo. Ich will kein Brautkleid tragen und deine Rosen im Haar. Ich will das nicht. Es ist zu früh. Ich kann mich nicht an dich binden, ich hab ja keinen Namen für dich.

Seitdem der Wüstenfürst aufgetaucht ist, wachsen meine Zweifel. Phantastereien!, nennst du sie, und ziehst die Nase hoch. Was ist los mit uns, weißt du das, Hugo? Haben wir einander verloren?

6. Mai
Zwei Nächte bin ich mit Hugo zusammen gewesen. Wir haben uns in Zürich getroffen, da er gerade in Colmar einen Dok.film dreht.

Mein Redakteur wollte, dass ich ein Interview mit einer bekannten Psychotherapeutin führe, die in diesen Tagen achtzig Jahre alt wird. Deshalb bin ich nach Zürich gefahren.

Ein Gespräch mit einer richtigen Dame. Das scharf geschnittene Profil, – als sie am Fenster stand. Die Haut spannte sich über den Wangenknochen, dass ich Sorge hatte, sie könnte reißen, wenn ich vorwitzige Fragen stellen würde. Auch wenn sie lachte, was sie gern tat, spannte sich die durchsichtige Haut. Sie war schön, anmutig, wie sie durchs Zimmer ging, ein Buch aus dem Regal zog, um mir eine Illustration zu zeigen.

Nur unter einer Bedingung hatte sie dem Interview zugestimmt. Mein Redakteur hat mir das erst hinterher gesagt. Er wollte, dass ich unvoreingenommen mit ihr rede. Wie du es immer machst, Kati! Du kannst das gut!

Die Therapeutin lud mich zum Tee ein. Das erste, was mir auffiel, als ich durch die Haustür ging, war, dass alles stimmte, wie es angeordnet war. Die Zeichnung im Flur, die mich in einen Wintergarten entführte, der Regenschirm im Tonkrug, die blaurote Seidengardine, die Steintafel vor ihrer Tür. Auf einem niedrigen Tischchen eine Lampe mit einem grünen Schirm. Blüten in einer Vase. Erregt nahm ich war, wie mich alles zu interessieren begann, was diese Frau umgab. Hier, so stellte ich fest, würde ich eine Analyse beginnen wollen, doch deshalb war ich nicht hier. Der

Tee duftete aus dem Becher, den die aufrecht stehende Dame mir hinhielt. Sie trank aus einer bemalten Tasse, die ihr eine Freundin gedreht hatte. Überhaupt war es kein richtiges Gespräch, nicht so, wie ich es üblicherweise führe. Sie wollte kein Aufnahmegerät, das war die Bedingung gewesen, erfuhr ich von ihr. Wäre ich ihr angenehm, so würde sie schauen, was geht ..., wie viel möglich ist, ließ sie mich gleich bei der Begrüßung wissen. Und dass sie Interviews nicht mochte. Sie durchschaute mich, die Frau, die vor mir stand.

War es der blau schimmernde Rock, den sie trug, nein, wie sie ihn trug, oder waren es die Beine in den eng anliegenden Stiefeln, die mich an eine Tänzerin denken ließen? Das Haar, durch das ihre Hand ab und zu strich, fiel gewellt über die rechte Schulter. Ob es gefärbt war, konnte ich nicht erkennen. Sie trug einen schmalen goldenen Ring am Ringfinger. Da, schauen Sie! Sie zeigte auf einen türkisfarbenen Skarabäus. Er sorgt dafür, dass wir hier keinen Unsinn reden. Ich schaute sie an. Er bringt Klarheit ins Geschehen. Wie sehr das nötig ist, habe ich erst kürzlich wieder erfahren. Die Dame schwieg, zündete eine Kerze an, die neben dem Skarabäus auf dem Tischchen stand.

Jung war es ... Die Therapeutin saß mir jetzt gegenüber, sprach zögernd, als suche sie die Worte. Professor Jung hat immer wieder darauf hingewiesen, nur ja nicht das kleine Licht des Bewusstseins erlöschen zu lassen. Wir müssen es hüten, es hegen und pflegen. Es ist eine enorme Leistung gewesen, bis sich das Bewusstsein im Menschen herausgebildet hat. Aber das wissen Sie bestimmt alles, lachte die Dame mich an. Und Sie?, schienen die wasserhellen Augen zu fragen. Um über mich zu reden, saß ich nicht bei einer so bedeutenden Dame.

Ich habe gerade meine Diplomarbeit abgeschlossen, antwortete ich.

Wie lautete denn das Thema?

Das Moses-Experiment.

Na, das klingt aber interessant!

Ich nickte, war auf der Hut, denn ich sollte sie befragen, und war gerade im Begriff, über mich zu reden.

Kann ich die Arbeit einmal lesen?, riss mich die Dame aus meinen Gedanken. Sie gefallen mir, sagte sie, dass es solche Menschen noch beim Rundfunk gibt! Sie trank ihren Tee, strich über die Haare. Wenn Sie mögen, dürfen Sie jetzt gern Ihre Fragen stellen, ermutigte sie mich. Als hätte ich darauf gewartet, fragte ich: Inwieweit hat die Beschäftigung mit dem Unbewussten Sie verändert?

Was stellen Sie sich denn unter dem Unbewussten vor, Frau Blank? Sie lächelte mit geschlossenen Lippen. Wie Sie sicher in Erfahrung gebracht haben, war Professor Jung mein Lehrer. Er war es, der die Begriffe prägte, die wir heute so selbstverständlich benutzen. Die Therapeutin griff hinter sich, zog ein Buch heraus, schlug es auf, las mit zurückgenommener Stimme. „Alles, was ich weiß, an das ich momentan nicht denke; alles, was mir einmal bewusst war, jetzt aber vergessen ist; alles, was von meinen Sinnen wahrgenommen, aber von meinem Bewusstsein nicht beachtet wird; alles, was ich absichts- und aufmerksamkeitslos, d. h. unbewusst fühle, denke, erinnere, will und tue; alles Zukünftige, das sich in mir vorbereitet und später erst zum Bewusstsein kommen wird; all das ist der Inhalt des Unbewussten."

Spannend!, entfuhr es mir. Sie nickte, das ist es bestimmt. Wenn es Sie wirklich interessiert, lesen sie Jung. Sie werden sicher fündig werden, offen, wie Sie sind. Denn das Unbewusste birgt noch viele Geheimnisse. Doch zu Ihrer Frage zurück. Um es ganz eindeutig zu sagen, die Beschäftigung mit dem Unbewussten hat mein Leben auf die Füße gestellt. Wie ich das meine? Sie war aufgestanden, wirkte groß, wie sie vor dem Fenster stand. Wenn ich mich nicht diesen Tiefen ausgesetzt hätte ... Es sah aus, als hätte sie vergessen, dass ich mit im Zimmer war. Ja!, sagte sie und drehte sich zu mir herum. Machen wir einen Spaziergang, um diese Zeit gehe ich immer ein paar Schritte am Ufer entlang, ein alter Körper braucht das, wollen Sie mich dabei begleiten, Frau Blank?

Ich war verblüfft, und irgendwie auch durcheinander.

Wir saßen auf einer Bank. Enten tauchten die Köpfe ins seichte Wasser. Schwäne kamen herangeschwommen. Es ist doch nicht wichtig, dass Sie etwas über mich schreiben, Frau Blank? Ich nickte abwesend, wollte nicht wahrhaben, dass mir ihre Gegenwart wohltat und ich keine Fragen mehr stellen wollte. Sie lächelte, die Haut spannte sich über den Wangenknochen, nur über der Oberlippe bildeten sich winzige Fältchen.

Im Grunde geht es darum, fuhr sie fort, nachdem wir langsam weitergingen, die Träume in unser Leben einzubeziehen, sie zu übersetzen, wie eine fremde Sprache. Erich Fromm hat das gut ausgedrückt, Sie kennen es? Der ungelesene Brief ...?, fragte ich. Sie nickte, streifte meinen Arm, als sie sagte: Die Träume geben uns einen Schlüssel in die Hand, sie sind die Tür ins Gelobte Land. Sie lachte,

dass die Enten am Ufer aufflogen. Ohne sich durch das Flügelschlagen stören zu lassen, fuhr sie fort: Nur wenn ich fest in der Erde verankert bin, darf ich mich dem Unbewussten aussetzen. Es ist eine ungeheure Kraft, es könnte uns sonst verschlingen. Alle Mythen, alle Märchen zeugen davon.
Und was hat das alles mir gebracht?, frage ich mich heute, während ich das hier notiere. Hat mich der Besuch bei der ehrwürdigen Dame verändert? So viel habe ich zumindest verstanden: Es geht der klassischen Psychotherapie darum, alle Räume in dem Haus zu kennen, in dem ich wohne; auch die Kelleretage. Gleichzeitig trifft zu, und es klingt geradezu paradox: Ich bin nicht Herr im eigenen Haus. Wer bin ich dann? Das würde ich gern die vornehme Dame fragen.

Wer sind die Archetypen?, hatte ich die Therapeutin unterbrochen. Wieder lachte sie ihr ansteckendes Lachen; die Stimme wurde leise, als sie sagte: Das werden Sie bestimmt herausfinden, Frau Blank. Sie zog einen blühenden Zweig herunter, sog den Duft ein, dann sah sie mich an. Darüber sprechen wir vielleicht ein anderes Mal. Das alles ist viel zu kurz gegriffen, eigentlich darf ich mich so gar nicht ausdrücken, aber Sie sind so jung, so voller Vertrauen, da hab ich mich hinreißen lassen und Ihnen ein paar Brocken vor die Füße geworfen. Verzeihen Sie, bitte! Inzwischen standen wir vor ihrer Haustür. Ich spürte, die Zeit ist um. Sie lächelte, nahm meine Hand, die ich ihr hinhielt. Das Leben ist der beste Therapeut, Frau Blank. Sie steckte den Schlüssel ins Schloss. In ihren Haaren spielte das Abendlicht, als sie mir das Gesicht zuwandte. Kaum dass ich ihr für das Gespräch danken konnte, klappte die Haustür zu.

Ich musste das notieren, weil die Begegnung mit dieser Frau etwas ganz Besonderes war. Die eine Stunde, die ich in ihrer Gegenwart zugebracht habe, hat mich verändert, hat meinen Blick wieder klar gemacht. Ich weiß jetzt, was wichtig ist und was ich besser lassen werde. Okay, so geht es mir gerade.
Jetzt muss ich schauen, wie ich das Interview hinkriege, damit die Redaktion damit auch etwas anfangen kann. Denn so, wie ich es niedergeschrieben habe, kann ich es natürlich nicht abliefern. Außerdem will ich die Dame nicht brüskieren. Tue ich denn das, wenn ich sie zeige, wie sie mir begegnet ist? Darüber muss ich nachdenken, das würde ich gern mit Moses besprechen. Wo steckt nur der Mann, den ich liebe?

10. Mai
Etwas Merkwürdiges ist geschehen, seitdem ich der Therapeutin begegnet bin. Es ist, als ginge unser Gespräch weiter. Ich höre sie sprechen, mit jenem Vibrieren in der Stimme, das zeigt, wie sie nach dem einen Wort sucht. Es war, als suche sie jedes Mal für die Frage, die ich ihr stellte, eine neue Antwort. Ich höre, wie sie sagt: Aber ja, Frau Blank, die Beschäftigung mit dem Unbewussten hat mein Leben grundlegend verändert. Es geht um den Schatz, wie in den Märchen, nicht wahr? Sie wartete, was ich dazu sagen würde. Da ich schwieg, versuchte sie, es anders zu sagen, nahm eine Illustration hinzu.

Es sind Begegnungen wie diese, die meine Arbeit interessant machen. Doch selten, so erinnere ich mich, habe ich eine Faszination erlebt wie mit der alten Dame in Zürich. Erlitten, wäre das treffende Wort. Ich leide, weil ich begreife, dass diese Dame hat, wonach ich mich sehne. Sie hat ein so verletzbares Gesicht, dass ich mich ertappte, wie ich es vor dem Wind, der am Ufer aufkam, schützen wollte. So war das, das hat mich erwischt. Ist das nicht grandios, Moses?

Als ich mich von ihr verabschieden, ihr für die Begegnung danken wollte, machte sie es ganz kurz. Nächste Woche reise sie nach Afrika, in die Kalahariwüste. Sie treffe sich mit einem der letzten Buschmänner, hat sie mir verraten, als ich sie fragte. Mit ihrer Hilfe würde ich es vielleicht schaffen, und über meine Beziehung zu meinem Vater reden. Ihr könnte ich mich anvertrauen.

Mein Vater, der Stasioffizier. Nun weißt du es, Moses, jetzt ist es heraus. Lieber wäre mir gewesen, ich hätte dir dabei in die Augen geschaut.

Die zweite deutsche Diktatur, in der ich aufgewachsen bin, mit einem staatstreuen Vater an der Seite, der mit mir nie über seine Arbeit gesprochen hat. Es ist schon verrückt, ich mag diesen seelisch verkrüppelten Mann und ich hasse ihn bis zum Exzess. Wie soll ich mit diesem Widerspruch leben, Moses, weißt du das? Ach nein, übernimm dich nicht, wir haben sicher noch Gelegenheit, darüber miteinander zu reden. Ich ahne es.

Auch die Therapeutin aus Zürich möchte ich wiedersehen. Sie darf nur nicht in Afrika sterben. So, jetzt habe ich aufgeschrieben, was mir wichtig ist.

Heute muss ich das Porträt der Psychotherapeutin fertig machen. Am Freitag gebe ich den Artikel in der Redaktion ab. Im Juni habe ich eine Woche Urlaub beantragt, vielleicht besuche ich dann den Onkel im Libanon.

Abends
In Zürich habe ich auch Hugo getroffen. Er wartete schon im Hotelzimmer, als ich von der Therapeutin kam. Er braucht mich nur anzusehen, nur eine Hand zu heben ... Wie schafft er das nur? Stille geht von ihm aus, höchste Konzentration. Das Spiel der seidenweichen Fingerkuppen, nein, das Zucken darin. Ein Riss geht durch mich hindurch. Zwei Tage haben wir das Hotelzimmer nicht verlassen. Hugo bestellte telefonisch etwas zum Essen. Vom Heiraten haben wir nicht gesprochen. Er geht davon aus, dass alles so bleibt, wie mit dem Onkel abgemacht. Zwei Tage sind genug, dachte ich, als ich zum Auto ging. Auch Hugo schien froh, wieder an seine Arbeit zu kommen. Er winkte nur kurz, als er an mir vorbei zum Flughafen fuhr. Das schwarze Haar wehte über der Stirn, über die er seine Wollmütze zog.

In Zürich, in dem breiten Bett, hätte ich ihm einen Namen geben können. Ich habe darüber nicht nachgedacht. Will ich mit Hugo durchs Leben gehn? Nein, und abermals nein. Dann sag es ihm!, hämmert es in meinem Schädel. Vor allem sag es dem Onkel im Libanon, damit er die Hochzeitsvorbereitungen stoppt. Ich lasse mich gehen, hoffe inständig, etwas wird die Regie übernehmen, das mich entlasten kann. Das glaubst du doch nicht wirklich, Kati?

Eben hat Hugo angerufen. Ich habe versucht, ganz behutsam mit ihm über die Heirat zu sprechen, und dass ich meine, dass ich glaube ... Was willst du?, hat mich Hugo unterbrochen. Bist du krank, Kati Blank? Der Hochzeitstermin steht fest!, dröhnte seine Stimme durchs Telefon, dass ich mich ganz klein gemacht habe. Dann legte ich auf, und er hat nicht wieder angerufen.

Moses könnte ich nach Hugo fragen. Unsinn! Wieso soll ich ihn damit belasten. Er macht gerade die Fahrprüfung, ist damit beschäftigt. Gestaunt habe ich schon, wie der Wüstenfürst (ich liebe diesen Titel!) alles allein auf die Reihe kriegt. Im Stillen hoffe ich, er wird bei mir wohnen bleiben. Doch ich ahne, dass er mich verlassen muss. Ich brauche Abstand, um mich zu entscheiden. Und ich muss unbedingt herausbekommen, wer mein Vater war, was er getan hat im Honecker-Staat. Ich muss doch wissen, wer mein Erzeuger ist.

Nur dass es klar ist, es ist nicht wegen Moses, dass ich Hugo nicht heiraten kann. Es ist ..., wir wissen beide nicht, was Liebe ist. Und Hugo interessiert es auch nicht.

Woher willst du das wissen?, fragte mich Moses. Wir tranken Tee im Hof, saßen unterm Apfelbaum, der in voller Blüte steht. Bienen summten über unseren Köpfen. Ich weiß es!, schrie ich Moses an und sprang auf. Wie schnell du in deinen Urteilen bist, hörte ich ihn leise sagen. Da spürte ich eine Wut, die mich noch jetzt schaudern lässt. Was geht den Wüstenheini mein Innenleben an? Etwas klirrte in mir, ich schämte mich, lief auf ihn zu, strich ihm übers Kinn, fuhr mit einem Finger über seine Lippen. Ich mag dich!, sagte mein Mund. Da hob mich der Riese hoch, schwenkte mich herum. Halleluja!, schrie er.

Ich habe Moses fotografiert. Das ist nicht einfach gewesen, denn er ist scheu, mein Riese. Immer wieder schaue ich das Foto an. Die linke Hand stützt das Kinn mit dem rot flammenden Bart. Die Stirn ist dunkel gegerbt, im Grunde das ganze Gesicht. Zwischen den Augenbrauen eine tiefe, pfeilartige Kerbe. Wenn ich diesen Mund zeichnen sollte ... Aber es sind die Augen, denen ich ausgeliefert bin. Auf dem Foto trägt Moses das geliebte Leinenhemd, über der Schulter den blauen Kaschmirpullover, den wir zusammen gekauft haben. Wir schlenderten durch die Neuengasse, tranken heiße Schokolade. Da entdeckte ich das Herrengeschäft. Die Inhaberin war jung und ich sah, wie ihr Moses gefiel. Sie nahm sich Zeit, viel Zeit für ihn, betonte immer wieder, wie gut ihm dieses Blau stehen würde. Den Pullover hatte Moses entdeckt und gleich über den Kopf gezogen. Es war kühl, also behielt er ihn an. Am Abend war ich bei Anna eingeladen, deshalb rief ich sie an, um ihr zu sagen, dass ich Moses mitbringen würde. Sie druckste herum. Was ist los, Anna?, wollte ich wissen, denn sie kam mir seltsam vor. Ich hab Hugo in Paris getroffen, sagte sie schließlich. Und?, fragte ich, was hat Hugo mit Moses zu tun? Er kann Moses nicht ausstehen. Hugo möchte, dass du dich von ihm trennst. Ich lachte, tat so, als würde es mir nichts ausmachen, was sie von sich gab.

    Plötzlich überfällt mich die Frage: Was geht mich dieser Mann, was geht mich Moses an? Vor Kurzem gab es ihn noch nicht in meinem Leben.

Mitternacht
Dass er so gar nicht dem Moses aus der Bibel entspricht! Dabei bin ich froh, denn den Patriarchen hätte ich be-

stimmt nicht bei mir aufgenommen. Aber ist er denn der Moses des Alten Testaments, den es historisch betrachtet vielleicht nie gegeben hat? Es gibt den Hünen, der mit mir am Küchentisch sitzt, Kartoffeln schält und die Zeitung liest, der meine Sprache lernt, sich mit den Nachbarn anfreundet und sie zum Wein einlädt.

Haben wir eine Chance, Moses, weißt du das? Wie ich das meine? Das musst du schon selbst herausfinden.

Eigentlich möchte ich alles über dich und dein Leben erfahren. Doch ich werde nicht in dich dringen. Hoffentlich kommst du nicht auf die Idee, nach Berlin aufzubrechen. Seltsam, es schien, als wüsstest du nicht, was du dort sollst. Wenn ich dein Foto betrachte, ist es, als würdest du mit mir sprechen. Sprich von deinem Gott, Moses! Kannst du es? Was ist das für eine Kraft, die dich zu mir getrieben hat, die dich in ein Flugzeug hievte, und hui, wie der Wind, warst du in der Schweiz? Mehr als dreitausend Jahre liegen dazwischen, habe ich zu dir gesagt, erinnerst du dich? Wir sind über die Untertorbrücke geschlendert, wie jeden Abend, wenn ich zu Hause war. Am Bärengraben haben wir Anna getroffen, die sich uns anschloss.

Dreitausend Jahre? So hast du das Gespräch im Restaurant wieder aufgenommen, und deinen großen Kopf schief gelegt, dass ich laut lachen musste. So lange kenne ich dich schon, Kati? Anna sah dich unentwegt an, und gleichzeitig beobachtete sie mich. Auf der Toilette, als wir uns die Hände wuschen, raunte Anna: Du glaubst das doch nicht im Ernst, dass du einen Propheten aufgesammelt hast, Katikind! Plötzlich packte sie mich an den Schultern: Du liebst ihn? Anna wirbelte mich herum: Worauf wartest du dann, he?

Es war spät, als wir durch die Auen zurückgingen. Die Sonne war hinter den Häusern verschwunden, ihr Licht färbte den Himmel blutrot. Es sah aus, als brenne der Himmel. Plötzlich fühlte ich eine eiskalte Hand im Genick. Ich lief, nein, ich hetzte davon. Anna holte mich ein, lange sagten wir nichts, bis sie stehen blieb, mir in die Augen sah. Kati, ich sag dir jetzt was: Es ist dein Vater, der dir zu schaffen macht, ist es so? Ich hab da so eine Idee ... In wenigen Sätzen beschrieb sie eine Möglichkeit, die Akten meines Vaters einzusehen. Ohne auf sie zu reagieren, lief ich weiter, an der nächsten Kreuzung holte sie mich ein. Vergiss, was ich gesagt habe, begann sie aufs Neue. Aber ich krieg doch mit, wie du dich quälst. Wir reden morgen im Büro darüber, abgemacht? Anna nahm mich in den Arm und zwang mich, sie anzusehen. Nur eins noch, meine Kleine: Schaff Klarheit zwischen dir und Hugo, ruiniere dich nicht! Versprochen? Versprochen, sagte ich matt.

Anna hat mich durchschaut. Es war mir nicht bewusst, wie stark mein Vater mein Leben bestimmt. Ich bin weder für Hugo noch für Moses frei. Eine Schlinge um den Hals, so fühle ich mich. Bin gespannt, wie Anna das Problem angehen will.

Noch etwas. Ich werde demnächst in den Libanon fliegen. Ich will nicht, dass Hugos Onkel es so nebenbei erfährt, dass ich die Heirat mit Hugo storniere. Ob ich mit dir leben möchte, Moses? Woher stammt diese Frage? Die Therapeutin aus Zürich würde lächelnd sagen: Sie haben doch nach dem Unbewussten gefragt, Frau Blank.

Eben erreicht mich eine Nachricht aus dem Libanon. Komm mich recht bald besuchen, Kati! Die Macht der Gedanken. Ich hatte gerade den Entschluss gefasst, dorthin zu fliegen.

13. Mai

Aus der Reise wird nichts. Vaters Freundin rief an, dass es ihm schlecht gehe, also werde ich zu ihm nach Berlin fahren, und nicht in den Libanon.

Immer wieder bedrängt mich die Frage, wie ich mit Moses über die Hitlerzeit reden kann; es sind noch so viele Fragen offen. Moses wird von allein davon anfangen, will ich mir einreden. Da sagt eine Stimme: Dein Vater war Stasi-Offizier, willst du ihm das auch verschweigen, Kati? Ich hole tief Luft, um noch einen Satz nachzuschieben. Mein Großvater war Richter im Dritten Reich. Er war in politische Prozesse verwickelt. Wenn ich das nächste Mal zu meinem Vater fahre ... Halt! Was ist los mit dir? Wieso schreibst du das überhaupt auf? Du hast dich doch immer um deine Geschichte herumgemogelt, Kati.

Mein Vater lebt in Ost-Berlin. Er trauert dem alten Leben nach. Woher ich das weiß? Es dringt an die Oberfläche, wenn ich bei ihm bin und von der Uni erzähle, von den Zuständen an den Hochschulen, den überfüllten Hörsälen. Das gab es bei uns nicht, sagt er dann in einem Ton, der mich aufhorchen lässt. Ist schon gut, fällt ihm seine Geliebte ins Wort.

Meine Eltern sind geschieden. Mutter lebt wieder in Genf, wo sie geboren ist. Mitte der 1970er Jahre trieb sie sich in Ost-Berlin herum. Na ja, sie hospitierte am Brecht-Ensemble. In dieser Zeit hat sie meinen Vater kennengelernt und ist nach der Heirat zu ihm in eine luxuriöse Wohnung gezogen. In der Charité erblicktest du das Licht der Welt, sagt Mama noch heute zu mir.

Als die Mauer fiel, war ich elf. Ich kenne meinen Vater als einen kunst- und theaterinteressierten Menschen. Erst durch Anna habe ich erfahren, was das für eine Hochschule war, die mein Vater besucht hat. Hochschule des Ministeriums für Staatssicherheit. Psychologisch geschulte Leute unterrichteten dort, klärte mich Anna auf, zu deren Aufgaben es gehörte, den Studenten ein Instrumentarium an die Hand zu geben, das sie befähigte, die Staatsfeinde – wie die Opposition in der DDR hieß – kaltzustellen. Was das im Einzelfall beinhaltet, geht aus den Maßnahmeplänen des Ministeriums für Staatssicherheit, dem MfS, hervor, schloss Anna das Thema ab. Ich sehe ihr Gesicht vor mir: Sie kniff die Augen zusammen, zog die Stirn in Falten, schüttelte sich. Sie wollte nichts mehr dazu sagen. Mir reichte es auch, und trotzdem konnte ich mir nicht vorstellen, wie die Arbeit meines Vaters aussah.

Nach der Wende, wie der Zusammenbruch der DDR genannt wird, hat mein Vater eine andere Arbeit angenommen. Ernst Weigrund, so heißt er, arbeitet jetzt in einem Institut für politische Bildung. Das Institut wird von der Partei finanziert, deren Mitglied er ist. Das heißt, er ist von Anfang an Mitglied der SED gewesen, das habe ich herausgefunden. Mutter war es peinlich, dass Vater Stasi-Offizier war und dass er auch nach der Wende Parteimitglied blieb. Er ist seinen Grundsätzen treu geblieben, sagte sie. Doch was waren seine Grundsätze? Was hat er überhaupt gemacht als Führungsoffizier und später als

Abteilungsleiter im Ministerium? Würde Papa es mir heute sagen? Er hat Angst, das sehe ich. Wenn im Fernsehen ein Film über die Stasi läuft, dann steht er auf, geht in sein Zimmer. Seine Geliebte zieht eine Grimasse, sieht mich fragend an: Machen wir aus? Nein!, sag ich dann, und möchte meinen Vater vor den Bildschirm zerren.

Hugo ist immer stolz auf meinen Vater gewesen. Ihn hat gefreut, dass er ein Linker ist. Doch stand Vater links, stimmt das? Links sein bedeutet, gegen den Kapitalismus und gegen die USA zu kämpfen, sagte Hugo einmal. So einfach kann das doch nicht sein!, erwiderte ich und erntete einen hasserfüllten Blick. Gewundert habe ich mich, wieso Hugo nicht in der DDR studiert hat. Von seinem Onkel erfuhr ich von einem Stipendium für die Filmakademie in West-Berlin. Seltsam, mein Vater war nie froh über meine Beziehung zu Hugo. Zufällig hörte ich, wie er sich über ihn am Telefon äußerte und am Ende des Gesprächs sagte: Katis Freund ist mir äußerst suspekt. Daraufhin stellte ich ihn zur Rede. Er schwieg. So kenne ich meinen Vater. Doch es gab auch wunderbare Momente. Das Weihnachtsfest zum Beispiel. Da ist er mit uns zu seinen Eltern nach Dresden gefahren und wir haben in der Kreuzkirche das Weihnachtsoratorium gehört.

Musikliebend waren die KZ-Aufseher auch. Wie kommst du nur zu diesem Vergleich!, schrie Hugo mich an. Er mochte es nicht, wenn ich die Konzentrationslager auch nur erwähnte. Und doch muss ich davon sprechen. Diese Geschichte gehört zu mir, wie mein Vater, der Oberstleutnant des MfS, wie mein Großvater, wie dessen Vater und sein Großvater.

Von dieser Geschichte ahnt Moses nichts. Einmal müssen wir aber darüber reden. Und deine Großmutter?, wird Moses mich dann fragen. Mütterlicherseits, meinst du die? Gut, wird er sagen, nehmen wir die. Sie ist tot. Ist an Krebs gestorben. Dann die andere, insistiert Moses. Vaters Mutter habe ich nur zu Weihnachten gesehen. Ich kenne sie nicht. Moses kommt einen Schritt auf mich zu: Wie geht denn das, Kati? Es geht, sage ich und möchte alle bedrängenden Fragen abschütteln. Ich sehe es ihm an – und ich weiß es, er wird sich in unserer Welt noch an sehr vieles gewöhnen müssen, der Wüstenfürst mit seiner elitären Bildung. Ich fürchte mich vor deinen Fragen, Moses! Und wieso stöbere ich sie dann auf? Ich bin es doch, die wahllos hierhin und dahin fasst. Wie kann ich mit meinem Vater Frieden schließen, wenn er über seine Funktionen im DDR-Machtapparat schweigt? Ist er schuldig geworden? Wen hat er „geführt"? Und wohin? Aber es geht nicht um die, die er geführt hat. Es geht um die Menschen, die er observieren ließ. Um die Maßnahmepläne, in denen steht, wie mit Andersdenkenden zu verfahren ist. „Elemente" nannte er sie, „die kaputtgemacht werden müssen." So habe ich es gelesen. So hat er es aufgeschrieben. Ich kenne seine Unterschrift. Es ist die Sprache, die mir Angst macht, die Victor Klemperer analysiert hat, bezogen auf die Zeit des Nationalsozialismus.

Es war der Klassenfeind, erwidert Hugo mit flammendem Blick, gegen den musste sich die DDR-Regierung stark machen. Dein Vater war ihr Bannerträger, weißt du das denn nicht, Kati Blank? Ich drehe meine Haare in der Hand, schnüre sie zusammen, sehe Hugo nicht an; mich durchfährt ein Schmerz. Ich weiß plötzlich: Ich liebe diesen Mann. Ich werde ihn immer lieben. Doch was ist das für eine Liebe, die auf den Körper begrenzt ist? Was wissen wir voneinander, Hugo? Wieso lässt du dich auf mich ein? Weil ich die Tochter eines Genossen bin, kann das sein? Oder weil dir meine helle Haut und mein Gang gefallen? Meine Gedanken sind dir lästig, alle Fragen nach der Vergangenheit. Wie findest du es, dass ich die Akten über meinen Vater lesen will? Ich kann nicht mehr warten. Ich möchte von ihm, aus seinem Mund hören, was er getan hat, woraus seine Arbeit bestand. Kannst du das verstehen, Hugo?

Krieg im Libanon
ich kann nichts sagen, keine zeile schreiben, schaffe es nicht, in die redaktion zu fahren, ich werde Moses verlassen müssen, wieso, weiß ich nicht. bomben fallen hier wie dort, nur dass sie mitten ins herz treffen, was sag ich, ich lebe geschützt, sitze nicht wie Hugos Onkel im bunker, oh, mein Gott! wieso rufe ich ihn an, wenn ich nicht an ihn glaube, ich rufe, ich schreie, wie Hiob, hörst du mich, Gott?

Nachts
Es ist so, wie Etty Hillesum sagt: Wir müssen Gott helfen, damit er uns nicht verlässt. Ich ahne mehr, als ich es verstehe, was Etty damit meint. Ich muss mit Moses –, nein, ich möchte mit meinem Vater über Etty Hillesum reden, über die jüdische Slawistik- und Psychologiestudentin. Etty ist 27, als sie ihr Tagebuch beginnt, zwei Jahre später

stirbt sie in Auschwitz. Heute habe ich mir eine Stelle aus ihrem Tagebuch herausgeschrieben.

„Ich will dir helfen, Gott, daß du mich nicht verläßt, aber ich kann mich von vornherein für nichts verbürgen. Nur dies eine wird mir immer deutlicher, daß du uns nicht helfen kannst, sondern daß wir dir helfen müssen, und dadurch helfen wir uns letzten Endes selbst. Es ist das einzige, auf das es ankommt: ein Stück von dir in uns selbst zu retten, Gott."

Freitag, gegen 12 Uhr mittags
Die Kämpfe im Libanon sind vorbei. Dieser Krieg ist beendet, woanders beginnt ein neuer Krieg. Ich kann mich nicht an diese Tatsache gewöhnen. Ich sehe, wie Moses ebenso darunter leidet.

Ich werde froh sein, wenn er ausgezogen ist, und ich werde daran zerbrechen. Sagen tu ich es nicht. Das geht niemanden etwas an. Vielleicht ändert es sich ja, wenn ich endlich mehr über meinen Vater weiß. Anna hilft mir dabei, einen Weg durch die Bürokratie zu schlagen, um die Akten meines Vaters zu lesen. Ob ich das wirklich will? Darum geht es nicht mehr. Es geht um Hygiene, darum, nicht den Kopf in den Sand zu stecken. Wie ich mit dem Wissen dann umgehen werde? Keine Ahnung, ob ein Gott mir beistehen kann.

11. Juni
Wie lange willst du denn noch studieren?, fragte mich tatsächlich seine Geliebte, als ich meinen Vater besuchen kam. Was geht sie das an, dachte ich, und sah zu meinem

Vater hinüber. Zum ersten Mal versuchte ich, mir seine Augenfarbe einzuprägen. Ist sie grau oder grün? Vielleicht waren es die kleinen Schläge im Gehirn, wie sein Arzt es nannte, die seine Augen trüb machten an jenem Nachmittag, als ich bei ihm saß. Lange konnte ich nicht mit ihm den Raum teilen. Es war, als reiche die Luft, die durchs Fenster strömte, nicht für uns beide. Seine Freundin war nach nebenan gegangen. Ich legte meine Hand an seine Wange, die eiskalt war. Er sah mich an, weil meine Hand zurückzuckte. Leise fragte ich an seinem Ohr – ich musste mich tief herunterbeugen: Was hast du getan, als ich ein Kind war? Er schüttelte den Kopf, der Arzt hatte gesagt, er dürfe nicht sprechen. Lass ihn damit in Ruhe!, flüsterte seine Freundin, die hinter meinem Rücken aufgetaucht war. Wenn ich sie ansehe, spüre ich, sie interessiert mich nicht, die Frau, die meine Mutter nicht ausstehen kann. Wieder habe ich nichts erfahren. Aber deshalb bist du doch nicht zu deinem kranken Vater gefahren? Ja, auch deshalb, das ist wahr, aber nicht nur. Er soll ausspucken, wer er war, zische ich, während ich mir eine Zigarette drehe.

Wie überheblich du bist, sagt Hugo und versucht, mich zu umarmen, denn er will mit mir schlafen, bevor er wieder für Wochen verschwindet. Mit dieser Vergangenheit leben?, murmle ich. Mit welcher Vergangenheit denn? Hugos leerer Blick, er ist die ganze Nacht hierher gefahren. Er hat Menschen drangsaliert, so viel ist doch klar, entgegne ich. Wer denn, um Himmels willen, Kati Blank, von wem sprichst du wieder? Vater, sage ich. Dein Vater soll andere drangsaliert haben, spinnst du jetzt total? Ich spinne nicht. Ich weiß es. Ich habe eine Frau getroffen, die mein Vater als

Führungsoffizier geführt hat. Du hast richtig gehört, geführt heißt in der Sprache des MfS, er war ihr Auftraggeber. Was stocherst du in seinem Leben herum? Dein Vater war ein Aktivist. Ich glaube nicht, dass du weißt, was das ist.

Aktivisten gab es auch unter den Nazis, entgegne ich. Bist du jetzt völlig durchgeknallt, wie kannst du das, was dein Vater getan hat, mit dem Nationalsozialismus vergleichen!

Ich vergleiche nicht, ich stelle fest, antworte ich und sehe meinen Freund fest an. Ernst ..., Hugos Schläfen laufen rot an, ... ist mein Freund, mein Genosse, vergiss das nicht! Hugos Stimme schnellt nach oben. Fein, sage ich und unterdrücke die Häme. Wenn das so ist, dann wirst du doch auch daran interessiert sein, was der Herr Oberstleutnant getan hat in der DDR-Diktatur. Ich will das nicht gehört haben, Diktatur! Aber es war eine, Hugo. Es herrschte die Arbeiter- und Bauernmacht, wenigstens das wirst du doch noch wissen, Kati Blank. Phrasen, Hugo. Dir ging es doch gut in der DDR? Dein Vater sorgte für euren Unterhalt, dir hat es an nichts gefehlt, oder?

Ach, Hugo. So kommen wir nie überein, wusste ich, und wollte das Thema beenden. Doch Hugo war gereizt, plötzlich schrie er mich an: Was weißt du schon, was hast du überhaupt ausgestanden? Wurde euch Friedenskindern nicht alles in den Hintern geblasen? Weiter so!, feuerte ich ihn an, sprich weiter, Hugo, spuck's aus!

Blödsinn! Er lächelte mit zusammengekniffenen Lippen, kam auf mich zu, legte mich behutsam auf den Teppich. Hugo hat eine ganz feste Haut, auf seiner Brust wachsen Haare, und nicht nur da sprießen sie. Ich spiele gern in diesem Haar, das mich an Urlaub und Ziegen erinnert. Was er auch sagt, wie er auch aufbraust, ich liebe ihn, wenn ich ihn auch nicht heiraten kann.

Mittsommer

Ich habe noch nicht gelebt, nicht in der Intensität wie Hugo, der dem Tod mehrmals von der Schippe gesprungen ist, wie sein Onkel angedeutet hat. Hugo hat recht, wenn er mich Friedenskind nennt. Mir ist alles leichtgefallen, nie hab ich materielle Sorgen gekannt. Ich kann gut mit Leuten reden, daraus hab ich einen Beruf gemacht, der mir ein sorgenfreies Leben ermöglicht. Ich kann studieren, so lange ich will. Kann reisen, Bücher lesen, Männer verführen, die ich haben will. Reicht dir das, Kati? Nein!, ist die Antwort, es reicht mir nicht mehr. Und jetzt bin ich Moses begegnet, der so real ist wie der Tisch, an dem ich sitze, auf dem der Laptop steht. Die Pfingstrose ist ebenso real, obwohl ihr Duft an Übersinnliches erinnert. Die Fülle der pinkfarbenen Blütenblätter. Ich werde ganz still, wenn ich sie betrachte. Moses hat sie hierher gestellt. Ich glaube, ich sollte die studienfreie Zeit nutzen, um mir darüber klarzuwerden, was mir wirklich fehlt. Ich bin unruhig und unzufrieden, das ist der Befund. So kennen mich meine Kollegen nicht. Sie erleben mich geistreich, nennen mich die Junge mit den elektrisierenden Ideen. Darüber kann ich nur lachen. Sie sehen nicht den Zopf, den ich zusammenquirle, wenn ich stundenlang vor dem Monitor sitze und nicht weiterweiß. Es ist angenehm, sich zu Hause gehen zu lassen, sich nicht schminken zu müssen, nur die Lippen ziehe ich nach.

Während ich mich mit meiner Diplomarbeit herumschlug, mich mit der Genesis und dem Buch Exodus beschäftigte, ist mir die Dornbuschsage nicht aus dem Kopf gewichen, jene Stelle, die beschreibt, wie Moses seinem Gott begegnet. Plötzlich hörte er eine Stimme, die nach ihm rief. Wie würde ich geantwortet haben? Du bist mutig gewesen, Moses, bist nicht fortgerannt – oder warst du vor Entsetzen gelähmt? Wie ich es auch drehe und wende, ich bekomme die Dornbuschsage nicht in den Griff. Neide ich Moses diese Erfahrung? Würde ich Gott auch nach seinem Namen fragen? *Ich bin da,* sagt er zu Moses, *so heiße ich.* Wie einfach das klingt. Plötzlich ahne ich, was mit mir los ist. Ich werde es nicht notieren. Es hat mit dem Duft der pinkfarbenen Blüte zu tun, mit der Stille, die sie umgibt.

27. Juni
Wieder in Etty Hillesum gelesen. Ich muss das hier notieren, um es klar vor mir zu sehen.

„Nach der ersten großen, niederschmetternden Verzweiflung zeichnen sich viele merkwürdige Wendungen in der Geschichte ab. Das Leben ist so grotesk und überraschend, so ungeheuer vielfältig, und nach jeder Wegbiegung ist die Aussicht wieder völlig anders. Die meisten Menschen haben Klischeevorstellungen über das Leben im Kopf, man muß sich innerlich von allen gewohnten Vorstellungen und Parolen befreien, man muß jegliche Geborgenheit aufgeben und den Mut haben, auf alles zu verzichten, jede Norm und jeden konventionellen Halt loslassen und den großen Sprung in den Kosmos wagen, und dann, erst dann wird das Leben überreich und unerschöpflich, auch im tiefsten Leid."

Ich weiß jetzt, wieso ich Etty immer wieder lesen muss. Sie wird mich zu meinem Vater führen, wird mich begleiten, wenn es so weit ist. Irgendwann, wenn ich mit Moses lebe, werden wir Ettys Tagebuch zusammen lesen. Das möchte ich.

Kurz vor Mitternacht
Ich habe die Kammer aufgeräumt und Hugos Fotozeug entdeckt. Dabei bin ich auch auf einen Schuhkarton gestoßen. Es lagen Fotos darin. Mein Vater in grauer Uniform, oder war das mein Großvater? Wie ähnlich sie sich sind. Beide haben ein rundes Kinn und eine starke Unterlippe, die ein wenig herunterhängt. Ganz unten im Karton ein Bündel Briefe, die Mutter geschrieben haben muss. Ich werde sie ihr beim nächsten Mal geben. Es zuckte in meinen Fingern, zu gern hätte ich das Band gelöst.

Wie aufrecht der Mann steht, der mein Vater oder mein Großvater ist. Ist er stolz, der Mann in Uniform? Ich kenne mich nicht mit Uniformen aus, weiß also nicht, welchen Dienstgrad sie ausdrückt. Was sagen schon Maßnahmepläne aus, wollte ich mich gerade beruhigt zurücklehnen, da spürte ich einen Stich in der Brust, dabei habe ich den Schuhkarton fallen lassen. Wieso verbrenne ich den ganzen Krempel nicht? Dann bin ich sie los, die Männer, die ich nicht kenne. Wie kommt das ganze Zeug überhaupt in meine Kammer? Trugen Stasioffiziere auch Uniformen? Es wird doch eher mein Großvater sein. Was sagt er, wovon spricht der Mund? Was ist ihm wichtig gewesen, wovon hat er geträumt, der uniformierte deutsche Mann? Ob die Fotografie im Krieg aufgenommen wurde? Sicher, denn sonst hätte er ja keine Uniform getragen. Ist das dort das Zeichen der SS? So einfach ist das, daran erkennen wir den Mann. Wer er auch war, er soll mit seiner Uniform in die Hölle fahren! Ich will weder den Großvater noch den Vater in meiner Wohnung haben.

Etwas später
Der Schuhkarton ist wieder in der Kammer gelandet. Ich bin keinen Schritt weitergekommen. Die Kammer sieht zwar aufgeräumt aus, aber Hugos Zeug ist auch drin geblieben; wo soll ich auch damit hin, solange ich mich nicht von ihm getrennt habe?

Mit den Vätergeschichten bin ich auch nicht weitergekommen. So geht das nicht, habe ich erkannt. Ich muss nach Berlin fliegen. Ich will alles über meinen Vater wissen. In den Libanon muss ich jetzt nicht aufbrechen. Wir haben telefoniert, der Onkel und ich. Vorsichtig habe ich angedeutet, dass ich Hugo nicht heiraten werde. Und was hat der Onkel dazu gesagt? Er lachte, sein wunderbares Lachen drang an mein Ohr. Dann sagte er: Aber das weiß ich doch längst, Kati. Da ich schwieg, fragte er behutsam, als dürfe er mich nicht verletzen: Wir bleiben doch Freunde, nicht wahr? Ja!, hauchte ich, denn zu mehr hatte ich keine Kraft. Sobald du kannst, kommst du mich aber besuchen! Ich freu mich auf dich, das weißt du hoffentlich, Kati!

30. Juni

Wenn Hugo jetzt käme, in der Tür stehen würde, ich würde wieder auf ihn fliegen, auf den Geruch, den sein Körper ausströmt. Einer, der so viel durchgemacht hat ..., sagt Anna jedes Mal, wenn sie von ihm spricht.

In diesem Jahr haben wir erst eine Woche Urlaub gemacht. Wir lieben beide das Meer, liegen nackt im Sand, genießen Sonne und Wind. Wie fest seine Haut ist. Wie verschwommen der Blick, wenn er zum Wasser schaut. Seltene Augenblicke. Nach dieser Woche musste Hugo gleich zu seinem Filmteam zurück. Früher haben wir uns an den Wochenenden getroffen, der Weg war ihm nie zu weit. Im Moment ist Sendepause. Hugo begreift nicht, wieso ich mich auf einen wie Moses einlasse. Und ich kann, nein, ich will es ihm nicht auseinandersetzen. Wie soll man erklären, dass der Mond aufgeht, und die Sonne scheint? Moses ist ein Naturereignis, dem ich mich unterworfen habe. Habe ich das? Das wäre tatsächlich verrückt. Aber ist nicht alles verrückt geworden, seitdem ich diesen Menschen kenne? Weggerückt von den Vorstellungen, die ich hatte? Und doch möchte ich mit Hugo darüber sprechen, was geschehen ist. Auch ihn möchte ich als Freund nicht verlieren. Ob das möglich ist? Ob Hugo damit einverstanden ist?

Jeden Tag bin ich jetzt in der Redaktion gewesen. Zum Jahresende beabsichtige ich, mich fest anstellen zu lassen, mein Chefredakteur hat es mir angeboten. Noch zögere ich.

Die Seele, ach, die Seele, ist eine finstre Höhle ..., trällert Anna; sie scheint sich auf Berlin zu freuen, wenn es auch noch nicht entschieden ist, ob sie dahin geschickt wird.

Ich fühle mich wie ein fallendes Blatt. Wohin gehöre ich? Weißt du es, Moses?

Moses legt die Blätter in die hellblaue Mappe zurück, trinkt langsam das Glas leer. Durfte er diese Aufzeichnungen lesen? Sind sie versehentlich unter seine Sachen geraten? Kati bezieht mich in ihr Leben ein! Hurra! Er möchte den Kellner umarmen, der ihm die Rechnung bringt. Auf bewegter Wasserfläche vier oder fünf Segelboote. Hier hat er mit Kati gesessen. An diesem Tisch. Blickt er zu den Bergen hinauf, ist es, als hätte sich hier nichts verändert. Er lehnt an der Brüstung, schaut hinab. Aber für mich hat sich alles geändert. Ich muss zu Kati! Morgen wird er das Cabrio zurückgeben und mit Herrn Noeri den Mietvertrag lösen.

Aus dem Autoradio dringt Volksmusik. Er schaltet es aus. Ob Kati zu Anna nach Berlin gefahren ist? Zu dumm, dass ich Annas Handynummer nicht habe.

In der Villa angekommen, nimmt er die Post heraus. Endlich hat Alexis geschrieben! Moses sinkt auf die Knie, so freut er sich, als er die Schrift erkennt. Dem Freund geht es gut, er ist bei seinen Verwandten untergekommen, die eine Aufenthaltsgenehmigung für ihn beantragt haben. „Vielleicht kann ich ja im Wintersemester schon mit Informatik beginnen, wie findest du das, Moses? Nur dass ich mich nicht von dir verabschieden konnte, ist grausam für mich, aber wir sehen uns, das ist gewiss!" Den letzten Satz kann Moses nur mit Mühe entziffern. Alexis hat eine kryptische Handschrift. „Berlin steht auf deinem Koffer. Warte nicht länger! Zu Weihnachten sehen wir uns, du bist hier immer mit Kati willkommen! Alexis."

Mit drei Sprüngen hat Moses die Treppe genommen, laut atmend steht er vor Herrn Noeris Tür. „Herein!" Moses legt eine Hand auf die Brust, um ruhig zu sprechen. „Ich fahre nach Berlin. Ich werde länger fort sein. Ich denke, wir sollten den Mietvertrag lösen, Herr Noeri." Der alte Mann zeigt auf einen Stuhl. „Nehmen Sie doch bitte Platz!" „Heute nicht. Ich will gleich packen."

„Sie fliegen nach Berlin, Moses?"

„Sagte ich das nicht?"

Plötzlich umarmt ihn der alte Mann. „Kommen Sie zurück, wann Sie wollen, Moses! Und über die Miete müssen Sie sich keine Gedanken machen. Die Wohnung bleibt so, wie sie ist."

Teil III

1

Der Schleier ist gerissen. Endlich kann Kati ihre Situation erkennen und einschätzen, wo sie ist. In der Psychiatrie. Allmählich begreift sie – wenn sie sich anstrengt und ihren Arzt richtig verstanden hat – wie es dazu kam, dass sie hier ist.

Hals über Kopf war sie aus Bern aufgebrochen, wollte keine Zeit verlieren. Ihre Redaktion hatte bei der Stasiunterlagenbehörde in Berlin einen Forschungsantrag gestellt. Auf dem Tisch lag der Bescheid. Sie konnte mit der Recherche beginnen.

Am nächsten Tag flog Kati nach Berlin. Anna hatte ihr ein Hotelzimmer besorgt, denn bei der Freundin konnte sie nicht wohnen; sie renovierte gerade die neue Wohnung.

Und wen trifft sie in der Flughafenhalle, als erwarte er sie? Zum Gotterbarmen sah der Vater aus, doch Kati wollte ihn nicht sehen und konnte doch nicht an ihm vorbei, ohne von ihm bemerkt zu werden. Für einen winzigen Moment überlegte sie tatsächlich, ob sie den Rückwärtsgang einlegen sollte. Doch niemand hätte sie durchgelassen, und unsichtbar wird man nur im Märchen, nicht auf dem Flughafen.

Geh weg! Kati versuchte, sich hinter einem breiten Rücken an ihrem Vater vorbeizuschmuggeln. Als sie so dicht neben ihm stand, dass sie sein Rasierwasser riechen konnte, stellte sie fest, dass er nicht auf sie wartete. Ernst Weigrund sah an ihr vorbei, blickte geradeaus. Also wartete er auf Rota, auf seine Freundin. Ob sie aus Bern kam? Aber was wollte sie da? Mit einem Lächeln, weil der Vater ihr nicht auflauerte, ging Kati auf ihn zu. „He, was machst du denn hier, Papa? Holst du mich ab?" Ernst Weigrund sah auf, wurde blass. „Aber Kati!, wie hast du mich erschreckt, Kind!" „Wen erwartest du denn, Vater?" Er biss sich auf die Lippen. Sie hängte sich in seinen Arm. „Gehen wir?" „Ich warte auf Rota!" „Ach so, dann bin ich wohl überflüssig." „Wie kommst du denn darauf, Kati, warte, sie wird ja gleich da sein. Da kommt sie ja!"

Kuss. Umarmung. Kati reicht Rota nur die Fingerspitzen. Sie sieht, wie ihr Vater Rotas Koffer nimmt. Ohne auf Kati zu achten, rollen die beiden mit dem Koffer davon. Sie lassen sie stehen, wie ein Gepäckstück. Das hat sich doch genauso schon einmal zugetragen, nur wo, wo fand es statt? Auf jeden Fall hat es mit ihrem Vater zu tun.

Kati nimmt ein Taxi, fährt ins Hotel. Das Handy klingelt, sie schaltet es aus. Erst am Abend meldet sie sich bei Anna, die am liebsten gleich vorbeigekommen wäre, aber sie wollte noch mit Mark, so hieß ihr neuer Freund, die Küche zu Ende streichen. Gut so! Kati muss sich auf den Besuch in der Behörde einstellen. Vielleicht wäre es wirklich besser gewesen, Anna beim Renovieren zu helfen anstatt über ihren beknackten Vater nachzudenken.

Es klopft. Wer kann das sein? Rasch zieht Kati den Mantel über, wickelt die nassen Haare in ein Frotteetuch. Wieder steht sie ihrem Vater gegenüber. „Was willst du schon wieder?", faucht Kati ihn an, „bist du nicht bei deiner Tussi?"

„Lass doch, Kati, müssen wir so miteinander reden?"

„Ich frage dich, was willst du?"

„Nichts, was sollte ich denn wollen, Kleines", sagt er kleinlaut und gibt sich einen Ruck. Einmal muss er es aussprechen, was in ihm nagt, wie die Ratte, die nie in die Falle getappt ist.

„Wir treffen uns unten in der Bar!" Kati schlägt die Tür zu. Na, so was! Der fehlt mir heute noch. Ob er ahnt, weshalb ich in Berlin bin? Schließlich hat er ja eine Schnüffelnase. Sie muss lachen. Grotesk ist es schon, doch da sie sowieso noch nicht schlafen geht, ist es gleichgültig, mit wem sie den Abend verbringt.

Mit zwei Fingern fischt sie eine Olive nach der anderen vom Teller. Ihr Vater will mit ihr anstoßen. Kati ignoriert das erhobene Glas. „Und?", fragt sie, „wo hast du sie gelassen, macht sie schon das Bett?" „Was ist nur mit dir los, Kati? Wieso kann man nicht mehr vernünftig mit dir reden? Sag, wie geht es dir überhaupt? Hast du was von deiner Mutter gehört? Geht es ihr gut?" „Was fragst du mich! Ruf sie doch an, wenn es dich wirklich interessiert."

Ernst Weigrund bestellt einen Kognak, sieht seine Tochter an. „Du auch?" Er merkt, dass er es auch heute nicht über die Lippen kriegt, was er ihr sagen muss. Dabei ist es doch gar nicht so schwer. Er muss doch nur seiner Tochter sagen: Ich war hauptamtlich im Ministerium für Staatssicherheit tätig. Das war mein Beruf, wenn du weißt ... Nein!, weiß ich nicht, würde ihn Kati unterbrechen, denn er kennt das störrische Kind. Aber sie ist ja kein Kind mehr, sie ist eine erwachsene, gut aussehende Frau.

„Ich bin müde, Papa."

„Kati?"

„Ja, was ist?"

„Ich würde gern einmal mit dir in Ruhe reden, wenn das geht in den nächsten Tagen. Wie lange bist du in Berlin?"

„Ich hab keine Ahnung."
„Aber du musst doch wissen ..."
„Was?"
„Ich meine, du hast doch noch deine Arbeit in der Redaktion?"
„Ah, du machst dir Gedanken um mich, toll! Ja, sei beruhigt, da ist alles okay."
„Also, wann wollen wir uns treffen? Rufst du mich an?"
„Aber wir sitzen doch gerade zusammen." Er merkt, wie ihm Schweiß die Rippen hinunterläuft, beginnt, am Schlips zu ziehen.
„Du bist noch mit ihr zusammen?", will Kati nun doch wissen.
„Rota tut mir gut."
„Willst du sie heiraten? Ist es das, worüber du mit mir reden willst, Vater?"
„Nein, ich will sie nicht heiraten." Etwas bedrückt ihn, sie sieht es, ahnt es, aber sie wird ihm nicht helfen; dabei tut er ihr leid. Wenn sie ihn genau ansieht, spürt sie: Er ist mein Vater, egal, was er getrieben hat. Ist es so einfach?
„Vater?"
Er sieht auf die Uhr, knöpft das Jackett zu. „Rota kommt!" Er zeigt nach vorn.
„Ach, sie ist hier im Hotel?"
„Ja, sie hat sich hier mit einem Klienten getroffen."
„Deshalb wartest du hier."
Er gibt Kati einen Kuss auf die Wange. „Ich ruf dich an, dann verabreden wir uns, oder kannst du jetzt schon etwas sagen?"
„Moses!", sagt sie, „kennst du ihn?"

„Moses? Ist es nicht der, über den du deine Diplomarbeit geschrieben hast?" Ernst Weigrund geht auf Rota zu, das Paar lächelt in Katis Richtung, dann verschwinden sie in der Drehtür.

Sie hatte ihren Vater nicht angerufen. Was hätte sie ihm sagen können? Dass er in ihren Augen ein Schwein ist. Dass sie jede Achtung vor ihm verloren hat. Dass sie Nora Bär getroffen hat, die Frau, die er Jahre lang, zusammen mit dem Ehemann, bespitzeln ließ. Dass sie nun Bescheid weiß über ihn, über seine Tätigkeit beim MfS. Ja, das hätte sie ihm sagen können. Sie wollte es nicht, wollte ihn nie wiedersehen. Nachdem sie tagelang in der Behörde gelesen hatte, was Ernst Weigrund als Führungsoffizier und als Oberstleutnant der Staatssicherheit für das Wohl des Staates, dem er diente, geleistet hat, war ihr speiübel. Selbst mit Anna konnte Kati nicht darüber reden. Es war zu frisch, es brachte sie um. Kurz entschlossen flog sie nach Genf. Die Mutter würde sie verstehen, würde akzeptieren, was sie tun musste, hoffte Kati, als sie die Stufen in die Wohnung hinaufstieg. Sie kam ungelegen, das sah sie sofort. Die Mutter musste gleich los. Am Abend versuchte sie, Moses zu erreichen, aber es war nur die elektronische Stimme, die sagte, dass sie auf seine Mailbox sprechen könne. Das wollte sie nicht. Noch am selben Abend war sie nach Berlin zurückgeflogen. Niemand würde ihr helfen, ihr beistehen können, das war ihr klar geworden. Ich muss da allein durch ... Das war der Satz, den sie wie eine Gebetsformel vor sich hin sprach. Anna teilte ihr mit, dass der Sender sie nach Rom schickt und sie einige Tage nicht in Berlin sein würde.

An der Friedrichstraße, nahe der Weidendammer Brücke, hatte sie sich mit Nora Bär getroffen. Es war schon erstaunlich, wie die Frau, die ihr Vater jahrelang observieren ließ, sich auf die Tochter des Täters einließ. Mit schneidender Stimme wehrte sie den Vater am Telefon ab, der es noch nicht aufgegeben hatte, sie sprechen zu wollen.

Der Arzt, den Kati inzwischen gut kennt und den sie den kleinen Doktor nennt, unterbricht ihre Rückschau. Wie jeden Tag steht er am Fenster, dreht sich um und fragt: „Na, wie geht es Ihnen heute?" Er ist sensibel, der kleine Doktor, und doch nimmt sie sich in Acht, auch zu ihm kann sie nicht offen sein. Es ist, als hätte sie in der Behörde einen Bazillus eingeatmet, der Misstrauen heißt. So fühlt sie sich. Bevor sie schlafen geht, guckt sie im Kleiderschrank nach, reißt alle Schubfächer auf.

Wo Anna nur steckt, wieso sie sie nicht besuchen kommt?

Als hätte der Arzt gehört, woran sie denkt, sagt er: „Ihre Freundin musste dienstlich verreisen; sie lässt sie herzlich grüßen! Wenn Frau Fischer zurück ist, werden Sie aber nicht mehr bei uns sein, Frau Blank, das hoffe ich in Ihrem Interesse." Tastend, als hätte er einen Schwindelanfall, geht er zur Tür. Plötzlich dreht er sich noch einmal um. „Darf ich ganz offen sein, Frau Blank?" Kati hebt eine Hand. „Sie haben mich nun schon so oft gefragt, wieso Sie in der Psychiatrie sind, und immer bin ich Ihnen eine Antwort schuldig geblieben. Heute machen Sie einen so stabilen Eindruck ..."

„Sprechen Sie, Doktor!"

„Das wissen Sie ja bereits, darüber wurde auch in der Gruppentherapie gesprochen, dass Sie einen schweren Unfall hatten."

„Ja, darüber weiß ich Bescheid."

„Gut. Als Ihre Rippen wieder heil waren – so steht es im Bericht –, wurden in Ihrem Nachttisch mehr als fünfzig Schlaftabletten gefunden. Deshalb sind Sie hier, Frau Blank."

Wie bitte? Ist der Mann durchgeknallt? Was redet der für ein Zeug! Wenn Anna hier wäre, dann würden wir uns den Doktor gemeinsam vorknöpfen. „Wie können Sie so etwas behaupten, Doktor!"

Der Arzt lässt sich auf die Stuhlkante fallen. Diese Reaktion hat er befürchtet, aber da Frau Blank heute auf seine Fragen klar geantwortet hatte, dachte er ... Wie unüberlegt von mir! Er betrachtet jeden einzelnen Finger. Wenn ich es ihr nicht gesagt hätte, dann bestünde doch die Gefahr ... Jetzt kichert er, sind wir denn nicht alle in Gefahr? Er sieht zu der Patientin hinüber, versucht zu lächeln. „Bis morgen, Frau Blank!" Er steht vor ihr, will ihr die Hand reichen, die sie nicht nimmt. Sie ist ihm nachgegangen, ruft laut über den Flur: „Was bildet sich der Fatzke ein!"

Ohne anzuklopfen, kommt der Arzt an diesem Vormittag noch einmal herein. „Wenn Sie wieder draußen sind", sagt er ohne Einleitung, „dann sollten Sie eine Therapie beginnen. Ich schreibe Ihnen schon mal eine Adresse auf. Die Frau ist Analytikerin, sie versteht ihr Handwerk." Er zieht die Lippen weit auseinander. „Oder beginnen Sie schon hier damit?" „Das muss ich mir erst überlegen", antwortet Kati. „Wie lange soll ich denn noch hier bleiben?"

„Das kommt ganz auf Sie an."

„Auf mich?"

„Auf Sie, inwieweit Sie kooperativ sind, denn bis jetzt sind Sie es ja nicht gewesen – oder wie beurteilen Sie die zurückliegende Zeit, Frau Blank?"

Kooperativ, das Wort hat mein Vater öfter gebraucht. Was ist mit ihm, wieso besucht er mich nicht? Der Arzt ist aufgestanden, steht an der Tür. „Kennen Sie meinen Vater? Haben Sie von ihm gehört?" „Wieso? Ist er so berühmt? Sollte ich ihn kennen?" „Ach nein, war nur so eine Idee. Er war Oberstleutnant der Stasi." „Aber das waren doch viele in Ostdeutschland, hab ich mir sagen lassen. Ich komme aus Westfalen, wissen Sie, da gab es die Stasi nicht." Der Arzt zieht eine Augenbraue hoch, nimmt die Klinke in die Hand. „Aus Westfalen? Das wusste ich nicht, ich dachte ..., weil Sie doch immer von den Hasen gesprochen haben."

„Hasen?"

„Na die, die draußen herumtoben."

Als der Arzt vor der Tür steht, weiß er, Frau Blank ist noch lange nicht entlassungsfähig. Was erzählt sie nur wieder, und über Hasen? Vielleicht sollte man noch weitere Tests durchführen, um genauer zu klären, ob das Gehirn bei dem Unfall nicht doch gelitten hat. Na ja, jetzt kann er sich mit Frau Blank nicht länger befassen, ein Neuzugang wartet auf ihn.

Der kann sich, nein, der will sich nicht an die Hasen erinnern! So einer ist das; und ich dachte, der kleine Doktor wäre nett. Falsch gedacht. Vielleicht sollte ich das Denken ganz sein lassen, dann würde ich bestimmt schneller wieder gesund. Was fehlt mir denn?

Ich werde eine Annonce in der Berliner Zeitung aufgeben. Auch im Internet kann ich mich schlaumachen. Kann mir denn niemand sagen, wieso ich in dieser Anstalt bin, wo alle irre sind und durcheinanderquatschen? Und ich? Ich red ja auch den ganzen Tag mit mir. Ich möchte Klavier spielen, Mama! Wo ist unser weißes Klavier? Weißt du noch ..., zu Weihnachten, da hast du immer Weihnachtslieder gespielt. Ihr Kinderlein kommet ... und Papa hat dich auf der Flöte begleitet. Wir waren eine richtige Familie! Waren wir doch, Mama, oder? Mach nicht dieses zermürbte Gesicht, du bist doch am Theater, da muss man aufpassen, dass man keine Falten bekommt, sonst schmeißen die einen raus. Und das kannst du dir nicht leisten, nach der Scheidung. Weißt du, dass Papas Geliebte Rota heißt, kennst du sie? Wenn ich mir vorstelle, dass sie – sie ist nur ein paar Jahre älter als ich –, dass sie auf Papa liegt und mit ihm ... Reg dich nicht auf, sagst du, Mama? Aber es regt mich auf, merkst du das denn nicht? Ja, du warst immer diszipliniert, deshalb hat dich Papa verstoßen. Das ist nicht wahr? Wie war das, als ich ... Ich meine, als ihr mich ...? Schon gut, schon gut, du kannst mit deiner Tochter nicht über Sex reden. Dann beginn doch endlich ein anderes Thema, Mama!

2

Der Stationsarzt überlegt, ob er Frau Blank eine Reha vorschlagen soll. Sie muss doch wieder auf die Beine kommen, wenn auch Erschreckendes passiert ist, wie er dem Bericht aus dem Unfallkrankenhaus entnommen hat. Suizid. Höchst unwahrscheinlich, wenn er Kati Blank ins Gesicht sieht. Immer wieder lässt er sich täuschen, dabei ist es nur ein ganz kurzer Schritt, er weiß es, hat es in seiner Familie erlebt. In den letzten Tagen ist Frau Blank aus sich herausgegangen; in der Beschäftigungstherapie hat sie die anderen sogar zum Lachen gebracht. Die Schweizerin besitzt Charme, obwohl sie durch die Medikamenteneinnahme gehemmt wird. Aber er kann sich gegen seinen Chef nicht durchsetzen, der auf der hohen Dosis besteht.

„Wir wollen doch nichts riskieren, Herr Kollege!" Der Chefarzt sah zur Tür, war bereits mit einem anderen Fall befasst. Als der Stationsarzt dann noch von einer Reha anfing, unterbrach ihn der Chef: „Reha, bei Frau Blank? Was versprechen Sie sich eigentlich davon? Legen Sie mir das doch einmal dar. Nein! Nicht jetzt, nicht gleich, ich habe einen Termin mit dem Pflegedienstleiter, da geht wieder einmal alles drunter und drüber, wenn man da nicht auch noch hinguckt! Also gehen Sie und überlassen Sie die Verantwortung getrost mir. Da fällt mir ein, es gibt doch hier im Haus eine Seelsorgerin, wie heißt sie gleich noch? Ja, richtig, Frau Schäfer. Ein famoses Stück, nicht wahr? Lässt sich nicht unterkriegen, lässt sich kein X für ein U machen. Frau Schäfer sollten Sie zu Frau Blank schicken, haben Sie daran schon gedacht, Herr Kollege? Tun Sie das!"

Frau Schäfer? Ob sie die Richtige ist? Was macht es mir nur so schwer, Frau Blank zum Sprechen zu bringen? Hemmungen, Ängste, Störungen? Er kennt sich, weiß, wann etwas mit ihm nicht stimmt. Mit Kati Blank hat es wieder angefangen. Die uralte Geschichte. Wann werde ich die Angst, etwas falsch zu machen, endlich los sein? Ich bekomme feuchte Hände, wenn ich ihr Zimmer betrete, und doch ist es mein Beruf. Ob der Chef recht hat, und ich die Seelsorgerin zu Frau Blank schicken kann? Die wird schon wissen, was sie machen muss. Ist ja vom Fach, hat das studiert. Auf jeden Fall macht die Kirche hier ihre Sache gut.

Frau Schäfer, wir haben da im Zimmer 18 eine Patientin, die wir Ihnen ans Herz legen möchten. Schwachsinn! So kann er nicht sprechen. Können wir uns einmal in Ruhe über eine Patientin unterhalten, Frau Schäfer?

Er hat die Seelsorgerin angerufen. Ihre Antwort freundlich, aber entschieden: „Heute nicht mehr. Zu Hause beginnt meine zweite Schicht. Haben Sie Familie, Doktor? Also, wir sehen uns ja morgen bei der Dienstbesprechung, da können Sie mir dann alles erzählen." Er greift sich an die Stirn, stürmt in Katis Zimmer, sieht das leere Bett, brüllt durch den Flur: „Wo ist Frau Blank?"

„Ich bin hier."

Er taumelt, kann sich am Geländer festhalten, eine Schwester fasst den Stationsarzt unter den Arm. „Wie sehen Sie denn aus, Doktor? Die Blank bringt hier noch alles durcheinander! Sie sehen ja aus wie der Tod, Doktor!" Wortlos knallt der Arzt die Tür hinter sich zu. „Weiber! Dumme Weiber!"

3

„Darf ich eintreten?" Eine Frau mittleren Alters, die das linke Bein ein wenig nachzieht, geht auf Kati zu, streckt ihr eine Hand entgegen.

„Wer sind Sie denn?"

„Die Seelsorgerin der Klinik. Mein Name ist Schäfer."

„Ach, so etwas gibt es hier auch? Ich dachte, nur in der Schweiz."

„Sie sind Schweizerin?"

„Hört man das nicht?"

„Nicht gleich."

Kati zeigt auf den zweiten Stuhl, fragt: „Was wollen Sie von mir, Frau Schäfer?" Haben Sie Schafe?, würde sie die hinkende Person gern fragen, doch die Leute wollen hier ernst genommen werden. Frau Schäfer schaut Kati Blank schweigend an.

„Sie machen es mir nicht gerade leicht, Frau Pastorin. Sie sind doch eine?"

„In gewisser Weise schon, doch ich nehme an, das interessiert Sie nicht, oder täusche ich mich?"

„Wer hat Sie denn auf mich gehetzt?"

„Der Stationsarzt meinte, es wäre gut, wenn ich mal zu Ihnen hereinschauen würde. Er macht sich Sorgen um Sie, Frau Blank. Wollen wir hinausgehen, in den Park?"

„Darf ich das denn?"

„Mit mir schon, hat man Ihnen das nicht gesagt?"

Kati nimmt den Arm der Seelsorgerin, die sie durch einen Gang führt, bis sie draußen sind. „Möchten Sie einen Kaffee trinken, einen richtig guten, na?" Frau Schäfer trägt einen roten Minirock und schwarze Strümpfe, dass Kati sich wundert, obwohl ... Sie hat doch auch Theologie studiert und ist kein Blaustrumpf.

„Ja, gern. Haben Sie denn Kaffee dabei?"
„Immer! Sonst halte ich das nicht aus."
„Was denn? Uns hier, nicht? Die vielen Irren, oder?"
Die andere lacht, entblößt ihr Gebiss.

„Ich mag, wenn Sie lachen", ruft Kati, die über eine Pfütze springt. „Wissen Sie", sagt die Seelsorgerin, „Sie müssen nicht sprechen, vor allem nicht über den Unfall." Würde ich auch nicht, denkt Kati, und schon gar nicht mit dir. Oder doch? Gerade mit ihr? „Kommen Sie wieder?", fragt sie, als die Seelsorgerin die Kaffeetassen einpackt. „Wenn Sie wollen ..." Kati spürt, wie ihr die Tränen hochsteigen. „Weinen Sie ruhig", sagt Frau Schäfer und nimmt Kati in den Arm.

Erst als sie wieder allein in ihrem Zimmer ist, merkt Kati, was mit ihr los ist. Wann hab ich zum letzten Mal geweint? Als Mama sich von Papa getrennt hat und wir nach Genf gefahren sind, da hab ich die ganze Zeit im Zug geheult. Als Moses ging, war ich wie versteinert.

Die Frau scheint in Ordnung zu sein, vor allem ist ihr Kaffee gut. Richtig stark, ein wahrer Genuss. Was sie hier nur immer für eine Lurche servieren. Lurche! Und das nennen sie Kaffee!, sagt Lisa. Seelsorgerin hätte ich auch werden können, doch nie im Leben würde ich das wollen. Anderer Leute Seelenschmerz anhören, und dann? Damit nach Hause gehen? Wohin mit all dem Müll, der quillt und quillt? Ich bin ein übervoller Müllsack! So wird sie die Seelsorgerin das nächste Mal empfangen. Soll sie sich doch ruhig um meine Seele sorgen. Aber ob sie das auch kann und vor allem will? Ich werde sie ausfragen, was sie den ganzen Tag macht, woher sie stammt, ob sie Kinder hat und einen Mann. Na, die wird gucken. Kati kichert, spürt plötzlich wieder Lust am Experimentieren. Sie grinst ihrem Spiegelbild zu, bürstet das Haar in alle Richtungen. Einmal muss ich mich stellen, kann nicht immer kneifen und so tun, als wüsste ich nicht ...

Kati Blank steht in meinem Pass. Aber bin ich das? Kann ich die hinkende Seelsorgerin mit mir konfrontieren? Stoße ich sie nicht vor den Kopf, und sie verlässt gleich wieder mein Zimmer, noch bevor wir uns kennengelernt haben? Ich muss an die Wahrheit heran. Welche Wahrheit, he? Dass ich mich umbringen wollte. Ein Sprung vom Balkon. Aus und vorbei. Doch war es wirklich so?

„Wir sind in der Klapse gelandet." Mit diesem Satz war ihr Lisa begegnet. Lisa, vielleicht zehn Jahre älter als sie, muss sie heute unbedingt noch sprechen. Sie ist der einzige Lichtblick hier, na ja, der kleine Doktor auch, wenn er nur nicht immer von den Hasen anfangen würde. Ob Frau Schäfer auch bei Lisa war, und was sie ihr wohl erzählt haben mag? Puh, bin ich neugierig, hier passiert ja auch den ganzen langen Tag gar nichts. Verdammt! Wo bin ich hingeraten. Mit Lisa sollte ich fliehen. Heute war ich zum ersten Mal im Klinikpark. Jetzt weiß ich, wie riesig die Anlage ist. Die hinkende Seelsorgerin kann mir gestohlen bleiben, niemals werde ich mit irgend jemandem über mich reden.

Hoffentlich kommt mir die gescheite Frau nicht mit ihrem Wissen, mit dem, was sie gelernt hat. Hinaus!, werde ich brüllen, wenn sie an meine Tür klopft. Hinaus! Kati hält sich den Bauch. Mein Gott, ich weine und lache, hat das die

Hinkende bewirkt? Wieso hast du das nicht geschafft, Mama? Wo ist sie überhaupt? Seit Tagen hab ich die Mutter nicht mehr gesehen. Ah, haben sie nicht gesagt, sie musste nach Genf zurück und ich hätte fest geschlafen, als sie ging? Frau Schäfer heißt die Pastorin, schöner Name, passt irgendwie. Im Park war es gut, die Luft so frisch ..., jetzt bin ich müde. Zu Lisa gehe ich heute nicht mehr. Sie sollen mir auch nicht mehr mit den Pillen kommen, die setze ich ab! Die machen aus mir eine dumpfe Masse, die man nach Belieben hin- und herschieben kann, die weder denken noch widersprechen kann. Ich will reden, endlich mit jemandem zusammen sein, der mich versteht. Morgen fange ich damit an, doch jetzt gute Nacht!, und stört mich nicht, ihr Schwestern und Pfleger hinter der Tür.

Mondlicht fällt auf die Bettdecke, also sind die Gardinen nicht zugezogen. Kati steht auf, stellt sich ans Fenster. Wie ruhig die Stadt daliegt, als schlafe sie. Im Grunde tut sie das ja auch. Der riesige Organismus ist zur Ruhe gekommen, erst am Morgen, gegen vier, wird der Krach wieder losgehen. Ihr ist kalt. Wo sind meine Socken? Sie sucht unter der Bettdecke, öffnet den Schrank, dabei fällt ein Heft heraus. Das Jahr ist in den Deckel eingestanzt. Plötzlich will sie wissen, welcher Monat, welcher Tag heute ist.

An der Wand hängt ein Kalender. Eine Seenlandschaft prangt darauf. Was, das gibt es doch nicht! Der Tag ist eingerahmt. Es ist der 1. Oktober. Kati reißt den Kalender herunter, reibt über die Stirn. So lange bin ich aus Bern weg? Und was ist seitdem geschehen? Sie kennt die Blockade, die einsetzt, wenn sie ihren Kopf zu sehr anstrengt. Sie ignoriert den Pfeifton im rechten Ohr, reibt mit dem Zeigefinger über die Schläfen. Woran sie sich erinnert, sind Stimmen, die von weit her kamen. Diesen Satz hat sie in das Heft geschrieben, hier steht er, auf der letzten Seite: Wie konnte Frau Blank nur diesen Sturz überleben? Kati schüttelt sich. Die Ärzte, die nach dem Unfall um sie herumstanden, wussten nicht, dass sie sie hören konnte, weil das halbe Gesicht bandagiert war. Es gab Momente, da erkannte sie die Mutter, die neben ihrem Bett saß. Am Anfang verschwammen die Gesichter. Anna glaubte sie an einem Morgen zu erkennen.

„Eine Kastanie hat dich gerettet, Kati!" Wie oft die Mama ihr diesen Satz ins Ohr geflüstert hat. „Die Baumkrone hat dich aufgefangen, Kati!" Oder war es Anna, die davon gesprochen hat? Mit einem Handgriff zieht Kati die Gardine vors Fenster, nimmt das Heft mit ins Bett, will noch ein wenig darin lesen, schließlich sind diese Seiten ihr Gedächtnis. Hier steht, was sie vor dem Unfall aufgeschrieben hat.

Heute kam Anna auf eine super Idee. Sie sagte, es gehe nur so: Die Redaktion stellt einen Forschungsantrag in Berlin, auf diese Weise könntest du endlich mehr über deinen Vater erfahren. Ich bin fast an die Decke gehüpft. Das war es! Dem Sender würde gelingen, was mir unmöglich war. Ich hab Anna so gedrückt, dass sie aufschrie.

Seit einer Woche ist alles in die Wege geleitet, wie Anna es entworfen hat. Der Antrag ist gestellt. Jetzt muss ich warten, aber ich hab noch so viel aufzuarbeiten, bevor ich nach Berlin fahren kann.

Wieso habe ich Moses nicht in mein Vorhaben eingeweiht? Bisher fehlte mir der Mut, mit ihm über meinen Vater zu sprechen, den Spitzel-Oberst, oder wie heißt dieser Beruf? Plötzlich ging dann alles viel zu schnell und Moses zog aus. Tage davor war er absorbiert, da wollte ich ihm auch nicht mit meinem Vater kommen. Nun ist es zu spät. Was für einen Unsinn schreibe ich da! Ich werde Moses besuchen, nur nicht heute, und morgen auch nicht. Ich muss erst lesen, was in den Akten steht. Vielleicht ist mein Vater sauber gewesen und hat niemanden, der unschuldig war, ins Gefängnis gebracht. Wer weiß, was mir in Berlin blühen wird. Bevor ich darüber Klarheit erlange, kann ich mit Moses nicht über Ernst Weigrund sprechen.

Schlank, kein bisschen fett, das dünne, blonde Haar stets gut frisiert, mit gerade gezogenem Scheitel, dazu ein graues Jackett. Das ist mein Vater. Als Kind hab ich gern in seinem Haar gespielt. Auch ihm hat es gefallen, wie meine kleine Hand über seinen Hinterkopf strich, dann summte er sogar ein Lied. Mama stand auf Zehenspitzen vor dem Flurspiegel, zupfte am Halsausschnitt. Gleich würde sie ihnen winken, um ins Theater zu gehen. Einmal, es war mein neunter Geburtstag, saß ich mit Papa in der ersten Reihe in der Komischen Oper, während Mama auf der Bühne stand. Das hab ich mir gemerkt, wie ich darüber lachen musste, dass die Oper komisch war. Auch das Weihnachtsfest hab ich nicht vergessen. Da fuhren wir immer nach Dresden zu den Großeltern. Es gab Gänsebraten und Grünkohl. Als Nachtisch Erdbeeren mit Schlagcreme. Danach hat Papa mit seinem Vater im Salon eine Zigarre geraucht. Den Mokka, in hauchdünnen Tässchen, brachte die Großmama herein. Im dunklen Seidenkleid, die Stirn von weißen Löckchen eingerahmt, schritt sie auf die Männer zu, die in tiefen Clubsesseln saßen.

Ob es in der DDR auch Dienstboten gab? Wieso weiß ich das nicht? Wer hat vor Großvaters Villa den Schnee gefegt, wer den Park instand gehalten? Der Großvater hatte, ebenso wie Vater, einen Chauffeur. Er war wohl zu alt, um allein Auto zu fahren. Vater hatte noch einen Bruder, der nie zu Weihnachten nach Dresden kam. Den Onkel hab ich nie gesehen. Nach der Scheidung hörte ich von Mama, dass Vaters Bruder in den Westen geflohen war. Über ihn wurde in Dresden nicht gesprochen. Ob der Onkel Weigrund heißt wie mein Vater? Ich heiße Blank, wie Mama, die ihren Namen behalten hat.

Ich will hier raus! Kati schmeißt das Heft an die Wand, krümmt sich unter der Decke. Was gehen mich diese Leute an, die sich Verwandte nennen. Mein Vater hat sich doch nie für mich interessiert. So komme ich nicht weiter, so geht es nicht. Sie springt aus dem Bett, wankt auf die Toilette.

4

„Na, wie haben Sie geschlafen?" So wird sie von der Nachtschwester begrüßt, die erstaunt feststellt, dass Kati nicht in ihrem Bett liegt. „Aber was machen Sie denn da?" „Gymnastik, sehen Sie doch!" Kati liegt auf dem Fußboden, die Beine hochgestreckt, sie lässt sich nicht stören, muss ihren Körper trainieren. Heute Nacht hat sie begriffen, ich muss meinen Körper wieder beherrschen. Den Geist natürlich auch, grinst sie in das Gesicht der Nachtschwester, die hin und her geht, die Tür dabei offen lässt; ihr Dienst ist um 6 Uhr zu Ende. Was geht sie die Schwester an? Was gehen mich all die Patienten an, die selbst nachts herumkrakeelen? Das Beste war gestern Frau Schäfer. Ich hab so eine Ahnung, als würde die mir helfen können. Kati stutzt. Brauche ich Hilfe?

Als sie gerade ins Brötchen beißen will, streift sie eine eiskalte Hand: Vater ist tot! Sie kaut weiter, versucht, sich an die breiige Masse zu klammern, schluckt und schluckt, reißt den Kaffeebecher herunter, lacht wie jemand, der nicht weiß, wer er ist. Ein Pfleger legt ihr eine kalte Kompresse auf die Stirn, fragt, ob sie eine Spritze brauche. Kati schüttelt den Kopf, sitzt mit steifem Rücken da, weil die Lichtblitze hinter den Augenlidern aufhören sollen. Zum ersten Mal bleibt sie ruhig sitzen, läuft nicht herum, versucht, die Splitter im Kopf zu einem Ganzen zusammenzufügen. Es sieht aus wie eine schwarzweiße Fotografie. Ein Mann ist darauf zu erkennen, er liegt auf einer Parkbank. Seine Hand hängt herab. Ist er tot?

Kati ist aufgesprungen. Das Foto hat sie in Annas Toilette gesehen! Darunter stand: **Der Stasioffizier, der sich** erschossen hat. Hat sie sich diese Geschichte ausgedacht? Ist das ihre Rache, drückt sie sich so aus?

Der Pfleger hebt den Kaffeebecher auf, stellt einen anderen vor sie hin. „Geht es wieder, Frau Blank? Schmeckt Ihnen das Frühstück nicht?" Ich bin seine Mörderin!, möchte sie dem blonden Jungen hinterherrufen. Lust springt sie an, auf den Flur zu laufen, alle sollen es hören: Ich bin seine Mörderin! Sie hebt den Becher an den Mund. Wozu laut werden? Ich hab doch meinen Vater nicht erschossen, den Offizier auf der Parkbank, oder doch, könnte das sein? Kati, eine Mörderin, wie finden Sie das? Damit könnte sie den kleinen Doktor konfrontieren. Der Kaffee war zu heiß, sie hat sich den Gaumen verbrannt.

Die Tochter hat ihren Vater umgebracht. Eine feine Geschichte, die wird den kleinen Doktor amüsieren. Wie war denn Ihr Vater so? Der Doktor räuspert sich, ich meine, wie war er als Vater für Sie, Frau Blank? Wenn sie das wüsste, dann wäre sie vielleicht nicht hier. Alles wankt, Doktor, das Boot liegt schief im Wasser, haben Sie es nicht gesehen? Doch sie will ja den netten Arzt nicht brüskieren. Mein Vater interessiert Sie? Der Arzt am Fenster nickt. Es war gut, Papas Hand zu fühlen, die meine Hand hielt, wenn ich mit ihm in den Müggelbergen gewandert bin. Seltene Stunden, die es aber gegeben hat. Darauf bestehe ich. Die Hände der Täter, meinen Sie die, Doktor? Oder geht es Ihnen um das dünner gewordene Haar, das sich bei jedem Gewitter aufstellte? Eine gepflegte Erscheinung war der Vater; dunkler oder doch grauer Anzug, aus feinem englischem Tuch. Wo er die Anzüge her hatte, möchten Sie wissen, Doktor? Aus dem Exquisit. Das war ein ganz besonderer Luxusladen in der DDR, in dem so ein Fräckchen, wie mein Vater es trug, eine Menge Geld kostete, aber das störte ihn nicht. Übrigens kaufte auch Mama im Exquisit, wenn sie sich die Klamotten nicht aus der Schweiz schicken ließ. Die Genossen durften davon natürlich nichts erfahren. Es war für uns verboten, Westkontakte zu haben, deshalb wurde Mamas Post an eine verschwiegene Freundin geschickt. Sie schütteln den Kopf, Doktor, also wussten Sie das nicht. Na ja, Sie sind ja auch in Westfalen aufgewachsen, das ist weit weg gewesen von der Grenze, nicht wahr? Ich bin für Sie eine Quelle, sagen Sie? Quelle nannte die Stasi die Leute, die sie angezapft hat. Diese Sprache ist ein eigenes Kapitel, darüber werden wir an diesem Vormittag nicht streiten, Doktor, oder interessiert Sie die Stasisprache?

Kati bleckt die Zähne. Alles fließt, würde sie zu Anna sagen. Hier Realität, dort Fiktion. Oder, Anna, wie erlebst du das, was wir Wirklichkeit nennen? Anna fehlt mir, mit ihr wäre ich hier schon auf und davon. Die Sprache ist aber nicht unwichtig für deine Recherche, bemerkte Anna am Telefon, bevor ich nach Berlin aufbrach. Genau! So sehe ich das auch.

Mit wenigen Handgriffen stellt Kati das Frühstücksgeschirr aufs Tablett und bringt es hinaus. Am Getränkewagen lehnt Lisa, sie kommt auf sie zu. „He, Kati, wie siehst du denn aus? Sie haben mich doch tatsächlich nicht zu dir gelassen. Frau Blank geht es heute nicht gut, haben die nur gesagt, und dabei so ein Gesicht gezogen. Komm mit!" Lisa zieht Kati in den Gemeinschaftsraum, in dem Herbert und Georg, auch Susanne – oder ist das Bärbel, die auf dem Hocker sitzt? –, laut vor sich hinbrabbeln. Es wabert und raunt, dass die beiden Frauen den Saal gleich wieder verlassen. Gemächlich wandern sie den langen hellgrünen Flur entlang, schlendern, wie jeden Tag, hin und her, hin und her. „Wo sind wir hingeraten, Kati, weißt du das, du schlaues Kind?" Lisa zieht sie weiter. „Komm! Waschen wir uns die Haare, ich hab noch eine Tube Farbe, danach sehen wir wieder wie geleckt aus." Kati ist vor dem Dienstzimmer stehen geblieben, fragt einen Pfleger, der an einem Metalltisch hantiert: „Bitte, wo befindet sich hier ein Frisör?" Der Junge im hellblauen, kurzen Kittel guckt sie an. „Frisör? Da muss ich erst nachfragen, das weiß ich noch nicht. Ich bin neu hier, absolviere nur mein Praktikum." Kati nickt, lässt ihn stehen, zieht Lisa an der Hand mit sich fort, rüttelt an einer Tür. Was ist das denn? „Die Tür lässt sich nicht aufmachen, Lisa! Das gibt es doch nicht. Sie haben uns tatsächlich eingesperrt." „Sei klug wie eine Schlange!", flüstert Lisa und stimmt ein Lachen an, das bis zum anderen Ende des Flurs zu hören ist. „Sie wollen uns demütigen, wollen sie das?" „I bewahre!" Lisa öffnet die Arme, beschreibt einen Kreis. „Die haben für unsereinen doch keine Gefühle. Sie tun ihre Pflicht, Kati. Das haben die Deutschen doch immer getan", Lisa verdreht die Augen, dass Kati erschrickt. „Komm!", bittet sie leise, „waschen wir uns die Haare. Eine gute Idee!" Arm in Arm schlendern die beiden in Katis Zimmer zurück. „Du bist wirklich etwas Besonderes, hast ein eigenes Zimmer! Toll, du bist eben Schweizerin, Kati."

Jemand hat ihr den Tagesspiegel ins Zimmer gelegt, bestimmt der nette Arzt. Kati blättert darin, mit kalkweißem Gesicht blickt sie auf. „Es hat in der Zeitung gestanden,

Lisa!" „Was denn, Kati, wovon sprichst du wieder? Wir wollen uns doch die Haare waschen. Was ist, wieso glotzt du so, als hättest du eine Erscheinung gehabt, he?" Lisa stupst Kati in die Seite, die auf die Bettkante rutscht. „Es war mein Vater, der sich erschossen hat ..." „Aber davon weiß ich ja gar nichts, wieso hast du denn nie über ihn gesprochen?" „Im Park ...", flüstert Kati, „auf der Bank ..." Sie richtet sich gerade auf, „der Schuft hat sich davongemacht, bevor er mit mir gesprochen hat."

Ein Pfleger steht in der Tür. „Getränke! Brauchen Sie etwas? Möchten Sie Buttermilch?" Lisa dreht ihm eine Nase. „Wir waschen uns gerade die Haare, junger Mann!" Sie wendet sich Kati zu: „Oder möchtest du Buttermilch?" Lisa wedelt mit der Hand, mach 'ne Fliege!, soll es heißen, schließ die Tür, Kleiner!

„Es war in Annas Wohnung ..., in der Bleibtreustraße. Dass ich den Straßennamen plötzlich wieder weiß ..." Kati springt auf, „das Gedächtnis arbeitet wieder, Lisa!" Sie drückt der Freundin einen Kuss auf den Mund. Hurra! Doktorchen, jetzt kann ich Ihnen den Hergang berichten. Nun weiß ich endlich, was sich zugetragen hat. Lisa sieht Kati von der Seite an. „Dein Vater ist tot? Und deshalb bist du hier?" Kati lacht, als wäre sie übergeschnappt. „Das Stück hieß: Ein Stasimann gibt auf. Aber danach, Lisa, kam der Zweite Akt, der hieß: Die Tochter stürzt vom Dach."

Lisa hebt die Füße, als wäre der Fußboden zu heiß. „Hör auf damit, Kati, so'n Schwachsinn zu verbreiten! Damit kannst du einen ganz fertigmachen, heb dir das für die Gruppentherapie auf, die lechzen nach solchen Geschichten." Sie stellt sich auf Zehenspitzen, streichelt Katis Gesicht. „Wir beide sind doch nicht verrückt, oder willst du, dass sie es schaffen und uns hier verblöden lassen?" Sie zieht Kati ins Bad, packt sie bei den Schultern. „Mädchen, wach auf! Es ist doch völlig schnuppe, was dein Vater gemacht hat. Du lebst! Und wir beide müssen hier wieder raus, ist das klar?"

Sie färben sich die Haare, pfeifen Schlager aus den Siebziger Jahren, reißen Witze. Wie neu geboren kommt sich Kati vor, als Lisa ihr die Haare kämmt. „Das machen wir jetzt öfter, jeden zweiten oder dritten Tag", beschließt Lisa. „Außerdem habe ich Ausgang beantragt, mit dir zusammen, Kati. Unten ist nämlich ein großer Park. Siehst du die Blutbuche dort? Darunter setzen wir uns und dann dreh ich uns eine Zigarette, wie du noch nie eine zwischen deinen Lippen hattest, Mädchen!" Der Rock ist ihr über die Knie gerutscht, die Bluse steht auf. Kati möchte sich fallen lassen, um sich an Lisas Busen auszuruhen. „Lass dich nie wieder so gehen, versprich mir das, Kati!" Sie droht mit einem Finger, drückt ihre Wange an Katis Wange. „Wir zwei geben nicht auf, abgemacht?"

Es war nicht das Dach, von dem ich gefallen bin, es war Annas Balkon, möchte Kati der Freundin hinterherrufen, die ihr, bevor sie ging, die Haare noch aufsteckte. Es muss genau recherchiert werden, was an jenem Abend geschehen ist, das wird sie beim nächsten Besuch mit Anna besprechen. Wo sie nur bleibt? Ah, der kleine Doktor hat doch gestern gesagt: Frau Fischer musste verreisen. Bravo, lobt sich Kati, das hast du dir gemerkt! Ein Drehschwindel erfasst sie, mit einer Hand stützt sie sich ab, dann fällt sie auf die Bettkante.

5

Es war seine Handschrift, die Unterschrift unter den Dokumenten. Ihr Vater hatte sich diese Pläne ausgedacht. Den Gang in die Behörde wird Kati nicht vergessen. Auf der obersten Stufe zögerte sie einen Moment: Will ich das wirklich, will ich in meines Vaters Leben eindringen? Muss ich das? Mit beiden Händen stieß sie die schwere Tür auf.

Im Lesesaal wendete sie Blatt um Blatt. Tag für Tag. Drei Wochen lang, bis zum Tag von Annas Einweihungsparty. Wie erleichtert war sie, diesem Schlamm entrinnen zu können, wenn es auch nur für einen Abend war. Wenn es nicht Nora Bär gegeben hätte – eine Sachbearbeiterin, zuständig für den Lesesaal –, niemals hätte sie das aushalten können, was sie schwarz auf weiß vor sich liegen sah. Nora Bär nahm sie mit in ihr Büro, fragte, ob sie einen Tee möchte. Die vollschlanke Frau mit dem offenen Blick war ihr sofort sympathisch. Kati war froh, auf einen Menschen zu treffen, der ahnte, wie es in ihr aussah. Hätte sie da schon gewusst, dass Nora Bär von ihrem Vater verfolgt worden war, niemals hätte sie den Mut aufgebracht, mit ihr Tee zu trinken.

Operativer Vorgang. Da haben Sie die Stasisprache, Doktor! Nun staunen Sie doch, oder? Ob es bereits wissenschaftliche Arbeiten über die Sprache der zweiten deutschen Diktatur gibt, wie sie von Victor Klemperer für das Dritte Reich vorliegt? Nein! Damit werde ich mich hier nicht befassen. Es reicht, dass ich mich auf Vaters Vergangenheit einlasse. Ich bin seine Tochter, ich trete sein Erbe an. Ich kann es nicht von mir wegschieben, sagen: Es geht mich nichts an.

Lisa war es, die in der Gruppenrunde sagte: „Wenn die Parteiheinis doch begriffen hätten, dass die Macht nicht allmächtig macht, dass sie teilbar ist und allen gehört. Arbeiter- und Bauernstaat! Dass ich nicht lache!" Den Unterkiefer vorgeschoben, klopfte sie mit den Absätzen aufs Parkett.

Ob mein Vater schon bestattet ist? Warum Mama davon nichts gesagt hat? Ob sie zum Begräbnis gegangen ist? Mama wollte, nein, sie musste mich schonen, das haben ihr sicher die Ärzte geraten, und sie richtet sich danach. Das war auch in der DDR so. Wie oft habe ich mir gewünscht, Mama würde sich in der Elternversammlung durchsetzen und meine Interessen vertreten, aber nein, sie hat genau wie Papa die Hand gehoben, wenn abgestimmt wurde. Einstimmig angenommen!, schrieb die Lehrerin ins Protokollbuch. Dabei wollte ich nur an einem bestimmten Montag das neue Dirndlkleid tragen, das mir meine Oma aus der Schweiz geschickt hatte, und nicht das blaue Pionierhalstuch umbinden. „Das sind doch Kinkerlitzchen!", rief Vater und schob den Tisch, an dem wir zum Mittagessen saßen, ein Stück zurück. „Das sind doch nun wirklich Lapalien, Kati, worum geht es denn? Sei stolz darauf, zu den Jungen Pionieren zu gehören!" Vater warf die Serviette auf den Tisch, nickte seiner Frau zu und verschwand in seinem Kabinett. Zigarrenrauch drang durch den Türspalt. Mama drückte ihren Mund in mein Haar, sagte etwas von Frau Specht, die kommen würde, weil sie gleich wegmüsse, „ins Theater, meine Kleine, aber bald begleitest du mich ja."

Kati macht sich sorgfältig zurecht, prüft auch die Unterwäsche und stellt dabei fest, dass die Mama auch dafür gesorgt hat. Seidenwäsche ist hier zwar unpassend, aber in der Schublade liegen auch Baumwollslips und Hemden. Mama hat eben an alles gedacht. Sie reckt sich, schaut sich im Spiegel an. Zum ersten Mal gefällt ihr wieder, was sie sieht. Die Energie, die sie spürt, kommt von den Liegestützen, will sie sich einreden, nein, dass ich in Lisa eine Freundin habe, mit der ich über alles reden kann. Auf die Idee, die Haare zu färben, wäre ich bestimmt nicht gekommen. Die hier werden noch staunen, mit wem sie es zu tun haben! Wenn ich nachher mit Frau Schäfer in den Park gehe ..., oder ist heute Chefvisite? Dann rauschen sie wieder vorbei, wie in einem Film. Sie sind hörig, beugen ihre Köpfe, versuchen zu verstehen, wovon ihr Chef spricht. Latein haben sie schließlich gelernt, auch die Schwestern? Ich muss hier raus!, werde ich dem Chefarzt sagen. Oder vielleicht besser so: Wann meinen Sie, Herr Doktor, kann ich entlassen werden? Er wird mich ansehen, den Kopf herumwerfen und freundlich, aber bestimmt sagen: Aber das wissen Sie doch, Frau Blank!

Es ist zu früh, ihn darauf anzusprechen, weiß Kati, die sich nicht entmutigen lassen will. Aber nächste Woche fange ich damit an.

Jetzt zieht sie einen dunkelroten Schal aus einem Fach. Rostrot, die Farbe hat Hugo besonders gefallen. Seine Stimme wurde weich, wenn er die Knöpfe an ihrer Bluse löste, den Reißverschluss aufzog. Wie genoss sie die Finger, die sich nie verhaspelten. Wenn Hugo gut drauf war, rezitierte er sogar ein Gedicht, dann wurde er seinem

Onkel ähnlich, dem Dichter aus dem Libanon. Wie es dem Onkel gehen mag? Ich werde ihm eine Nachricht schicken. Wo ist mein Laptop, wieso steht er nicht auf dem Tisch? Aber das ist auch nicht mein Schreibtisch! Verflixt, was sind das für hohe Fenster? Wo haben die mich hingebracht?

Kati drückt die Lippen ans Spiegelglas. Begreif doch endlich, was geschehen ist, Kati Blank! So würde Hugo sprechen, und sie würde selbst bei 30 Grad im Schatten zu frieren beginnen. Aber plötzlich nimmt Hugo sie in den Arm. Sie weiß, was folgt. Das Spiel mit vier Händen. Die Zellen haben es aufbewahrt. Das ist es, Doktor, was hier fehlt. Das Spiel mit den Händen. Das wird sie bei der nächsten Visite sagen. Da stehen sie an der Tür und gaffen zu ihr. Es macht ihr nichts aus. Ich bin nicht länger Ihr Objekt, Herr Chefarzt. Er hört nicht hin, wendet sich seinem Assistenten zu: Oder machen wir doch noch einen Elektroschock bei Frau Blank?

Die Erinnerung bewirkt, dass sie sich aufrichtet, dem Chefarzt in die Pupillen guckt. Er sieht fast väterlich aus, wie er ihr seine Hand hinstreckt: keine Angst, junge Frau! Es ist alles nur zu Ihrem Wohl, was in meiner Klinik geschieht, merken Sie das denn nicht? Jemand flüstert mit ihm, da geht er noch einmal zurück zu Kati Blank. Ah! Sie sind Schweizerin, das hört man gar nicht.

Sie streckt die Zunge heraus, die können mich alle mal, bindet das rote Tuch ins Haar, schminkt die Augen, zieht die Lippen nach. Wie bitte? Eine Kastanie soll mich gerettet haben? Sie schneidet eine Grimasse, steckt die weiße, hochgeschlossene Bluse in die Jeans, dreht sich um ihre

Achse: Wie sehe ich aus, Mama? Ah, Mama ist ja wieder in Genf. Wie konnte ich das vergessen!

Ha! Ich rede mit mir selbst! Zum ersten Mal registriert das der Verstand. Kati streicht über die Stirn: Eine Saite soll hier gerissen sein. Die Vatersaite? Was würde der kleine Doktor dazu sagen? Ich muss alles über meinen Vater erfahren!, werde ich zu Frau Schäfer sagen und sie bevollmächtigen, mir seinen Nachlass auszuhändigen, schließlich bin ich seine einzige Tochter. Kann ich die Seelsorgerin dafür in Anspruch nehmen? Es gibt doch sicher eine Sozialarbeiterin auf dieser Station. Die Dame hat sich mir noch nicht vorgestellt, oder ist es ein gut aussehender Herr? Ich werde geschlafen haben, als sie anklopften.

Moses! Dich könnte ich bitten, dich um Vaters Nachlass zu kümmern. Du würdest das für mich tun. Und wieso frage ich nicht Hugo? Nein! Mit Hugo ... ist es vorbei. Der Libanon hat mich angezogen. Das Meer. Die blühenden Mandelbäume. War es wirklich nicht mehr? Ich wollte immer herausfallen, anders sein. Jetzt ist es mir geglückt. Ich bin nicht nur herausgefallen, ich bin abgestürzt. Von Annas Balkon. Das ist aber nicht zum Lachen!, Frau Blank, würde der kleine Doktor sagen. Doktorchen, wieso stehen Sie so lange am Fenster, was sehen Sie denn da?

Ich liebe dich, siehst du, Hugo, mit dem Lippenstift hab ich es rot an den Spiegel geschrieben. Es ist wahr, ich liebe dich, auf eine verlorene Weise, wie ich meinen Vater geliebt haben muss. Nach der Wende ist er bei seiner Partei untergekrochen, ist Geschäftsführer geworden, das hat mir Mama erzählt.

Mit wenigen Handgriffen steckt sich Kati die Haare hoch. Die Hornspange stammt vom Beduinenmarkt aus

Be'er Sheva, auf dem ich mit Anna und Tamara war. Siehst du, was mein Gedächtnis heute alles ausspuckt? Kann ich mich wieder auf dich verlassen, untreuer Geselle? In letzter Zeit hast du mich im Stich gelassen, das haben die verdammten Pillen bewirkt, die mich ganz dumm machen. Wenn ich Lisa nicht auf dem Flur begegnet wäre ... Lisa staucht mich zusammen, wenn ich Unsinn rede. Was würde ich nur ohne sie hier anfangen?

Die Jeans sitzen, dazu die gebügelte Bluse. Mama hat einen guten Geschmack. So kann ich mich auf den Flur wagen. Wie staubig und wie trocken die Grünpflanzen sind! Sie holt aus dem Bad einen Krug, gießt die Töpfe im Flur, wirft trockene Blätter in den Mülleimer, der laut zuschnappt. Langsam geht Kati hin und her, beobachtet das Dienstzimmer, stellt fest, dass man sie wohl nicht erkannt hat, sonst heißt es immer beim Vorübergehen: Na, geht es Ihnen heute besser, Frau Blank? Wieso hab ich so lange im Dämmerzustand dahinvegetiert? Das muss Mama ja Angst gemacht haben. Ob ich sie anrufen kann? Auch das werde ich mit Frau Schäfer besprechen. Wo die Pastorin nur bleibt, dabei wollte sie doch wiederkommen.

Lisa kommt ihr auf dem Flur entgegen, ruft laut: „Heute ist Feiertag! Tag der deutschen Einheit." Da erinnert sich Kati, dass auch der Doktor davon gesprochen hat. Die Klinke in der Hand, drehte er sich um und lehnte sich an die Wand, als hätte er lange nachgedacht, wie er es anfangen soll. Zögernd sprach er zum ersten Mal über ihren Unfall, versuchte ihr zu erklären, wie es dazu gekommen war. Oder war es gar nicht der Doktor, war das Anna gewesen? Hat sie mir die Augen geöffnet? Im Grunde ist es egal. Wichtig ist jetzt nur, die Zusammenhänge wieder herzustellen.

„Wieso ziehst du den rechten Fuß nach?", fragte Lisa sofort. Kati wusste es nicht, sie hatte den kleinen Doktor danach gefragt. Der zog einen Stuhl heran, sprach von einem komplizierten Bruch, der inzwischen verheilt sei. Er sah sie dabei direkt an. „Bei Ihrem Sturz hatten Sie sich etliche Rippen und das rechte Sprunggelenk gebrochen. Erstaunlicherweise ist Ihr Kopf heil geblieben. So steht es in Ihren Papieren", ergänzte der Arzt.

Am Getränkewagen gießt Kati zwei Becher Wasser ein. „Prosit, Lisa! Auf die deutsche Einheit!"

„Nein", sagt Lisa, „auf dich!"

Zurück in ihrem Zimmer, zieht Kati den Anorak an, weil sie in den Park gehen möchte. Erst als sie die Station verlassen will, merkt sie, dass die Tür verschlossen ist. Geschlossene Abteilung, na klar. Anna hat darüber gelacht, als wäre es komisch, eingesperrt zu sein. „Du bist in der geschlossenen Abteilung, Kati! Sieh zu, dass sie dich hier nicht mit Medikamenten volldröhnen! Denk an den Film Einer flog übers Kuckucksnest, versprich mir das, Kati! Und noch eins", Anna kniff eine Auge zu, „sammle nie wieder diese verdammten Pillen, versprich es mir! Sonst kann ich dich nicht mehr allein lassen."

Pillen? Ich denke, ich bin vom Balkon gefallen? Strengt Kati sich an, dann dämmert die Zeit im Unfallkrankenhaus herauf. Wie kam Anna nur darauf, dass ich die Pillen schlucken wollte?

Frau Schäfer ist heute nicht gekommen. Ah, es ist ja auch Feiertag.

Zur Nacht nimmt Kati ein leichtes Schlafmittel und ist trotzdem hellwach. Sie steht am Fenster und weiß nur eins: Ich muss hier raus! Der Kopf fühlt sich an, als tobe ringsum Krieg. Von überall dringen Düsenjäger heran, die ihre Bomben abwerfen wollen. Hugos Onkel besitzt einen Bunker. Er hat Kati gezeigt, wie sie sich im Ernstfall verhalten muss.

Jeden Tag blättert sie nun den Kalender um. Die Zeit soll ihr nicht wieder entgleiten. Anna ist noch immer verreist. In die Gruppentherapie geht Kati jetzt auch regelmäßig. Mit Frau Schäfer ist sie wieder im Park gewesen. Der kleine Doktor hat sie angeregt, ein Tagebuch zu führen. „Damit nicht alles versandet, Frau Blank." Beim Schreiben ist ihr, als bündelten sich die Gedanken. Als zentriere sich etwas in ihrem Kopf.

Vor allem aber ist es Lisa zu danken, dass sie demnächst entlassen wird. Wenn sie nicht gewesen wäre ... Lisa hat Tacheles mit ihr geredet, hat Fragen gestellt, auf die Kati keine Antwort wusste. Wie auch, wenn das meiste im Dunkeln liegt, hat sie zu Lisa gesagt. Aber die ließ nicht locker. Du wirst doch wissen, Kati, was dich nach Berlin getrieben hat? Mädchen! Mit Lisa konnte sie über ihren Vater sprechen, nicht mit Frau Schäfer. Am letzten Montag kam der kleine Doktor zu ihr, diesmal stellte er sich nicht ans Fenster, setzte sich zu ihr an den Tisch und sagte: „Wir haben einen Platz in einer Rehaklinik für Sie. Es wäre sicher gut, wenn Sie damit einverstanden wären." Er schaute Kati an. „Ihr Zustand ist noch nicht stabil genug, dass ich Sie ganz entlassen kann. Überlegen Sie es sich bitte, Frau Blank." An der Tür zwinkerte er ihr zu. Dass er das überhaupt kann, der kleine Doktor.

„Ein Herr ist da und will Sie abholen, Frau Blank."
Kati schaut in den Spiegel, spürt, wie ihre Hände zu zittern beginnen. Lisa steht hinter ihr, steckt ihr die hennaroten Haare fest, flüstert mit ihr. „Ja", sagt Kati, „versprochen!" Sie wischt der Freundin eine Träne vom Gesicht, zieht sie an sich, küsst sie auf den Mund.
Ein Mann, vielleicht vierzig Jahre alt, öffnet die Tür: „Darf ich reinkommen?" Kati ist erleichtert, dass es nicht Hugo ist. „Ich bin Mark, Annas Freund", sagt er und grinst die beiden Frauen an. „Anna hat mich darum gebeten, dich in die Reha zu bringen, weil sie verhindert ist."
„Das ist meine Freundin Lisa", sagt Kati.
„Hast du alle Papiere?", will Lisa wissen.
„Auf geht's!" Mark nimmt Kati die Tasche ab. „Hier, für dich!" Kati drückt Lisa etwas in die Hand. Mit geradem Rücken geht sie den hellgrün gestrichenen Flur entlang. „Womit bist du hier, Mark?" „Mit dem Auto. Wenn du magst, fahren wir gleich zum Wannsee hinaus, willst du?" Er möchte sie loswerden, den Auftrag, den Anna ihm untergejubelt hat, hinter sich bringen. Übermut packt sie, ihn zu fragen: Warum fahren wir nicht zu dir und frühstücken gemütlich, bevor du mich wieder abschiebst, Mark? Sie schweigt, prägt sich den Namen der Klinik ein, die sie gerade verlässt. Den Kopf an die Lehne gelegt, genießt Kati die Fahrt. Klaviermusik dringt aus den Lautsprechern. Mark hat eine CD in den Spalt geschoben, die rechte Hand liegt auf dem Lenkrad. Was jetzt?, denkt Kati, wie geht es weiter

mit mir? Ohne Lisa? Wenn Anna wenigstens gekommen wäre!

„Anna musste zu ihrer Mutter fliegen. Sie will aber so schnell es geht zurückkommen, dann besucht sie dich", sagt Mark und guckt geradeaus. Sie lächelt, nimmt sich vor, ab jetzt wieder genau hinzuhören. Von nun an wird sie wieder selbst über ihr Leben bestimmen.

„Hier!, das Handy hat Anna für dich mitgeschickt, du sollst sie anrufen, wenn du so weit bist. Da sind wir! Das ist der Wannsee."

6

Die Tür schnappt ins Schloss. Kati blickt sich um, hier wird sie also die nächsten Wochen zubringen. Das Gebäude, auf das sie mit Mark zugefahren ist, liegt im hellen Morgenlicht. Ein rotes Backsteingebäude mit Zinnen und Türmchen aus dem vorigen Jahrhundert. Schimmert von da unten der See? Ja, wird ihr geantwortet, das ist der Wannsee.

Kati hat sich für die Reha in Berlin entschieden. Danach will sie aber sofort in die Schweiz zurückkehren. Sie packt ihre Tasche aus, stellt Fläschchen und Dosen in den Spiegelschrank über dem Waschbecken. Das ist ihr immer wichtig gewesen, ein geräumiges Bad, in dem man sich nicht stoßen kann. Sie reckt sich, um durchs Fenster zu gucken. Die Schmerzmittel – und all das andere Zeug – hat sie abgesetzt; sie hat es viel zu lange geschluckt, um schlafen zu können. Das ist nun vorbei! Bin gespannt, wie es hier, in diesem Schloss, zugehen wird. Und was die Ärzte für mich geplant und vorgesehen haben. Aber ich behalte von nun an wieder das Heft in der Hand.

Sie muss im Sessel eingeschlafen sein. Vor ihr steht ein hagerer Mann, der sie mustert. „Was sehen Sie mich so an?", fährt sie ihn an. Er schweigt, streckt ihr eine Hand hin. „Arlt, ich bin Ihr Arzt." Mein Arzt, ach so, deshalb schaut er mich so an. Lohnt es, sich mit der zu befassen, was denken Sie hinter der glatten Stirn? Kati ist aufgesprungen, will nicht, dass er zu ihr herunterblickt. In Augenhöhe mit ihm reden, wenn er denn schon mein Arzt sein soll. Ob ich das will? Auch hier wird sie nicht gefragt. Wo wird in diesen Häusern, die Heilanstalten sein sollen, gefragt, mit wem man es zu tun haben möchte? Sie lehnt sich zurück. Es ist sein Job, wie ich meinen habe, da denkt man nicht über so etwas nach. Oder doch? Hat sie ein Recht darauf, dass ihre Ansichten, ihre Vorstellungen gehört werden? „Aber ja", unterbricht der Arzt ihre Gedanken, „Sie sind wichtig in jedem Prozess." Hab ich denn laut gedacht? Wieder sagt er „ja, das haben Sie, Frau Blank". Nanu? Und wieso weiß ich das dann nicht? Er macht eine Handbewegung, die heißen soll: Geduld, liebe Frau, Geduld werden Sie hier lernen. „Kommen Sie erst einmal an. Alles ist neu, nicht wahr? Ich heiße Ronald Arlt, aber das sagte ich schon." Er rückt den Stuhl an den Tisch. „Eine Kollegin gibt es auch, die werden Sie morgen kennenlernen. Ich denke, sie wird Ihnen gefallen." Er schaut Kati ins Gesicht. „Meine Kollegin ist ungefähr so alt wie Sie." Und du, wie alt bist denn du? Kati nickt, er soll gehen, hat doch seinen Spruch aufgesagt. Sie reicht ihm die Hand. „Guten Tag, Doktor, jetzt lassen Sie mich besser allein!" Zögernd nimmt er ihre Hand, drückt sie länger, als es nötig ist, hastet zur Tür, schließt sie leise, wie er es gewohnt ist. Kati kichert, das fängt ja witzig an, wenn sie die Aufnahme nicht rechnet, in der sie ziemlich lange warten musste. Diese Fragen in der Aufnahme!, als stünde nicht alles in ihren Papieren. Name. Anschrift. Wer wann benachrichtigt werden soll. Telefonnummern. E-Mail-Adressen. Nein!, hat sie gesagt, rufen Sie für mich niemanden an! Wieder kichert sie. Die werden mich schon gefressen haben, weil ich so ruppig reagiert habe auf die höflich vorgebrachten Fragen. Leckt mich! Und jetzt geh ich erst mal unter die Dusche, nein, ich nehme ein Bad. Im Badewasser trällert sie Alle Wünsche kann man nicht erfüllen, alle Träume werden auch nicht wahr ...

Sie überlegt, was sie anzieht. Mama hat ihre Garderobe ausgewechselt. Meinetwegen, es stört mich nicht. Mama weiß, was mir steht und was mir gefällt. Das, was ich in der Psychiatrie getragen habe, hat sie mitgenommen, in einen Kleidersack gesteckt. Weg damit!, wird Mama gemurmelt haben. Das dunkle Hemd, Kati, das du so gern getragen hast, erinnert an die verfluchte Zeit! Nein, so spricht Mama nicht, obwohl, auch sie kenne ich nicht. In die Irrenanstalt haben sie mich gebracht, weil in meiner Schublade jede Menge Schlaftabletten entdeckt worden sind. Die haben im Klinikum gedacht, die Blank bringt sich ein zweites Mal um. Da sie nicht wussten, wie weiter mit mir, haben sie mich in die Psychiatrie überwiesen. So wird es gewesen sein. Okay! Jetzt bin ich hier, in dieser Luxusklinik.

Sie trägt einen hellen Kaschmirpulli und eine dunkle Cordhose, nachlässig will sie auf keinen Fall erscheinen. Sie weiß, was sie hinter sich hat. Sicher gibt es hier einen Frisör, die Haare müssen geschnitten werden, das hat Mama auch gesagt, bevor sie weggefahren ist. „Lass dir die Haare machen, Kati, liebes Kind! Ein guter Schnitt ist das A und O." Ja, Mama. Auch darin hast du recht.

Auf dem Tisch liegt das Tagesprogramm, wie auf einem Kreuzfahrtschiff. Kati blättert. Da stehen die Essenszeiten und so etwas wie eine Hausordnung. Ihr Zimmer hat einen Erker. Sie ist erstaunt, wie weit sie über den See schauen kann, fast bis zum anderen Ufer. Sie erinnert sich, dass sie an einem Sonntag mit Anna zum Wannsee gefahren ist, um das Grab von Kleist und seiner Geliebten zu besuchen.

Sie will sich Zeit nehmen, wieder mit dem Lesen beginnen, und an Moses will sie auch endlich schreiben, wie sie es vor dem Unfall getan hat, nur dass sie die Briefe nie abgeschickt und Moses nie etwas von ihr gehört hat. Dabei bist du mir wichtig, Moses, wichtiger als ...? Als mein Leben. Siehst du, da steht es, aber frag mich nicht, wieso das so ist.

Soll sie das Zimmer abschließen? Sie schlendert den Gang entlang. An den Wänden großformatige Ölbilder. Der Klinikleiter scheint ein Malerfreund zu sein. Langsam geht sie an den Bildern vorbei, sie interessieren sie nicht. Da ist das Dienstzimmer, dort sind vermutlich die Wirtschaftsräume, und da, die angelehnte Tür? Sie kann Stimmen hören, hat jemand ihren Namen genannt? Das Vestibül. Kronleuchter, die noch nicht brennen, breite, geschwungene Holztreppen. Ein Restaurant. Die Cafeteria. Geselliges Leben. Schwatzen. Lachen. Plaudern. Weiter geht's über geharkte Wege, Schwäne am Ufer, Enten in Scharen. Boote, aber die liegen nebenan, wie Kati sehen kann. Eingebettet ins ganz normale Leben. Sie kickt eine Kastanie weg. Hier kann ich mir meine Reha vorstellen.

Verlief so der erste Tag? Ohne Staubpartikel, ohne Uringestank, ohne die elenden Pillen? Feldblumen stehen auf ihrem Tisch und eine gefüllte Obstschale. Schloss hat sie spontan die Klinik genannt und dabei nicht an Kafka gedacht, obwohl sein Buch in ihrer Tasche steckt. Noch hat sie – außer dem Arzt – kein Personal getroffen. Ach ja, in der Anmeldung, da saßen sie wie Beamte, gaben sich auch so. Aber das war nicht im Schloss, das war in einer Vorhalle aus Glas und Beton.

Wie sich mein Leben seit dem Unfall verändert hat! Ich kann mich nicht zurücklehnen ohne nachzudenken, was vorgefallen war und was heute ist. Zu viele Fragen. Ich ärgere mich, dass ich auf Moses verzichtet habe. Ich wollte ihn nicht ziehen lassen, aber ich konnte es ihm auch nicht sagen. Ich habe geheult, als ich in die leere Wohnung kam. Moses hatte auch den letzten Becher gespült und weggestellt. Es gab keinen Gruß, keinen Zettel von ihm. Nur das Orangenbäumchen neben dem Klavier erinnerte an ihn.

Mark hat einen Laptop mitgebracht. Schön, dass Anna daran gedacht hat. Kati schreibt am liebsten mit dem Computer, außerdem kann sie so wieder E-Mails verschicken. Doch danach hat sie kein Verlangen. Sie will kontinuierlich an Moses schreiben. Irgendwann, das weiß sie, wird er ihre Briefe lesen.

Moses!
Weißt du überhaupt, wohin es mich verschlagen hat? Und wie das alles geschehen konnte? Nein, du hast keine Ahnung, sonst hättest du mich bestimmt gesucht.

In Kurzform, damit du nachvollziehen kannst, was mir widerfahren ist: Du bist ausgezogen, und ich war darüber nicht froh. Vielleicht hast du dich gewundert, wie wenig ich über mich gesprochen habe. Aber mich quält seit Längerem die Frage, wer mein Vater ist, den ich mit elf Jahren verlassen habe. Darüber wollte ich mir klarwerden. Die Redaktion, in der ich arbeite, hat einen Antrag auf Einsichtnahme in die Akten meines Vaters gestellt. Unerwartet für mich traf schon nach relativ kurzer Zeit eine positive Antwort ein. So bin ich nach Berlin aufgebrochen. Ich wollte die Wahrheit über einen Oberst der Staatssicherheit herausfinden, über meinen Vater. Gleich wirst du mich unterbrechen und fragen: Was für eine Wahrheit, Kati? Aber heben wir uns den Disput für später auf, Moses.

Ich will es kurz machen. Ich bin von Annas Balkon gestürzt und habe mir nicht die Wirbelsäule gebrochen. Kati lebt, Moses! Ein Baum fing sie auf. Eine Kastanie mit breiter Krone. Aber warum, Moses, warum ist das geschehen? Noch immer sehe ich nicht klar, wenn ich an jene Nacht zurückdenke. Ein Loch im Gehirn? Es gab kein Gehirntrauma nach dem Unfall, darüber staunten die Ärzte. Ein Nerv war eingeklemmt, sagte man mir, als ich wieder hören konnte, denn mit dem rechten Ohr war etwas geschehen. Das hat ein Spezialist inzwischen wieder in Ordnung gebracht. Die moderne Medizin, weißt du, Moses. Einige Rippen waren auch gebrochen und das rechte Sprunggelenk.

Während ich hier sitze und an dich schreibe, kann ich auf Bäume sehn. Das Licht, das durch die Blätter fällt ..., wie hab ich das vermisst! Wohin ich auch schaue, alles ist in ein lichtes Ocker getunkt. Die Birken am Ufer. Die Wiese davor. Es weht ein sanfter Wind. Die Blätter an der Buchenhecke zittern ein wenig wie ich, denn alles ist neu für mich. In eins der Boote klettern, die ich von hier aus sehen kann, nur mit dir, Moses, über den See rudern. Aber wann? Die Sonnenblumen neigen ihre schweren Köpfe. Über dem Wasser ein Streifen lichtes Blau, von rechts ziehen dunkle Wolken heran. Wurde Regen angesagt? Mich stört es nicht. Das Wetter hat mich noch nie umgetrieben. Wie still es ist. Stiller als still, dass du ein feines Rauschen in den Ohren vernimmst. Wo kommt das her? Wo dringt es hervor?

Bevor ich heute hierher kam, hatte ich wahnsinniges Herzrasen. Das kannte ich noch nicht. Erst schlug mein

Herz so, dass ich dachte, es käme jemand die Treppe herauf, bis ich gewahr wurde: Das bin ich. Dann fing das Herz an, im Galopp zu klopfen, als wäre es seine Aufgabe, mich wachzurütteln: schneller, schneller, zu schnell. Jemand hat mir eine Spritze gebracht, weil ich geklingelt hatte. Ich glaube, sie atmen in der Psychiatrie auf, dass sie mich los sind, eine, die immerzu fragt, was das ist und wozu sie das einnehmen soll. Doch insgesamt waren sie dort auch nett. Sie sind überlastet, die Pfleger und Schwestern, haben Familie und andere Interessen. Doch ab und zu triffst du einen Menschen, der seine Hand an deine Wange legt. Das ist es, das gibt dir Mut weiterzumachen, wie das Leuchten überm See. Ein Hauch von Braun, als atme das Reh seine Farbe aus. Ich weiß, das gibt es nicht, aber Moses, lassen wir es doch. Seltsam, wir haben uns nie gestritten. Oder doch? Gab es Anlässe? Wenn ja, dann habe ich sie vergessen.

Heute gehe ich nicht hinunter zum Essen. Zwischen 18 und 19 Uhr ist Abendessen im Schloss. Aber ich kann auch auf meinem Zimmer speisen. Ganz, wie es mir beliebt. Ich esse die Obstschale leer, das genügt. Es gibt einen kleinen Kühlschrank im Zimmer, ob darin ein Bier steht? Wie gern du Bier getrunken hast, Moses, das kanntest du aus Ägypten. In der Wüste hattet ihr kaum Gelegenheit, Bier anzusetzen. In den Negev, zu Tamara, würde ich gern mit dir reisen. Doch zuerst musst du mich suchen, Moses, und ich hoffe inständig, dass du mich dann findest.

Ich bin müde geworden, der Tag war lang. Er begann kurz nach fünf. Wann sie im Schloss den Tag beginnen, weiß ich noch nicht; es wird in dem Heft stehen, das auf dem Tisch liegt. Keine Ahnung, wie viele Patienten es hier gibt, oder werden sie Kurgäste genannt? Drei Wochen bleibe ich hier, das habe ich so entschieden.

Ich habe meiner Mutter von dir erzählt. Was glaubst du, hat sie gesagt? Sie hat die Augen weit aufgerissen und mich angestarrt. Moses?, fragte sie nach einigen Sekunden. Wieder so einer aus dem Orient. Aber Kati, Kind, bist du nicht noch mit Hugo verlobt? Mama weiß nichts von mir, aber daran ist sie nicht schuld. Gleich nach dem Abitur bin ich nach Frankreich gegangen, hab mich dort umgesehen, bevor ich in Freiburg mit dem Studium begann. Ich wollte die Eltern abschütteln und musste erleben, dass das nicht geht.

Mein Vater ist tot. Er hat sich erschossen. Das ist ein anderes Kapitel und ich weiß nicht, ob ich es aufschlagen will. Die Eltern waren wichtig für mich. Schließlich habe ich meine Kindheit mit ihnen zugebracht. Über Vaters Suizid habe ich mit Mama nicht gesprochen. Sie scheint diesen Mann aus ihrem Leben gestrichen zu haben. Geht das, kann man das, Moses?

Wenn du willst, schicke ich dir die Notizen, die ich mir in der Psychiatrie gemacht habe. Kritzeleien, doch sie waren wichtig für mich. Das Schreiben hat meinen Kopf klar gemacht.

Notizen aus der Klapse

Die Tür ist zu. Davor habe ich mich immer gefürchtet. Geschlossene Abteilung. Kein Entrinnen mehr möglich. Wie ich hierher gekommen bin? Das frage ich mich schon lange nicht mehr. Auch nicht, wie lange ich hier bleiben muss, in dieser Abteilung – oder ist es ein Sanatorium, in das ich geraten bin? Grübeln soll ich nicht, nur die Medikamente schlucken, die pünktlich gebracht werden. Was ist das für ein Zeug?, habe ich gleich am Anfang gefragt. Der ältere Pfleger, der mir zugezwinkert hat, murmelte etwas von beruhigen und danach gut schlafen können.

Neulich war es, vor drei oder vier Tagen – wie immer hatte ich mich nach dem Mittagessen aufs Bett gelegt. Plötzlich war mir, als säße jemand an meinem Bett. Ich blinzelte durch die Augenlider und erkannte meine Mutter.

Warum siehst du mich so an?, fragte sie.

Weil du meine Mama bist!

Sie tätschelte mein Gesicht, flüsterte: Alles wird gut, Kati!

Was ist mit Papa? Mama schob die Brille hoch, legte das Buch weg, in dem sie las. Später, Kati, ruh dich noch ein wenig aus.

Mama wollte nichts sagen, nicht mit mir über ihren Ex sprechen. Ich wollte sie wegstoßen, hatte aber keine Kraft dazu. Mama kam immer am Vormittag und blieb bis zum Nachmittag; oder verwechsle ich das jetzt mit der Unfallklinik? Sie setzte sich zu mir an den Tisch, schlug das Buch auf, in dem sie lesen würde.

In der Zeitung hat etwas über Papa gestanden, sagte ich so, als sei es unwichtig. Mama reagierte nicht. Etwas saust herab, Mama, wollte ich zu ihr sagen, etwas will mich zermalmen. Aber, sagte ich laut, Papa hat doch nie Hand an mich gelegt, oder hat er mich geschlagen, weißt du das? Sie steht auf; ich sehe, wie ihre Schultern beben. Sie weint. Sie will es mir nicht zeigen, geht ins Bad, ich höre Wasser rauschen.

Es sind die Medikamente, sage ich zu ihr, als sie mit dem Mantel überm Arm vor mir steht, die mich so fertigmachen, und doch schlucke ich sie. Ich habe Schiss vor der eigenen Courage. Den letzten Satz sage ich nicht. Ich kann sie doch nicht immer weiter erschrecken. Mama, liebe Mama, warum redest du nicht, kommst tagein, tagaus zu mir. Wozu machst du das? Ich möchte das ärmellose karminrote Kleid anziehen, oder ist das auch kaputtgegangen beim Sturz vom Balkon? Trug ich das flippige Kleid auf Annas Party, Mama, weißt du etwas davon? Anna ist anders als du. Sie beugt sich nicht, verbiegt sich nie. Ich bin gesund, Mama, hol mich hier raus! Wieso sperren sie mich hier ein? Und du lässt es zu, schweigst, sitzt herum. Sag etwas, Mutter, sag, wer du bist. Hast du gewusst, wer dein Mann ist? Dass er Andersdenkende kaputtgemacht hat? Wie würdest du den Beruf bezeichnen, der verlangt, das Intimste mit Nagelschuhen zu treten? Wer, Mama, sind die Opfer? Sind wir beide es nicht? Hier liege ich, blind vor Scham darüber, was geschehen ist und noch geschehen wird, und du schweigst. Scher dich zum Teufel! Kehr nach Genf zurück, in dein Theater, dort warten sie auf dich. Wenn ich hier noch mal raus komme, werde ich Schauspielerin. Wieso? Nein, es interessiert dich einen Dreck, wie es dich nie interessiert hat, was mit mir los war. Damals, als du Vater verlassen hast, hab ich für kurze Zeit Hoffnung geschöpft und gedacht, jetzt ist sie für mich da, die Mama. Umsonst gefreut. Dabei hatte ich gerade meinen Papa verloren, an die beschissene DDR. Er wollte dort nicht weg, wollte die Genossen nicht im Stich lassen – seine Worte. Oder war es Rota, seine Freundin, die ihn gefesselt hat? Ein schönes Bild, nicht wahr? Der Herr Oberstleutnant gefesselt von seiner Geliebten, die sich mit weißem Busen über ihn beugt. Es macht Spaß, sich das vorzustellen, glaubst du das nicht, Mama? Nein, du bist immer Aristokratin geblieben, auch in der DDR. Du wirst es auch noch sein, wenn alle gestorben sind und du, als Letzte, auf der Bühne erscheinst. Dann verbeugst du dich, lächelst, aber es gibt kein Rampenlicht, auch die Beleuchter sind tot, wie alle, die applaudiert haben. Hast du meinen Vater verlassen, weil du es nicht ertragen hast, dass er ein Verräter ist? Doch was oder wen hat er verraten? Mich. Da steht es. Mich. Und wenn er sonst niemanden verraten hätte, dass er mich hintergangen hat, reicht. Das findest du auch. Bravo, Mutter!

Er ist tot, sagst du und versuchst, mir deine Hand auf die Stirn zu legen. Tot? Der Vater? Wann denn, will ich wissen; wann ist er denn gestorben?

Tage später
Was können wir für Sie tun?, fragt der kleine Doktor, der ab und zu ins Zimmer tritt, sich ans Fenster stellt, lange hinaussieht, bevor er etwas sagt. Er fragt noch; die anderen kommen herein, gehen hinaus, kommen herein, gehen hinaus.

Wie sehe ich aus, Mama? Wie erlebst du mich? Oder bist du blind vor Schmerz über mich? Erst erschießt sich dein Exgemahl. Was, das weißt du nicht? Aber es hat doch in der Zeitung gestanden, ich hab es bei Anna auf der Toilette gelesen. Kurz danach springt deine Tochter in die Tiefe, aber sie lebt, wie man sehen kann. Kati lebt!

Ich möchte zu Moses! Kannst du mir dabei helfen, Mama? Du kennst Moses nicht? Wie kann das sein, wo er so wichtig für mich ist. Warum bist du hierher gekommen, weißt du das? Ach, wenn ich dich einmal sprechen hörte, ein einziges Mal! Rede mit mir, Mama, so rede doch endlich! Du weißt nicht, was du sagen sollst, ist es das? Aber das war doch schon immer so, auch damals, als wir noch eine Familie waren, an einem Tisch saßen, nahe der Charité, in der du mich geboren hast.

Ich bin müde, Mutter. Lass mich allein, geh! Und komm bitte nicht wieder. Was? Das hast du gehört? Wieso siehst du mich mit diesen Augen an? Nimm mich mit nach Genf! Du hast Moses gesehen, sagst du? Stimmt das?

Ich will nur noch mit Moses leben. Ich bin verblüfft, aber was kann ich gegen diesen Wunsch sagen?

Die Hasen vermehren sich, hat der kleine Doktor heute Morgen mit trauriger Stimme gemurmelt, als er wieder so lange am Fenster stand. Sehen Sie!, rief er aufgeregt, da sind sie wieder. Die Hasen, Doktor?, fragte ich. Ja, die Hasen oder Karnickel, wie man so sagt. Plötzlich strich er mir über das nachtfeuchte Haar. Kind!, stöhnte er, liebes Kind! Dabei ist er nicht viel älter als ich. Das geht doch nicht, dass er mir von den Hasen erzählt und wie die sich vermehren.

Jemand hat Mama hinausgewunken. Leise, um mich nicht zu wecken – Mama denkt immer, ich schlafe, dabei döse ich –, ist sie auf den Flur getreten. Soll sie dort bleiben und mit dem, der gewunken hat, über die Tochter reden. Warum bin ich nicht vor die S-Bahn gesprungen, das wäre der exakte Tod gewesen.

Mich stört die Fliege, Doktor! Können Sie das verstehen? Ja, hat er gesagt und versucht, die Fliege zu fangen. Umsonst, Doktor, die kriegen Sie nicht, habe ich ihm ins Gesicht gelacht, dabei rutschte mein Hemd nach oben. Er ist nett, der Doktor. Er möchte nur ab und zu hier am Fenster stehen und die Karnickel beobachten. Ob er Kinder hat? Ob sie in ihrer Wohnung Kaninchen halten? Rammler, hat sie Hugo genannt. Hugo habe ich doch glatt vergessen. Wen kann ich nach Hugo fragen, ob er es war, der Mutter gewunken hat? Ob sie sich mit Hugo gegen mich verbündet?

Warum sprichst du nicht über meinen Vater, Mutter? So werde ich sie fragen, wenn sie sich mit einem kleinen Seufzer wieder an meinem Bett niederlässt. Sprich von meinem Erzeuger! Wie war das, wo habt ihr euch kennengelernt? Wieso bist du in das Deutschland gegangen, das zu eng war für dich? Du hast ihn geliebt, sagst du. Gut, nehmen wir das mal an. Wie sah deine Liebe aus, Mama, darf ich dich das heute fragen? Heute, sage ich, weil doch der Papa unter der Erde liegt, wie der nette Doktor mir verraten hat.

Ihr Vater ist beigesetzt worden in allen Ehren ... In allen Ehren? Auf dem Friedhof in Friedrichsfelde. Das wusste ich, dass sie dort liegen, ob sie Pieck heißen, Ulbricht oder Otto Grotewohl. Stalin? Stalin liegt dort nicht begraben. Da lachte der kleine Doktor, drohte mit einem Finger: Sie sind ja wieder gesund, Frau Blank! Was wollen Sie eigentlich noch hier?

Was geht mich der Stationsarzt an! Du bist wichtig, Mama, schließlich hast du mich auf die Welt gebracht. Mithilfe des Herrn Papa? Oder gab es einen anderen Erzeuger? Wäre mir auch recht. Ein Schauspieler oder der Herr Intendant? Ein Ganove vielleicht, einer, der auf der Parkbank pennt? Nein, mit einem Clochard hättest du dich nicht eingelassen. Außerdem gab es in der DDR keine Rumhänger; das weiß ich von Anna, sie hat sich mit dem Thema befasst. Wer nicht arbeiten wollte, wurde dazu gezwungen. Sie brauchten dafür in der DDR nicht mal ein Arbeitslager, hat Anna herausgefunden.

Also, wer ist mein Vater? Hast du ihn nach seinem Beruf gefragt, als du ihn kennenlerntest? Und, was hat er geantwortet? Die Beine übereinander geschlagen, am rechten Zeigefinger den schweren Siegelring, den er von seinem Vater hat, wird er Rauch in die Luft geblasen haben, oder täusche ich mich? Sein Vater, dein Schwiegervater, war Richter in der Hitlerzeit. Ist doch lange her!, sagst du. Gut, wie du willst, Mama, nicht alles auf einmal.

Es geht nicht allein um mein Leben, Mutter. Es geht um uns drei. Die Phase – so nennst du die Zeit, die du mit Papa und mir im Nicolaiviertel gelebt hast – ist abgehakt. Punkt!, hast du gesagt. Kann gelebte Zeit abgehakt werden, geht das? Das wäre ja eine Lösung für mich, das muss ich nachher gleich Lisa erzählen. Wer Lisa ist, möchtest du wissen? Sie ist meine Nachbarin hier, ich mag sie sehr. Lisa bringt meinen Kreislauf in Schwung, mit ihr kann ich über alles Mögliche und Unmögliche lachen. Meistens trägt sie ein grünes Käppi auf knallrotem Haar. Sie ist sehr genau in dem, was sie sagt und wie sie fragt. Sie ist kein bisschen neugierig, aber sehr interessiert an meinem Leben. Mit Lisa kann ich über den Osten reden, über die Zeit, als ich im Kindergarten war. Lisa ist ein Missbrauchsopfer, darüber wird gerade viel in den Medien berichtet. Doch sie fühlt sich nicht als Opfer. Wer Lisa kennt, weiß das. Und doch hat die Tat Spuren in ihr hinterlassen. Über diese Spuren hat sie mit mir gesprochen. Wir haben zusammen geweint, uns aneinander angelehnt. Ich mag die Begriffe nicht. Opfer. Täter. Können wir andere Worte dafür finden? Das haben wir uns gefragt. Lisa hat so einen perfekten Hintern. Und einen fransig geschnittenen Pony. Sie ist eine gepflegte Erscheinung, durch sie habe ich erkannt: Du darfst dich nie gehen lassen, was auch geschieht, reiß dich zusammen, die anderen lachen sonst über dich. Im Menschen lebt die Häme, die Freude über anderer Leute Missgeschick. Hast du das auch erfahren, Mama? Wieso weiß ich so wenig von dir, so gut wie nichts? Ja ja, du musstest Geld verdienen, warst wenig zu Hause, als ich ein Kind war. Aber eine Stunde, die hätten wir doch gehabt, oder? Ich stand vor deiner Tür, lauschte, wenn ich dich hörte, und stellte mir vor, wie du vor dem Spiegel stehst, eine Bluse nach der anderen an- und wieder ausziehst, wie du dein volles Haar bürstest, wie du dich schminkst. Du bist schön, Mama, weißt du das? Hat Papa dir das gesagt? Sicher hast du wieder einen Freund in Genf, der dich mag. Seltsam, dass mich das vor dem Unfall nicht interessierte. Es ist viel passiert. Was ist anders danach, möchtest du wissen. Das kann ich nicht erklären. Du wirst es merken, oder auch nicht. Es ist doch so, ich bin mit Worten, mit Redewendungen aufgewachsen, die ihren Sinn verloren haben. Wer glaubt noch an einen Sozialismus? Es ist, als wäre das Wort beschmutzt worden.

Heute lese ich in der Zeitung über eine Frau Friedlander, die Theresienstadt überlebt hat. Das war ein Konzentrationslager. Mit 88 Jahren kehrt sie nach Deutschland zurück. Was will sie im Land der Täter? Mutter und Bruder sind in Auschwitz ermordet worden.

Ich schaue auf das ausdrucksstarke Gesicht, lese, wie sie zu Schülern in den Schulen spricht, wie einige unruhig auf ihren Stühlen herumrutschen; andere lachen. Aber Frau Friedlander spricht, fährt in der Republik herum. Warum tut sie das? Sofort war in mir das Bedürfnis, mit dieser Frau ein Interview zu führen. Das zeigt, ich werde gesund. Ich möchte sie sammeln, festhalten, die Leben, die uns etwas zu sagen haben. Es ist, als würde mich diese Frau, die mich aus der Zeitung anschaut, an den Schultern packen.

Was folgte auf die Zeit des Nationalsozialismus? Zwei deutsche Staaten. In einem der beiden bin ich geboren. In meiner Schule wurde von der sozialistischen Persönlichkeit gesprochen. Wozu Etiketten? Reicht es nicht, wenn wir Menschen werden? War mein Vater eine sozialistische Persönlichkeit? Ernst Weigrund würde nicken und sagen: Das bin ich auch heute noch.

Mutter ist zurückgekommen, sitzt stumm an meinem Bett. Mit einem Flackern in den Augen schaut sie mich an. Geh, es reicht für heute! Ich bin müde von deinem Schweigen, deinen Seufzern. Geh und mach dir einen netten Abend, Mama, egal mit wem.

Die Tür ist zu. Ich bin allein. Wie sehne ich Moses herbei. Ich bin so erschöpft, als hätte ich Steine geschleppt und sie zu einer hohen Mauer aufgeschichtet.

Mauer. Ist das ein Stichwort, Vater, über das wir reden können, du und ich – jetzt, wo du doch tot bist?

Das Abendbrot. Ein halbes hart gekochtes, blau schimmerndes Ei. Zwei Gurkenscheiben, ein Salatblatt mit einem Tropfen Mayonnaise. Zwei Scheiben Vollkornbrot.

Nehmen Sie das gleich wieder mit! Nein, so darf ich nicht sprechen, dann sperren sie mich noch ganz woanders hin. Dabei will ich hier raus, nur, wie geht das, wer könnte mir dabei helfen, wenn nicht du, Moses?

Bitte ein Glas Rotwein! Aber nicht irgendeinen, nein, die Sorte, von der Sie heute Abend einen guten Tropfen trinken werden, Herr Chefarzt! Ja! Die Marke meinte ich. Gut gewählt, bitte davon ein Glas! Ja, ich bin auch mit einem halben Glas zufrieden.

Prosit!, sagt der kleine Doktor, wenn er mir meinen Kräutertee reicht. Dann bin ich versucht, ihm die Plörre ins Gesicht zu schütten.

Sie sollten zeichnen, malen, Frau Blank. In Ihnen steckt so viel Potential. Meinen Sie die Beschäftigungstherapie? Nein, danke, Doktor, nichts für mich. Seien Sie doch nicht so eingebildet! Nutzen Sie die Zeit hier, Frau Blank, schreiben oder malen Sie, aber tun Sie etwas; dösen Sie nicht den ganzen Tag! Ich sag Ihnen was, wenn Sie jetzt nicht aktiv werden, kann Ihnen niemand helfen, Frau Blank!

Er hat recht. Ich sehe meinen Arzt aufmerksam an, nur malen will ich nicht.

Dann schreiben Sie, schreiben Sie auf, was Sie durchmachen. Lassen Sie kein Detail aus, Frau Blank, beschreiben Sie Ihren Zustand.

Der ist meschugge, der kann nur total meschugge sein. Weiß der noch, was er sagt? Wenn ich beginne, das aufzuschreiben, was mit mir hier geschieht, werde ich wirklich verrückt. Aber davon haben Sie keine Ahnung, was hier los ist, Doktor. Ich lächle, frage höflich zurück: Schreiben, meinen Sie? Genau!, sagt er, schreiben hilft, das hat schon ein anderer vor mir gesagt, und wissen Sie auch wer? Ein Landsmann von Ihnen, Frau Blank.

Schreiben als Therapie. Ich sehe, Sie kennen den Autor; dann ist ja schon die Hälfte geschafft.

Ich will hier raus, r a u s, Doktor, und zwar sofort, sonst bring ich Sie um, Sie kleiner Karnickelficker! Erschrocken presse ich eine Hand vor den Mund.

Brauchen Sie noch etwas, Frau Blank? Sonst geh ich jetzt. Da, sehen Sie nur, sie hocken schon wieder übereinander, Donnerwetter, diese Hasen! Der kleine Doktor dreht sich herum, faltet die Hände über dem dünnen Bauch.

Halt, Doktor!, gehen Sie noch nicht. Wie bitte? Ist Ihnen nicht gut, Frau Blank? Er fühlt meinen Puls, klopft meine Wangen, da mache ich die Augen wieder auf.

Da haben Sie mich aber erschreckt, Sie sind ja mit allen Wassern gewaschen, wie die Nachtschwester sagte. Er stellt sich gerade auf. Ich möchte Sie wirklich ermutigen, schreiben Sie auf, woran Sie denken, was Ihnen durch den Kopf geht. Es dient wie alles, was Sie tun, Ihrer Heilung. So können Sie beweisen, dass Ihr Kopf wieder funktioniert, und den Überdruck loswerden. Überdruck? Darüber muss ich nachdenken. Schreiben? Das wäre eine mögliche Variante ...

Na ja, gute Nacht, Frau Blank, und nichts für ungut. An der Tür dreht sich der kleine Doktor um und sagt: Genug für heute, genug gelacht!

Nachtrag
Ich habe eine Freundin gefunden. Sie stand auf dem Flur, fragte, als ich an ihr vorbeigehen wollte: Weshalb bist du hier? Ich heiße Lisa. Ich bin Kati, murmelte ich.
Zwei Tage später erfuhr ich von Lisa, weshalb sie hier ist. Erst hat mich mein Vater vergewaltigt, da war ich sieben, dann der Mann, den ich zu lieben begann. Auch er, sagte sie und verdrehte die Augen, auch er ein Sauhund! Den letzten Mann, der sich an mir vergreifen wollte, hab ich mit dem Bademantelgürtel umgebracht. Ach so?, entfuhr es mir. Seltsam, dass mir nicht schauderte. Und jetzt?, hab ich Lisa gefragt, was ist jetzt? Es ist, sagte Lisa hinter vorgehaltener Hand, ... ich hab ihn ja nicht umgebracht, aber ich würde es tun! Sie stampfte mit dem Absatz auf, und gleichzeitig zwinkerte sie mir zu. Sie bringen uns hierher, sagte sie so leise, dass ich dicht an sie herantreten musste, weil sie nicht wissen, wo sie uns hinstecken sollen. Wer denn sie?, fragte ich und verzog den Mund. An diesem Tag ging es mir schlecht; am liebsten hätte ich um mich geschlagen, auch Lisa eine ins Gesicht gegeben. Etwas hielt meine Hand zurück. Du hast recht, maulte ich nur und ließ sie stehen, ging an den anderen vorbei, deren Namen ich inzwischen kenne. Max, der immerfort im Fußboden bohrt. Rolf, der auf der Gitarre spielt, die es nicht gibt. Rolf, so hörte ich, war Gitarrist in einer bekannten Band. An Lore lief ich vorbei und an Bärbel, die Reime

aufsagt. In meinem Zimmer machte ich sofort kehrt, um Lisa zu suchen.

Auf Lisa lasse ich mich ein, ihr höre ich zu. Die anderen gehen mich nichts an. Sie reden, nein, sie brabbeln den ganzen Tag, sabbern beim Essen, furzen und schwitzen. Doch wer sie wirklich sind, habe ich nie erfahren. Lisa versuchte, mir etwas aus dem Leben der anderen zu erzählen, ich wehrte ab. Lass, Lisa, lass es sein! Ich fletschte die Zähne, machte den Mund breit. Da begriff sie, wie es in mir aussah.

Und wegen dem Vater hast du dich umbringen wollen?, fragte sie nicht nur einmal. Nein!, schrie ich und wedelte wild mit den Armen, wie kommst du denn darauf! Wieder ließ ich sie stehen, lief den hellgrünen Flur entlang. Ein Pfleger nahm mich am Arm. Dort ist Ihr Zimmer, Frau Blank! Ich bin privilegiert, ich habe ein Einzelzimmer.

Samstagmittag
Ach Moses, ich muss dich ansprechen, sonst versacke ich hier. Schreiben als Therapie, hat der kleine Doktor gesagt. Nein! Es war Muschg aus der Schweiz, er hat es gesagt. Ist auch egal. Ich versuche zu rekapitulieren, was gewesen ist, aber es gelingt mir nicht.

Ich suche dich, Moses! Hier hab ich es hingeschrieben. Aber hier, in der Psychiatrie, möchte ich nicht von dir gefunden werden.

Sehen Sie, meinte der Arzt, der mich jeden Tag besucht, wie Sie aufblühen? Er sagte tatsächlich aufblühen. Bin ich denn eine Blume?, fragte ich zurück. Für mich schon, antwortete er und lächelte mit den Maulwurfsaugen, die wie

Schwalbennester an seiner Haut kleben. Sie sind ein Lichtblick für mich, Frau Blank, mit Ihnen kann ich mich unterhalten, sagte er und verschwand.

Lisa ist geschändet worden. Und was ist mit mir? Hand hat keiner an mich gelegt, weder der Papa noch ein anderer Halunke. Und doch sitzt sie tief, eine unbestimmbare Scham. Mein Erzeuger ist ein Zuhälter gewesen. Einer, der seine Mitarbeiter zur Denunziation zwang. Später, als Oberstleutnant, führte er aus, was der Herr Minister von ihm forderte. Staatssicherheit. Das klingt normal. Da ist ein Staat, der zu seiner Sicherheit Offiziere ausbildet, die Andersdenkende überwachen. Ich habe hinter die Fassade geblickt, habe in seinen Akten gelesen. Ich weiß Bescheid. Ab jetzt werde ich ihn nur noch Ernst nennen; Vater, das geht nicht mehr.

Nachts
Und was stand in meinen Akten? Was hast du nun erfahren, Kati?

Hast du so gefragt, als du mich im Hotel Berolina aufgesucht hattest, Ernst? War es diese Scheinheiligkeit, die ich nicht mehr ertragen konnte? Sag etwas zu deiner Verteidigung! Gegen wen richteten sich die Maßnahmepläne, die du dir ausgedacht hast? Fängt es damit an, dass man sich das klarmacht, gegen wen man vorgeht? Wer sind diese Leute, die ins Visier des Staatsapparates geraten sind? Hast du dich das einmal gefragt? Oft waren es junge Leute, die sich einen anderen Sozialismus wünschten als die Genossen, die die Mauer gebaut hatten, hinter der es sich für sie gut leben ließ, nicht wahr? Auch du konntest nach

West-Berlin reisen, dir deine englischen Zigaretten kaufen. War es so, oder stelle ich mir das so nur vor? Im Rotlichtviertel, in der Martin Luther Straße, bist du bestimmt gewesen, oder hast du dich in Leipzig während der Messe amüsiert?

Schreiben als Therapie. Das hat sich der kleine Doktor gut ausgedacht, aber der hat bestimmt keinen Vater, der solche Schatten wirft.

Ich mach mir da etwas vor, hab ich zu Lisa gesagt, weil sie nach meinem Vater gefragt hatte. Bin ich besser als jener Mann, dessen Wesen ich nicht entschlüsseln kann, Lisa?

Warum fesselst du dich an ihn? Schneide den Strick durch, Kati! Dann bist du frei. Lisa sah mich mit ihren strahlenden Augen an. Siehst du, wie ich es mache? Sie hob den Minirock, drehte mir den Rücken zu, zeigte ihren Po. Jeden Tag nehme ich mir einen anderen Körperteil vor, den ich zurückgewinne. Lisa lachte, schlug sich auf die Oberschenkel, zog den Rock gerade. Nun weißt du es! Sie nahm mich in die Arme. Du meinst ...? Genau! Lisa gab mir einen Kuss. Tage später ging mir erst ein Licht auf. Ich sehe es ihr an, wie sie sich selber heilt. Nein! Das ist ungenau. Nicht nur sich selbst will Lisa heilen, sie sorgt sich auch um die anderen auf der Station, um Bärbel und Rolf, um Heike und Günter. Ich bekomme ja mit, wie sie mit ihnen spricht, wie sie ihren Arm um ihre Schultern legt.

Was hast du denn nun über deinen Vater in Erfahrung gebracht?, wollte Lisa an einem anderen Tag wissen, als ich sie auf dem Flur traf. Sie trug eine weiße tief ausgeschnittene Bluse und einen ausgestellten Rock in einem himmlischen Blau, der mir auf Anhieb gefiel. Im Haar trug sie eine rote Hibiskusblüte. Woher sie die hatte? Na? Sie tippte mir auf die Schulter: He, dein Vater!, erinnerte sie mich.

Ernst Weigrund war immer verlässlich, sagte ich, ein Staatsdiener erster Klasse. Die Aufgaben, die ihm gestellt waren, führte der Oberst gewissenhaft aus. Ge-wis-senhaft, wieherte Lisa, dass es den Gang entlangschepperte. Die Visite bewegte sich gerade von Zimmer zu Zimmer. Wir wussten, wir müssen in unsere Zimmer gehen, taten aber so, als ginge sie uns nichts an. Das mag ich an Lisa, dass sie auf stur schalten kann. Wenn es darauf ankommt, wird ihre Stimme messerscharf. Gehorsam. Pflichterfüllung, da kann ich ja nur lachen!, rief Lisa und knallte mit den Absätzen.

Nach der Visite trafen wir uns in meinem Zimmer. So ist das also mit dem Gewissen ..., Lisa kaute eine Möhre, reichte sie mir. Die Möhre wanderte zwischen unseren Lippen hin und her. Plötzlich veränderte sich ihre Mimik. Was ist das Gewissen, Kati? Woraus besteht es? Wann wird es ausgebildet, weißt du das? Wir lehnten aneinander, ließen den Gedanken zu, dass wir es nicht wussten. Das Gewissen ist eine Tatsache!, sagte Lisa so, dass ich nicht widersprechen konnte. Sie kam aus dem Bad, das schwere Haar hochgesteckt, die Augen glänzten dunkel. Wegen deinem Gewissen bist du doch hier, Menschenskind!, gackerte sie los. Es gefällt mir, wie Lisa die Dinge auf den Punkt bringt. Ich mag sie, mag, wie sie ist. Kein Fädchen würde ich an ihr ändern wollen. Mit Lisa ist etwas noch nie Dagewesenes in mein Leben getreten. Lisa würde ich gern Moses vorstellen; bei ihr habe ich keine Angst, dass sie ihn mir wegschnappt. Das würde Lisa nie tun.

Was waren denn Ernst Weigrunds Aufgaben?, fragte Lisa an einem regnerischen Vormittag, während es auf der Station laut und turbulent zuging. Womit hat er sich den ganzen Tag befasst, weißt du das? Wozu willst du das wissen?, fuhr ich sie an. Weil du meine Freundin bist, sagte sie und sah mir ins Gesicht. So ist Lisa. Bin gespannt, wie Anna Lisa finden wird, wenn ich die beiden miteinander bekannt mache. Bin richtig neugierig, wie sich meine Freundinnen beschnüffeln werden.

An jenem Vormittag versuchte ich Lisa zu erklären, welche Aufgaben der Herr Oberstleutnant auszuführen hatte. Ich tat so, als sprächen wir über einen Fremden, der mich nichts angeht. Nur mit Lisa kann ich das. Auch sie kann abstrahieren, mit ihr vergesse ich, dass es um meinen Vater geht. Lisa nennt ihn „Ekel". Manchmal auch „Mondgesicht". Sie ist es, die mir eine Annäherung an ihn ermöglicht hat – vor allem durch ihren Humor, ihr befreiendes Lachen. Wer weiß, sonst hätte ich mich sicher mit so einem Vater verrannt. Was heißt denn hier verrannt?, gackerte Lisa. Was schon!, fauchte ich zurück und machte einen Löwen nach, der seine Tatzen schwingt. Wenn du die Aktenmeter gesehen hättest, Lisa, die von Ernst Weigrund existieren! Ist ja schon gut!, unterbrach sie mich und nahm mich in den Arm.

Wie wir auf die Idee kamen, ein Drehbuch zu schreiben? Wir haben uns noch ganz andere Sachen ausgedacht in dieser Klinik.

Sonntagmorgen
Nora Bär kam mich besuchen, als Lisa bei mir im Zimmer saß. Es sollte wohl so sein, dass sich die Frauen begegneten. Lisa, sagte ich, das ist die Frau aus der Behörde, von der ich dir erzählt habe, erinnerst du dich? Lisa nickte, gab Nora die Hand. Ich hol uns Tee!, sagte sie. Lisa ist ein ganz wunderbarer Mensch, sie ist meine Freundin, erklärte ich Nora.

Zu dritt sind wir im Park gewesen. Ich vermute, es war das erste Mal, dass ich mit Lisa draußen war. Wie Kinder sind wir herumgetollt, haben Nora vergessen, die unter der Blutbuche saß und einen Apfel schälte. Als Nora gehen musste, bemerkte ich in Lisas Augen Tränen. Wieso weint sie, was ist los mit ihr? Gefragt hab ich sie nicht. Lisa hätte ruppig reagiert, so gut kenne ich sie. Es gibt Menschen, sagte Lisa, auf die du immer wartest, die du sofort erkennst. Sie reckte sich, um Nora zu winken, die wir vom Flurfenster aus noch sehen konnten. Lisa hat einen Busen, um den ich sie beneide. Nein, das ist nicht richtig ausgedrückt. Lisa ist etwas ganz und gar Besonderes. Liege ich nachts wach, wird mir klar, wie dankbar ich bin, dass ich sie getroffen habe.

Worüber haben wir im Park gesprochen? Was haben wir uns ausgedacht? Nora versuchte vorsichtig, von Annas Party zu sprechen. Sie wollte mich schonen, das spürte ich. Lisa fragte: Wo habt ihr euch kennengelernt? Durch einen Zufall, sagte Nora. Es gibt keine Zufälle!, reagierte Lisa prompt. Die beiden umarmten sich, gingen ein Stück voraus. Am Verwaltungsgebäude holte ich sie wieder ein.

Seither besucht uns Nora regelmäßig, bringt Obst mit und so allerlei, was wir hier brauchen, auch Zeitschriften. Sie hat uns beide fotografiert. Zuerst wollte ich es nicht, doch Lisa bat mich darum, da habe ich eingewilligt. Es geht doch nicht darum, proper auszusehen, es geht um Erinnerung, sagte sie und blinzelte mir zu.

Lisa überraschte uns mit der Frage: Nora, wie hättest du reagiert, wenn du Ernst Weigrund kennengelernt hättest? Welche Fragen hättest du ihm gestellt?

Nora schwieg, dass ich schon dachte, sie wäre verletzt, weil ich Lisa ins Vertrauen gezogen habe. Sie schob ihren Stuhl heran, atmete lauter als gewöhnlich, bevor sie sagte: Dittmer und ich haben einen Spitzel nach der Wende befragt. Es war ein Kollege von uns. Also ein Pastor?, unterbrach sie Lisa. Nora nickte. Und was hat der getan?, wollte Lisa wissen. Er hat sich in unser Leben eingeschlichen, hat darüber berichtet, was in unserer Wohnung geschah, hat die Namen von denen aufgelistet, die anwesend waren, hat notiert, was gesprochen worden ist. Haarklein, detailgetreu. Auch über eure Kinder?, unterbrach sie Lisa. Auch über sie. Schwein!, entfuhr es Lisa, dass Nora verstummte. Ich sah, wie sie ihre Nase putzte und das Taschentuch in die Hosentasche quetschte.

Nach der Wende haben wir diesen Kollegen gefragt, wieso er das gemacht hat, fuhr Nora mit belegter Stimme fort. Und?, wollte Lisa wissen, was hat er geantwortet? Wenn es solche Leute wie euch nicht gegeben hätte – Nora holte tief Luft –, dann wäre es nicht dazu gekommen. Solche wie ihr haben die Maßnahmen doch provoziert!, rief der Kollege. Ernst Weigrund war einige Jahre sein Führungsoffizier, bevor er aufstieg und Oberst wurde, ergänzte Nora. Lisa ließ sich aufs Bett fallen, zog die Füße an. Klar!, rief sie, die Flüchtlinge sind schuld, wenn sie ertrinken, wieso benutzen auch alle das eine Boot? Ist doch sonnenklar, oder? Wieso bleiben sie nicht in dem Land, in dem sie gefoltert und eingekerkert werden? Sie ballte eine Faust. Kati ist ja auch schuld, dass es ihren Vater nicht mehr gibt, dass der Herr Offizier sich erschossen hat!

Nora sah mich an. Stimmt das?, fragten ihre Augen, doch sie musste los, es dunkelte bereits.

Nora und Lisa gingen hinaus. Ich starrte auf die weiße Tür, spürte eine eisige Stille, oder wie kann ich das nennen, was mich umgab? Mich fror. Ich traute mich nicht auf den Gang, um mir eine Wärmflasche zu holen. Irgendwo im Schrank mussten warme Socken sein. Ich kramte, riss Schubfächer auf, wickelte mich in meinen Mantel, zog die Beine an. Hinter dem Fenster zwischen den Bäumen der bleiche halbe Mond.

Es gab aber auch Tage, an denen wir ziemlich ausgeflippt waren. Wenn Nora kam, nahm sie uns jedes Mal mit hinaus in den Park. Dann bewarfen wir uns mit Laub, stürzten aufeinander zu, balgten uns wie junge Hunde. Lisa und ich brauchen das. Wenn Nora uns nicht zugeredet hätte, wären wir nie wieder zurück in die Klinik gegangen.

Es war in der Gruppentherapie. Auf welcher Grundlage hat denn dein Vater ..., Nadja verdrehte die Augen, bevor sie fortfuhr, ... hat Ernst Weigrund seine Maßnahmepläne entwickelt? Nadja, unsere Politikerin!, stöhnte Rolf neben mir. Lisa versuchte zu erklären, dass es die Gesetze waren, auf die sich Ernst Weigrund berufen konnte. Sie sah, wie mein rechtes Augenlid zuckte. Ernst Weigrund wollte der Beste sein, brach es aus mir heraus. Er wollte die Ehrenmedaille, oder wie so eine Auszeichnung hieß, vom obersten Chef erhalten; der Boss sollte sie ihm um den weißen Kragen legen. Es hat Auszeichnungen gegeben, antwortete ich auf eine Rückfrage. Nach dieser Sitzung musste ich kotzen, aber erst, als ich in meinem Zimmer war. Ich kannte den Zustand, kannte ihn gut. Im Spiegel sah mich mein Vater mit meinen Augen an. Ich bleckte die Zähne: Jetzt bist du tot!, rief ich mit Triumph in der Stimme. So geht es einem, der ganz nach oben will. Ich genoss die Häme und wusste doch, wie ich mir damit selber schade. Ich streckte die Zunge heraus, wankte zum Bett.

So einen Beruf hätt ich nie gewählt, sagte Bernd in der nächsten Gruppensitzung. Ich kann mir auch nicht vorstellen, was einen dazu bewegen kann, in anderer Leute Leben herumzufummeln. Bob, der noch niemals etwas gesagt hatte, fuchtelte wild mit den Händen; plötzlich sprang er auf, legte einen Arm um mich. Ruhig, als gehöre das zum Gruppenritual, setzte er sich wieder. Lisa lächelte mit ihren schönen Augen.

War dein Vater Jurist?, wollte Bernd noch wissen. Ja, sagte ich, wie sein Vater, nur dass er nicht Richter geworden ist. Nach dem Studium hat er eine Parteischule besucht, ergänzte ich, als wäre der Lebenslauf meines Vaters für die anderen wichtig. Ernst Weigrund hat wenig über sich gesprochen, hat nur immer, wenn die Rede darauf kam, gemurmelt: Ein langer Weg! Es hat lange gedauert, bis ich da war, wo ich heute stehe.

Nach dieser Sitzung war es, dass Lisa mich fragte, wie denn Ernst W. – sie nennt meinen Vater inzwischen so – in Nora Bärs Leben hineingefunkt hat.

Wieso war Noras Vergangenheit Lisa wichtig? Da war es. Etwas war übergesprungen. Der Verdacht. Das Misstrauen. Ich schämte mich und wollte es Lisa nicht zeigen. Na hör mal, sagte sie und kam auf mich zu, Nora ist doch unsere Freundin, ist sie doch, oder? Sie stupste mich auf die Nasenspitze: Bist du etwa eifersüchtig, Kati? He, was ist? Sie hob mein Kinn. Du weinst, Menschenskind, wieso weinst denn du? Lisa nahm mich in den Arm, streichelte mein Gesicht. Nach dem Abendbrot huschte sie noch einmal in mein Zimmer. Wir hockten uns ins Bett, legten die Köpfe aneinander, nippten am Kräutertee, lutschten Sahnebonbons, die Nora mitgebracht hat. Nora Bär, sagte ich, war noch nicht dreißig, als sie für die Stasi auffällig wurde. So steht es in den Akten. Lisa versuchte, einen Zeh in meinen zu haken, es irritierte mich. Lass!, bat ich leise.

Ja, sagte ich, ich habe recherchiert; ich wollte verstehen, was Ernst W. mit Nora Bär zu tun hatte. Er steckte tief in diesem Fall, wie ich mitbekommen habe. Operativer Vorgang hieß das im Stasideutsch. Nora Bär wurde zusammen mit ihrem Ehemann Dittmer zum Operativen Vorgang Kreuz, den Ernst Weigrund über die Pfarrersleute jahrelang führte.

Jetzt gehst du zu weit, entgegnete mein Vater, als ich ihn im Hotel Berolina mit diesem Fall konfrontieren wollte; seine Lippen wurden schmal. Und doch ließ ich nicht locker, weil ich es von ihm bestätigt haben wollte.

OV Kreuz?, fragte er und wippte mit dem Fuß. Daran erinnere ich mich nicht, Kati.

Ich kann deiner Erinnerung aufhelfen, sagte ich. Einen Vorgang will ich dir beschreiben, denn zu mehr reicht meine Kraft heute nicht.

Lisa? Ich vergewisserte mich, dass sie zuhörte, richtete mich mit der Teetasse in der Hand auf. Ich will dich doch nicht quälen, sagte sie, aber ich merke, wie du daran erstickst, an diesem dämlichen Vater.

Nora Bär war für den Sicherheitsdienst eine Oppositionelle, der man nicht über den Weg trauen konnte, deshalb wurden gleich mehrere IM an sie und ihren Mann angesetzt. IM, erklärte ich Lisa, waren inoffizielle Mitarbeiter. Spitzel, Zuträger, zischte sie und drohte mit der Faust. Ja, bestätigte ich.

Sie wurden von einem Führungsoffizier angeleitet, der kontrollierte, ob sie die Aufgaben, die ihnen übertragen waren, auch ordnungsgemäß ausführten. Gewissenhaft, ergänzte Lisa mit gespitzten Lippen. In konspirativen Wohnungen traf sich der Führungsoffizier mit seinen Mitarbeitern. Sicher ließ sich mein Vater von seinem Fahrer in diese Wohnungen chauffieren. Pünktlich wird er gewesen sein, denn er wollte die Wohnung noch in Augenschein nehmen, bevor der Spitzel kam. Vielleicht setzte er Kaffeewasser auf, um die Zunge des Zuträgers zu lösen. Die Männer und Frauen, die kamen und wieder gingen, sollten sich hier wohlfühlen.

Der Führungsoffizier als Therapeut. Wieder reckte Lisa die Hand zur Faust. Mein Hals war so trocken, dass ich erst einen Schluck Kräutertee trinken musste, bevor ich weitersprechen konnte.

Die inoffiziellen Mitarbeiter wählten sich ihre Decknamen. Giraffe hießen sie oder Max vom Walde. Die Freundin von Nora und Dittmer Bär nannte sich Roter Hahn, obwohl sie Nadja Barfuß hieß. Wie bitte? Lisa ergriff meine Hand. Hast du gesagt, Nora wurde von ihrer Freundin bespitzelt, Kati? Ich nickte. Das gibt es doch nicht! Lisa war aufgesprungen, rannte im Zimmer herum, warf einen Stuhl um. Ich stellte ihn auf. Wir standen am Fenster; schwarze Wolkentürme zogen über den hellen Abendhimmel. Konspiration, sagte ich. Sie musste unter allen Bedingungen eingehalten werden. Deshalb der Deck-Name, prustete Lisa los. Sie drückte ihre Stirn an meine, murmelte: Verzeih, Kati, aber Deckname klingt wirklich saukomisch! Und die Spitzel konnten sich ihre Decknamen selber auswählen? Richtig, sagte ich. Mit diesem Namen unterschrieben sie ihre Berichte. Roter Hahn, kikeriki! Ich sah, wie Lisa sich über die Augen wischte. Plötzlich schlug sie mit der Faust auf den Tisch. Verdammt!, was ist das für ein Morast, in dem du herumgewatet bist, Kati. Und da wunderst du dich, wenn du in der Psychiatrie landest? Nein, darüber wundere ich mich nicht mehr, sagte ich stumm.

Es klopfte. Der Praktikant stand mit hängenden Armen in der Tür. Ich sah, wie es in Lisas Augen zuckte, als sie den Jungen mit einer Hand hinauswies. Nein, flüsterte ich, lass ihn, er ist doch in Ordnung.

Als Lisa gegangen war, setzte ich mich an den Tisch, schrieb auf, was mich nicht schlafen ließ: Es war Ernst W. Ich gebe zu, dass es keine leichte Arbeit ist, die der kleine Doktor mir aufgebürdet hat. Schreiben als Therapie. Der Doktor hat ja keine Ahnung, was er damit auslöst.

Nachdem Nadja Barfuß alias Roter Hahn mit Ernst Weigrund Kaffee getrunken hatte, sprach sie auch über ihre

Ehe und von den finanziellen Schwierigkeiten, in denen sie als Kunstschaffende steckte. Da können wir gewiss helfen, sagte der Offizier und bot der attraktiven jungen Frau eine Zigarette an. Der IM hat halblanges blondes Kraushaar. So steht es in einem der Berichte, die der Offizier nach jedem Treffen schrieb. Es gibt auch ein Foto von Nadja Barfuß in den Akten. Sie war gefügig, wollte sich führen lassen, wollte dem Staat helfen, damit diese Brut – wie Ernst W. die Oppositionellen nannte – eliminiert werden könne. Am Ende des Treffs – er ging eine Stunde – wusste Nadja Barfuß, was sie bis zum nächsten Treff zu erledigen hatte. Sie sollte von der Wohnung der Bärs eine detailgetreue Zeichnung anfertigen. Es ging um den Wanzeneinbau im Pfarrhaus.

Nein, daran kann ich mich nicht erinnern, erwiderte mein Vater mit fester Stimme im Hotel Berolina, als ich ihn darauf ansprach. Wie soll ich mich denn an jede Einzelheit erinnern, Kati, wie stellst du dir meine Arbeit eigentlich vor? Ich stelle mir gar nichts vor, murmelte ich müde und sah auf meine Schuhspitzen.

Ich komme immer wieder vom Thema ab, Doktor. Habe ich nun meinen Vater umgebracht? Ist er an mir, an meinem Wissenwollen, gestorben, gibt es das? Sicher, sagt der Arzt, der eine therapeutische Ausbildung hat, sicher, gibt es das, Frau Blank.

Ich hab den Faden verloren, Moses. Es ist spät, auf dem Gang ist es ruhig geworden. Ich habe eine Sonderstellung, ich lösche das Licht, wann ich will.

Gute Nacht!

Freitag

Das Schreiben ist anstrengend, aber es bringt Klarheit in den Kopf, wenn auch manches noch durcheinanderpurzelt. Kein Wunder, sagt mein Arzt, bei dem, was Sie hinter sich haben, Frau Blank! Fahren Sie in Ihrer Arbeit nur fort!
 Es geht um den Vater von Kati Blank. Um meinen Vater. Um einen Mann Ende fünfzig, der sich erschossen hat. Doch das ist noch ein anderes Thema.
 In meiner Analyse versuche ich, die Tätigkeit meines Vaters, des Oberstleutnants, zu begreifen. Am Beispiel von Nora Bär. Um in seiner Sprache zu reden, es geht um den Operativen Vorgang Kreuz.
 Im Berolina konfrontierte ich meinen Vater damit. Seine Dienststelle wusste, dass Nora auf die Krim reisen würde. Ernst W. bat die sowjetischen Genossen um Zusammenarbeit. Sie sollten für Nora Bär einen Mitarbeiter bereitstellen, am besten einen Künstler, der mit ihr in Jalta intimen Kontakt aufnimmt, schlug mein Vater vor. Um es eindeutig zu sagen: Der sowjetische IM sollte mit Nora Bär vögeln, sie in sein Bett kriegen. Auf diese Weise, so hoffte Ernst W., würde man die unliebsame Person kompromittieren, um sie danach auszuschalten.

Hast du darum die russischen Genossen gebeten?, fragte ich meinen Vater im Berolina. Kannst du dich daran erinnern?
 Ernst W. schwieg. Ich wartete.
 Es hat nicht geklappt!, sagte mein Vater plötzlich. Sie haben nicht miteinander geschlafen.
 Ich stellte meine Ohren auf. Was sagt er da?

Ja, sagte mein Vater, leider, leider ist es dazu nicht gekommen, so mussten wir uns andere Mittel ausdenken; obwohl der Mann, den die sowjetischen Genossen ausgewählt hatten, ein Fachmann sein sollte auf diesem Gebiet.

Schweig!, befahl ich, und riss ihn aus dem Ledersessel hoch. Du bist ein dreckiges, ekliges Schwein, weißt du das!

Ich habe nur meine Aufgaben erledigt, mehr war es nicht. Denkst du etwa, mir hat immer alles Spaß gemacht, Kati, glaubst du das?

So, wie du sprichst, entlarvst du dich.

Woher willst du das alles wissen, Kati?, das frage ich dich! Mein Vater hatte wieder den Befehlston angenommen, saß kerzengerade im Ledersessel.

Du machst mir keine Angst, sagte ich. Und doch überlegte ich gehetzt, ob ich ihm noch mehr Beweisstücke zeigen sollte oder doch besser nicht. Ich wusste inzwischen, dass die Stasi noch immer aktiv war und sich sofort vernetzen könnte, wenn es nötig wäre.

Nichts erinnerte mehr an den Papa, den ich einmal lieb gehabt hatte. Hier saß ein Offizier, der versuchte, Macht zu behalten. Noch wusste er nicht, dass ich Nora Bär kannte und dass sie mir Kopien ihrer Akten zur Verfügung gestellt hatte.

Moses! Ich muss eine Pause machen. Ich spüre, wie mich der Stoff zerreißt. Ich muss aufpassen, dass ich darin nicht ersaufe. Schließlich befinde ich mich auf dem Weg der Heilung, das hat mein Arzt erst heute wieder betont.

Ich sehne mich nach dir. Das ist die Wahrheit. Ich würde gern meinen schmerzenden Kopf an deine Schulter legen.

Heute will ich Lisa einweihen und ihr von dir erzählen. Ich möchte ihr auch dein Foto zeigen, bin gespannt, wie sie darauf reagiert. Als ich gestern Nacht mein Heft schloss, wurde ich überwältigt von dem, was ich sah. Das gibt es noch! Am liebsten wäre ich zu Lisa gelaufen, um ihr die Mondsichel zu zeigen, die hauchzart und leuchtend am Nachthimmel stand. Ich wusste, wenn ich diese Sprache lernen könnte, würde mir nichts passieren; gleichzeitig wusste ich, wie übertrieben die Vorstellung war. Und doch brauche ich eine Vision. Ich benötige eine Utopie, um zu leben.

Ein sonniger Tag
Ich hatte mich mit Nora Bär am Schiffbauerdamm getroffen. Sie ist heute sechzig Jahre alt, eine Frau mit hellem Blick und einer ziemlich breiten Nase. Sie lacht so, dass ich mitlachen möchte; dreht Nora den Kopf, fliegen die aschblonden Haare.
Und Sie sagen, Ernst Weigrund ist Ihr Vater? Ich nickte nur. Das kann ich verstehen, dass Sie sich für Ernst Weigrund schämen, fuhr sie fort, nachdem wir ein Glas Wein bestellt hatten. Aber das müssen Sie nicht, es ist das Leben Ihres Vaters, das er zu verantworten hat, nicht Sie! Sie schob ihre Hand über den Tisch. Ein Ausflugsdampfer zog auf der Spree vorüber. Blasmusik schwappte heran.
Es ist ..., sagte Nora, wenn ich darüber spreche, holt mich die Zeit wieder ein, die nicht gut für mich war. Mit unhörbarer Stimme sagte sie, sodass ich mich über den Tisch beugen musste: Es darf nicht wiederkommen, niemals! Ihre

Hände zitterten, sie legte sie übereinander. Vor Menschen wie Ernst Weigrund muss man sich schützen.

Es grenzt an ein Wunder, was an diesem Spätsommertag geschieht. Zwei Frauen sitzen an einem Tisch in einem Gartenlokal. Die eine ist die Tochter des Täters: Kati Blank. Die andere Nora Bär. Opfer des Sozialismus – lacht Nora –, so hat mich ein holländischer Freund genannt. Sie sprechen wie Freundinnen miteinander; ohne Scheu breiten sie einen Teil ihres Lebens voreinander aus. Nora Bär legt eine Hand auf meine Hand. Es gibt Zeiten, da kann man darüber reden, und es gibt Zeiten, da muss man nicht mehr reden; kennen Sie das auch, Kati? Im Grunde ist alles gesagt, und die, die es genauer wissen wollen, können es nachlesen. Sollen immer die Betroffenen reden?

Nora Bär war aufgestanden, das Abendlicht spielte in ihrem Haar. Ich spürte, ich möchte mehr von ihr erfahren, ihr zuhören, um zu verstehen, wie es in der DDR war.

Im Hotelzimmer, im Berolina, las ich nachts die Kopien, die ich von ihr bekommen hatte. Las, was auf der Krim los war, in jenem Hotel, in dem Nora mit ihrer Freundin Ferien machte. Was die Stasi veranlasst, nein, was mein Vater angeordnet hatte.

Was mache ich mit dem, was ich gehört und gelesen habe, kannst du mir raten, Moses, Freund? Ich spreche dich an in der Hoffnung, du lebst, bist gesund und findest mich bald! Ich kann dir aber bei deiner Suche nicht helfen.

Ich verurteile meinen Vater nicht. Wie könnte ich das? Ich möchte es transparent machen, was geschehen ist, woran meine Familie beteiligt war. Geht das? Mache ich mir da nicht etwas vor? Wie hat mich Hugo genannt? Kleine weiße Friedenstaube fliege übers Land ... Das Lied hab ich im Kindergarten mit Inbrunst gesungen. Manchmal holte mich Papa vom Kindergarten ab. Immer im Anzug, die dunklen Schuhe blitzblank. Er musste sich bücken, um meine Turnschuhe zuzubinden. War es ein Freitag, an dem er kam, nahm er meinen Turnbeutel und das Bettzeug zum Waschen mit nach Hause.

Eine richtige Freundin habe ich im Kindergarten nicht gehabt. Danach kam die Schule. Das blaue Halstuch, der dunkelblaue Rock, die weiße Bluse. Eine Hand an den Kopf gelegt, so grüßten wir jeden Montagmorgen die Fahne der Deutschen Demokratischen Republik. Wann habe ich angefangen darüber nachzudenken, wieso wir eine Fahne grüßen sollten? Wenn ich auf Nora Bärs Leben schaue, so lebte ich wie unter einer Glasglocke. Es gab für die Genossen, zu denen mein Vater gehörte, eigene Geschäfte. Wir lebten abgeschirmt von der übrigen Gesellschaft. Es sträubt sich alles in mir, das zuzugeben.

Da fällt mir etwas ein, es wird in der vierten Klasse gewesen sein. Wir sollten einen Aufsatz schreiben über die Volksarmee. Darüber, wie unsere Soldaten uns vor dem Klassenfeind schützten. Wer ist denn der Klassenfeind, Mama?, fragte ich. Ist das auch die Schweiz? Mein Vater sagte nichts, hatte wohl gar nicht zugehört, außerdem überließ er die Hausaufgaben seiner Frau.

Ich gab ein leeres Blatt ab. Die Lehrerin sah mich an. Was ist denn das, Kati? Den Kopf gesenkt, stand ich da und wusste nicht, was ich antworten sollte. Ich bin ..., hauchte ich, damit es die anderen nicht hören sollten, und begann zu schluchzen, ... ein halber Klassenfeind. Da schwieg die Lehrerin, nahm mein Heft, legte es zu den anderen auf einen Stapel. Am Schuljahresende bekam ich eine Vier in Deutsch.

Wann hab ich gespürt, dass es zwischen meinen Eltern nicht mehr stimmte? Das Schweigen meines Vaters kannte ich, aber Mama war doch immer lustig, vor allem nach einer gelungenen Premiere. Wusste Mama, was ihr Mann tat? Oder hat sie den Kopf, mit der gepflegten Frisur, ins Kissen gedrückt, während Papa nebenan saß und sich Maßnahmen gegen Oppositionelle ausdachte?

Schon nach kurzer Zeit war Ernst Weigrund aufgestiegen. Als Oberstleutnant war er nun für die Abteilung Kirche zuständig. So habe ich es in der Behörde gelesen. Orden und Auszeichnungen häuften sich.

Hatte unsere Haushilfe frei, brachte Mama Papas Anzüge und Hemden in die Reinigung. Mama hatte immer wenig Zeit. Wer kümmerte sich um die Tochter? Die Großeltern aus Dresden? Nein. Die andere Großmama lebte in der Schweiz. Doch es gab ja Tante Else, eine fünfzigjährige Frau, die dafür angestellt war, mit mir in den Park zu gehen. Vielleicht lag es an Tante Else, dass ich keine Freundin fand. Hinzu kam, dass ich gern allein war, vor mich hin sang, aufschrieb, was mir einfiel, um es anschließend Tante Else vorzulesen. Mit Tante Else ging ich oft in den Tierpark. Sie liebte die Kamele. Stundenlang stand sie davor, während ich auf der Erde hockte und mit Steinchen spielte. War das meine Kindheit?

Es gab doch einen Freund, einen Jungen. Sein Vater war Diplomat. Aus dem fernen Russland, trällerte Mama, wenn sie uns zusammen sah. Mit Boris ging ich zur Schule. Er war blond und schlaksig. Mir imponierte, wie er aus Draht und weggeworfenen Metallteilen herrliche Spielsachen fertigen konnte, die sogar funktionierten. Stundenlang hockten wir in seinem Zimmer, es war groß und hell. Ich schaute auf Boris' Finger, die löteten und Bleche schweißten. Gut schmeckten die gefüllten Pasteten und die rote, klebrige Limonade, die es bei ihm gab. Das war ein Genuss! Dann wurde Boris krank, kam nicht mehr in die Schule. Mama nahm mich zur Seite: Boris ist schwer krank, seine Eltern haben uns gefragt, ob du für ihn Blut spenden könntest. Mama sah mich mit angstvollem Blick an, schüttelte heftig den Kopf, rief: Aber wir haben nein gesagt! Als Boris beerdigt wurde, habe ich mich hinter einem Grabstein versteckt. Ich wollte nicht, dass Boris mich sehen sollte, weil ich ihm nicht mit meinem Blut geholfen hatte. Wie du dich wieder aufführst!, rief Papa und versuchte, mich hinter dem Grabstein hervorzuziehen.

War Boris mein Freund? Eigentlich haben wir wenig miteinander geredet, er war immer beschäftigt. Über seinem Bett hing eine Fotografie. Das ist meine Oma, sagte er, sie füttert gerade die Hühner. Verhalten, mit dünner Stimme, begann Boris, von seiner Oma zu erzählen, die nicht mit ihnen in die DDR gekommen war. Tränen schimmerten in seinen Augen. Boris kramte in einem Kasten, zog andere Fotos heraus. Als ich gehen musste, legte er einen Arm um meine Schultern, murmelte etwas auf Russisch, was ich nicht verstand.

Das Schreiben wird mir zu viel. Der Arzt hat nicht gewusst, was er mir zumutet. Eben habe ich eine Fliege erschlagen, die ständig um mich herumschwirrte. Sie biss mir in die nackten Arme. So bin ich: Wenn mir etwas zusetzt, schlage ich drauf. Kennst du das auch, Moses?

Mein Vater hat den Tod gewählt. Ist das eine Lösung? Hat er den Konflikt nicht mehr ausgehalten? Oder liegen seinem Tod andere Ursachen zugrunde? Wieso ist er zu mir ins Berolina gekommen, obwohl ich ihn am Telefon jedes Mal abwies? Was wollte er mir an jenem regnerischen Augusttag sagen? Ob er mit seiner Freundin Rota über seine Vergangenheit sprechen konnte? Ob sie ihm zugehört hat? Eigentlich ist es mir egal. Ohne Händedruck ist er weggegangen. Obwohl ich ihm meine Hand hinhielt, hat er sie nicht genommen. Das undankbare Kind!, wird er gedacht haben, spielt sich zur Richterin auf. Gesagt hat Ernst W.: Im OV Kreuz haben wir nur unsere Pflicht getan! Es war unser Auftrag, die Republik vor solchen Elementen zu schützen, wie es die Bärs waren.

Ach, wie bekannt kamen mir solche Sätze vor. Ich wollte sie nicht auch von meinem Vater hören. Aber vielleicht bestand ja sein Leben nur aus Pflichterfüllung, und er ist daran zerbrochen? Wer hat für den kleinen Ernst gesorgt? In jedem von uns sitzt doch das Kind, das spielen und Spaß haben will. Ist es so, Moses?

Wie habe ich die Sommerferien am Schwarzen Meer geliebt. Wenn ich Papa und Mama am Strand liegen sah, die Luft flirrte über ihren Köpfen. Da habe ich gejubelt und einen Luftsprung gemacht. Mehr wollte ich nicht. Ich wollte sie immer zusammen sehen. Hand in Hand standen sie vor mir, zogen mich hoch und wir sind Eis essen gegangen, und abends durfte ich so lange aufbleiben, bis ich auf Papas Schoß eingeschlafen war. Das waren die schönsten Ferien für mich in Nessebar. In Berlin war alles ganz anders. Alltag eben, sagte Papa, der vor dem Spiegel seinen Schlips geradezog.

Wie ist Ernst W. mit den Parolen, den aberwitzigen Befehlen, die von seinem Chef kamen, umgegangen? Und dann, als die DDR ins Wanken geriet, als es unzählbare Oppositionelle wurden, was sollte er dagegen tun?

Etwas kippt um, wenn es ausgereizt ist. Das ist ein Gesetz. Haben die Mächtigen wirklich angenommen, man kann Menschen in einen Guckkasten sperren, ihnen Essen, Trinken, auch Spiele geben, und sie halten still, beginnen nie, gegen den Stachel zu löcken, glaubten sie das?

Woran hast du geglaubt, Ernst? Das ist mir wichtig, merke ich, woran einer glaubt, was ihn festmacht. Wie ich es auch drehe und wende, du bleibst mein Vater, wenn ich dich auch nicht mehr so nennen kann. Es ist wahr, darüber haben wir auch nie gesprochen, woran einer glaubt und was für ihn wichtig ist.

Es gibt Augenblicke, die ich nicht vergessen habe. Wenn du mir aus dem alten Bilderbuch vorgelesen hast, da haben wir zusammen gekichert und du hast deinen Schädel an meiner Stirn gerieben.

Mitternacht vorbei
Ich sitze in der Psychiatrie und weiß weder ein noch aus. Das ist meine Bilanz. Es ist, als wachse die Vatergestalt, je länger ich mich mit ihr befasse. Eins weiß ich, Mama kann ich nicht nach dir fragen. Ich könnte zu deinen Eltern fah-

ren. Sie sind alt, sie waren mir nie vertraut. Aber wen könnte ich nach Ernst Weigrund fragen?

Nora Bär hat mir ein Stück ihres Lebens gezeigt. Sie hat nicht mit dem Finger auf dich gewiesen, das hat sie mir sympathisch gemacht.

Diese Zeit ist vorbei, entgegnete sie und schaute mir ins Gesicht. Täter und Opfer, endlose Diskussionen. Ich beteilige mich nicht daran, sagte Nora. Es schien, als wärst du aus ihrem Leben gestrichen.

Es ist heiß im Zimmer. Das Bett hab ich mit Lisas Hilfe ans Fenster geschoben, das gefiel dem Pflegepersonal gar nicht. Sie haben Angst, kicherte Lisa, wir pissen ein, deshalb der Gummilappen im Bett. Ach Lisa, lass mich dich küssen! Du bringst die Dinge immer auf den Punkt. Lisa wird mich in Bern besuchen. So ist es beschlossen.

Sollte ich Moses heiraten, werden Lisa und Anna meine Trauzeugen sein. Hirngespinste? Es ist doch seltsam, dass meine Gedanken und Vorstellungen immer wieder um ihn kreisen. Vor allem wundert mich, dass ich nicht wütend auf ihn bin. Moses wird seine Gründe haben, wenn er mich nicht sucht. Noch habe ich Lisa nichts von ihm erzählt, obwohl ich es mir vorgenommen hatte. Es ist wie in der Alchemie. Das Gefäß muss noch hermetisch verschlossen bleiben.

Was zieht mich zu dir, Moses? Liebe kannst du doch nicht erklären!, rief Lisa aufgebracht, als ich von dir sprach, ohne deinen Namen zu nennen. Recht hat sie, meine Freundin.

Du, begann Lisa an einem Morgen – wir saßen auf ihrer Bettkante, Bärbel, die mit Lisa das Zimmer teilt, war in den Gemeinschaftsraum gegangen –, es zählt nicht der Tag, an dem ich hier herauskomme, es zählt nur, dass ich dich getroffen habe, Kati! Was ist schon an mir?, dachte ich. Sie legte eine Hand an meine Wange. Du bist ein so herzensguter Kerl! Vor allem aber akzeptierst du mich, wie ich bin. Weißt du überhaupt, wie gut mir das tut, Katikind? Aus Lisa brach ein Schluchzen, aber gleich hob sie wieder das Kinn und strahlte wie eine Königin.

Der letzte Tag
Ich weiß nicht mehr, wann es war und wie es passiert ist. Wir hatten Ausgang bekommen und waren in den Park gegangen. Arm in Arm wanderten wir durch die Eichenallee. Lisa zog mich auf eine Bank, drehte uns eine Zigarette. Ich möchte dich etwas fragen, bevor du von hier verschwindest. Sie paffte Kringel in die Luft. Ich verschwinde doch nicht!, wollte ich sie beschwichtigen, aber ich wusste ja, wie Lisa es meinte.

Glaubst du an Gott, Katikind?
Ich wollte, wie so oft, mit einer Gegenfrage antworten. Es ging nicht, nicht mit Lisa. Wir gingen weiter, wirbelten Blätter auf, ab und zu bückte ich mich, um eine Kastanie aufzuheben. Plötzlich prustete ich los, es war mir peinlich, aber ich konnte es nicht stoppen. Du!, rief ich und sah ihr ins Gesicht, du fehlst diesem Gott, Lisa! So eine wie du, mit deinem Busen! Sie pfiff durch die Zähne. Ich musste noch immer lachen. Wir sprangen herum, bewarfen uns mit Kastanien und Laub, drehten uns im Kreis. Ich versuchte, meinen Blick fest in die Baumkrone zu senken, und zum ersten Mal wurde mir nicht schwindlig. Lisa hielt mich und gab mich gleichzeitig frei. Inzwischen waren wir mehrmals

durch die Eichenallee gestapft, saßen nun wieder auf unserer Bank. Ich schaute Lisa von der Seite an. Nein!, antwortete ich, ich glaube nicht an Gott. Was sagst du?, fauchte sie, hab ich das richtig gehört? Ja, sagte ich. Sie sprang auf, stand vor mir wie der Erzengel Michael, tippte an meine Stirn. Dort sitzen die Bremsen, Kati! Aber ..., sie ließ meinen Blick nicht los, ... das hat nichts, aber auch gar nichts mit deinem Vater zu tun! Sie nahm meine Hand, legte sie auf ihre Brust. Oder doch? Kann das sein?

Vor dem Abendbrot schlüpfte Lisa noch einmal durch meine Tür. Ich hab's!, rief sie froh, schwenkte eine CD und schaltete den Musikplayer an. Bach!, rief sie mit hochrotem Kopf, Johann Sebastian, der heilt! Ich starrte auf ihre Lippen, die den Choral mitsangen. Bevor Lisa ging, nahm sie mich in den Arm. Es ist immer da, Kati! Das, was uns leitet und lenkt, was uns vor uns selber schützt, vergiss das nie! Du musst es ja nicht Gott nennen.

Liebste!, wollte ich ihr hinterherrufen. Wie wissend sie ist, meine Lisa. Aber auch das sagte ich ihr nicht. Wie oft ich die Bachkantate schon gehört habe, noch nie hat sie mich zum Weinen gebracht. *Mit Herzen, Mund und Händen ...*

Als Lisa gegangen war, nahm ich ein Stück Papier und schrieb.
Lisa, Liebste! Wie soll ich dir nur auf deine Frage antworten? Du weißt, dass sich meine Eltern getrennt haben, als ich elf war. Danach lebte ich mit Mama in der Schweiz. In Genf kannte ich niemanden. Ich war allein. Mama hatte ihr Theater und für mich keine Zeit. Ich wurde krank, konnte nichts essen, und das wenige, das ich zu mir nahm, kotzte

ich noch aus. Wie ich so an der Kloschüssel hing, hörte ich ein Weinen in meinem Rücken. Als ich mich umsah, war niemand da. Aber ich fühlte eine Präsenz, es war, als berühre mich eine Hand. Niemals habe ich darüber gesprochen.

Lisa! Ich mag dich, du bist wunderbar. Bewahr dir deinen Glauben.
Ich bin ja sooo froh, dass es dich gibt!
Kati

Ich falte das Papier zusammen und werde es am besten gleich in Lisas Schuh stecken. Ich kenne mich, wenn es hell ist, geniere ich mich, ihr den Brief zu geben. So bin ich.

An meinem letzten Tag in der Psychiatrie haben wir uns schick gemacht, bevor wir ein letztes Mal durch den Park liefen. Lisa schminkte mir die Augen grün und die Lippen blutrot. Ich schenkte ihr eine durchsichtige Bluse, die ihr sogar passt. Sie steckte mir die Haare auf. Jetzt haben wir beide die gleiche Frisur und sehen doch ganz anders aus.

Im Park konnte ich zum ersten Mal von Moses sprechen, erzählen, wie viel er mir bedeutet. Lisa wurde ganz still, nur ihre Augen bewegten sich. Als wir das dritte Mal an der Blutbuche vorbeikamen, nahm sie mich in den Arm. Du liebst, Mädchen! Aber das ist wunderbar!

7

Wohin sie geht, ob in die Cafeteria oder an den See, überall folgen ihr seine Augen, in denen sie nur eine Frage liest: Wo bist du, Kati? Sein Foto im Bad, das sie mit einer Stecknadel angepinnt hat. Und wieso unternimmt sie noch immer nichts, um Moses zu benachrichtigen? Es ist weder Lähmung noch Apathie. Es ist ..., Kati stutzt. Ich will mich finden lassen. Wenn Anna wenigstens da wäre, aber die schwirrt wer weiß wo herum und wer weiß wieder mit wem. Genug gegrübelt. Ich geh raus!

Wie müde sie bei dem Gedanken wird, sich zu bewegen. Wo kommt die Passivität her? Von den beschissenen Medikamenten, die der Körper erst allmählich ausscheidet. Dass man nicht Herr ist im eigenen Haus. Herrin!, hört Kati Anna sagen. Dass du immer Herr sagen musst, Kati.

Unerwartet steht Anna in der Tür. „He!" Die Frauen umarmen sich, streichen sich über den Rücken. „Endlich bist du da!" Die Freundin breitet die Arme aus. „Was für ein phantastisches Haus, und direkt am See! Hier wirst du wieder gesund!" Anna streichelt Katis Wangen. „Blass siehst du aus. Komm! Lass uns hinausgehen, willst du?"

Kati zieht die Schultern ein, sieht an sich herab. „Kann ich mich so unter die Menschen wagen, was meinst du, Anna?" „Es ist, als wärst du noch zerbrechlicher geworden. Du kannst nicht verbergen, dass du müde bist, stimmt's?" „Genauso fühle ich mich. So sehe ich also aus. Ich muss wieder arbeiten, Anna, hilf mir, hier wegzukommen!" „Wie bitte? Spinnst du jetzt? Hier bleibst du, bis sie dich entlassen." „Wie redest du mit mir? Sag, was weißt du, was ich nicht weiß, he?"

„Später, Kati. Jetzt gehen wir Kaffee trinken und suchen uns einen Kerl, den wir ins Visier nehmen, wie früher. Oder hast du keine Lust mehr auf das altbewährte Spiel?"

Die Hände vorm Gesicht, hockt Kati auf der Bettkante. „Kommst du nicht, was ist?" Anna steht schon an der Tür, hält die Klinke in der Hand. Jetzt müsste sie die Freundin fragen, was sie nicht aussprechen kann, was sie quält, vor allem nachts. Was ist auf deinem Balkon geschehen, Anna? Sie schluckt, spürt Enge in der Kehle. „Komm doch!" Anna zieht die Freundin hoch, legt ihr den Anorak um die Schultern, schiebt sie zur Tür.

Eine Stunde wandern die Frauen am See entlang, bis sie auf ein Gartenlokal stoßen, das Anna kennt. Sie erzählt von Finnland, von einem Mann, den sie dort getroffen hat. „O, mein Gott", stöhnt sie, „wie ungewöhnlich er war." „Ist es schon wieder vorbei?" Anna schneidet eine Grimasse. „Er lebt da, ich lebe hier, ist so, oder?" „Ich weiß nicht ...", Kati zerkrümelt Kuchenreste in ihren Fingern, streut sie den Spatzen hin, die unterm Tisch herumflattern. „Was weißt du nicht?", hakt Anna nach, die auf den Porzellanteller blickt, den Kati auf ihrem Handteller balanciert.

„Morgen komm ich wieder, spätestens übermorgen", verspricht Anna, bevor sie geht. Dann ist Kati wieder allein in dem hellen Zimmer, in dem sie sich fremd fühlt, obwohl sie Hotelzimmer mag. Das ist kein Hotel und auch kein Schloss! Sie presst die Hände vor's Gesicht. Ich hab die Schnauze voll! Ich möchte arbeiten und mit Moses leben.

So muss sie eingeschlafen sein. Eine Schwester berührt ihre Schulter. „Aber, Frau Blank, wieso legen Sie sich denn nicht ordentlich hin?" Ordentlich!, hätte Kati am liebsten der Frau ins Gesicht geblafft, aber sie schweigt, schweigt schon lange.

In der Ergotherapie hat sie eine Schlange geformt mit einem goldenen Krönchen, die gebrannt wurde und jetzt im Vestibül in der Vitrine steht. Der Ergotherapeut konnte Kati überreden, die Schlange auszustellen. Gut an der Arbeit war, den Ton in den Händen zu rollen, einen Körper zu formen, jedes einzelne Gelenk. Auch ein Muster besitzt die grüne Schlange. Symbole, die schwer zu enträtseln sind. Die Arbeit machte Spaß, doch dann war auch das wieder vorbei.

Dass der beknackte Vater immer wieder vor sie hintritt! Dass sie ihm nicht ausweichen kann, obwohl er längst verbrannt sein wird. Sie hat sich gewundert, wieso sie ihren Vater gezeichnet hat. Mit einem grün schimmernden Schal um den Hals, auf dem Kopf eine Basecap, dazu Schuhe, gelb wie Wüstensand. So gefällt er ihr. Und doch hat sie unter die Zeichnung Verräter geschrieben. Und wo, bitte schön, bin ich beteiligt? Noch spricht sie diesen Gedanken nicht aus. Mit Moses würde sie darüber diskutieren.

„Das ist Ihr Vater?", fragte die Psychologin. Katis Schultern stachen spitz heraus, als sie die Zeichnung auf den Fußboden legte. Ja, hat sie gesagt, mehr hat sie nicht herausbekommen in dieser Stunde und in der folgenden auch nicht, sodass sie jetzt eine Pause machen mit der Therapie.

„Ich kann nicht darüber reden", hat sie zu der dunkelhaarigen, vielleicht fünfunddreißigjährigen Frau gesagt. Die Psychologin, die Muth hieß, wippte mit einem Fuß und lächelte ohne zu antworten. Viel lieber hätte Kati mit Frau Muth über Nora Bär gesprochen, von einer Frau erzählt, die ihr, der Tochter des Täters, ihr Vertrauen geschenkt hat. Nora Bär möchte ich um Verzeihung bitten. So weit ist es mit mir gekommen, dass ich mich als deine Stellvertreterin verstehe, Vater.

Kati hebt den Kopf, sieht die Psychologin an. „Es geht um den `Operativen Vorgang Kreuz`, ich habe hier schon darüber gesprochen." Frau Muth nickt, schreibt etwas auf ihren Block.

„Diesen Vorgang hat mein Vater verwaltet." Kati presst die Zähne zusammen und schaut Frau Muth an, bis sie nach einer langen Pause sagt: „Es ist aktenkundig. Die Bärs, also diese Pfarrersleute, haben Ernst Weigrund und seine Abteilung auf die Palme gebracht. Mein Vater wollte, nein, er musste es ihnen heimzahlen. Was versteht ein Pfaffe schon von Politik!, waren seine Worte gewesen." Frau Muth war aufgestanden, das Zeichen, dass fünfzig Minuten um waren. Sie ging auf Kati zu, legte ihr eine Hand auf die Schulter, „bis zum Freitag, Frau Blank."

„Ich habe von meinem Vater geträumt", sagt Kati in der nächsten Therapiestunde. Frau Muth hebt den Kopf, nimmt einen Schreibblock, auf den Schultern ein taubenblauer Schal. Ab und zu fährt sie mit einer Hand durch das leicht gekräuselte Haar, die Augen bleiben aufmerksam auf Kati gerichtet. „Möchten Sie diesen Traum hier vorstellen, Frau Blank?" Kati zögert, gibt sich einen Ruck, spricht mit fester Stimme. Am Ende der Stunde sagt Frau Muth: „Es ist viel, was Sie durchmachen! Sie sind sehr mutig, Frau Blank!"

Kati wirft sich im Sessel herum, springt auf, trinkt Wasser aus der Flasche. Was bewegt einen Menschen dazu, so tief in das Leben eines anderen einzudringen? War ihr Vater schizophren, kann sein Handeln so erklärt werden? Einerseits war er der freundliche Papa und Ehemann; sobald er im Dienst war, hielt er sich an die Vorschriften, an die Befehle von oben. Ich nenne ihn Ernst, aber er bleibt mein Vater, verdammt! Akribisch legte er Woche für Woche fest, was seine Mitarbeiter umsetzen mussten. Ich schäme mich, weil Ernst Weigrund Leute kaputtmachen wollte. So ist es aufgeschrieben, so hat er es im OV Kreuz angeordnet. Nora Bär wollte darüber nicht sprechen. Sie trafen sich am Bahnhof Friedrichstraße, schlenderten über die Weidendammer Brücke, tranken in den Spreebögen Tee mit Zimt und Orangenschalen. Anschließend gingen sie in eine Fotoausstellung.

Das Abendbrot wird gebracht. Appetit hat Kati immer noch nicht, obwohl die Kürbissuppe gut riecht. Das Pflaumenkompott erinnert an die Großmutter in Dresden. In der Speisekammer, neben der geräumigen Küche, standen Weckgläser in einem Holzregal. Äpfel und Kirschen, Pflaumen und Pfirsiche. Fuhren sie nach den Festtagen nach Berlin zurück, gab Vaters Mutter ihnen immer ein, zwei Weckgläser mit. Mama fragte jedes Mal: „Aber Mutter, braucht ihr das Obst denn nicht selber?"

„Vielleicht nehmen wir jetzt noch einen aktuellen Traum hinzu, denn wir müssen ja schauen, ob wir auch richtig liegen mit der Art und Weise, wie wir hier vorgehen, nicht wahr?", fragte die Therapeutin in der folgenden Stunde. „Ich habe keinen aktuellen Traum, an den ich mich erinnern kann." Die Psychologin schlug die Beine übereinander, es fehlte nur noch, sie würde ihr eine Zigarette anbieten. „Woran denken Sie, Kati?" Sie hatte wirklich Kati gesagt. „An Sie", entfuhr es Kati, die sich auf die Lippen biss. „Da hätten wir ja etwas ..." Kati schwieg. Frau Muth fragte, ob sie vielleicht etwas zeichnen möchte. Ja, sagte Kati und nahm den Zeichenblock und die Farbstifte, die Frau Muth ihr reichte. Über die Zeichnung würden sie in der nächsten Stunde reden. „Ich verreise nächste Woche für drei Tage. Wenn Sie möchten, Frau Blank, dann könnten Sie mit meinem Kollegen dieses Gespräch fortführen, wollen Sie das?" „Nein!", hat Kati gerufen und die Hände hochgerissen. „Fein, dass Sie das so klar wissen", antwortete Frau Muth, die aufgestanden war. „Wir sehen uns also nach meinem Urlaub wieder. Dann sprechen wir auch über Ihre Zeichnung."

„Sag etwas, Kati, sag doch, worüber du unentwegt nachdenkst", bittet Anna, die mit Kati in dem Gartenlokal sitzt, in dem sie vor einigen Tagen schon waren, und die genussvoll ihren Cappuccino schlürft. „Nachher zeige ich dir, was ich gezeichnet habe, ja?" Kati blinzelt mit den Augen. „Mach bloß nicht wieder dein Kuhgesicht!", Anna schlägt mit der Zeitung auf den Tisch. „Mensch, Kati, schau nicht so!" „Wie denn?"

Als Anna gehen muss, haben sie sich auf den Mund geküsst und Kati hat zum wiederholten Mal daran gedacht, wie es wäre, wenn Moses ihre Lippen berührte.

Anna weiß nicht mehr, an welchem Tag es war, als Kati sagte: „Besorg mir den Kerl, Anna!" Nur dass es Zwiebelkuchen gab im Sanatorium, daran kann sie sich erinnern, weil sie Zwiebeln überhaupt nicht mag. Endlich war Kati aus ihrem Käfig geklettert. Wie ich darauf gewartet habe! Sie wischt eine Träne fort, drückt auf's Gaspedal. Es geht auf und ab mit ihr; nie weiß ich, wie ich Kati antreffen werde. Eben noch erzählt sie mit leuchtendem Blick, dann verstummt sie abrupt. Ich kann damit nicht umgehen, aber ich kann es ihr auch nicht sagen. Als ich sie um Moses' Telefonnummer bat, sagte sie ganz spitz: Überlass das mir! Ich kümmere mich selbst darum! Wenn Kati nur stabiler wäre. Ach was. Anna biegt nach rechts ins Parkhaus. Ich muss Geduld haben mit ihr, aber das fällt mir verdammt schwer. Bevor Anna aussteigt, ordnet sie ihre Papiere, dann schaut sie in den Spiegel.

In dieser Nacht kann Kati nicht schlafen, aber diesmal wälzt sie sich nicht umher. Sie bleibt still liegen. Es ist, als würden die Gedanken eine Gestalt annehmen.

Da steht sie, am Staketenzaun, über der Schulter die Schultasche, die die Großmama aus Genf geschickt hat. Kati fühlt die Blicke der Mitschüler, die auf sie gerichtet sind und die ihre Tasche fixieren. Ihr Vater hatte gewünscht, dass sie in die Schule für Diplomatenkinder gehen sollte, aber das wollte ihre Mutter nicht, die sich durchsetzte, was selten genug vorkam. „Kati soll nicht auch noch unter uns leiden", sagte sie mit erregt klingender Stimme. „Schließlich ist es für sie nicht einfach, ich als Schweizerin ... und du!" Die Mutter hatte Kati entdeckt, die auf dem Apfelbaum hockte, heruntersprang und mit langen Sätzen weglief. Bäh! Kati streckte die Zunge heraus. Es kotzte sie an, wenn die Erwachsenen sich wieder und wieder stritten und ihre Stimmen aggressiv wurden. Sollen sie das unter sich ausmachen! Angenehm war es nicht, immer eine Extrawurst gebraten zu bekommen, nur weil ihr Vater ein hohes Tier in der Partei war. Was er genau machte, wusste sie nicht. Es interessierte sie auch nicht. Traurig war sie nur, dass sie so viel allein war, vor allem abends, wenn die Mama ins Theater ging. Dann kam Tante Else, die Kinderfrau, die ihr Märchen vorlas, bis sie einschlief.

Schließlich setzte sich der Vater aber doch durch und Kati musste in die Otto Nuschke-Schule wechseln. Boris hieß der Junge, der vor ihr saß, den sie auch zu Hause besuchte. Boris war an Leukämie gestorben.

Herr Conrad, der Musiklehrer, passte nicht in diese Schule. Es waren die Augen, die tief in den Höhlen lagen und die zu weinen schienen, wenn er sich vom Klavier zur Klasse wandte. Lange saß er nur da, sagte kein Wort, bis ihm jemand eine Mütze an den Kopf warf. Es sah so aus, als wollte Herr Conrad aus dem Klassenzimmer fliehen. Doch plötzlich schnellte er herum, machte eine Drehung und stülpte dem, der geworfen hatte, die Mütze über die Augen, während Kati in die Hände klatschte. Herr Conrad nahm ein Notenblatt heraus. „Wer möchte das spielen?" Kati hob die Hand, er nickte, sie stand auf und setzte sich ans Klavier.

Ihr Platz war in der 4. Reihe von vorn, unweit der Tür. Herr Nummeri unterrichtete Geschichte. Meist trug er ein weinrotes Jackett, auf dem der tintenblaue Hemdkragen lag. Kati ertappte sich, wie sie seine braunen Schuhe zu mustern begann, wenn er sich in ihrer Reihe aufhielt. „Wir müssen alle sehr wachsam sein, denn der Klassenfeind lauert überall! Es wird ihm aber nicht gelingen, die DDR einzunehmen, was das erklärte Ziel des Imperialismus ist." Sie wusste längst, wie sie sich verhalten musste: Keine unnötigen Fragen stellen war das erste Gebot, das tun, was die anderen Mitschüler taten, das zweite, und so weiter. In den ersten zwei Schuljahren erteilte ihr der Vater jeden Morgen Verhaltensregeln, redete mit leiser Stimme auf sie ein, bis er sie an ihrer Schule absetzte, um sich danach von seinem Chauffeur in seine Dienststelle fahren zu lassen.

Es war kurz vor Ostern. Kati ging nun in die 6. Klasse. Sie sollten einen Hausaufsatz schreiben; das Thema hieß: Beschreibe eine Situation, in der du glücklich warst.

„Weiß ich gerade nicht", wehrte die Mama ab, als Kati fragte: „Mama, bist du glücklich?" Die Mutter lief mit nackten Füßen durch die Diele, zupfte an Katis Haaren herum. Glück, ach, Glück, wo gibt es das?, trällerte sie. Das Aufsatzthema gefiel Kati, sie musste dafür kein Buch lesen, das sie nicht interessierte, und sie brauchte nicht darüber nachzudenken, was der Autor mit dem Thema aussagen wollte. Schreiben was ihr einfiel. Das ist Glück, kritzelte sie auf einen Zeitungsrand, während sie hörte, wie die Mama mit der Großmutter in Dresden telefonierte. Sie sprang auf, bedeutete der Mutter, dass sie sie auch sprechen wolle. „Oma!", rief Kati atmenlos, „weißt du, wann du glücklich warst?" Die Antwort kam sofort: „Aber Kind, worüber du auch nachdenkst!" Sie ließ sich nicht abschrecken, löcherte die alte Dame, bis sie sagte: „Gibst du mir bitte deine Mutter wieder, Kind?"

„Was ist für dich Glück?", mit dieser Frage konfrontierte Kati ihren Vater am Frühstückstisch, der gerade das Neue

Deutschland zusammenfalten wollte. Mit gerunzelter Stirn sah er an seiner Tochter vorbei. „Glück? Wie kommst du denn darauf?" Er wischte über die Lippen, stand auf, zog den Schlips gerade. „Ach Kind, was für schwierige Fragen du stellst", sagte er mit gepresster Stimme. An der Tür winkte er sie heran. „Hat das nicht Zeit bis morgen? Du siehst doch, Herr Heinrich ist vorgefahren, beeil dich! Oder willst du heute nicht in die Schule?" Es ärgerte sie, dass sie immer noch wie ein Kleinkind im Auto mitgenommen wurde; laut knallte sie die Schultasche auf die Dielen. „Ich hab keine Lust auf Schule!" Der Vater holte ihren Anorak, stellte ihr die Schuhe vor die Füße, streichelte ihre Wangen. „Nun mach schon, ich lass Herrn Heinrich ungern warten, das weißt du, Kati!"

Es ist warm im Zimmer, die Heizung lässt sich nicht regulieren. Einen Fuß aufs Bettzeug gelegt, spürt Kati, wie sie unter den Augenlidern zu schwitzen beginnt.

Wieso erinnere ich mich so genau an diesen Aufsatz, und der Sturz von Annas Balkon, der vor Kurzem passiert sein soll, hinterließ keine Erinnerungsspur? Was ist das Gehirn? Was hat es gespeichert und was hat es rausgeworfen? Was ist mit den Nervenbahnen geschehen, mit den Neuronen?

Dass die Eltern sich oft stritten, hatte sie schon lange gemerkt, lange bevor sie sich trennten. Mama wischte oft Tränen fort, wenn sie Kati kommen hörte. Eigentlich bin ich ohne Eltern aufgewachsen, das sollte ich zu Frau Muth sagen. Ohne Eltern?, würde die zurückhaltende Therapeutin fragen, wie meinen Sie das, Frau Blank?

Kati stößt einen Fensterflügel auf. Nebel zieht über den See. Das Ufer ist nicht zu erkennen. Langsam dreht sie sich ins Zimmer zurück. Lisa hat ihr eine Zeichnung mitgegeben, die über ihrem Bett hängt. Es ist das Sternzeichen, unter dem sie geboren ist. In Spiegelschrift hat die Freundin darunter geschrieben: Gib nie auf!

Kati löscht das Licht, legt sich auf den Bauch, weil sie so am besten einschlafen kann. Lange liegt sie wach, dreht sich auf den Rücken und wieder zurück. Dann setzt sie sich wieder auf, ahnt mehr, als sie tatsächlich weiß, was an jenem Abend auf Annas Party geschehen ist.

Hugo verabscheute ihre Intuition. Er mochte es nicht, dass sie Dinge sah, die nicht eintreten durften. „Warum willst du nicht sehen, was auf der Hand liegt, Hugo?", fragte sie ihn, Hugo ging wortlos weg. Manchmal meldete er sich wochenlang nicht. Dann stand er wieder in ihrem Zimmer, sah sie an und sie konnte nicht anders, als auf ihn zuzuspringen.

Wie habe ich seine Haut gemocht, die von Zedern und Orangen roch. Habe ich Hugo verraten, als ich Moses aufnahm? Gehören beide Männer zusammen?

Wie soll das denn gehen, Kati? Wach auf! Hugo würde sie an den Schultern packen, sie kräftig schütteln. Israel ist unser Feind! Hast du vergessen, wer meine Eltern ermordet hat? Hast du das verdrängt, Kati? Erklären kann sie es Hugo nicht. Deshalb habe ich mich von dir getrennt, weil ich nichts, aber auch gar nichts erklären will. Weil du ein Dogmatiker bist, Hugo. Halt, was rede ich da! Auch in Hugo gibt es Bereiche, in die ich nicht eingetreten bin, selbst dann nicht, wenn er in meinen Armen eingeschlafen ist.

Sein Onkel ist es gewesen, seine Gedichte haben mir den Libanon nahegebracht. Ich bin süchtig nach diesen Versen, sie sind Balsam für mich. Das wollte ich dir schon immer sagen, Hugo, wie sehr ich dich achte, wie sehr ich dich liebe! Nein! Das stimmt nicht mehr. Am Anfang, ja, da war es ...? Sehnsucht nach Liebe. Nach deinen Händen, dem Gang, der dich von allen unterscheidet. Wie sanft du in Ravenna warst, als hätte deine Seele Balsam getrunken. Wo kommt der Hass her, der uns alle verzehrt? Wenn ich nicht aufpasse, zerfrisst er mich. Ich weiß keine Lösung für den Konflikt zwischen den Staaten, ich weiß ja noch nicht einmal eine zwischen den streitenden Kräften in mir. Oder doch? Es gibt eine Brücke. Hat Moses das gesagt? Oder war es die Therapeutin, die ich in Zürich traf?

Ich möchte mit Hugo und mit Moses leben. Damit werde ich Frau Muth das nächste Mal konfrontieren, die mit mir ein Problem hat, oder bilde ich mir das auch nur ein?

Nimm dich nicht so wichtig, Kati! Wie oft ihr Vater das zu ihr gesagt hat. Doch!, würde sie ihm heute antworten, ich nehme mich wichtig. Deshalb bin ich nach dem Unfall wieder aufgewacht. Nur, welchen Tod gab es für dich? Was redest du denn da für einen Unsinn, Kati! So kann nur Ernst Weigrund sprechen. Nein, auch Hugo würde das so sagen.

Drei Männer sind es, um die meine Gedanken kreisen. Und Mama, wer ist sie für mich? Sie ist wie ein Hauch, flüchtig, wie Gas im Reagenzglas. Ihr bin ich nicht wirklich begegnet. Das finde ich schade. Stillen, an der Brust trinken. Das gab es für mich nicht. Mama musste gleich nach der Geburt wieder arbeiten, nein, sie wollte es. Es gab die Krippe für mich. Krippe, da denkt man an Stroh und Schafe.

Woran denken Sie, Frau Blank?, hat Frau Muth mich neulich gefragt.

Am Seeufer, da, wo sich niemand hin verirrt, hab ich über die Krippe nachgedacht, über den Säugling, der ich war. Und zu welchem Schluss bist du gekommen? Es war, als stünde Hugo hinter ihr. Moses wäre bereit gewesen, sich auf die Krippe einzulassen, auf Heu, Stroh und Schafe, auf den Duft, der aufsteigt, wenn frisches Stroh aufgeschüttet wird.

Eins wird mir in dieser Nacht klar. Ich sollte versuchen, mit meinen Männern Frieden zu schließen, so unterschiedlich sie auch sind, ob sie tot sind oder ob sie leben. Nicht einer, auch nicht Moses, hat mich besucht, während ich im Krankenhaus war. Anna kam, aber vor allem war es Mama, die tage- und nächtelang an meinem Bett gesessen hat.

Mama, liebe Mama! Bald bin ich in Genf, dann erkläre ich dir mein Leben, auf das du einen Anspruch hast, wenn du mich auch in der Krippe abgegeben hast.

Kati springt auf, will nicht länger im Bett liegen bleiben. Es ist vier Uhr, hinter der Tür sind Schritte zu hören. Sie späht in den Flur, schließt die Tür gleich wieder. Anna hat ihr vor ein paar Tagen eine Espressomaschine mitgebracht. Wunderbar, damit kann sie sich jetzt einen starken Kaffee machen, dazu das Brötchen von gestern Abend und Honig aus dem Spreewald. Ach, geht es mir gut!

Hinter den Fenstern wird es hell. Die Gespenster sind gebannt. Sie wird Hugo eine Mail schreiben, ihm sagen, wie es ist. Sie weiß nicht mehr, ob sie darüber gesprochen haben, als sie das letzte Mal zusammen waren. Ich kann dich nicht heiraten, Hugo! Das muss sie ihm unbedingt mitteilen, und, dass sie Moses liebt. Doch heute wird sie den Laptop nicht anstellen. Anna wird gleich kommen. Sie wollen in die City fahren, bummeln gehen. Sie freut sich auf Anna, bei der sie heute übernachten wird.

8

Mit schwarzem rundem Hut auf streichholzlangem Haar, so kommt ihr Anna entgegen. „Bist du fertig, können wir?" Arm in Arm ziehen die Frauen los, fahren mit Annas Auto in die Stadt. In einem Straßencafé frühstücken sie. Anna bestellt Sekt. „Du nimmst doch keine Medikamente mehr?" Lachend stößt sie mit Kati an. Dann erzählt sie von Mark, dass er ein ganz treuer Bursche ist, der ihr sogar ihre Seitensprünge verzeiht. „Mark hat eine gute Ausstrahlung", unterbricht Kati sie. Anna zieht die Augenbrauen hoch. „Das hast du dir gemerkt?" Sie reibt ihre Hände. „Dann bist du wieder gesund! Pass auf, was dir fehlt, ist dieser Kerl, Moses! Ich werde mich darum kümmern, wenn du mich lässt." Kati knallt das Glas auf den Tisch. „Anna! Misch dich bitte nicht ein, okay?"

„Okay. Aber jetzt wollen wir los, du wolltest dir doch eine Jacke kaufen." „Ich würde gern mit der Straßenbahn durch die Stadt fahren", erwidert Kati. „Gut, dann machen wir das." In der Boutique, die Anna kennt, probiert Kati die unterschiedlichsten Jacken an. Eine aus sandfarbenem Filz steht ihr besonders gut; sie ist handgemacht und eine Kapuze hat sie auch. Kati behält die Jacke gleich an. Anna kauft sich eine rote Ledertasche, die sie auf dem Rücken trägt. Am Kollwitzplatz lassen sie sich eine pfefferscharfe Pastete schmecken, die Kati an Boris erinnert, an Piroggen und Pasteten, die seine Mutter immer gebacken hat. Wein will sie keinen trinken, der Sekt ist Kati in den Kopf gestiegen, aber das Gehen in der kalten Luft macht den Kopf wieder klar. „Hier ganz in der Nähe wohnt Lisa!" „Lisa?", fragt Anna, „kenne ich sie?" Kati zieht eine Fotografie aus dem

Portemonnaie, beginnt von Lisa zu erzählen. Zuletzt fragt sie Anna, ob sie in der Psychiatrie nachfragen könnte, wann Lisa entlassen wird. „Okay, ich kümmere mich darum!" Kati drückt ihren Arm, sie weiß, auf Anna kann sie sich verlassen. Die Tage in der Psychiatrie sind auch für Lisa gezählt. „Ihr werdet euch gut verstehen." „Seltsam", Anna kneift ein Auge zu, „dass ich nicht eifersüchtig werde; so wie du von deiner neuen Freundin sprichst." Am Nachmittag muss Anna noch in der Redaktion vorbei. „Kann ich dich allein lassen, Kati? Geht das?" „Aber ja, es ist sogar gut, wenn ich mich allein durchschlage, schließlich gehen die Tage am Wannsee zu Ende." Bevor Anna zum Taxistand läuft, machen sie noch einen Treffpunkt aus.

Die Sonne ist durch die Wolkendecke gestoßen, strahlt vom blassblauen Himmel herab. Kati zieht die Sonnebrille über die Augen, schlendert die Straße hinauf bis zum Wasserturm, schaut in Hinterhöfe, die mit Efeu bewachsen sind. Ab und zu bleibt sie stehen, betrachtet die Auslagen. Eine Glocke scheppert, als sie ein Antiquariat betritt. Mit einem Bücherstapel setzt sie sich an den winzigen Tisch. Ein Herr im Rollkragenpullover und dunklem Lippenbart schiebt ihr ein Glas Tee hin. Es ist ruhig in dem Laden, der bis zur Decke mit Büchern gefüllt ist; auf einem anderen Tisch Grafikmappen. Sie beginnt, mit dem Besitzer zu plaudern, der sich auf einen Hocker setzt. „Sie interessieren sich für Moses?" Erstaunt blickt er Kati an. „Das kommt hier nicht häufig vor ..." Der Antiquar stellt einen Fuß auf den anderen, lehnt den Kopf ans Bücherregal. „Wie kommt das, woher stammt Ihr Interesse?" „Ach", Kati bläst die Wangen auf, „darüber gäbe es viel zu sagen." „Nun?" „Moses hat sich mir aufgedrängt ..." Der Antiquar schmunzelt. „Wie Sie das sagen ..., das könnte ich Ihnen sogar glauben." Er gießt Tee nach, hustet in die rechte Hand. „Sie wissen vielleicht ebenso wie ich, dass Moses möglicherweise nie gelebt hat. Ich sage möglicherweise ..." Kati dreht ein Buch in der Hand. Die Türglocke geht, ein Kunde betritt das Geschäft. Als sie dem Buchhändler die Hand reicht und sich für den Tee bedankt, sagt er lächelnd: „Tausend Jahre sind vor Ihm wie ein Tag, der gestern vergangen ist ..."

Bevor Kati zur Straßenbahn geht, will sie noch in das Stoffgeschäft, von dem Anna so geschwärmt hat. Die Inhaberin hilft ihr, die schweren Stoffballen aufzurollen und sie ins Licht zu halten. „Dieses Smaragdgrün steht Ihnen besonders gut! Manchmal müssen wir in Stoffen baden, ist es nicht so?" Kati ist überwältigt von der Farbenpracht der Stoffe, die ihre Hände und Augen streicheln. Sie beschließt wiederzukommen, sich hier gründlich umzusehen, auch, um mit der Inhaberin zu schwatzen. „Schneiden Sie mir bitte drei Meter von der grünen Seide ab!", bittet Kati. „Nebenan ist meine Nähstube, falls Sie interessiert sind ..." Kati schaut aufs Handy. „Schade, heute kann ich mich dort nicht mehr umsehen. Ich bin verabredet."

„Na, wie war's?", will Anna wissen. „Wie bist du zurechtgekommen? Wie ich sehe, hast du eine Menge eingekauft. Dann geht es dir ja wieder richtig gut." Sie nimmt Katis Arm. „Jetzt hast du bestimmt Hunger? Es ist nicht weit zu mir, wir können durch die Passagen bummeln, oder möchtest du hier etwas essen?" „Gehen wir zu dir, Anna, ich möchte die Stiefel ausziehen." Anna lacht. „Den ganzen Tag auf den Pflastersteinen! Nur gut, dass es nicht geregnet hat."

Sie sitzen am Küchentisch, können die Kastanie sehen, die im Hof wächst. Anna hat einen Plan gefasst, den sie Kati bei einem Glas Wein verklickern möchte. Sie stellt das Geschirr zusammen, pfeift eine Opernarie. Der Wein hat Kati müde gemacht, sie lässt sich aufs Sofa fallen. Vom Hof dringen Stimmen herauf. Nebenan bohrt jemand an der Wand, nach wenigen Minuten ist es vorbei. „Das ist Mark", erklärt Anna, die das Geschirrtuch unter den Arm klemmt. „Mark wohnt neben dir?", ringt sich Kati ab, die Mühe hat, die Augen offen zu halten. „Er schaut nachher mal kurz vorbei." Immer diese Kerle, die Anna anschleppt; nie war einer dabei, der ihr gefallen hat. „Anna, mit mir ist heute nicht mehr viel los. Ich glaube, ich leg mich ins Bett, denn in der vergangenen Nacht hab ich kein Auge zugemacht." „Denkst du wirklich, ich lass dich schon schlafen gehen, jetzt, wo du endlich bei mir bist? Ruh dich aus! Kann ich trotzdem die Nachrichten einschalten?" Kati nickt, legt den Kopf ins Kissen zurück. „Mark ist interessiert an deiner DDR-Geschichte. Du hast doch deine Kindheit da zugebracht." „Was soll das, Anna! Ich dachte, wir beide machen uns einen ruhigen Abend." „Mark wird dir gefallen. Er will doch gar nichts von dir, Kati. Nun mach nicht wieder so ein Kuhgesicht! Der Junge ist sehr gut im Bett, vielleicht ergibt es sich ja ..."

„Ach, daher weht der Wind! Sag, Anna, hast du dir das ausgedacht?" „Ach was!"

Wenn Kati doch wieder die wäre, die sie vor dem Unfall war. Einfallsreich, leidenschaftlich, nobel. Mit Kati konnte sich Anna überall sehen lassen. Wie die Männer ihr nachgeschaut haben! Sie muss sich mehr um ihr Äußeres kümmern, zum Frisör und zur Kosmetik gehen. So geht das nicht weiter, Kati lässt sich ja gehen! Was für ausgefallene Sachen sie immer trug. Keine ausgeflippten Klamotten, dafür war Kati zu elegant. Anna schaut zum Sofa. Heute Nacht könnten wir beide Mark vernaschen, ob er damit einverstanden wäre? Und Kati, wie würde sie das auffassen?

Mark schaute herein. Ein angenehmer Typ, und doch spürte Kati aufsteigende Aggressionen, die sie sich nicht erklären kann. Er saß so dicht neben Anna, als säße sie auf seinem Schoß. Über die DDR fiel kein einziger Satz. Es war spät geworden, sie hatten zwei Flaschen Rotwein geleert. Als Mark ging, flüsterte er an der Tür mit Anna. Kati stand schon im Bad, war zu schwach, um unter die Dusche zu gehen. Mit großer Anstrengung putzte sie sich die Zähne, als Annas Gesicht im Spiegel auftauchte, auf dem ein Grinsen lag. „Du", sagte Anna, „er kann dich gut leiden." Sie küsste Kati auf die nassen Lippen, winkte ihr, dann verschwand sie im Hausflur.

In dieser Nacht kommt der Schlaf sofort. Kein einziger Gedanke belästigt Kati, die gegen sieben die Augen aufschlägt und feststellt: Ich habe die ganze Nacht durchgeschlafen. Wie sie sich in dem breiten Bett dreht, fühlt sie einen nackten Arm. Es ist Anna, die neben ihr mit offenem Mund atmet. Zärtlich betrachtet Kati die Freundin und beginnt, wie so oft, die Sommersprossen auf Annas Nase zu zählen. Sie erinnert sich an den Tag, als sie ihr das erste

Mal gegenüberstand. Kati war in die Kulturredaktion des Schweizer Rundfunks gegangen, um sich einen Job zu suchen, weil sie sich von ihrer Mutter unabhängig machen wollte. Zu ihrem eigenen Erstaunen fiel es ihr nicht schwer, sich in die fremde Materie einzuarbeiten, rasch begriff sie die Arbeitsweise und konnte schon nach relativ kurzer Zeit selbstständig arbeiten. Anna thronte auf einem Drehsessel aus feinstem Büffelleder. Sie ist fünf Jahre älter als Kati und war ihre unmittelbare Vorgesetzte. Die Frauen verstanden sich auf Anhieb. Es gab kein Konkurrenzdenken zwischen ihnen – wie auch, da Kati absolute Anfängerin war. Anna hat sie überallhin mitgeschleppt, auf diese Weise lernte Kati sehr schnell, worauf es in diesem Job ankommt. Sie bekam mit, welche Fragen sie stellen muss, um das Gegenüber aufzuschließen. Anna hat Medienwissenschaften studiert, ist eine versierte Redakteurin. Das wollte Kati auch werden. Von Anfang an machte Anna keinen Hehl daraus, wie sehr sie Kati mochte, aber Kati wollte keine körperliche Nähe; obwohl es sie reizte, spürte sie eine Sperre, die Anna immer respektiert hat. Sie gingen wie Schwestern miteinander um. Kati genoss es, eine Chefin wie Anna zu haben, mit der sie befreundet war.

Noch immer wandern ihre Augen über Annas Gesicht, weil sie erforschen will, was das Besondere dieser Beziehung ist. Es gibt keine Antwort, keine rationale. Sympathie wäre zu kurz gegriffen. Liebe ist es auch nicht, oder doch? Auch Anna kennt meine verschlossenen Räume nicht. Mit Moses, ja, mit ihm konnte ich zeitweise über mich sprechen, seufzt Kati und streckt einen Fuß aus dem Bett.

Die beiden Frauen sind beruflich viel unterwegs gewesen. Europa haben sie kennengelernt, vor allem Kroatien und Finnland. Mit Anna zu reisen, hat immer Vergnügen gemacht. Streit gab es nur, wenn Hugo kam. Anna war eifersüchtig auf Hugo. Kati versuchte, die Freundin in ihre Schranken zu weisen, die unaufgefordert kam, selbst wenn Hugo nur für einen Tag da war. Jedes Mal legte sich Anna mit ihm an, versuchte, Hugo zu provozieren, bis er seine Mütze schnappte und die Tür ins Schloss fiel. Dann breitete sich auf Annas Gesicht Genugtuung aus, dass Kati sie hinauswerfen wollte. Ob Annas Ressentiments in ihr Niederschlag gefunden haben? Nein! Kati weiß, ich bin frei zu entscheiden, mit wem ich zusammen sein will.

Wer ist Anna für mich?, grübelt Kati, die Wasser aufsetzt, um sich einen türkischen Kaffee zu brühen.

Dreizehn Grad auf dem Außenthermometer. Kati steht auf dem Balkon, beugt sich über die Brüstung. Hier also! Hier ist es geschehen! Sie versucht sich auszumalen, wie die Kastanie sie aufgefangen hat. Jetzt sind ihre Äste kahl, nur vereinzelt zittert noch ein Blatt. Sie richtet sich gerade auf, schlürft heißen Kaffee, hört, wie Anna sich streckt und Unverständliches murmelt. Marks Kopf taucht auf. Die Balkone sind nur durch eine halbe Wand getrennt. Kati zuckt zusammen; Mark war doch auch auf Annas Party ...

„Was denkst du von mir?" Sie reckt sich, um Mark anzusehen, der die Brille abnimmt und die Gläser anhaucht. „Was meinst du denn, Kati?" „Annas Party, auf der ich gesprungen bin!" Soll er doch denken, was er will, was geht mich Annas Freund an! Sie schaut auf die Straße hinunter, die von Autos vollgestellt ist. Um diese Zeit, noch dazu am Wochenende, ist die Straße menschenleer.

Mark haucht noch immer auf die Brillengläser, als er sagt: „Das war ein Schock!"

„Für dich?"

„Ach, Kati! Kennst du einen, der weiß, wie es geschehen ist, oder kannst du dich erinnern, was vorgefallen ist in jener Nacht?"

„Es war nach 24 Uhr, kurz nach 24 Uhr, haben sie in der Klinik gesagt."

„Das spielt doch gar keine Rolle, wie spät es war. Ich sehe immer nur Anna, wie sie über die Straße hetzt, beinahe in ein Auto läuft; wie sie nach oben in die Kastanie starrt und wie sie dich dort entdeckt. Nein! Ich kann es nicht beschreiben. Es ist ein Albtraum, rühr nicht daran!" Mark dreht sich auf dem Absatz um, mit der Brille in der erhobenen Hand scheint er ihr zu drohen. Hart schließt er seine Balkontür. Sie hätte nicht herkommen dürfen. Niemals! Und wieso nicht? Bin ich ein Schisshase, wie Hugo behauptet hat? Kati hievt einen Korbsessel vom Tisch, hockt sich auf die Kante, zündet eine Zigarette an. Rauch mischt sich mit diesiger Luft. Sie muss sich endlich erinnern, muss der Gestalt auf der Parkbank einen Namen geben. **Der Stasioffizier, der sich erschossen hat.** Die Zeitung war neben das Toilettenbecken gerutscht, langsam, wie in Zeitlupe, senkte sich das Blatt. Den Wasserhahn konnte sie nicht schließen. Mit ausgestreckten Händen glitt sie durch das Knäuel der Tanzenden. Jemand stieß sie an, wollte sie an sich ziehen. Ob die Balkontür offen stand? Wieder kommt sie nicht weiter. Bis hierher, an diese Stelle, ist sie schon öfter gelangt. Was geschah auf dem Balkon? Gibt es keine Zeugen, waren alle Gäste mit sich selbst beschäftigt? Nora und Dittmer Bär standen in Annas Küche, sie waren spät gekommen. Anna? Wo war die Freundin, als es geschah? War Anna mit Mark in seiner Wohnung verschwunden, bumste er sie gerade?

Daran erinnert sie sich plötzlich, dass Anna im Unfallkrankenhaus zu ihr gesagt hat: „Du lebst, Kati! Wieso sollten wir die Polizei rufen?" Verschweigt sie mir etwas? Die Stunden vor der Party? Hatte ich wirklich zu viel getrunken, wie später behauptet worden ist? Bin ich auf die Brüstung geklettert?

Kati schlürft den kalt gewordenen Kaffee, klopft mit dem Fuß an die Betonwand: Mein Vater ist tot. In jener Nacht, auf Annas Klo, habe ich es in der Zeitung gelesen. Was bin ich für ein Narr, der die Toten nicht tot sein lässt? Sie schiebt den Oleander zur Seite, guckt, ob Anna immer noch schläft. Ich muss das aufklären! Aber was will ich denn wissen? Kann ein Mensch über dieses Geländer fallen? War es an einer Stelle brüchig? Hat mich jemand geschubst? Ist die Stasi an dem Unfall beteiligt? Spinne ich jetzt?

Wieso hat sich Ernst Weigrund erschossen? Könnte die Stasi das Motiv sein? Vielleicht haben ihm seine Genossen den Revolver ja in die Hand gelegt? Der Vater sah elend aus, als ich ihn das letzte Mal im *Berolina* gesprochen habe. Doch er sah nicht aus wie einer, der sich das Leben nehmen will. Wozu auch? Was sollte ihn dazu veranlasst haben? Ernst Weigrund war immer von seiner Arbeit überzeugt. Er wusste, dass er auf der richtigen Seite eine wichtige Arbeit leistet. Im Hotel *Berolina* sagte er und richtete sich dabei zu seiner vollen Größe auf: „Ich habe mich mit meinen Leuten beraten, bevor ich hierherkam, ich werde sie auch über dieses Gespräch unterrichten." Auch fällt ihr jetzt ein, was Anna in der Cafeteria am Wannsee erst vorige Woche sagte: „Die Stasi verfolgt ihre Leute, wenn sie zu reden anfangen."

Ich kenne Ernst Weigrund nicht, wenn er auch mein Vater ist. Zu diesem Schluss kommt Kati an diesem Samstagmorgen. Um elf schlägt das Wetter meistens um, hofft sie, als sie in den grau verhangenen Himmel blickt. Leise, um Anna nicht zu stören, zieht sie sich aus, stellt sich unter die Dusche, genießt erst das warme, dann das kalte Wasser auf der Haut. Es wäre alles ganz einfach, wenn ich die Zusammenhänge erfassen könnte. Wie meinst du das, he? Hast du nicht deinen Vater und alles, was mit ihm zusammenhängt, zum Auskotzen satt? Stimmt! Trotzdem kann ich nicht locker lassen. Annas Handtücher sind weich und sie riechen gut. Kati rubbelt die Haut trocken, sucht eine Lotion, die sie über Brust und Rücken verteilt, zieht eine Schublade auf, streift einen metallblauen Flauschpulli über den Kopf. Dann bürstet sie ihr Haar. Es war ein Schock, nein, es traf mich wie ein Stromschlag, als ich sein Bild in der Zeitung sah.

„Mein Vater ...", hört sie sich zu Anna an einem windstillen Tag in Los Angeles sagen „... hat niemanden außer mir. Ja, Rota, seine Geliebte, aber die hört ja nie zu! Vater ist verzweifelt, seitdem Mama ihn verlassen hat. Und ich kann ihn auch nicht ertragen, das Gewinsel darüber, dass die Mauer gefallen ist, seinen belehrenden Ton. Er behauptet tatsächlich, dass er zur Elite in der DDR gehörte." Kati hatte Anna an den Schultern gefasst. „Verdammt! Ernst

Weigund will nicht einsehen, wer er war!" „Ja, ja", seufzte Anna, „er ist und bleibt aber dein Vater."
Die Sonne hat es geschafft, der Himmel ist wieder klar. Die Frauen wollen auf dem Balkon frühstücken. Sie ziehen sich dicke Pullover über und wickeln sich in warme Decken. Kati ist süchtig nach frischer Luft, ihre Augen saugen sich an jedem Grashalm fest. Sie muss immer etwas zum Gucken haben, denkt Anna, die Honig in ihren Tee träufeln lässt. Kati spricht von Frau Muth, und darüber, wie sie die Therapie auffasst. „Dabei weiß ich um den Gewinn einer Therapie, ich weiß überhaupt so manches ..." Sie kippelt mit dem Stuhl, Anna legt den Kopf schief, versteht nicht, worum es geht. Nach dem Unfall hat sich Kati stark verändert. Es fällt ihr nicht leicht, die Freundin zu ertragen, die immer wieder abdriftet und von Dingen spricht, die sie wenig interessieren. Was geht in mir vor?, fragt sich Anna, wieso kann ich die hilfsbedürftige, unsichere Kati so schwer aushalten? „Schwachsinn!", entfährt es ihr. Sie rückt an die Freundin heran, legt einen Arm um ihre Schultern. „Schwachsinn?", fragt Kati. „Ich habe gerade erkannt, dass jeder Mensch sieben Leben hat", lacht Anna. „Das ist aber nicht neu, oder?" Sie frotzeln, kichern, dass Anna aufzuatmen beginnt und von Finnland erzählt, von dem Freund, den sie dort hat. Die Sonne wärmt Gesicht und Nacken, eine Meise fliegt auf Marks Balkon. Anna ist aufgestanden, schaut über die Dächer: ob ich hier leben will, in dieser Stadt? Solange mein Vertrag gilt, aber danach will ich wieder woanders hin. Ob Kati mitkommen würde nach New York oder Helsinki? Heute ist das noch nicht aktuell. Es hat den Anschein, als hätte sich Kati wieder gefangen. Ach,

hatte ich Angst um sie! Noch heute beginne ich zu zittern, wenn ich an jenen Abend zurückdenke, der wie ein Brandmal ist. Logisch kann ich es mir immer noch nicht erklären, was in der Nacht geschehen ist. Schrecklich war, dass ich nach dem Unfall gleich nach Finnland musste, obwohl ... Am nächsten Morgen konnte ich zum Glück noch kurz zu Kati in die Klinik fahren. Hätte ich da Moses' Telefonnummer gehabt, ihn hätte ich angerufen. Später hat Kati mir das untersagt. Es war wie verhext, die Ereignisse überschlugen sich. Zu allem wurde meine Mutter schwer krank, sodass ich von Helsinki aus in die Schweiz fliegen musste. Ich habe es Kati nie erklären können, wieso ich so selten kam; sie hat mich auch nicht danach gefragt. Mit ihrer Mutter telefonierte ich regelmäßig, auch mit ihrem Arzt. Ich habe keine Ahnung, ob es stimmt, dass ihr Vater sich erschossen hat. Klar könnte ich das herausfinden, aber ich will es nicht. Wenn Kati mich darum gebeten hätte, hätte ich es getan. Ihr Arzt beschwor mich, nicht davon anzufangen; es würde den Genesungsprozess verzögern, wenn nicht sogar verhindern, sagte er mit Schärfe in der Stimme. Daran habe ich mich gehalten. Ich kannte Ernst Weigrund nicht, war ihm nie begegnet, und Katis Mutter schwieg, wenn ich das Gespräch auf ihren Ex lenkte. Dabei hasse ich Schweigen. Ich bin in ein System geraten, dem ich mich unterworfen habe.

„Erinnerst du dich, Anna, wann ich zu deiner Einweihungsfete gekommen bin, ich meine, wie spät es war?"

„Gegen sechs, glaube ich, bist du gekommen, wie es verabredet war."

9

Die Wohnung roch nach Farbe. Einige Wände waren in warmem Ocker gestrichen. Kati stand in der Diele in einem wahnsinnigen Kleid. Ein Rot, das ich so noch nie gesehen hatte, das absolut zu ihrem Teint passte. Obwohl sich Kati schon mehrere Wochen in der Behörde aufgehalten hatte, schien sie guter Stimmung zu sein. Ich konnte mich aber nicht mit ihr befassen. Es klingelte, das Büfett wurde aufgebaut. Gäste kamen. Kati nahm ihnen die Blumen ab, suchte für jeden Strauß die passende Vase. Ich sehe ihr Gesicht, wie sie die Blüten betrachtet und überlegt, welches Gefäß sie nehmen soll. Gäste, die mich nur oberflächlich kannten, verwechselten uns und gratulierten Kati zu der neuen Wohnung. Wie so oft hatte ich viel zu viele Leute eingeladen. Irgendwann an diesem Abend stellte mir Kati die Pfarrersleute vor, die sie aus der Behörde kannte. Ich war beschäftigt, konnte nicht auf sie eingehen, aber das erwartete auch niemand von mir. Bär, so hieß der Pfarrer, unterhielt sich angeregt mit Mark, wie ich mitbekam. Seine Frau Nora ging mit Kati nach nebenan. Ich wollte tanzen, legte einen Tango auf. Gewundert hab ich mich, wieso Mark nicht zu mir kam. Einen Kollegen aus Finnland hatte ich auch eingeladen. Er tanzte wunderbar. Die Küche war brechend voll, ich füllte das Büfett auf. Es war heiß, wir machten die Fenster auf. Es ging auf Mitternacht. Die Stimmung war grandios, alle schienen sich wohlzufühlen. Der finnische Kollege wollte eine Kopie haben, wir gingen in mein Zimmer. Ich wollte gerade den Computer einschalten, da hörte ich etwas, was ich nie gehört hatte. Es war, als trampelten hundert Pferde durch meine Wohnung.

Ohne nachzudenken, was ich tat, stürzte ich die Treppe hinab, lief über die Straße. Jemand riss meinen Kopf herum, zeigte nach oben. Wie ich am nächsten Tag hörte, hatte Mark die Feuerwehr alarmiert, die sofort kam. Ich war ohnmächtig geworden. Das Erste, was ich wieder wahrnahm, war Marks Gesicht, der sich über mich beugte. Ist sie tot? Mark legte einen Finger auf meine Lippen, nahm mich auf seine Arme. Am nächsten Tag besuchte ich Kati im Krankenhaus. Obwohl ich mich gewappnet hatte, erschrak ich, wie sie aussah. Sie konnte mich nicht hören, konnte nicht sprechen, ihre Augen waren wie nach innen gedreht. Diesen Blick werde ich nicht vergessen.

„Es reicht, Anna, hörst du!" Kati wedelt mit dem Geschirrtuch vor Annas Augen. „Lass gut sein, Anna, es geht nicht! Vielleicht will ich es gar nicht wissen, was wirklich geschehen ist." „Beruhige dich, Kati, ich weiß es ja auch nicht." Keiner weiß es. Oder doch, es muss doch jemanden geben, der dich gesehen hat. Wie oft hat Anna Mark mit diesem Satz bombardiert. Die Antwort stand in seinem Gesicht zu lesen.

Anna trägt das Geschirr in die Küche, umarmt Kati. „Ich geh nur kurz zu Mark rüber, muss etwas mit ihm besprechen." Im Flur zieht sie den Pullover gerade, reibt übers Gesicht. Sie hat Kati nicht gesagt, dass sie ihretwegen eine Dienstreise verschoben hat, dass sie ständig versucht, ihren Alltag nach ihr auszurichten. Ob sie wirklich gesprungen ist? Anna wischt diesen Gedanken gleich wieder fort. Nein!, ich kenne Kati lange genug.

„Ich will gar nicht wissen, wie es war ...", murmelt Anna, die auf Mark zugeht und ihn umarmt.

„Wie lange bleibt sie denn?"
Anna streicht Mark übers Gesicht. „Stört sie dich?"
„Nein! Das weißt du doch, aber ich hab dich gern für mich."
„Ich weiß. Ich wollte dich gerade fragen, ob wir in dein Häuschen fahren können."
Er hebt die Schultern. „Wieso hast du das denn nicht eher gesagt? Ev wollte an diesem Wochenende hinausfahren, ich muss sie erst fragen."
Anna guckt ihn an, Ev ist Marks Frau, die vor einem halben Jahr ausgezogen ist. „Wenn es dir nichts ausmacht, aber ich denke, Kati würde es gut tun hinauszukommen, und mir sicher auch."
„Zu dritt in der Hütte, ich weiß nicht, Anna, ob das eine gute Idee ist."
„Wäre ja nur für eine Nacht. Morgen Abend muss Kati wieder in der Klinik sein."
„Ich hab das Empfinden, sie mag mich nicht." Mark schaut Anna an, die einen Apfel aus der Schale nimmt.
„Meinst du? Ich will ja auch nicht, dass sie sich in dich verguckt." Er küsst Anna auf den Mund. „Ich mag, wie du küsst!", flüstert Anna und schmiegt sich an ihn.
„Gut! Ich rufe Ev gleich an. Sie haben keinen Regen angesagt und wärmer werden soll es auch. Außerdem haben wir auch ein Öfchen dort." Anna überlegt, ob sie Kati erst fragen soll. „Na?" Er dreht sich herum, sagt etwas ins Telefon. „Es klappt, Ev hat am Wochenende etwas anderes vor. Wann möchten die Damen denn los?"
Kati fühlt sich übergangen, als Anna ihr von dem Ausflug erzählt, aber sie ist viel zu schwach, um zu widerspre-

chen. Vielleicht tut es ihr ja wirklich gut, die Großstadt hinter sich zu lassen, wenn auch nur für ein paar Stunden. „Wo wollen wir überhaupt hin?"

„In den Spreewald, den kennst du bestimmt nicht."

Kati sucht ihre Sachen zusammen. „Kann ich mir deinen Schlafanzug borgen? Deinen Pulli hab ich schon an."

„Nimm, was du brauchst. Vor allem aber warme Socken. Das Häuschen ist ausgekühlt, und es ist nicht isoliert. Aber urgemütlich ist es, du wirst es mögen; auch die Landschaft, die vielen Wasserarme, werden dir gefallen. Für eine Kahnfahrt ist es schon zu kühl, aber vielleicht staken wir doch ein kurzes Stück und ich zeig dir die alte Schule, auf die ich ein Auge geworfen habe."

„Du willst dich hier niederlassen, du, Anna?"

„Ach was. Aber das alte Backsteingemäuer hat was, du wirst es merken; ich bin gespannt, wie es dir da draußen gefällt."

Mark drückt die Tür auf, winkt mit einer Flasche Rum. „Na, wie weit seid ihr? Vergesst nicht, einen warmen Pullover mitzunehmen und eine Regenjacke! Wir kaufen unterwegs ein, oder ich lade euch in Die alte Fährstube ein."

10

Das Häuschen liegt direkt am Wasser. Es gibt tatsächlich einen Kahn, von dem die blaue Farbe abblättert. Unter einer Buche der Gartentisch und vier Klappstühle. Buchenblätter auf der Treppe, auf dem Brunnenrand, auf dem Wasser. Anna kniet am Ufer, ihre Augen strahlen, als sie sich zu Kati umdreht. „Woran erinnert dich das?" Kati wirft ihre Jacke ins Gras, hockt sich zu Anna.

„Es gibt Pellkartoffeln und Quark mit Leinöl!" Mark wedelt mit einem karierten Tuch, das er auf den Gartentisch breitet. „Die Kartoffeln werden hier angebaut", sagt er kauend, „Leinöl und Quark stammen sowieso aus dem Spreewald."

„Haben die denn hier Kühe?", will Kati wissen, der es hervorragend schmeckt. Mark zeigt auf die Wiesen am Fluss.

„Braucht ihr mich noch? Sonst leg ich mich ein bisschen hin." Anna geht mit Kati ins Haus. „Da auf der gepolsterten Bank neben dem Fenster, da schläft es sich gut." Sie sieht, wie Kati wankt, stützt sie von hinten. Der Platz neben dem Fenster gefällt Kati sofort. Sie wirft einen Blick in die Kammer.

„So wurde im Spreewald geschlafen, alle in einem Bett, die ganze Familie ..." Annas Lachen klingt übermütig. Sie nimmt Kati in den Arm. „Na, wie findest du das?" Wie niedrig die Decken sind; urgemütlich auch der kobaltblaue Kachelofen mit den Simsen, auf denen alte Kruken stehen. „Ruh dich ein wenig aus!" Anna legt eine Wolldecke auf die Bank, schüttelt ein Kissen auf. „Nach dem Tee möchte ich dir die Landschaft zeigen, wenn du willst."

„Schön ist es hier!", ruft Anna, die aus dem Haus tritt und ihre Arme öffnet. Sie geht hin und her, bricht ein paar Zweige, die sie in eine hohe Tonvase stellt. Mark schüttet die verfaulten Äpfel auf den Misthaufen. „Nachher will ich zu Kurt, meinem Nachbarn", erklärt er Anna, die sich neben ihn stellt. „Er wohnt drei, vier Kilometer von hier, seine Frau ist im Frühjahr gestorben. Ein richtiger Spreewaldbauer, er würde dir gefallen, Anna."

„Wollen wir nicht noch Tee zusammen trinken?", fragt Anna, während Mark eine Flasche Korn in seinen Rucksack steckt. „Das wird mir zu spät!" Sie zeigt auf die Flasche. „Na, ob du danach noch zurückfindest?"

„Macht es euch schön!" Mark steigt aufs Rad, klingelt, dann nehmen ihn tief hängende Zweige auf.

Lautlos gleitet der Kahn durchs Wasser. Das Ufer wird von Wiesen gesäumt. Enten fliegen auf, lassen sich auf der grünen Wasserfläche nieder. Auf einer Koppel ein weißes Pferd, das den Kopf hebt. Ein Hund kommt angelaufen, bellt die Frauen an. Der Fluss engt sich. Sie fahren an einem Backsteinhaus vorbei, neben dem Eingang eine grob gezimmerte Bank, davor ein Holztisch. Der Kahn liegt festgezurrt am Ufer.

Das sanfte Dahingleiten ist jetzt genau das Richtige für Kati. Sie hat die Augen halb geschlossen, atmet den Frieden ein, der über der Landschaft liegt. Ab und zu dringen Sonnenstrahlen durchs Erlengebüsch, das rechts und links des Wassers in den Himmel wächst. „Bald wird es dunkel sein!" Anna hat Kati an die Schulter getippt. „Wir fahren nur noch in diesen Flussarm hinein." Kati ist alles recht, sie genießt das Passivsein. Erschreckt hebt sie den Kopf: Ich tue seit Wochen nichts! Sie versucht aufzustehen, der Kahn schwankt. „Setz dich besser wieder hin, sonst kippen wir noch um." „Wo hast du denn das Staken gelernt, Anna?" „Hier, wo denn sonst, doch nicht in der Schweiz." Lachen weht über den Fluss. Kati feuert Anna an. Plötzlich weitet sich das Wasser, Erlen und Weiden haben sich zurückgezogen. „Schau mal, der Lampion!" Anna zeigt zur untergehenden Sonne, lässt sich neben Kati auf die Bank fallen. Keine drei Minuten sind vergangen, dann verschwindet der glühend rote Ball. Geschickt steuert Anna den Kahn ans Ufer; ohne Mühe macht sie ihn fest.

Bevor Mark weggefahren ist, hat er das Feuer im Ofen angemacht. Trotzdem schlägt den Frauen feuchtkalte Luft entgegen, als sie eintreten. Kati reibt ihren Rücken an den warmen Kacheln, beobachtet Anna, die hin- und hergeht. Der Hals hat kein einziges Fältchen, registriert Kati, die ihre Füße an den Ofen hält.

„Warte, Kati, ich mach uns ein heißes Fußbad!" Die Frauen halten ihre Füße ins warme Wasser, nippen am Kräuterlikör. Alles wird wieder wie früher sein!, redet sich Anna ein, obwohl sie es besser weiß. Gern würde sie vorausschauen, wissen, was Kati nach der Reha beginnen wird. Ob sie wirklich noch ein Studium anfängt, wie sie es angedeutet hat? Und was ist mit Moses, von dem sie nicht spricht? Ob ich sie fragen soll? Besser nicht, sie wirkt so gelöst, die Gesichtszüge so weich ... Es wäre töricht von mir, Kati jetzt aufzuscheuchen. Dabei wäre es so einfach; ich brauchte Moses nur anzurufen, aber sie hat es mir ausdrücklich untersagt. Moses soll mich suchen! – Katis flammender Blick. Für diesen Moment war sie wieder die alte Kati, die ich mag.

Aus dem Material, das Kati über ihren Vater zusammengetragen hat, kann eine spannende mehrteilige Sendung werden. Die Redaktion ist daran interessiert. Der Chefredakteur hat Kati deshalb nach Berlin geschickt. „Aber jetzt soll Kati Blank erst einmal gesund werden, dann sehen wir weiter", hat er am Telefon gesagt, als ich mit ihm sprach. Ich bin ungeduldig, ertrage Kati nicht, wie sie jetzt meistens ist. Dabei braucht es nur Zeit. Schließlich muss sie mit dem Unfall fertigwerden. Anna zieht ihre Füße aus der Schüssel. „Ich schau mal nach, was wir zu essen haben, du hast doch bestimmt Appetit?" Kati sieht, wie Anna in die Speisekammer guckt, hört, wie sie murmelt, „wo Mark bleibt? Sicher haben die zwei die Flasche leer gemacht."

„Trinkt er denn?", will Kati wissen. „Nur hier, mit den Bauern, manchmal. Mark ist gern mit ihnen zusammen. Er sagt, dass sie ihn an seine Großeltern erinnern. Er kann den Landleuten stundenlang zuhören, wenn sie von früher erzählen, von der Zeit, als sie noch auf der LPG gearbeitet haben. Mark stammt aus Süddeutschland, lebt noch nicht lange in Berlin. Er kennt das DDR-Leben gar nicht."

„Magst du ihn?"

„Würde ich sonst mit ihm schlafen? Das hat deine Spürnase doch mitbekommen, stimmt's?"

„Soll ich uns einen Punsch machen?"

„Gute Idee, Kati! Dort in den Dosen sind Gewürze, und hier ist auch eine Flasche Rotwein. Ich mach uns einen Tomatensalat, den magst du doch?" Anna räumt den Korb leer, hält ein Brot hoch und einen Räucheraal. „Das reicht, oder?"

„Wollen wir denn nicht auf Mark warten?"

„Ich ruf ihn an", sagt Anna und geht mit dem Handy nach draußen. „Mark kommt später. Der Bauer begleitet ihn, die Wege über die Wiesen sind dunkel und rutschig."
Es geht auf Mitternacht zu. Mark ist noch nicht gekommen. Kati spürt, wie Anna nervös wird, sich aber bemüht, es nicht zu zeigen. Sie haben Punsch getrunken und den Aal verspeist. Der Kachelofen wärmt das kleine Haus, die Tür zur Schlafkammer steht offen. Kati ist ins Freie gegangen. Anna folgt ihr, ein Silberstreifen zittert auf der Wasserfläche. Männerstimmen, die aus dem Dickicht dringen. Mark führt einen Mann am Arm; sie versuchen, keinen Lärm zu machen. Der Bauer leuchtet mit der Stablampe. „Das ist Kurt", sagt Mark mit schwerer Zunge. Die Frauen sehen sich an, kichern, dann geben sie Kurt die Hand. Ein Lichtkegel hüpft über Gras und Steine, bevor der Nachbar im Dunst verschwindet.
„Wo seid ihr denn?", ruft Mark, der in der erleuchteten Tür lehnt und wild mit den Händen herumfuchtelt. „Hast du überhaupt etwas gegessen?" Er schüttelt den Kopf. „Ich glaube nicht, oder doch, etwas Käse und Brot und selbst geräucherte Salami, die schmeckt hier vielleicht!" Schwankend geht er zur Toilette.
„Ich möchte morgen nicht zurückfahren", sagt Kati leise, während Anna ihre Bettdecke bezieht. „Geht das denn?" „Aber ja, ich bin ein freier Mensch, was denkst denn du, Anna!" „Lass uns morgen darüber reden, ja?"
Es ist doch meine Sache, wann ich zurückgehe in die Klinik. Anna scheint sich Sorgen um mich zu machen. Es gefällt mir hier, die Landschaft ist wie mein Zustand: undurchsichtig, grasüberwachsen, und in dem Häuschen scheint

ein guter Geist zu wohnen. Hier könnte ich auf Moses warten. Kati trommelt mit den Fingerspitzen aufs Fensterglas. Warten, ha! Gewartet hab ich lange genug.

Es wird der Punsch gewesen sein. Sie kann sich am nächsten Morgen nicht erinnern, wie sie ins Bett gekommen ist. Kati liegt auf der Bank, das Fenster steht einen Spalt weit offen. Mit Schwung wirft sie die Decke ab, dreht sich herum. Anna putzt gerade ihre Zähne, das kurze Haar umsteht den schmalen Kopf wie eine braune Kappe. „Wie hast du geschlafen?"
„Phantastisch! Wie bin ich denn ins Bett gekommen?"
„Weißt du das wirklich nicht? Wir haben noch eine Stunde vor dem Ofen gelegen. Mark schnarchte schrecklich, erhob sich plötzlich, wankte hinaus, pinkelte, und warf sich anschließend auf sein Bett. Ich musste ihm helfen, die Hose auszuziehen." Anna hält ein Thermometer hoch. „Es ist nicht kalt. Wir können draußen frühstücken, willst du?" Mark wirft sich knarrend herum. „Die Männer haben bestimmt den Korn leer gemacht, dabei verträgt Mark keinen Schnaps."

Der Kaffee ist genau so, wie Kati ihn mag, dazu ein Schuss Sahne und eine Spur Rohrzucker. Wie hat sie dieses Leben vermisst! Mit zwei Fingern streicht sie über Annas Hand. „Eine richtig gute Idee, hierher zu fahren! Es ist wie Ferien in Braunwald."

„Ich zeig dir nachher das alte Schulhaus, das mir so gut gefällt", sagt Anna und drückt Kati einen Kuss auf den Mund. Sie fahren auf den Rädern, der Schal weht wie eine Fahne über Annas Kopf. Der Weg wird holprig und schmal.

Die Frauen schieben die Räder. Sonne glitzert im Erlengebüsch. Kati wischt sich Schweiß von der Stirn. Sie springen über Heuhaufen, lassen sich hineinfallen, umarmen sich, liegen da und schauen in einen Himmel, der sie wie eine Glocke umschließt. Plötzlich springt Anna auf. „Wenn wir heute noch hierbleiben wollen, dann müssen wir es mit Mark besprechen, komm, Kati! Kannst du noch?"

Das Häuschen ist leer, ein Zettel liegt auf dem Tisch. „Hab euch gesucht, aber nicht gefunden. Bin mit dem Kahn los, bleib nicht so lange fort wie gestern Abend. Mark."

Die Sonne hat sich hinter den Wolken versteckt, die Schuhe sind nass, auch die Socken. „Hier ist es ja wie im Regenwald", murmelt Kati, „es fehlen nur noch Schlangen."

„Ich hab in Berlin angerufen." Anna zeigt aufs Handy. „Alles ist perfekt, wir können noch einen Tag bleiben, wenn Mark einverstanden ist." Kati klappert mit dem Geschirr, unterdrückt den Satz: Aber ich wollte länger hier bleiben. Sie umarmt Anna. „Gut gemacht!"

„Hallo!", ruft Mark vom Ufer und hält einen Fisch hoch. „Habe ich gerade gefangen, den grillen wir!" „Kati und ich, wir würden gern noch bis morgen hier bleiben." Mark sieht erst Anna, dann Kati an, wirft die Gummistiefel ins Gras. „Eigentlich geht das nicht." Er hält eine Wasserflasche an die Lippen, reicht sie Anna. „Willst du?" Jetzt sieht er Kati an. „Und du meinst, das ist richtig so?"

Er liegt zwischen den Frauen vor dem Kachelofen, Annas Kopf in seinem Schoß, eine Hand unters Kinn geschoben. „Ach", knurrt Mark, „wieso muss man immer zu seinem

Glück gezwungen werden, wisst ihr das?" Kati nimmt den Rotwein aus ihrem Rucksack, den sie am Prenzel Berg probiert hat. Mark will heute keinen Tropfen trinken; er streckt die Beine weit aus. Es ist warm in dem niedrigen Raum. Mit einer Hand zieht er sich das Hemd aus, schaut Anna an. „Heiß, was?"

„Ich lauf noch ein Stück ..." „Du kannst doch gar nichts mehr erkennen, Kati!", ruft Anna der Freundin nach, die in kurzen Sprüngen am Wasser ist. Es zuckt in ihren Händen. Soll sie ihn anrufen? Moses, ach Moses, wieso findest du mich nicht? Tastend bewegt sie sich am Ufer entlang, bis der Trampelpfad so unwegsam wird, dass sie umkehren muss. Nein! Noch ruft sie Moses nicht an. Sie ist sowieso nur noch eine Woche am Wannsee. Danach reise ich ab! Sie verbietet sich zu denken, dass ihm etwas zugestoßen sein könnte. Ein Vogel fliegt dicht an ihr vorbei. Sie ist ausgerutscht, die Jeans sind nass. Als sie sich dem Haus nähert, hört sie Annas Stimme, die bemüht ist, nicht laut zu sprechen. Die Haustür ist angelehnt, Mark hat das Hemd wieder angezogen.

„Und du meinst, Kati ist wieder okay?"

„Sie ist nicht krank, Mark. Sie hat wirklich Erschreckendes erfahren!"

„Das weiß ich doch. Aber du, wie lange willst du dich noch nach ihr richten? Wann können wir endlich Ferien machen?"

„Ich will jetzt nicht weg aus Berlin, muss ich das immer wieder sagen?" Auf Annas Stirn bildet sich eine Falte; mit einer Hand streichelt sie Marks Gesicht.

„Kati, wieso immer sie?"

„Sie ist meine Freundin." Anna hat sich aufgerichtet, schaut zur Tür. „Wo sie nur bleibt?"

Kati beobachtet Mark, der Anna zu sich herunterzieht. Jetzt beugt er sich über Anna. Plötzlich setzt er sich auf. „Ich begreife das noch immer nicht! Wieso springt Kati von deinem Balkon?"

„Lass das doch jetzt!"

„Wieso fragst du nicht mich, Mark?" Kati knallt ihre Jacke in die Ecke. Er prustet los, kriegt den Mund nicht zu. „Was möchtest du wissen, Mark, he, sag schon!"

„Im Grunde ist es doch völlig unwichtig, was gewesen ist. Wir liegen am Feuer und fühlen uns pudelwohl", seufzt Anna und gähnt.

Mark hat sich neben Kati gestellt. „Jetzt fahren wir in Die alte Fährstube, die ist nicht weit von hier. Na, gefällt euch mein Vorschlag?" „Ich weiß nicht ..." Anna sucht Katis Blick. „Es ist nach elf ..." „Die Kneipe hat so lange auf, bis der Letzte gegangen ist."

Sie hören Kati in der Dusche, dann steht sie in ein dunkles Handtuch gewickelt in der Tür. Wie durchsichtig sie ist!, durchfährt es Anna. „Nein!", sagt sie entschieden, „wir gehen schlafen, Kati und ich. Du kannst ja noch in deine Kneipe fahren, Mark, wenn du unbedingt willst."

„Bestimmst du jetzt schon über mich?" Kati hat das Handtuch fallen lassen, die Brustwarzen stechen dunkel heraus, der Bauch ist hell und flach. Mark starrt sie an, dann stürmt er hinaus.

Anna hängt sich in seinen Arm. „Für Kati ist das alles zu viel, weißt du. Sie lebt in dieser Klinik ziemlich abgeschottet. Versteh das doch! Ich hab sie in unser Bett gelegt, die

Bank erschien mir plötzlich zu schmal." „Ist ja schon gut." Er drückt ihren Arm. „Lass uns in Die Fährstube fahren, da kann ich dir auch meinen Nachbarn vorstellen. Kurt ist bestimmt noch da." „Ich möchte Kati nicht allein lassen, bitte, Mark!" „Liebst du sie?" Er hat Anna losgelassen, starrt sie an, „ist das wirklich wahr?" Sie versucht ihn einzuholen, sagt, als sie neben ihm geht: „Was ist denn los mit dir, Mann? Kati kann gut ohne mich auskommen. Nur eben jetzt nicht."

11

Mark ist zügig über die Autobahn gefahren, in der City stieg er aus, küsste Anna auf den Mund und Kati auf die Wange, rief: „Bis die Tage!"

Das Auto wirbelt Staub auf, als Anna vor der Kurklinik wendet und mit einer Hand winkt. Kati betrachtet die Blüten, die Anna für sie an der Tankstelle gekauft hat. Ihr Blick wandert über den hellen Kleiderschrank, streift die Kommode. Es klopft, jemand betritt ihr Zimmer. Sie bleibt am Fenster stehen, versucht, dem Auto mit den Augen zu folgen, langsam dreht sie sich um, erkennt ihren Arzt. Der räuspert sich, bevor er sagt: „Ihr Vater war hier, Frau Blank."

Die Blumen sind auf den Fußboden gefallen, der Arzt läuft auf Kati zu. „Was ist Ihnen, Frau Blank?" Da geben ihre Knie nach. Der Arzt kann sie gerade noch auffangen, schleppt sie zum Bett.

Ein Gesicht beugt sich über sie, jemand träufelt ihr etwas in den Mund, das nach Galle schmeckt. Hört auf!, will sie rufen, doch sie kann die Zunge nicht bewegen, die am Gaumen klemmt, als wäre sie festgenäht. Witziger Gedanke: Meine Zunge ist festgenäht, kann sich nicht mehr rühren. Mit äußerster Anstrengung hebt Kati eine Hand, will das Gesicht, das über ihr schwebt, heranziehen. Sie hustet, verschluckt sich, hört, wie sie sagt: Ich will jetzt auf der Stelle wissen, was hier los ist! Niemand antwortet, also haben sie mich nicht gehört. Verdammt!, was ist denn los mit mir? Anna, bist du das? Jetzt habe ich dich erkannt, zwischen all den Leuten, was machen die hier, weißt du das? Wieso kann ich nicht sprechen? Meine Zunge tut weh, sie liegt da, als wäre sie aufgeblasen. Wenn ich spreche, hört es sich an, als belle ein Reh, das Asthma hat. Das soll ein Witz sein, Anna, guck doch nicht so! Sag, wie lange soll das Theater hier noch dauern?

Anna nimmt Katis Hand, drückt ihre Lippen darauf.

Ich mag dich, Anna, hab ich dir das schon einmal gesagt? Was? Ich soll nicht sprechen, auch nicht mit dir? Was geht hier vor? Was wollte mein Arzt mir Wichtiges sagen, weißt du das? Anna blickt ernst, also muss etwas passiert sein, nur was? Muss ich mir Sorgen machen? Anna schüttelt den Kopf, ihre Haare stehen auf, als wäre sie in ein Gewitter geraten. Du siehst wie Max und wie Moritz aus! Wieder kommen nur Kehllaute aus Katis Mund.

Anna trägt die Korallenkette, die ich ihr geschenkt habe, bevor sie nach Berlin ging. Kati schließt die Augen, es geht nicht ..., rien ne va plus.

Was denn? Was geht nicht, Kati? Hier sind ein Schreibblock und ein Stift!

Ich soll schreiben, wenn ich nicht sprechen kann, gute Idee, Anna! Die Hand versagt. Kati kritzelt etwas aufs Papier, das Anna nicht lesen kann. So geht es auch nicht.

Zeit, flüstert Anna an ihrem Ohr, wir brauchen einfach nur Zeit, Kati. Wenn ich gleich aufstehen werde, hinausgehe, musst du wissen, dass ich wiederkomme, bestimmt! Mach dir keine unnötigen Sorgen, bitte. Wir hatten doch ein so tolles Wochenende, nicht? Du bist doch meine kleine Schwester, Kati! Es ist, als hätte Kati verstanden, worum es Anna geht. Sie versucht sich aufzurichten, Laute zu formen, die wie Türknarren klingen, dass Anna kalter Schweiß ausbricht. Verdammt, da hat einer nicht aufgepasst, wie kann Katis Arzt auch nur so naiv sein! Warum haben sie mich nicht davon unterrichtet, dass ihr Vater lebt. Wie konnten sie Kati ohne Vorwarnung mit dem Vater konfrontieren; das grenzt an Fahrlässigkeit. Na ja, ich will nicht übertreiben. Anna schaut sich an der Tür noch einmal um, kommt zögernd zurück, küsst Kati auf die Lippen. Mach's gut, meine Kleine, ich pass jetzt besser auf dich auf. Versprochen!

Vor dem Dienstzimmer steht Doktor Arlt. „Bitte, haben Sie einen Moment Zeit, Frau Fischer?" Anna nickt, geht dem Arzt nach, der auf einen Stuhl weist. Nein, setzen wird sie sich nicht. Soll er sagen, was er verbockt hat. „Sie haben es ja sicher schon gehört, dass der Vater von Frau Blank hier war, von dem sie immer wieder behauptet hat, er sei tot." Anna schweigt, fischt eine Zigarette aus ihrer Tasche. „Bitte nicht!" Der Arzt gießt ein Glas Wasser ein, reicht es Anna, die es aufs Fensterbrett stellt. Sie will gerade zu einer Erwiderung ansetzen, da geht die Tür auf. „Ah, Frau Muth, treten Sie ein. Das ist Frau Fischer, die Freundin von Frau Blank." Die Therapeutin, von der Kati erzählt hat, stellt sich neben Anna ans Fenster. „Wie haben Sie Frau Blank angetroffen? Darf ich Sie das fragen?" Anna zuckt mit den Achseln. „Wie schon, nach diesem Schock!" „Ich habe erst jetzt davon erfahren." Die Therapeutin wechselt mit dem Arzt einen Blick. „Wissen Sie, Frau Blank ist eine etwas besondere Patientin, wenn ich das mal so ausdrücken darf. Sie macht es uns nicht gerade leicht ... Und dann ist sie am Wochenende auch noch länger weggeblieben." Der Arzt sucht den Blickkontakt mit Frau Muth.

„Frau Blank hat doch angerufen und Bescheid gesagt." „Hat sie, hat sie", beschwichtigt der Arzt. Sein Kehlkopf hebt und senkt sich, die Stimme ist gereizt. Anna spürt, dass er gehen möchte. Lass ihn!, sagt sie sich; er kann nichts dafür, dass er so ist. Wie soll jemand wie er in die komplizierte Struktur eines anderen Menschen hineingucken können.

„Bitte", sagt sie, „geben Sie Frau Blank keine Neuroleptika mehr." Sie versucht freundlich auszusehen, dann geht sie zur Tür.

Erst im Auto kann sie ihrer Wut freien Lauf lassen. Nun beginnt alles für Kati wieder von vorn, verdammt! Sie weint, flucht über die Ärzte, will sich Katis Vater vorknöpfen, ihn zur Rede stellen. Aber was soll sie dem Mann sagen? Soll sie ihn beschimpfen, dass er lebt? Was bildet sich dieser Kerl ein, sich nicht zu melden, sich tot zu stellen, um dann plötzlich hier aufzukreuzen. Hoffentlich kann sich Kati davon erholen, hoffentlich lässt die Zungenlähmung nach. Aber noch weiß ich ja nicht, ob weitere Organe geschädigt wurden durch die lange Ohnmacht. Wieso habe ich das den Arzt nicht gefragt, anstatt mich gehen zu lassen?, wirklich blöd von mir. Doktor Arlt hat mich aufgebracht, ich war wütend auf ihn und auf Frau Muth. Das habe ich nun davon. Ich weiß nichts. Nicht einmal die Telefonnummer von Katis Vater habe ich mir geben lassen. Aber die werde ich schon herausbekommen, Ernst Weigrund steht sicher im Telefonbuch.

Schneller als die ärztliche Prognose vorausgesagt hat, erholt sich Kati. Nach dem dritten Tag kann sie bereits aufstehen, sich allein waschen und auf die Toilette gehen.

Eine Woche ist vergangen. Heute will Kati mit Anna am Wannsee spazieren gehen. Darauf freut sie sich. Die Hemdbluse hat Anna ihr mitgebracht. Kati nimmt ihren Lieblingsring aus der Schublade, wenn er auch von Hugo ist, was macht das schon. Die Haare sind gewaschen, die Augen glänzen wieder. Sie steht am Fenster und wartet auf Anna. Heute, das hat sie sich vorgenommen, muss Anna ihr sagen, wieso sie umgefallen ist. Ihr Arzt hat auf ihre Fragen nur geantwortet: „Eine Ohnmacht, Frau Blank; nichts, worüber Sie sich Sorgen machen müssen."

Doktor Arlt bat Anna, ihrer Freundin mitzuteilen, dass ihr Vater sie besuchen wollte. „Herr Weigrund lebt, Frau Fischer", sagte er und verzog den Mund. „Sie sehen", fuhr er fort, „dass Frau Blank immer noch unter Halluzinationen leidet." „Ich soll ihr das sagen?" Anna sah den Arzt an, der nur mit den Schultern zuckte. Wieder hat sie ihn nicht nach der genauen Diagnose gefragt. Jeden Tag wiederholt Anna, was sie Kati sagen will. Es geht nicht. Nicht so. Wenn sie die Freundin ansieht, weiß sie, ich kann es ihr nicht sagen. Es ist, als hätte sich die Zungenblockade auf sie übertragen. Nur gut, dass Kati wieder sprechen kann.

Anna lächelt, streicht Kati über die Haare, küsst sie auf den Mund. „Gut siehst du aus! Schau mal, ich hab dir den neuen Roman von Berger mitgebracht, er spielt im alten Mexiko." „Wollte ich den denn?" „Aber ja, wir haben gestern davon gesprochen."

Mit großen Schritten läuft Kati die Treppe hinunter. Im Vestibül, in der Cafeteria, trinken sie heiße Schokolade. Kati möchte Eis. Anna weiß nicht, ob es ihr bekommen wird. Gemächlich schlendern die Frauen am Ufer entlang, ein Schwan begleitet sie, schlägt mit den Flügeln, zischt, wenn er den Hals vorstreckt. Immer wieder bleibt Kati stehen, schaut übers Wasser. Schweigend gehen sie weiter. Was ist los, Anna, was quält dich? Kati kann diesen kurzen Satz nicht aussprechen. Wenn Anna wüsste, dass ich zwar Mund und Lippen bewegen kann, und trotzdem nichts sagen kann ... Was ist nur geschehen, will mir das denn niemand verraten? Bevor Anna geht, legt sie Wäsche ins Fach. „Du wäschst für mich?" „Aber ja, wer soll das denn sonst machen, he?" Moses, denkt Kati, die ihre Stiefel auszieht. Der Wüstenfürst würde auch meine Wäsche waschen. „Hast du etwas gesagt?" Anna muss los. „Morgen kann ich erst am Abend kommen, ich hab Pressekonferenz."

Und wieder hat sie es Kati nicht gesagt. Wieder schimpft sie sich aus: Auch heute hast du es nicht geschafft, ihr das zu sagen! Und was passiert, wenn Katis Vater plötzlich zu ihr geht?

„Herr Weigrund musste verreisen", sagt der Arzt zu Anna. Sie trifft Doktor Arlt auf dem Parkplatz. „Haben Sie es Frau Blank schon gesagt?" Anna schüttelt den Kopf. Wie denn, wie soll ich es ihr sagen, he? Beinahe wäre es auf der Königstraße zu einem Unfall gekommen. Anna hat den Radfahrer nicht gesehen, der plötzlich aufgetaucht ist. Nur gut, dass er sich nicht verletzt hat. Halt!, sagt sie, als sie ihren Kopf aufs Lenkrad fallen lässt. So geht das nicht weiter, Anna! Mark ist verstimmt in den Urlaub gefahren, und was mache ich? Ich belüge Kati, wenn ich es ihr nicht sage. Sie zieht den Sitz fest an ihren Rücken, gibt Gas. Soll Mark doch bleiben, wo der Pfeffer wächst. Kati geht jetzt vor. Sie sieht, wie ihre Hand zittert, spürt Kälte im Rücken. Eine

Grippe kann ich mir nicht leisten. Ich hab vollauf damit zu tun, meine Arbeit so zu koordinieren, dass ich trotzdem jeden Tag zu Kati herausfahren kann. Erst gestern ist mir ein grober Fehler unterlaufen, das darf kein zweites Mal passieren. Wenn ich ehrlich bin, weiß ich nicht mehr ein noch aus. Verdammt, woran liegt das? Nur jetzt keine Analyse! Ich muss gleich in die Redaktion.

Der Arzt macht es sich einfach, hat mir den Ball zugespielt. Soll er doch Frau Muth darum bitten, der Therapeutin wird schon etwas einfallen. Nein!, Kati ist meine Freundin, ich muss ihr sagen, dass ihr Vater lebt. Sie darf nicht noch einmal kollabieren.

An der nächsten Kreuzung biegt Anna nach rechts. Am liebsten würde sie umdrehen und zu Kati zurückfahren. Wollte Mark heute zurück sein? Wieso er nicht angerufen hat? Er ist sauer, weil ich nicht mitgefahren bin. Dabei würde ich gern diesen Abend mit ihm verbringen. Ich möchte an nichts denken, auch nicht an dich, Kati! Inzwischen sehe ich auch Doktor Arlt in einem anderen Licht. Ich zürne ihm nicht mehr. Anna muss lachen, obwohl ihr zum Heulen zumute ist. Ich kriege ja die Wahrheit auch nicht über die Lippen. Wovor fürchte ich mich? Dass ich Kati Schaden zufügen könnte, dass sie um Wochen zurückgeworfen wird, dabei wartet sie darauf, in die Schweiz zurückzukehren. Sie spricht jetzt unentwegt von Bern, sehnt sich nach ihrer Arbeit zurück.

Anna hat mit Ernst Weigrund keinen Kontakt aufgenommen. Igitt! Sie mag ihn nicht, obwohl sie ihn nie gesehen hat. In ihren Augen ist er Katis Mörder, der Glück hat, dass seine Tochter noch lebt. Anna schämt sich, wenn ihr bewusst wird, was ihr Kopf produziert; dabei wollte sie anders sein als die Generation der Väter. Toleranter. Flexibler. Schonungsloser sich selbst gegenüber.

Wieder ist Anna zu Kati unterwegs. In der Nacht ist Mark gekommen. „Du hast mir so gefehlt!", hat er nur gesagt und sie in seine Arme geschlossen. Sie haben beide einen anstrengenden Job, haben zu wenig Zeit füreinander. Aber ich will nicht nur in der Nacht mit ihm zusammen sein. Was will ich nur? Anna fährt von der Stadtautobahn ab, fädelt sich in den Kreisverkehr ein, hält vor einem Blumengeschäft. Margeriten sind Katis Lieblingsblumen. Die Verkäuferin steckt einen roten Herzballon in den Strauß.

Anna umarmt die Freundin, die blass aussieht, obwohl sie ein buntes Tuch trägt, das ihr gut steht. Es lastet auf ihr, dass sie Kati noch immer nicht gesagt hat: Dein Vater war hier. Jeden Tag schiebt sie es auf.

„So geht das doch nicht", sagt Mark, der Nudeln gekocht hat und Anna verwöhnt. „Soll ich mit Kati reden, möchtest du das?" „Um Himmels willen, nein! Nur das nicht." „Warum schreist du so?" Anna schluchzt, und Mark weiß nicht, wie er ihr helfen kann. Kati ist zu einem Problem geworden, aber Anna hängt an ihr, also muss er sich etwas einfallen lassen, wie er Anna helfen kann.

Kati setzte durch, dass die Medikamente abgesetzt werden. „Gut", hat Doktor Arlt gesagt, „dann probieren wir es, Frau Blank, wenn Sie sich sicher sind ..." Sicher wovor? Kati lächelte, ohne die Lippen zu bewegen. Sicher bin ich mir nie gewesen – wie auch, wenn das Leben so unsicher ist? Nie wusste sie, wenn sie aus der Schule kam, ob die

Mama da war oder ob sie gleich wieder weg musste. Der Vater war selten zu sehen. Ja, sie hatte eine Kinderfrau. Tante Else hat sie großgezogen. So müsste es in ihrer Vita stehen, aber so etwas schreibt man nicht hinein.

Tanzen möchte sie, mit Anna ins Tacheles gehen oder einfach herumflanieren. Mark kann auch dabei sein, er stört sie nicht. Gleich wird Anna kommen, meine treue Anna mit dem Teufelsblick. Manchmal, so kommt es Kati vor, brennt eine Flamme in ihren Augen. In den zurückliegenden Tagen blickten Annas Augen sanft. Was würde ich hier nur tun ohne Anna, die sogar meine Wäsche wäscht?

Der Ausflug in den Spreewald war einfach klasse! Und wer hat ihn arrangiert? Wenn Kati die Augen schließt, kann sie den Heuhaufen hinter dem Häuschen riechen. Dorthin möchte sie einmal mit Moses fahren, wenn Mark es erlaubt. Sie hat nichts gegen Annas Freund. Er hat ihr gut gefallen. Hat Mark davon gesprochen, dass er herausfinden will, was auf Annas Party geschehen ist? Das nächste Mal wird sie zu ihm sagen: Das brauchst du nicht mehr, Mark. Ich weiß jetzt Bescheid. Nanu? Ja, würde sie zu Mark und zu Anna sagen, ich bin gesprungen. Ich hatte es satt, die Tochter eines Schurken zu sein, der auf und davon geht, bevor er geredet hat. Sie würden nicht mehr fragen, es gäbe nichts hinzuzufügen. Die Konsequenzen muss sie mit sich allein ausmachen. Ich bin bereit dazu. Kati grinst, freut sich auf Annas Gesicht, wenn sie es ihr so sagen wird. Was kann mich denn noch aus den Pantinen werfen, he, wisst ihr das? Der Einzige, der wichtig ist in meinem Leben, ist Moses.

Kurz vor vier steht Anna in der Tür; untergehakt verlassen die Frauen die Klinik. Es ist mit dem Arzt so abgesprochen, dass Kati zu Anna fährt. Die entgegenkommenden Fahrzeuge blenden sie, Kati kneift die Augen zusammen. Auf dem Boulevard drängen sich die Menschen. Musik dringt aus Lokalen. Kati betrachtet sich im Schaufenster. Warum traue ich mich nicht, Anna nach Moses zu fragen? Wer bin ich für sie? Die Redakteurin, die zwei Diplome hat, steht auf wackligen Füßen, meine Liebe! Anna drückt Katis Arm, zeigt auf eine taillierte Jacke. „Na, wie findest du die?" Jemand kommt auf die Frauen zu, spricht Anna an. Kati gibt Anna ein Zeichen, dass sie hinüber in den Buchladen geht. Wahllos blättert sie in einem Kinderbuch. „Der Autor hat gerade einen Preis bekommen", sagt jemand in ihrem Rücken. Sie greift zu einem anderen Buch. Anna stupst sie an. „Stimmt etwas nicht? He, hast du Lust, zu mir zu fahren und wir kochen uns etwas, das uns schmeckt?" Kati nickt. Vor einem Schuhgeschäft bleiben sie stehen. „Vorher kaufen wir uns aber noch diese roten Pumps!" Mit den Kartons unterm Arm winken die Frauen einem Taxi.

Sie hat in der Klinik angerufen, sich mit ihrem Arzt verständigt. Er ist einverstanden, dass Kati später kommt. Irgendwie ist Doktor Arlt verwandelt, hört aufmerksam zu, wenn sie mit ihm spricht. Auch der Behandlungsplan wurde für Kati Blank geändert.

Marks Fenster sind dunkel. Anna hat plötzlich keine Lust, in ihre Wohnung zu gehen. Kati ist vorausgegangen, jetzt dreht sie sich um. Als Anna vor ihr steht, sagt sie: „Was willst du mir die ganze Zeit sagen? Heraus damit, Anna!" Sie hat die Freundin überrumpelt, es ist ihr geglückt. „Ich spür doch seit Tagen, dass du mir etwas verschweigst." Anna zieht Kati von der Haustür weg. „Lass uns erst zum Italiener um die Ecke gehen, der macht eine vorzügliche Pizza, willst du?"

Denkt Anna an diesen Abend zurück, läuft es ihr heiß und kalt den Rücken herunter. Wieder und wieder hat sie sich die Szene vor Augen geführt. Noch in derselben Nacht hat sie versucht, Katis Vater anzurufen, um ihm zu sagen, dass er aus Katis Leben verschwinden muss.

Aber wie hat das Drama denn begonnen? Anna wird übel, wenn sie daran zurückdenkt.

Sie waren bei ihrem Italiener eingekehrt, der den beiden Frauen Garnelenpizza servierte, die Kati in den höchsten Tönen lobte. Anna lehnte sich zurück, überlegte gerade, ob sie die Gelegenheit nutzen sollte, um mit Kati über ihren Vater zu sprechen. Ihr Blick folgte der Freundin, die auf die Toilettentür zuging. Mit rot geschminkten Lippen und offenem Haar ging Kati an der Theke vorbei, wechselte dort ein paar Worte. Dann kam sie an ihren Tisch zurück. Doch bevor sie sich setzte, drehte sie sich um. In diesem Moment schrumpfte ihr Körper, anders kann sie nicht beschreiben, was sie sah. Kati versteifte ihren Rücken, versuchte aufrecht zu stehen. Was ist denn los? Anna packte sie unter den Achseln. Rechts von der Eingangstür stand ein Herr, der hersah. „Wer ist das?" Kati reagierte nicht, starrte den Mann an, der ein braunes Jackett trug. Der Herr kam auf sie zu. „Nein!", hauchte Kati, „nein, das kann nicht sein!" Als wäre sie nie krank gewesen, stieß sie dem Mann ihre Tasche in den Bauch, griff Annas Handgelenk und stürzte hinaus. Erst im Taxi konnte Anna wieder sprechen. „Wer war denn das?"

„Mein Vater."

Anna rutschte in die Polster zurück.

„Du zitterst ja!" Kati legte eine Hand auf Annas Stirn, „und Fieber hast du auch." Dem Taxifahrer gab Kati Annas Adresse, danach rief sie Mark an, der schon vor der Haustür stand.

„Kann ich dich denn allein lassen, Kati? Soll Mark mitfahren zum Wannsee?"

„Nein!" Kati schüttelte den Kopf. „Du hast Fieber, Anna! Er soll sich um dich kümmern. Ich komm allein zurecht."

Teil IV

1

Das Taxi hält vor der Wannseeklinik. Eine Stunde vor Mitternacht.

Sie hat ihn gleich erkannt, den Riesen mit dem rot flammenden Bart, der am Treppengeländer lehnt. Sie bezahlt das Taxi. Moses öffnet ihr die Tür. Jetzt sehen sie sich an. Kein Wort ist gefallen. Kati nimmt seine Hand, geht mit ihm die Treppen hinauf. „Komm!", bittet sie, „komm mit hinauf in mein Zimmer!" Sie atmet leicht, es ist, als hätte sie einen schweren Rucksack abgeworfen.

„Er lebt", murmelt sie, als sie auf der Toilette sitzt. „Mein Vater lebt und Moses ist gekommen."

Moses nimmt ihr die Jacke ab, beobachtet sie. Sie nickt ihm zu, fängt an zu packen. „Wo wohnst du?", fragt sie über die Schulter. „Hier in der Nähe, in einer Pension."

An der Rezeption hinterlegt Kati einen Brief für ihren Arzt. „Morgen komme ich vorbei und hole den Bericht ab." Sie lächelt der Frau hinter dem Tresen zu, die mit unbewegtem Gesicht sagt: „Aber so geht das doch nicht, Frau Blank, wo wollen Sie denn jetzt noch hin?" „Zu ihm!" Kati zeigt auf Moses, der hinter ihr steht.

Die Tür klappt zu. Moses trägt ihren Koffer. Unter der Lampe ist sie stehen geblieben, versucht, in seinen Augen zu lesen. Er drückt ihre Hand, beugt sich zu ihr herab.

Das Zimmer ist groß und sehr hell. Das Haus, in dem Moses wohnt, gehört einer Architektin.

Es ist kurz vor zehn. Kati streckt sich, genießt seine Nähe.

Er steht am Fenster, kommt mit offenen Armen auf sie zu. „Na, wie hast du geschlafen, Liebe?" „Gut, selten gut!" Sie steht schon unter der Dusche, winkt ihn heran. „Hast du auch ein Handtuch für mich?"

Heute holt er das Frühstück herauf. In den Wochen davor hat Moses mit den anderen Gästen im Wintergarten gefrühstückt. Er streicht über den gestutzten Bart. Es scheint Kati heute besser zu gehen als gestern Nacht; ihre Augen leuchten wieder. „Was willst du tun?", fragt er sie.

„Wohin willst du mit mir?", lacht sie in sein Gesicht. „Ich rufe nur in der Klinik an, spreche mit Doktor Arlt. Er kann den Befund auch nach Bern schicken. Danach hab ich frei und tu, was mir beliebt. Na, wie findest du das?" Er klatscht in die Hände. „Mein Gott, Kati, wie habe ich auf diesen Augenblick gewartet!" „Du hast auf mich gewartet, du, Moses?" „Aber ja, das weißt du doch, Kati." Er zieht sie an sich. „Hier!" Er reicht ihr einen Prospekt. „Dahin können wir reisen, wenn du willst." „Nach Braunwald? Aber das ist wunderbar!" „Es ist ein Familienhotel. Sehr angenehm. Es gibt dort auch einen Welnessbereich mit allem, was du jetzt brauchst, und ein Arzt kommt ins Haus, wenn es nötig ist. Sie haben dort eine hervorragende Physiotherapie." „Ich weiß, ich kenne das Hotel, war mit Anna dort. Das ist genau das Richtige für mich. Gut ausgesucht, mein Fürst!"

Sie fahren mit dem Zug. Kati wollte es so, wollte auf Felder und Bäume sehen, auch wenn die Bäume blattlos sind. Sie übernachten am Stadtrand von München.

Wie ruhig ich in seiner Gegenwart werde. Wie gut, nein, wie tief ich in den letzten beiden Nächten geschlafen habe.

Sie ahnt, wieso das so ist. Moses ist endlich da – und mein Vater lebt! Ein Stein, nein, ein Felsbrocken poltert herab. Kati reibt über die Augen, wischt eine Träne fort. Und Hugo? Er ist mir wichtig. Ich möchte mit ihm befreundet bleiben. Sie wird ihm von Braunwald aus schreiben, erzählen, was geschehen ist. Erst vorige Woche hat sie mit seinem Onkel telefoniert, ihm erzählt, was passiert ist. „Wenn es dir wieder richtig gut geht, Kati, dann kommst du zu mir – und bringst auch deinen Freund mit!" „Ja!", war ihre Antwort. Ein jungenhaftes Lachen schwappte an ihr Ohr.

Am Vormittag sind sie in München aufgebrochen. Kati versucht immer wieder, Anna zu erreichen, spricht aufs Band: Ich bin mit Moses nach Braunwald unterwegs, freu mich total!

Das Abteil ist wenig besetzt. Kati zieht ein Dreiecktuch aus ihrer Tasche, legt es um ihre Schultern, kuschelt sich in eine Fensterecke. „Wo hast du nur so lange gesteckt, Moses?" Endlich ist es heraus. Er schaut sie an, muss sich tief herunterneigen, wenn sie ihn verstehen soll. Ob sie es hören will, ob er offen sein kann, oder ist sie für die Wahrheit noch zu schwach? Sie drückt seine Hände. Also wird er es versuchen und berichten, wie die Zeit für ihn war, in der sie ums Überleben kämpfte.

Kati lächelt mit den Augen, als hätte sie ihn verstanden.

„Ich bin immer in deiner Nähe gewesen."

„Was? Wie bitte?" Sie schnellt hoch, öffnet die Lippen. „Sag, dass das nicht wahr ist, Moses!"

„Doch, Kati, es ist so. Seit September bin ich in Berlin." Sie schließt die Augen, legt ihren Kopf an seine Schulter. „Sprich, Wüstenfürst!" Ihre Hand zuckt, er legt seine

Hand darauf, während er an ihrem Ohr spricht. Ein Schaffner öffnet die Tür, fragt etwas, dann geht er weiter. Moses zieht seinen Pullover aus, bettet Katis Kopf hinein, legt ihre Füße hoch. Ihr Atem zeigt ihm, dass sie schläft. Jetzt kann ich reden, weiß Moses, jetzt schade ich ihr nicht.

Von Alexis möchte er erzählen, ihr Fotos zeigen, die er von seinem Freund gemacht hat. Moses lauscht auf ihren Atem; wenn Kati stabil ist, werden wir zusammen nach Frankreich reisen und Alexis besuchen. Der Junge wird Kati gefallen. Schließlich ist es Alexis zu danken, dass ich nach Berlin aufgebrochen bin.

Zuerst wohnte ich in einem Hotel, danach in der Pension am Wannsee. Von Anfang an fühlte ich mich gut in dieser Stadt. Das kann mit Simon zusammenhängen. Moses öffnet seinen Hemdkragen, trinkt einen Schluck Wasser, schaut Kati ins Gesicht, murmelt stumm: Ich liebe dich, mein Mädchen! Ich bin Amok gelaufen, als ich von deinem Unfall erfuhr – und nicht zu dir durfte.

Er steht auf, schaut lange aus dem Fenster, drängt die Tränen nicht zurück. Seltsam, seitdem Kati wieder an seiner Seite ist, haben die Herzkrämpfe aufgehört, auch das Atmen fällt ihm leicht. Er zieht die Schultern hoch. Unentwegt denke ich an dich. Nie hat mich ein Mensch so beschäftigt wie du. Er dreht sich um, versucht, das Gewicht von einem auf den anderen Fuß zu verlagern, wippt in den Knien. Ihre Hand liegt auf der Kette, die wie ein Goldfaden ihren Hals umschließt.

Ein Junitag. Sie bummelten durch die Neuengasse. Auf den Dächern flirrte das Mittagslicht. Tauben flogen auf, trippelten vor ihren Füßen. Kati lief an einen Brunnen, schöpfte Wasser, goss es sich, und dann ihm über den Kopf. Wie sie lachten! Dem Brunnen gegenüber das kleine Schmuckgeschäft. Hier suchte sich Kati die Kette aus. Weiter ging es über eine Brücke. Durch kühle Parks. Hand in Hand wanderten sie auf die Terrassen hinauf. Die Bergspitzen von Eiger, Mönch und Jungfrau im strahlenden Weiß. Er war wie geblendet, während Kati hin- und herlief.

„Ja", sagt er laut und erschrickt über den Klang der eigenen Stimme. Doch Kati hat die Augen geschlossen. Eigentlich ist alles klar zwischen uns, ich muss dich nur auf den Mund küssen. Wie er diesen Augenblick herbeigesehnt hat, wie er ihre Gegenwart genießt!

Auch darüber muss er noch mit Kati reden: Bevor er aus Bern wegging, hat er sich in einem Architektenbüro vorgestellt. Sie wollten Arbeiten von ihm sehen. Inzwischen hat er dem Berner Büro eine Mappe mit den gewünschten Unterlagen geschickt. Er kann sich aber auch vorstellen, ein eigenes Büro zu eröffnen. Simon war es, der Schmied aus dem Tacheles, der ihm geraten hat: Mach dich selbstständig, alter Junge! Dann brauchst du nicht nach anderer Leute Pfeife tanzen. Moses hat geschmunzelt und sich das Bier schmecken lassen, das frisch gezapft vor den Männern stand.

Ach ja, Kati, du kennst Simon nicht. Immer greife ich vor, stapfe voraus. Er streckt seine Füße aus. Wie gern hätte ich dir Simon vorgestellt, einen so ungewöhnlichen Menschen. Du hättest ihn lieb gewonnen. Doch dafür ist es nun zu spät.

Wer Alexis ist, möchtest du zuerst wissen, Kati? Gut, eins nach dem anderen.

Alexis lernte ich am Thuner See kennen, genauer im Café, in dem ich Zeitung las. Der junge Afrikaner ist ungefähr so alt wie du, nein, eher jünger. Er hat einen Gang, als laufe er auf Zehenspitzen. Es gab Tage, da hörte ich ihn nicht kommen, obwohl ich im Garten saß. Wie der Junge es schaffte, dass ich von dir, nein, dass ich von uns gesprochen habe ...

Alexis kann zuhören, nichts lenkt ihn ab. Er hat mich gefragt, wer du für mich bist, Kati. Du liebst!, rief Alexis und umarmte mich, bevor wir uns an diesem Abend trennten. Er stieß mich in die Rippen. Worauf wartest du noch, Mensch!

Wie er über seine Familie sprach, die in Zaire lebt und die er vermisst, wie er seine Mutter beschrieb ... In der Schweiz bin ich nur ein Asylant. Der Satz traf ins Mark.

Wir sind zusammen klettern gewesen. Alexis zwang mich, kurz vor dem Gipfel, nicht aufzugeben. Das musst du dir einmal vorstellen, Kati, da wurde ich von einem Jungen herausgefordert, eine Felswand zu erklimmen. Alexis wusste, weshalb er das tat. Jedes Mal, wenn du über eine Grenze gehst, sagte er, betrittst du ein Terrain, das von Stund an dir gehört, das du gestalten kannst. Es gehört dir, Moses, ist das nicht wunderbar? So ist Alexis, Kati. So ging er mit mir um. Er hat mich fasziniert, aber auch zornig gemacht. An einen Sonntag erinnere ich mich genau. Alexis grillte einen Zander, während ich den Salat mischte. Beim Nachtisch sprachen wir wieder von dir. Ich sah ihm an, dass er ärgerlich war, weil ich mich stur stellte und seinem Rat nicht folgte. Ich lief aus dem Garten, ließ ihn allein. Als ich mich nach einiger Zeit umsah, begegnete ich seinem Blick. Du?, fragte ich, denn ich hatte ihn nicht kommen hören. Alexis legte eine Hand an meine Hüfte, zog die dunklen Lippen breit. Es kommt!, sagte er. Alles geschieht zur rechten Zeit. Verzeih meine Ungeduld, Freund! Ich ließ mich auf eine Bank fallen, Alexis hockte sich neben mich.

Eine Woche später flog ich nach Berlin. Ich hoffte inständig, dich zwischen den Menschen zu entdecken, Kati. Ich vermied es, einen Plan zu fassen. Um dich zu finden, würde es keiner Logik bedürfen, redete ich mir ein. Da, wo es mir gefiel, streunte ich herum, begann mit den Leuten zu quatschen, wie der Berliner sagt.

Dein Augenlid zittert, jetzt öffnest du die Lippen, schließt sie mit einem Seufzer wieder. Ich muss an mich halten, dich nicht zu küssen. Doch zurück nach Berlin.

Das sind Chrysanthemen!, erfuhr ich, als ich durch einen Park lief und eine Frau nach dem Blütenteppich fragte. An manchen Tagen fuhr ich mit der Stadtbahn von einem Ende der Stadt zum anderen. Neben den Gleisen wuchsen Birken und junge Eichen. Eine Schaukel bewegte sich im Wind. Da war es, dass ich für den Bruchteil einer Sekunde annahm, du wärst im Abteil, du beobachtest mich. Kannst du dir das vorstellen, Kati? Am nächsten Halt stieg ich aus, lief wie blind über die Kreuzung, ließ mich in einem Café auf einen Stuhl fallen. Die Sonne schien mir ins Gesicht. Rechts und links von der Tür wuchsen Sonnenblumen. Jemand setzte sich zu mir und ich hörte, was der Mensch, den ich nicht kannte, berichtete. Wir stießen mit einem Bier an. Doch ich musste weiter, musste dich finden, Kati! Weshalb wäre ich sonst in Berlin? Wie oft ich versucht habe, Anna zu erreichen, kann ich nicht mehr zählen. Am späten Abend kehrte ich ins Hotel zurück. Meine Füße waren geschwollen. Sie sind es nicht gewöhnt, eingesperrt zu sein. Du lächelst im Schlaf, es bezaubert mich. Wie sehne ich den Tag herbei, an dem du weißt, dass wir zusammengehören. Dann feiern wir ein Fest, wie du es dir wünschst. Wichtig ist nicht der Ort, nicht das Land in dem wir leben werden. Wichtig ist, dass du geborgen und ohne Angst bist.

In einer Ausstellung sah ich das zerstörte Berlin, sah die Trümmerberge, bekam mit, was Hunger und Not aus Menschen machen können. Auch Filme sah ich mir über jene Zeit an.

Manchmal, wenn ich in eine Straßenbahn einstieg, sich jemand neben mich setzte, hätte ich wissen wollen, wie die Menschen leben in dieser Stadt. Ich fragte nicht, ließ die Atmosphäre auf mich wirken. Jeden Abend wuchs die Enttäuschung, dass ich dich wieder nicht gefunden hatte. Dabei war ich so sicher gewesen, als ich nach Berlin kam, dich hier zu treffen. Kam ich ins Hotel zurück, machte ich es wie du, ließ Wasser in die Wanne, im Hintergrund die Musik, die du mir geschenkt hast. Schuberts Klaviermusik zu vier Händen, erinnerst du dich, Kati?

Vor dem Abendessen trinke ich einen Kognak, rauche meine Pfeife. Essen tue ich da, wo es gut riecht. Spät lösche ich das Licht. Oft wird es über den Dächern schon hell. Mir imponiert diese Stadt, in der jeder sein kann, wie es ihm gefällt. Ob du einen dunklen Anzug trägst oder zerrissene Jeans, niemand schaut dir nach, niemand schüttelt den Kopf. Mir gefällt die Anonymität, in der ich untertauchen kann. Einmal hätte ich mir beinahe das Brett von einem Jungen geliehen, mit dem er in die Luft sprang. Wahnsinn! Es gefiel mir, wie sich der Körper in der Luft drehte. Nachts spult der Tag noch einmal vor meinen Augen ab. Die Straße, auf die ich hinuntersehe, ist ruhig geworden.

Das Frühstück bestelle ich aufs Zimmer; dann stelle ich mir vor, wie du neben mir sitzt, wie du den ersten Bissen kaust, wie du mich anschaust. Wie viele Parks ich durchquert habe, wie viele Kilometer ich gelaufen bin; ständig wuchs die Angst, ich könnte dich verpassen.

Du schläfst, gehst deinen Träumen nach. Bin ich ein Traum für dich? Kannst du dir vorstellen, mit mir zu leben, Kati? Ich umarme dich, wenn du es auch nicht spürst. Ich halte dich, ich kann dich nicht loslassen. Du siehst erschrocken aus, als hättest du meine Gedanken gehört. Festhalten meint ja nicht aneinander kleben, das würdest du ebenso wenig wollen wie ich. Erinnerst du dich, wie oft wir am Aareufer bis spät in der Nacht debattiert haben? War es an einem jener Sommerabende, dass dein Blick auf das efeuberankte Häuschen fiel? Du bist aufgesprungen – ich kam gar nicht so schnell hinterher –, bist um das Häuschen herumgestrichen, hast es von drei Seiten in Augenschein genommen. Die Treppe!, riefst du. Sieh dir diese Stufen an, sie führen direkt ins Wasser, Moses! Das Wasser, das an der Hauswand vorbeiströmte, zog dich magisch an. Später, wenn wir dort vorbeikamen, bist du jedes Mal stehen geblieben. Ich habe deinen Blick aufgefangen. Das Häuschen war bewohnt, wie unschwer zu erkennen war. Gesagt hast du nichts.

Jetzt schlägst du deine Augen auf, als wolltest du bestätigen, dass es so war. Schlaf noch ein wenig, ruh dich aus, bis wir am Ziel sind, Liebe.

Es war im Tacheles, in dem alten Gemäuer. Dort habe ich Simon entdeckt. Entdeckt ist der richtige Ausdruck, denn jemanden wie Simon muss man aufspüren, sonst bleibt unser Leben leer. Na, jetzt übertreibst du aber! Nein, Kati, ohne Simon wäre ich mir nicht begegnet. Ich denke, er würde dich genauso beeindrucken wie mich. Du kennst Berlin, dir muss ich nichts erklären. Oder warst du zu jung, als du mit deiner Mutter weggingst? Du warst elf oder zwölf, als ihr nach Genf gezogen seid, ist doch so?

Berlin wurde fast dreißig Jahre durch eine Mauer getrennt, erfuhr ich von Simon. Du kennst Ost-Berlin, Kati, bist dort zur Schule gegangen. Nach dem Mauerfall bist du bestimmt auch in den anderen Stadtteilen gewesen. Simon sagte zu mir: Wandere durch die Stadt, nimm dir vor allem die Seitenstraßen vor, dann wirst du Berlin entdecken. Das habe ich getan, bin aber nicht sehr weit gekommen, weil jeder Tag nur 24 Stunden hat.

Du schläfst auf meinem Pullover, der von meinen Streifzügen erzählen kann. Es war ziemlich kalt Mitte Oktober, kälter als in den anderen Jahren, hörte ich von Simon, der eine Fellmütze trug.

Im September kam ich nach Berlin. Niemand holte mich ab. Da stand ich und dachte daran, wie du mich in Bern empfangen hattest.

Du kennst das Tacheles in der Oranienburger Straße. In dieser Straße befindet sich auch die große Synagoge, die wieder eine goldene Kuppel trägt. Vielleicht bist du mit deinem Vater dort gewesen. Ich weiß, du kannst ihn nicht ausstehen, aber es gab doch eine Zeit, Kati, da seid ihr bestimmt durch Berlin gezogen, oder täusche ich mich? Warum rühre ich daran? Man darf eine Wunde nur dann berühren, wenn man etwas hat, womit man sie verbinden kann, hat Simon gesagt. Ihm nehme ich das ab.

Simon, der Schmied, der mir Schweißen und Löten beibrachte. Mit rußgeschwärztem Gesicht grinste er, riss sein Lederkäppi vom Kopf, verbeugte sich und streckte die Zunge heraus. Wir lachten, fielen uns um den Hals. Bist halt einer von uns!, erklärte mir Simon, als wir später darauf zurückkamen.

Simon ist tot, Kati, dir kann ich es sagen. Es zerreißt mich, ich versuche, seinen Tod zu verdrängen. Es tut mir gut, von ihm zu sprechen. Du schläfst, und doch weiß ich, dass du mich hören kannst. Simon hat ebenso große Ohren wie ich. Jetzt schmunzelst du. Was für ein Glück ich doch habe, dir begegnet zu sein, Kati, Liebe!

Zu Simon gehören das Feuer, der Amboss und der Hammer. Er schweißt so lange an einer Skulptur, bis sie mit ihm spricht. Seine Worte. Dann nimmt er sein Käppi ab, verneigt sich vor der Figur. Simon stellte mich vor den Amboss, er wollte, dass ich sein Handwerk lerne. Er fluchte, wenn ihm etwas nicht gelingen wollte. Dann schmiss er den Hammer ins Feuer, dass die Funken stoben und die Leute, die an seiner Werkstatt vorbeiflanierten, stehen blieben. Du musst das Eisen schmieden, solange es glüht!, befahl er. Schlag zu, Moses, du kannst es!

Was braucht der Mensch? Simon gab gleich am ersten Abend die Antwort.

Zwei Hemden, zwei Hosen, zwei Freunde.

Noch vier Stunden bis in den Kanton Glarus. Moses hat auf die Uhr geschaut, trinkt den Kaffee, den ihm eine unbekannte Dame gereicht hat. Kati atmet ruhig; nur die Oberlippe zittert ein wenig. Er spürt heftiger den Wunsch, sie zu küssen. Lass das!, ermahnt er sich hinter vorgehaltener Hand. Da wirft sie den Kopf auf die andere Seite; gut dass sie auf seinem Pullover liegt, sonst hätte sie sich wehgetan.

Es war Lea. Durch Lea habe ich erfahren, wo du dich aufhältst. Zufall? Gnade? Sie war es, die wusste, dass du einen Unfall hattest, mehr wusste sie nicht.

Sie waren sich am Mahnmal für die ermordeten Juden begegnet. Er stand zwischen den Säulen. Schweiß brach ihm aus. Das Herz schlug unregelmäßig. Hinter ihm stand eine Frau. Sie fing ihn auf. Es war Lea.

Sie hat mich durch den Tiergarten geschleppt, hat mir ihre Wasserflasche an die Lippen gelegt. Bevor sie weiterging, hat sie mich geküsst. Als hätte sie etwas vergessen, kam sie zurückgerannt, um mich noch einmal zu küssen. Ich war verblüfft, gleichzeitig spürte ich, wie das Blut zum Herzen strömte. Du lebst!, rief sie an meinem Ohr. Mensch, was ist los mit dir? Lea schüttelte mich, rief, nein, schrie mir ins Ohr: Du bist nicht ermordet worden! Sie zog mich von der Bank, ließ meine Hand nicht los, bis sie mich in einem Lokal an einen Tisch setzte. Sie bestellte Käse und Brot, Weinblätter und Oliven, dazu einen Wein, der harzig schmeckte. Dann klingelte ihr Telefon. Sie blieb am Tisch sitzen und ich hörte, wie sie Anna! sagte. Anna?, wiederholte ich, als sie nicht mehr mit dem Telefon sprach. Anna Fischer? Du kennst sie? Ich war aufgesprungen, umarmte Lea. Bevor wir das Lokal verließen, sagte sie, Anna gehe es nicht gut, sie hätte beinahe ihre Freundin verloren. Wie bitte? Habe ich richtig gehört? Du meinst doch nicht Kati

Blank? Lea starrte mich an. Du kennst Annas Freundin auch? Ich umarmte Lea wieder, die in knappen Sätzen berichtete, was sie wusste. Es war nicht viel, aber endlich gab es eine Spur. Es tut mir leid, sagte sie, aber ich muss los! Sie drückte mir ihre Karte in die Hand, rief an der Tür: Wir sehen uns!

Moses zieht ein Taschentuch aus der Hosentasche, reibt über Augen und Schläfen. Lea war gegangen. Ich starrte in die Luft, aber plötzlich begriff ich, was ich tun musste. An jenem Tag habe ich drei oder vier Stunden mit Kliniken telefoniert, bis ich es aufgab und ins Hotel zurückfuhr.

Der nächste Tag brachte die Gewissheit. Gleich beim ersten Versuch erfuhr ich, wo du dich aufhieltst, Kati. Mit dem Taxi fuhr ich zum Wannsee. Es hatte zu schneien begonnen. In der Woche davor hatte ich mir einen Hut und einen Mantel gekauft. So stand ich vor deinem Arzt. Ich zwang mich, ruhig zu bleiben, hörte, was ich nicht glauben wollte. Frau Blank befindet sich in einem kritischen Zustand, sagte der Arzt während er in Papieren blätterte. Es ist nicht ratsam, dass Sie Frau Blank besuchen, Herr Moses. Wir müssen alles vermeiden, was sie aufregen könnte. Der Arzt, der Doktor Arlt hieß, blieb vor mir stehen. Verstehen Sie überhaupt, was ich Ihnen sage? Wir sind sehr froh, dass Frau Blank sich allmählich stabilisiert, dabei ging es ihr zwischendurch schon richtig gut. Bitte! Der Arzt löste sich von der Wand, haben Sie doch Verständnis für diese Anordnungen, die ich nicht allein getroffen habe. Wie lange?, stieß ich heraus, wie lange soll ich warten, wann kann ich zu Frau Blank?

Noch heute kann ich mich an jeden Satz erinnern, sehe das Ölbild, einen alten Fischerhafen, vor mir, das über dem

Schreibtisch im Arztzimmer hing. Auch das weiß ich genau, wie stur ich geblieben war und dass ich den ganzen Tag nicht aus der Klinik wegging. Mehrmals in der Woche rief ich Doktor Arlt an.

Wie soll er das Kati erklären, dass er sie nicht sehen durfte? Wie wird sie es aufnehmen, nach allem, was ihr widerfahren ist? Nein! Er kann sie jetzt damit nicht konfrontieren, sie ist noch viel zu schwach, obwohl sich Farbe auf ihren Wangen zeigt.

Er stöhnt, trinkt den schwarzen bitteren Kaffee der unbekannten Dame. Tagelang ist er im Klinikpark herumgelaufen; manchmal hat er geglaubt, Katis Profil in einem Fenster zu sehen. Simon stand plötzlich hinter ihm, lief mit ihm zehn, vielleicht auch zwölf Kilometer durch den Grunewald. Moses warf sich auf den Waldboden, brüllte: Ich kann nicht mehr warten, Simon! Versteh das doch! Was meinst du, wie deinen Leuten in der Wüste zumute war, die jahrzehntelang umhergeirrt sind?, fuhr ihn Simon an. Hast du einmal darüber nachgedacht, wie es ihnen ging, Gottesknecht? Das hätte er nicht sagen dürfen, nicht an diesem Tag, an dem Moses in der Klinik Krach geschlagen hatte und Doktor Arlt ihm eine Spritze in die Vene geben musste, damit er wieder zu sich kam.

Frau Fischer kümmert sich um Frau Blank. Sie erholt sich jetzt von Tag zu Tag, da wollen wir doch nichts riskieren, oder? Der Arzt versuchte zu lächeln, gab Moses seine Hand. Es kann nicht mehr lange dauern, am Wochenende fährt Frau Blank mit ihrer Freundin aufs Land, danach sehen wir weiter, okay?

Du bist ja ganz fertig, Mann!, schrie Simon und packte ihn an den Schultern. Bei Gott, das wusste ich nicht! Wieso redest du auch nicht? Bevor sie sich trennten, knurrte Moses: Sag nie wieder Gottesknecht zu mir, Simon. Das warst du aber doch, entgegnete Simon. Das ist es ja gerade, brüllte Moses, das war meine Funktion! Ist ja schon gut! Simon umarmte Moses. Lass gut sein. Du bist doch mein Freund!

Am nächsten Tag, als er zu Simon in die Schmiede kam, musste er sich Luft machen. Er erklärte dem Freund, wieso seine Achillesferse so empfindlich reagiert hatte. Wenn ich einmal zugehört hätte, worüber die Leute sich unterhielten, die jahrelang, in Hitze und Kälte, mit mir unterwegs waren, dann hätte ich verstanden, wieso sie nach Ägypten zurück wollten. Ich war blind, Simon, stieß Moses heraus. Der Herzmuskel zog sich wie im Krampf zusammen, er spürte, wie er sich nicht entspannen konnte. Mit den Fäusten schlug er gegen seine Brust. Ich war nur besessen von einem Wunsch: Die Hebräer müssen Jahwe anbeten. Ja, ich zwang sie, es zu tun, stell dir das einmal vor, Simon! Nun weißt du, wer vor dir steht. Komm!, sagte Simon, der die Lederschürze umband. Gehen wir wieder an die Arbeit, Moses! Doch er konnte an diesem Tag nicht aufhören, er redete und redete, dabei wurde ihm klar, wer er in den Augen der anderen gewesen war. Er hat ja nicht einmal die Argumente seines Bruders gelten lassen, geschweige, dass er seine Schwester Miriam angehört hätte. Deshalb hat mich Jahwe verbannt.

Was redest du nur heute für ein krauses Zeug!, knurrte Simon, der von der Leiter stieg und sich eine Zigarette drehte, die er Moses zwischen die Lippen schob. Ich übertreibe, gab Moses zu. Ich muss übertreiben! Doch Simon stand längst wieder vor der Esse und schürte die Glut.

Kati setzt sich auf, schaut zum Fenster. „Wo sind wir?" „Es ist nicht mehr weit ..." „Was heißt das?" Sie gähnt, lässt den Kopf zurückfallen. Er reicht ihr eine Cola, die sie an die Lippen setzt.

„Ich weiß auch nicht, was mit mir los ist. Wieso ich die ganze Zeit schlafen muss. Deine Worte sind wie der Wind, den man nach einer gewissen Zeit nicht mehr hört."

„Möchtest du etwas essen?" Sie schüttelt den Kopf, schließt die Augen.

Quartier für Quartier, Gasse für Gasse durchkämmte er Berlin, wie es ihm Simon geraten hatte. In die verwegensten Kneipen steckte er seine Nase, redete mit den Leuten, wenn ihm danach war.

Wieso finden die Menschen in diesem Land keine Arbeit?, wollte er von Simon wissen, der abwinkte, als er das Thema anschnitt. Ich kann das nicht mehr hören, schnauzte der Schmied, es stinkt zum Himmel, riechst du es nicht? Später an diesem Abend, als sie beim Bier saßen und Moses längst nicht mehr daran dachte, nahm Simon den Faden wieder auf. Die Menschen müssen sich wehren!, rief er und schlug mit der Faust auf den Kneipentisch. Sie müssen ihr eigenes Potential entdecken!

Mehrmals in der Woche fuhr Moses zur Klinik, lauerte Doktor Arlt auf, um ihn zu sprechen, um sich von ihm erklären zu lassen, wieso er Frau Blank noch immer nicht sehen durfte. Er ertappte sich, wie er die Tür aufreißen wollte, hinter der er Kati vermutete. Geduld, so haben Sie doch Geduld, Mann!, wies ihn der Arzt zurecht, wenn er ihm gegenüberstand.

Arbeitete er nicht in Simons Werkstatt, lief er durch die Stadt. Zufällig war er in eine Vorlesung geraten, und wie er mitbekam, war gerade das erste Buch Moses dran. Er versuchte, in den Gesichtern zu lesen, was sie bewog, sich diese alten Geschichten anzuhören. Ein Mädchen in kariertem Mantel stand plötzlich vor ihm und sprach ihn an. Nein!, erwiderte Moses entschieden und lächelte die Studentin an, ich will nicht mitdiskutieren!

Dann stand er am Brandenburger Tor. Hier hat einmal die Mauer gestanden. Dort verlief die Grenze. Die Mauer bestand aus Betonblöcken ..., referierte eine Stimme in seinem Rücken. Er schaute sich um. Wie auf einen Pfiff hin stiegen die Touristen wieder in den Bus, der wendete und davonfuhr. Mit weit ausholenden Schritten lief er den breiten Boulevard hinunter: Kati!, ich muss dich sehen! Verdammt, was ist das für ein Spiel, in das ich geraten bin. Wie oft hast du in Bern gesagt: Du musst nach Berlin, Moses. Berlin steht an deinem Koffer. Nun bin ich hier und du liegst in der Klinik. Sie lassen mich nicht zu dir, ich werde verrückt davon. Wenn ich wenigstens Anna erreichen würde. Wieso ruft sie mich nicht an? Jedes Mal ist sie gerade gegangen, wenn ich in die Klinik komme, und Doktor Arlt verbietet mir, dich zu sehen. Geduld!, sagt er, fassen Sie sich doch in Geduld, Herr Moses.

Das halte ich nicht mehr aus!, schrie er Simon an, als er in seine Werkstatt kam. Simon schwieg, arbeitete konzentriert. Irgendwann sagte er: Du kommst doch mit deiner Arbeit gut voran, ist das denn nichts, Mann? Es war spät geworden. Die Männer räumten die Werkstatt auf, löschten das Feuer. Danach hockten sie sich an eine Theke. An diesem Abend hatte Moses Simon nach den Juden gefragt. Der Schmied sah ihn an, die Schultern hochgezogen, und sagte dann: Darauf hab ich die ganze Zeit schon gewartet. Simon bestellte noch zwei Bier. Moses rückte dichter an den Freund heran.

Ich hab dir erzählt, dass ich mich nicht zur Gemeinde halte, aus den unterschiedlichsten Gründen, die ich dir nicht erklären muss. Simon wischte Schaum von den Lippen. Heutzutage kommen die Juden wieder aus dem Osten hierher, aus Russland, aus der Ukraine und anderswo, wie vor Zeiten mein Urgroßvater. Moses betrachtete das Plakat hinter der Theke. Plötzlich sprang er auf, packte Simon am Kopf: Wie hast du den Holocaust überlebt?

Ich bin aus dem Vernichtungslager ausgebrochen, kilometerweit gerannt; ein polnischer Bauer hat mich in seiner Scheune versteckt ... Simons Hände strichen über den weißen Bart. Mit solch einer Geschichte kann ich leider nicht aufwarten, Moses! Wenn du wirklich hören willst, wie es war, dann musst du mit zu mir kommen. Ich hab es aufgeschrieben, was nicht zu erzählen ist. Sie haben die Juden in Öfen gestopft; vorher haben sie Gas auf sie strömen lassen. Wer Glück hatte, wurde vorher abgeknallt. Simon zischte durch die Zähne. Ich sag dir was, Moses, ich hab es satt, den Schrecken zu beleben. Die Toten kehren davon nicht zurück. Jetzt frage ich dich: Wozu willst du das wissen? Oder anders gefragt: Was hast du davon, wenn du es weißt? Das Kinn war ihm auf die Brust gesunken. Simon schien Moses und alles, was um ihn herum geschah, vergessen zu haben. Ab und zu trank er einen Schluck Bier, es klirrte, wenn er das Glas auf die Theke knallte.

Tage später nahm Simon das Gespräch wieder auf. Den ganzen Tag hatten sie in seiner Werkstatt zugebracht, am Abend liefen sie um die Wette, um die Lungen aufzupumpen. Es war ein Bauplatz, auf dem die Männer über Steine und Metallstangen sprangen. Simon reckte die Arme, hockte sich auf einen Baumstumpf, zog Moses an seine Seite. So höre, begann er, was du hören musst.

Ich war ein Knabe, als ich von Berlin nach Frankreich floh. Sie haben mich geschnappt, wie viele andere auch, die aus Deutschland vor den Nazis flohen. An der Schweizer Grenze wurde ich festgenommen. Wohin ich dann kam? Lies es nach, wenn du dazu die Kraft hast. Auf dem Todesmarsch, wie die Route heißt, die wir gehen mussten von Auschwitz nach Buchenwald, bin ich liegen geblieben zwischen den Toten. Im Lager hatte ich aufgeschnappt, dass man nirgendwo so sicher sei wie im Zentrum des Verbrechens. So schleppte ich mich nach Berlin. Eine Schauspielerin, die meine Eltern gut kannte, nahm mich bei sich auf, versteckte mich in ihrer Wohnung. Ein Jahr hab ich in ihrem Schrank gefurzt und gekackt.

Simon fuchtelte mit den Armen herum. Es ist hier gleich um die Ecke, aber das Haus steht nicht mehr. Als die Bomben fielen, bin ich aus dem Schrank gekrochen, die Flammen hatten schon meine Haare erfasst. Wie besinnungslos stolperte ich über brennende Latten, über Dächer und Höfe, es war Nacht. Simon starrte auf seine ölgetränkten Schuhe, hob den Kopf. Die letzten Kriegswochen hab ich mich in Wäldern versteckt gehalten. Frag jetzt nicht weiter, Moses! Frag nicht nach meinen Eltern!, sagten seine Hände. Simon fiel auf die Knie, schlug mit der Stirn auf die Erde, bis Moses ihn hochriss. Wie lange sie so standen, weiß Moses nicht mehr. Er weiß nur, dass Simon aschgrau war im Gesicht, und dass er sich Vorwürfe machte, den Freund nach dem Holocaust gefragt zu haben. Plötzlich reckte sich Simon: Was stehen wir hier herum! Gehen wir zu mir, da ist es wärmer als hier. Da kannst du lesen, was du wissen musst. Ich habe es dokumentiert, anders hätte ich nicht weiterleben können. Simon zog eine kleine Flasche aus der Jackentasche, setzte sie an die Lippen, reichte sie Moses. Trink, alter Junge, aber verschluck dich nicht an dem hochprozentigen Zeug!

Ein kehliges Lachen dröhnte über den Platz. In einer Ecke stand eine Gestalt, die pinkelte.

Als sie zur Straßenbahn gingen, taumelte Simon, schlug mit dem Hinterkopf auf. Jemand alarmierte den Notarzt. Der Rettungswagen kam sofort. Männer in orangefarbenen Westen hoben Simon auf eine Trage, dann fuhr das Auto mit ihm davon.

Simon wurde in die Charité gebracht. Moses hockte im Gang, beobachtete, wer hinter der Tür verschwand, hinter der er Simon vermutete, als sich ein Mann neben ihn setzte.

Ich bin Jürgen, sagte er und starrte an die Wand. Plötzlich streckte er Moses eine Hand hin: Simons Kumpel!

Wie viele Becher Kaffee wir in dieser Nacht aus dem Automaten zogen, das weiß ich heute nicht mehr, knurrt Moses, der zu Kati schaut. Erst da wird ihm wieder bewusst, wo er sich befindet. Im Zug Richtung Glarus. Gut, dass du schläfst. Wieso konfrontiere ich dich mit Simons Geschichte? Aber ist das nur seine Geschichte?, möchte er brüllen, um den Schmerz loszuwerden. Simon ist aus dem Koma nicht mehr aufgewacht, aber das wusste ich damals nicht, als ich mit Jürgen vor dem Operationssaal hockte.

Da saßen wir, den Kaffeebecher in der Hand, lauschten auf jedes Geräusch hinter der Tür. Jürgen sah blass aus, ein schmächtiger Bursche. Er konnte die Hände nicht ruhig halten, strich immerfort über den kahlen Schädel. Es wird zwischen zwei und drei Uhr gewesen sein, die Stunde, in der du zu frieren beginnst. Jürgen hatte seinen Kopf auf meine Schulter gelegt, brabbelte vor sich hin; ab und zu schnappte ich ein paar Brocken auf, mit denen ich nichts anzufangen wusste. Ich schwieg, richtete meinen Blick auf die Tür, hinter der es still geworden war. Ich musste wohl kurz eingenickt sein. Jürgen stand vor mir, sagte mit bebendem Mund: Mensch, hörst du mir überhaupt zu? Ich war in Bautzen!, schrie er mit einer Kraft in der Stimme, dass ich ihn an den Schultern packte.

Das Gelbe Elend, die Knastanstalt, zischte Jürgen. In Bautzen saßen die Politischen, er kippte den Kaffee hinunter, seine Gesichtsfarbe glich dem Neonlicht, unter dem wir saßen. Ich schnaufte in die Hand, war es leid, solche Geschichten zu hören, vor allem jetzt, wo es um Simons Leben ging. Was redest du nur unentwegt!, wollte ich den Mann mit dem dünnen Pullover anfahren, der taumelnd aufstand, sich an einen Stuhl klammern musste. Da begriff ich, wer vor mir stand. Ich schlug an meine Stirn, stellte mich neben den schwankenden Mann, der vergeblich versuchte, ein Fenster aufzuriegeln. Der hängt ja genau wie ich an Simon, muss reden, um nicht zu krepieren.

Reiner Zufall ..., murmelte Jürgen, als er den Pappbecher in den Abfallkorb warf, ... dass ich gerade hier vorbeikam, als Simon eingeliefert wurde.

Mensch, Simon! Jürgen versuchte, die Tür zu erreichen. Du schaffst das, Simon! Ich fing Jürgen gerade noch auf, der nach hinten kippte. Können wir denn gar nichts tun? Flehend blickte er mich an.

Die Stimmen hinter der Tür entfernten sich, ohne dass jemand herausgekommen wäre. Ich geh jetzt da rein!, stieß Jürgen heraus. Ich muss wissen, was mit meinem Kumpel ist. Ich versuchte ihn festzuhalten. Sie haben doch gesagt, wir sollen hier warten, sie sagen uns Bescheid, Jürgen!

Ich trau ihnen nicht, trau niemandem mehr. Wie heißt du eigentlich? Aus Jürgens Mund kam ein eigenartiger Laut, dann sackte der Körper auf den Plastikstuhl zurück. Ich fass' es nicht! Du willst Moses sein, du? Obwohl ... Er zwinkerte mit einem Auge. Warum eigentlich nicht? Du könntest tatsächlich ein Prophet sein. Es zuckte in seinem Gesicht. He!, rief er – in seiner Stimme schwang ein Zittern mit –, wenn du es bist, dann hol meinen Kumpel hier gesund wieder raus! Jürgen kam auf mich zu, hauchte mir ins Gesicht: Es geht um Leben und Tod, nicht?

Ich streichelte den schmächtigen Körper, setzte ihn behutsam auf einen Stuhl. In diesem Moment öffnete sich die Tür, ein Arzt kam auf uns zu. Herr Simon befindet sich auf der Intensivstation. Gehen Sie nach Hause, Sie können hier nichts tun. Morgen vielleicht ..., räumte der Arzt ein, als er sah, wie Jürgen erbleichte. Gehören Sie zur Familie? Wer soll denn benachrichtigt werden?

Untergehakt stolperten wir in die nächste Kneipe. Weißt du überhaupt, wovon ich die halbe Nacht geredet habe? Jürgen hielt die Arme über der Brust verschränkt. Kannst du dir vorstellen, wie es ist, wenn sie dich von der Straße weg verhaften? Wenn einer auf dich zukommt und sagt: Herr Meister? Und du antwortest: Ja! Wenn sie dich in ihr Auto zerren, sich neben dich klemmen und das Auto fährt los. Dann weißt du noch nicht, dass es die Stasi ist, oder du ahnst es bereits, dein Gehirn rattert: Haben die dich geschnappt, weil du dich über die Mauer ausgelassen hast? Aber darüber hab ich doch nur mit meinem Bruder gesprochen. Dann rappelst du dich auf, denn du hast ja nichts geklaut, fragst die Männer, die rechts und links neben dir kleben: Wo fahren Sie mit mir hin? Die gucken sich an, stoßen dir in die Rippen: Kieken Sie nach unten! Das ist alles, was sie verlauten lassen.

Jürgen hielt sein Glas hoch, rief dem Wirt hinter der Theke zu: Gibst du uns noch ein Bier? Es sah so aus, als würde er nicht weitersprechen. Ich atmete auf, stieß mit Jürgen an. He, Kumpel, sagte Jürgen, ich geh dir auf die Nerven, was? Mein Geseire ist dir zu viel? Ich sag dir was, ich halte das mit Simon nicht aus! Außerdem hast du was, Mann, dass ich zu plappern beginne, wo ich doch immer geschwiegen habe wie ein Grab. Jürgen starrte in sein Glas. Dabei ist es vorbei! Vorbei sagen wir, und wissen, dass es uns nie loslässt. Nie mehr! Wenn du einmal gedemütigt worden bist, was hast du da gemacht?

Zwischendurch brannte ich mir eine Zigarre an, bestellte Tee, reichte Jürgen ein Glas. Und die haben dich einfach so ...? Was einfach so? Jürgen starrte mich an. Ich saß fest, Moses! Das wurde mir klar, als der Geschniegelte hinter dem Tisch Worte benutzte, die ich nur zu meinem Bruder gesagt haben konnte. Ob mein Bruder ..., ratterte mein Gehirn, ob er wirklich ...? Mit der Stasi? Nein! Niemals! Was Sie getan haben, Herr Meister, ist vorsätzliche staatsgefährdende Hetze. Sie haben sich darüber ausgelassen, wie unerträglich für Sie die Staatsgrenze ist. Staatsgrenze, dachte ich, und hätte am liebsten gelacht. Aber es war nicht zum Lachen, was hier abging, das kann ich dir flüstern, Kumpel! Blitzartig erkannte ich meine Situation, so, als würde jemand eine Stablampe auf mich richten. Jetzt musst du aufpassen, Jürgen!, sagte eine Stimme. Du bist bei der Stasi gelandet. Irgendwann, es müssen Stunden vergangen sein, sollte ich ein Protokoll unterschreiben. Es war Nacht, ich wollte meinen Kopf auf die Tischplatte legen, doch der Vernehmer riss mich mit den Sätzen hoch: Und Sie waren ..., und Sie haben ... Sie sind gegen die Verfassung der DDR aufgetreten, Herr Meister! Sie wollen die Ordnung der Deutschen Demokratischen Republik sabotieren. Der Mann hinter dem Tisch trug ein braunes Jackett, auf dem das Parteiabzeichen prangte. Er schob mir ein Stück Papier zu: Unterschreiben Sie!

Ich unterschreibe nicht!, keuchte ich, denn ich bekam plötzlich keine Luft. Da knallte etwas auf den Tisch. Vor mir lag seine Pistole. Ich sah, wie meine Hände zu zittern begannen. Schlagartig war mir klar: Hier kommst du so schnell nicht wieder raus. Ich wollte um mich schlagen, saß in der Falle. Ich glaube, der Vernehmer grinste, als er unter der Tischplatte auf einen Knopf drückte. Zwei in Grün führten mich ab. Ich hörte, wie der Mann hinter dem Tisch sagte: Wir können ganz anders! Wir haben viel Zeit, das werden Sie noch zu spüren bekommen, Herr Meister!

Jürgen schluckte, eine Hand rieb über den nackten Schädel. Und dann hockst du in der Zelle und weißt, das Tor ist zu. Du hörst Geräusche, hörst Schreie. Du bist mutterseelenallein. Seitdem puckert es hier! Jürgen schnitt eine Grimasse. Es ist die Lunge! Das Puckern wirst du nie mehr los.

Ich packte Jürgen am Genick, spürte eine ungeheure Wut, erschrak, weil ich den Falschen gegriffen hatte. Vorsichtig ließ ich ihn los, streichelte das weiße Gesicht. Jürgen stieß mich zurück. Was glotzt du so? Glaubst du, es ist vorbei? Stumm zog ich ein Taschentuch heraus, betupfte Jürgens Stirn. Es ist das System, das dich kaputt gemacht hat, versuchte ich, Jürgen zu beschwichtigen. Aber wer ist das System? Sind es nicht Leute wie du und ich? Schweig!, zischte Jürgen, sonst hau ich dir eine in die Fresse! Augenblicklich begriff ich, wie es um Jürgen stand, und doch fühlte ich einen unbezwingbaren Drang, dem Ganzen ein Ende zu setzen. Ich wollte nur noch weg, fort aus der Kneipe. An der Tür drehte ich mich um, zuckte zusammen. Aber das ist Jürgen, Simons Kumpel, mit dem kalkweißen Gesicht!

Jürgen war auf der Toilette gewesen, seine Augen glühten wie im Fieber. Er stützte die Ellbogen auf die Theke. Ich stieß ihn an. Als hätte er darauf gewartet, fuhr er mit einem Kratzen in der Stimme fort: Am nächsten Morgen hat der Vernehmer weitergemacht. Ich habe nichts mehr gesagt. Dann telefonierte er, und wieder wurde ich in ein Auto geschoben.

Halt! Kannst du dich an den Namen erinnern, Jürgen? Der Vernehmer, wie hieß der?

Warte mal ... Etwas mit W. Jürgen strich mit beiden Händen übers Gesicht. Weiland, nein. Weikert? Nein, so hieß er auch nicht. Ernst hieß er. Jemand kam herein, sprach ihn mit Ernst an. Der Name meines Vernehmers steht in meinen Akten; wenn er dich interessiert, seh ich nach. Jürgen blies die Wangen auf, stieß einen gequetschten Ton heraus. Nachdem sie mit mir kreuz und quer durch die Stadt gefahren waren, hielt das Auto vor einem Tor. Auf ein Signal hin öffnete sich eine Schleuse. Ich musste mich nackt ausziehen. Das war der Moment, da hätte ich dem Uniformierten die Gurgel durchbeißen müssen. Niemals hab ich mich so ausgesetzt, so ohnmächtig gefühlt wie im Aufnahmeraum der Staatssicherheit. Sie sind Nummer 48 links, sagte ein Mann in Uniform. Ich starrte ihn an. Sie sind Nummer 48 links, wenn Sie aufgerufen werden, sagen Sie: 48 links! Dann treten Sie raus aus der Zelle. Wenn es schließt, dann stellen Sie sich ans Fenster. Wenn es Essen gibt, dann stellen Sie sich ans Fenster, Hände nach hinten, 48 links!

Morgens der Blechtopf mit dem Muckefuk. Mittags der Blechtopf. Abends der Blechtopf. Drei Schritte, dann war ich an der Wand. Sitzen, sitzen, sitzen.

Ich bin nicht geschlagen worden. Nicht verhungert. Besuch hab ich erst nach einem Vierteljahr bekommen. Wochenlang wussten meine Eltern nicht, wo ich war. Nie mehr werde ich das Bild los, wie mein Vater auf mich zukommt, wie er mich ansieht und wie der weiß gewordene Mann weint. Ein halbes Jahr war ich in Einzelhaft. Im März wurde ich entlassen. Und was stand in meinem Urteil, was denkst du, Moses?

```
Verurteilt wegen fortgesetzter staats-
gefährdender Hetze.
```

Doch das Beste, wir wissen es, kommt immer zum Schluss. Jürgen lehnte an dem Pfeiler, der den Schankraum teilte. Ich war im 2. Studienjahr, als ich verhaftet wurde, Physiker wollte ich werden. Nachdem ich aus dem Knast entlassen war, bin ich in die Studienabteilung gegangen, um mein Studium fortzusetzen. Da haben sie in mein Studienbuch geschrieben: Studienverbot für dauernd an allen Universitäten und Hochschulen der DDR.
Mit einer Kraft, die ich dem schmächtigen Mann nicht zugetraut hätte, riss er mich hoch. Mensch! Guck nicht wie einer, der nicht bis drei zählen kann! Ein Pfeifton streifte mein Ohr. Jürgen keuchte: Ich muss zu Simon! Wir hetzten über die Straße, wären beinahe in ein Auto gerannt. Im Krankenhaus wurden wir nicht zu Simon gelassen.

Den nächsten Tag verbrachten wir in Simons Schmiede. Ich bin Musiker, sagte Jürgen, der auf seiner Gitarre klimperte. Von irgendwas muss der Mensch ja leben.

An jenem Wochenende bin ich nicht zu dir an den Wannsee gefahren, Kati. Es ging nicht. Ich musste in Simons Nähe sein.

Verschneite Felder. Fachwerkhäuser, Bäche, an denen der Zug vorbeirast. Moses ist aus dem Abteil getreten, um sich bei der Dame für den Kaffee zu bedanken. Sie stammt aus Zürich, hört er, und ist erst kürzlich von einer Studienreise aus Afrika zurückgekehrt. Ihr Mann ist während ihrer Abwesenheit bei einem Autounfall ums Leben gekommen. Die Dame im violetten Kostüm drückt die Stirn an die Glasscheibe, versucht zu lächeln, als sie sagt: „Wir können nicht begreifen, was uns geschieht." Sie sieht hinaus, abrupt dreht sie sich herum: „Wissen Sie, was mein Mann hinterlassen hat? Einen Zettel! Auf dem ich lese: Du kannst nur lieben, lieben ist genug."

Unvermittelt deutet sie auf Kati: „Ihre Frau?" Er nickt. „Passen Sie gut auf sie auf!" Die Dame schaut ihn an. „Kann ich Sie auf einen Drink einladen?" Ihre Hand zeigt geradeaus.

„Danke, dass Sie mitgekommen sind!", sagt die Dame, während der Zug sein Tempo verlangsamt und in einen Tunnel fährt. Zögernd, als suche sie die Worte, beginnt sie zu sprechen, erzählt, wie das Leben als Ärztin war, wie sie beide, ihr Mann und sie, jahrzehntelang eine Klinik geleitet haben. „Und dann dieser Schock: nie mehr! Nie wieder umarmt werden, nie mehr die geliebte Stimme hören." Sie verstummt, senkt den Kopf. Moses legt eine Hand auf ihren Arm. Die Dame lächelt scheu, als sie aufsieht. „Verzeihen Sie meinen Redefluss, aber seitdem mein Mann tot ist, habe ich so mit niemandem mehr gesprochen." Sie bestellt zwei Gläser Sekt, schaut ihn durch ihre Brillengläser an. „Erzählen Sie! Wo kommen Sie gerade her?"

„Berlin", beginnt Moses. Sie sieht ihn an, nickt, während Moses spricht. „Berlin ...", unterbricht ihn die Dame, „was haben Sie da gemacht?" Bevor er antworten kann, sagt sie: „Wenn Sie es auf einen Satz reduzieren müssten, was hat Ihnen Berlin gebracht?" „Gewissheit", antwortet er. „Und ich habe dort einen Freund verloren." Er sieht, wie die Dame eine Hand vor den Mund presst. Er muss sie stützen, als sie vor ihm hergeht. Schnee klatscht an die Fensterscheiben. Die Dame ist in ihr Abteil gegangen, nachdem sie ihm ihre Visitenkarte gegeben hatte. „Falls Sie in Zürich sind, besuchen Sie mich mit Ihrer Frau. Ich danke Ihnen sehr, Sie haben mich heute zum Sprechen gebracht."

„Wo sind wir?", will Kati wissen, als Moses näher kommt. Er zieht sie an sich, küsst sie. „Komm! Gehen wir in den Speisewagen, du wirst Hunger haben." „Wie lange hab ich denn geschlafen?" Sie zupft am Pulli, streicht übers Haar. „Gute Idee!" Es gibt nur noch einen freien Tisch im Speisewagen. Kati bestellt Omelett mit Tomaten, Käse und Schinken. Wein sickert ins Tischtuch. Moses hat das Glas mit dem Ärmel umgestoßen. Der Kellner bringt ein sauberes Tuch, füllt die Gläser wieder.

Es dunkelt, als sie den Zug verlassen. Sie fahren mit der Seilbahn hinauf. An der Endstation werden sie erwartet. Sie lassen nur das Gepäck mitfahren, gehen zu Fuß. Eiszapfen an Dachrinnen, die wie Kristalle glänzen. Aus den Schornsteinen steigt heller Rauch. Schneeflocken auf den Wimpern. Kati zieht die Luft durch die Nase, atmet mit offenem Mund. Es knirscht unter den Schuhsohlen. „Ach, bin ich froh, hier zu sein!" Sie umarmen sich, bis Kati ihn loslässt. Das Appartement ist sehr geräumig mit einem großen Bad. Kati beginnt gleich, ihre Sachen in einem Zimmer zu verteilen. „Du", sagt sie, „ich glaube, ich schlafe gleich ein, wie kommt das nur, dass ich so müde bin?"

Sie winkt von der Terrasse, als Moses angerannt kommt, Schweißtropfen auf dem Gesicht. „Du bist schon gelaufen?" Er wirft einen Schneeball zu ihr hinauf. „Jetzt weißt du, wieso Braunwald die Sonnenterrasse heißt! Sieh nur, wie der Schnee funkelt!", ruft Kati ihm zu.

Die Sonne ist so stark, dass sie sich zuerst eine Sonnenbrille kaufen muss, die sie in Berlin vergessen hat. Nach dem Frühstück fahren sie mit dem Sessellift höher hinauf. „Sieh nur! Die Bäume sind wie in Zuckerwatte getaucht." Moses muss Kati bremsen, dass sie nicht gleich auf die Bretter geht. „Okay", sagt sie, „ich warte noch, aber nur, wenn du dich zum Skikurs anmeldest." Sie streckt sich im Liegestuhl aus, während er sich nach einem Skikurs erkundigt. Am Nachmittag fahren sie ins Hotel zurück.

Die Sonne bräunt ihr Gesicht, die Winterluft scheint ihr gut zu bekommen. Zum Frühstück verspeist Kati einen Teller Obst mit Joghurt und Nüssen. Die Kaffeemaschine brodelt. Kati gießt Moses eine Tasse ein, berührt seine Lippen. Da möchte er sie an sich ziehen, die Zeitung fallenlassen, in der er gerade liest. Doch sie rumort schon in ihrem Zimmer. Manchmal hört er sie lachen. Wenn sie mit Anna telefoniert, geht es ihr richtig gut.

In Decken gehüllt sitzen sie auch am Abend auf der Terrasse, bis Kati laut gähnt. Bevor sie ins Bett geht, sagt sie: „Kannst du dir vorstellen, mit mir irgendwo auf dieser Welt zu leben?" Sie wartet keine Antwort ab, wirft ihm eine Kusshand zu, dann hört er sie im Bad.

Moses muss noch mal hinaus, muss weit laufen, bevor er sich zur Ruhe begibt. Das ist jeden Abend so. Die kalte Luft bekommt ihm gut. Seine Herzkrämpfe sind ganz verschwunden. Wie kostbar die Stunden mit Kati sind, wenn sie auch leicht ermüdet, aber ist das ein Wunder? Er hat den Arzt gesprochen, der sie hier untersucht hat. „Ihre Frau ist gesund. Sie braucht nur Ruhe und gute Pflege", so drückte sich der Arzt aus.

Moses telefoniert mit dem Architekturbüro in Bern, vereinbart einen Termin. Kati ist heute zeitig wach; im karminroten Schlafanzug steht sie in der Tür. „Gestern hab ich noch an Hugo geschrieben." Und, was hast du ihm mitgeteilt?, möchte Moses wissen, doch er unterdrückt die Frage. „Soll ich es dir vorlesen?" „Nein!", wehrt er ab. „He, Wüstenfürst, stimmt was nicht?" Kati drückt ihre Stirn an seine Brust. „Ich denke, du solltest Hugo reinen Wein einschenken." „Reinen Wein ... und der wäre?" Er spürt, wie er ärgerlich wird, da bricht es aus ihm heraus: „Kati!, ich liebe dich, ich möchte mit dir leben!" Es reißt in ihm, was wird sie jetzt sagen? Stumm ist sie hinausgegangen, hat die Tür hinter sich zugezogen. Sein Handy klingelt, es ist Kati, wie er auf dem Display sieht. „Ich dich auch." Da steht es, das hat sie eben geschrieben.

Neuschnee. Funkelnde Kristalle. Tief verschneite Wege. Rehe, die ihre Köpfe heben. Stille, bis ein dunkler Vogel auffliegt. Was für ein Leben! Moses stapft durch den Schnee, Sonne auf seinem Gesicht. Er setzt sich auf eine Bank, zieht den Schal ab, öffnet die Jacke. Wie frei ich atme! Ich danke dir!
Wofür?
Moses lacht, schlägt sich auf die Schenkel. Was für ein Schelm du doch bist. Es scheint dir Vergnügen zu machen ...
Ganz genau!
Stört es dich denn gar nicht, dass ich den Tag genieße?
Werde aktiv!
Was, wie bitte?

Worauf wartest du, glaubst du wirklich, sie kommt auf dich zu? Du liebst sie, dann los!

Das sagst du?

Es dunkelt, als Moses den Rückweg einschlägt. Kerzen spiegeln sich in den Fensterscheiben. Kinder auf einem Schlitten. Glockengeläut mischt sich mit Hundebellen und Kinderlachen.

„Wie gut du riechst." Kati schnuppert an seiner Haut. Sie reicht ihm bis an die Brust. Er zieht sie zu sich herauf.

2

Eine Antwort ist gekommen. Er kann im Architekturbüro in Bern anfangen. Ob er das noch will? Am Abend, beim Wein, erzählt er Kati davon. Sie ist sehr interessiert, kann es sich gut vorstellen. „Das ist ein großes Unternehmen", sagt sie. „Die haben überall ihre Dependancen, du musst deswegen nicht in der Schweiz leben."

Wie froh er ist, dass Kati wieder teilnimmt am Leben. Er genießt, wie sie sich bewegt, wie sie die Hände hebt und wie sie ihn küsst.

Doch heute liegt ein Schatten auf ihrem Gesicht. Kati verstummt, und wenn er sie anspricht, sieht es aus, als starre sie ins Leere. Da fällt ihm wieder ein, was Anna erst gestern am Telefon sagte: „Moses!, es ist ihr Vater, der Kati zu schaffen macht. Du solltest versuchen, mit ihr über Ernst Weigrund zu reden." Das kann er nicht. So oft er sich das auch vornimmt, immer wieder spürt er eine Sperre, fühlt Hass gegen den Mann, den er nicht kennt. „Ich kann das nicht!", hat er zu Anna gesagt, die aber nicht lockerließ und ihn aufforderte, Kati nicht zu schonen. „Wenn du es nicht tust, dann wird sie wieder springen. Wir müssen das verhindern, hörst du, Moses?"

In der Nacht rissen Annas Worte ihn aus dem Schlaf. Leise stand er auf, trank einen Schluck Wasser, zog sich an, dann ging er los. Die Fellmütze tief in die Stirn gedrückt, lief er den Trampelpfad hinauf, den er entdeckt hatte. Plötzlich war ihm, als höre er Simons Schritt neben sich. He! Simon packte ihn an der Schulter: Wohin willst du? Wieso läufst du hier herum? Moses stolperte über eine vereiste Kante, glitt der Länge nach hin, die Stirn blutete. Wie gehetzt lief er den Weg zurück. Die Tür zum Schlafzimmer stand auf, er konnte Kati atmen hören. Im Bad zog er sich aus.

Scheint die Sonne und sie sitzen am Frühstückstisch, vergisst Moses Annas Worte. Kati scheint ganz in der Gegenwart zu leben. Detailliert hat sie eben ihre Pläne vor ihm ausgebreitet. „Eine Zeit lang möchte ich nur reisen, unterwegs sein ... Hugos Onkel wartet auf meinen Besuch, und zu Tamara in den Negev möchte ich auch." Sie schaut ihn an. „Und du?" Es macht ihn traurig, dass sie ihn in ihre Überlegungen nicht einbezieht. Laut sagt er: „Und ich dachte, wir würden ein, zwei Jahre ..." Kati ist aufgesprungen. „Was denkst denn du, Wüstenfürst! Nicht nur ein, zwei Jahre, das schreib dir hinter deine großen Ohren! Obwohl ..." Kati schlägt mit der Zeitung an seine Brust, „... ich für mich nicht garantieren kann." Sie stellt sich auf Zehenspitzen, legt ihre Hände auf seine Brust. „Und jetzt gehen wir rodeln!" Er springt in die Luft, so gut fühlt er sich, wenn Kati Wünsche äußert, die er erfüllen kann. Wie kräftig ihre Stimme wieder ist, wie fest sie auf den Beinen steht. O, mein Gott, wie hab ich um sie gebangt. Moses zieht den Anorak an, ruft von der Tür: „Na, dann los, wirf dich auf den Schlitten, meine Schöne!"

Auf dem Rückweg ziehen sie den Schlitten und Kati erzählt von Etty Hillesum, von der sie ihm schon im Speisewagen, im Zug hierher, berichtet hatte. In wenigen Worten zeichnet sie das kurze Leben der jüdischen Studentin nach, versucht zu beschreiben, wie Etty trotz Krieg und Schikanen sich ihre Menschlichkeit bewahrt. „Was zieht dich an dieser Frau an?", möchte er wissen. Kati überlegt, bevor sie sagt: „Es ist ihre Gradlinigkeit, die Art, wie Etty lebt. Mich interessiert, wie sie mit dem Unheil umgeht, das über Nacht in Amsterdam einbricht. Etty will sich alles merken, um es, nach dem Krieg, in einer neuen Sprache aufzuschreiben. Und sie trifft in dieser Zeit einen Mann, der sie fasziniert und den sie über alles liebt." Kati küsst Moses, reibt ihre Stirn an seine. „Es ging Etty wie mir!" Er hält sie fest im Arm, schluckt, hustet, versucht, der Stimme Festigkeit zu geben. „Wenn du willst, lese ich dir nachher einen Abschnitt aus ihrem Tagebuch vor." Sie wirft ihm einen Schneeball zu, den er auffängt und zurückwirft. „Tut das gut!" Sie läuft auf ihn zu, reißt ihn in den Schnee. Sie lachen, tollen herum, bewerfen sich mit Schnee. Im Hotel angekommen, klopfen sie sich gegenseitig den Schnee vom Rücken.

„Komm zu mir!" Moses streckt eine Hand aus. Als Kati neben ihm liegt, schiebt er ihr ein Kissen unter den Kopf.

Bevor Kati neben ihm einschläft, sagt er: „Was meinst du, wollen wir Ettys Buch gemeinsam lesen?" Sie richtet sich auf, spürt, wie das Herz klopft und wie sie ihn umarmen muss. „Ja, Freund, das machen wir."

Noch immer schneit es. „Eiszapfen wie im Märchenwald!", lacht Kati, wenn sie einen Zapfen abbricht und daran leckt. Sie laufen Ski. Kati kann nicht oft genug die Berge hinauffahren, um sie gleich wieder hinabzusausen. Es ist, als würde sie die Schneeluft heilen. Die Brille im Haar, schlürft sie heißen Tee, streckt sich wie eine Katze aus.

Am Abend sitzen sie in der Sauna. Schweiß läuft den Rücken hinab. Nach zwei Minuten geht Kati hinaus. Moses hält die Hitze lange aus. Im Wasserbecken versucht sie, ihn unterzutauchen, wirft sich auf seinen Rücken, schnappt nach Luft. Danach ruht sie sich aus, während Moses Bahn für Bahn auf dem Rücken schwimmt.

Sie trinken Punsch. Moses raucht. Kati betrachtet den purpurroten Himmel. Plötzlich ist es Nacht. Und wieder beginnt, was Moses an Kati so mag. Leise, wie zu sich selbst, beginnt sie, Gedichte aufzusagen. Manchmal legt Kati eine CD auf, und er hält sie im Arm, versucht, ihren Rhythmus aufzunehmen. Es ist gar nicht schwer, wenn er vergisst, wer er ist. Manchmal liest Moses aus Ettys Tagebüchern vor. Immer stärker werden sie hineingezogen in die Sicht einer jungen Frau, die das Leben liebt und die sich über den Tod keine Illusionen mehr macht. <u>Ich finde das Leben sinnvoll, trotzdem sinnvoll.</u> Dieser Satz ist im Buch unterstrichen.

„Woraus bezieht Etty die Kraft, sich dem Naziterror entgegenzustellen? Ich hätte das nicht geschafft." Kati schaut Moses an.

„Sie liebt", antwortet er. „Und sie redet mit Gott."

Ob es so einfach ist? Kati rollt sich zusammen, gibt ihm zu verstehen, dass sie allein sein will. Etty liebt, hat Moses gesagt. Sie steht am Fenster, den Pullover um die Hüften geschlungen. Als fände ein Kampf statt, jagen Wolken über den Nachthimmel. Lieben? Ob ich dazu fähig bin? Etty liebt den Mann, der ihr in einer tiefen Krise begegnet, ist von seinem Wesen fasziniert. Er hat heilende Hände, schreibt sie ins Tagebuch. Er zwingt mich, mir ins Gesicht zu sehen. Die Anziehung ist gegenseitig. Es ist wie mit Moses ... Kati schenkt sich einen Whisky ein, nippt daran. Ob Moses noch einmal hinausgegangen ist? Ihr Handy klingelt, sie ignoriert es, presst die Stirn gegen die Fensterscheibe. Ich kann nicht lieben! Nicht so, wie Etty liebt.

Wieso quälst du dich so? Sie stutzt, lauscht. Lisa? Kati lacht, hört nicht auf zu lachen, weil ihr war, als hätte sie Lisas Stimme gehört. Lisa würde mir meinen Kopf zurechtsetzen, sagen: Sei nicht so kompliziert, meine Kleine! Und sie würde hinzufügen: Die Liebe liebt.

In dieser Nacht schläft Kati schlecht. Am nächsten Morgen hat sie keinen Appetit; stumm schiebt sie den Teller zurück.

Moses beobachtet sie, wie sie vor dem Laptop sitzt und an die Wand starrt. Soll er zu ihr gehen? Was kann er ihr sagen, wozu ihr raten? Kati braucht keinen Rat, was braucht sie dann? Langsam wandert er vom Fenster zur Tür und wieder zurück. Ohne sich zu rühren, sitzt sie am Tisch. Es verunsichert ihn. Er versucht, die Angst abzuschütteln, aber da ist Annas Stimme, die unablässig fordert: Sprich mit ihr! Der Vater ist es, der Kati zerstört. „Was glaubst du, Moses, wie froh ich war, als wir annehmen mussten, er sei tot. Und dann taucht der Kerl plötzlich wieder auf!", kreischte Anna ins Telefon. „Stell dir das vor! Ich wünschte wirklich, Ernst Weigrund wäre tot."

Entschlossen geht Moses auf Kati zu. „Kann ich etwas für dich tun?" Er beugt sich zu ihr hinab. Sie sieht ihn nicht an, zuckt mit den Achseln. Soll er sie hochreißen und mit ihr eine Schneeballschlacht machen? War es wirklich erst gestern, als Kati mit offenem Haar im Schnee herumtollte, die Kosakenmütze schief auf dem Kopf? Wie übermütig sie war, wie sie lachte, als unter ihren Händen eine Figur entstand. „Das ist Lisa!", rief sie und legte einen Arm um die

Schneegestalt. „Lisa musst du unbedingt kennenlernen! Sie wird dir gefallen, Moses, sie hat einen Busen!, aber vor allem hat sie das Herz auf dem rechten Fleck. Warte, das Herz muss ich noch hineinmalen."

Beim Tee, im Wintergarten, begann Kati zu erzählen, wie die Männer mit Lisa umgegangen waren und wie sie sich von ihnen befreit hat. „Das hättest du hören sollen!", Kati zwinkerte mit einem Auge, „wie Lisa ihre Arbeit in der sozialistischen Brigade hinschmiss, weil der Boss sich an ihr vergreifen wollte. Dem Parteiheini hab ich's aber gegeben!, rief Lisa mit funkelndem Blick. Was glaubst du, Kati, was der für'n Fracksausen bekommen hat! Die Wahrheit aber ist, mein Chef war nur der letzte Tropfen, der Auslöser gewissermaßen, grinste Lisa. Endlich konnte ich die stupide Arbeit am Band hinschmeißen: tagtäglich einen Metallfaden durch 'ne Glühlampe ziehen! Und weißt du auch, Katikind, wo es mich danach hin verschlagen hat? In die Diakonie. Dort hab ich mit Behinderten gesungen und getanzt, aber vor allem haben wir gelacht. Bis ... Na ja, auch da gab es einen Idioten." Mitten im Satz war Kati verstummt, und Moses sah, dass sie nicht weitersprechen würde. Erst am Abend kam Kati auf ihn zu: „Verzeih! Es ist ein Balanceakt. Noch bin ich nicht ganz hier, aber auch nicht mehr in der Klinik."

Das alles geht Moses durch den Sinn, als er jetzt vor Kati steht und fragt: „Kann ich etwas für dich tun, Liebe? Möchtest du einen frisch gepressten Orangensaft?" Sie gibt keine Antwort, schüttelt nur den Kopf. Was soll er tun? Ratlos begibt er sich in die Bibliothek, kramt in CDs. Ist das Jürgen auf dem Cover? Kann das sein, und Simons

Kumpel hat ein Album produziert? Ich muss ihn anrufen! Längst wollte sich Jürgen gemeldet haben, hoffentlich ist nichts passiert! Wir müssen auch über die Dokumentation sprechen, die ich veröffentlichen werde, das habe ich Simon versprochen, bevor er zusammenbrach. Moses schiebt die CD in den Player. Es ist das Lied, das Jürgen für Simon gesungen hat.

Der Arzt war einverstanden, dass Simon Besuch bekam. Dazu mussten die beiden Männer einen grünen Kittel tragen und eine grüne Mütze über die Haare ziehen. Jürgen sah noch schmächtiger aus in der Verkleidung. Als er neben Simon saß, hörte Moses, wie Jürgen den Arzt fragte, ob er auf der Gitarre spielen dürfe. Nur einmal in den sieben Tagen, in denen Simon im Koma lag, bewegten sich seine Lippen. In den Nächten, als Moses an Simons Bett saß, breitete er vor dem Freund sein Leben aus. Nie hatte er so ungeschützt seine Gefühle preisgegeben wie in diesen Nächten im Krankenhaus. Du kennst Kati, begann er, ich hab dir das Foto gezeigt. Warte, hier ist es! Moses streichelte Simons Hände. Weißt du, was mit mir los ist, Freund? Ich leide, bekomme Atemnot, weil der Arzt mich nicht zu ihr lässt. Schlug Simon da seine Augen auf? Die Lippen öffneten sich für einen winzigen Moment. Moses hätte den Freund umarmen wollen, doch die Apparate hinderten ihn daran. War die Nacht vorbei, lief er zur Straßenbahn, um so schnell es ging an den Wannsee zu fahren. Auf dem Weg rang er mit seinem Gott, flehte um Simons Leben, obwohl er sah, dass es für den Freund kein Zurück mehr gab.

Kam Moses von der Nachtwache in die Pension, machte er sich nur frisch. In kurzem Lauf stand er vor dem Sanatorium, Doktor Arlt ging über den Flur, winkte ihn heran. „Etwas ist geschehen, was ich mir nicht erklären kann. Wie es aussieht, hat es mit Frau Blanks Vater zu tun." Moses wollte den Arzt zwingen, ihn zu Kati zu lassen. „Frau Fischer kümmert sich um Frau Blank. Jeder weitere Besucher würde die angegriffenen Nerven der Patientin nur strapazieren. Bitte halten Sie sich daran, Herr Moses. Sie wollen doch auch, dass Frau Blank wieder gesund wird?"

Moses nimmt Jürgens CD aus dem Player. Er wird sie sich bestellen. Kati möchte sicher auch das Lied von Jürgen hören. Er schluckt, kann die Tränen nicht stoppen. In der Zeit, als er durch Berlin streunte, hat er zwei Freunde gefunden und einen wieder verloren. Ich muss Jürgen heute noch anrufen! Doch jetzt muss ich zu Kati, möchte sehen, wie es ihr geht und was sie macht. Ob Anna recht hat? Ob es der Vater ist, der diese Starre bei ihr auslöst? Verdammt, warum spricht Kati nicht!

Da sitzt sie, lächelt und schaut ihn an. Ihre Wangen sind gerötet. Sie lässt sich umarmen, deutet an, dass sie arbeiten will. Großer jüdischer Gott!, das kann nur bedeuten, dass der Bann gebrochen ist. Moses schnauft durch die Nase. Wie hab ich um dich gebangt. Tränen strömen über seine Wangen, er reißt die Tür auf, mit offener Jacke stürmt er hinaus. Kopfüber wirft er sich in den Schnee.

3

„Wir sind auf der Sonnenterrasse!", jubelt Kati und breitet ihre Arme aus. „Was? Du trinkst Tee ohne mich?" Das Haar fällt auf ihre Schulter, es leuchtet kupfern im hereinströmenden Licht. Sie stülpt ihm ihre Mütze über den Kopf. „Na du? Dir geht es richtig gut, he?" Er möchte aufspringen, sie festhalten, um sie nie mehr loszulassen. In seine Gedanken hinein sagt sie: „Ich möchte dich um etwas bitten." Kati beugt sich vor, stellt die Teeschale zurück. „Heute Nacht hab ich an meinen Vater geschrieben. Ich möchte, dass du es liest, bevor ich den Brief abschicke." Sie schiebt ihm die Seiten zu. „Darf ich dich darum bitten?" Sie wartet keine Antwort ab, küsst ihn auf den Mund, steht schon an der Tür. Er schaut ihr nach, tastet nach der Brille, die er an dem Tag kaufte, an dem Simon starb. Ohne Anrede beginnt das Schreiben, in das sich Moses vertieft.

Alles ist möglich. Alles ist im Menschen angelegt. Ich könnte ebenso eine KZ-Aufseherin gewesen sein wie ein Spitzel in der Deutschen Demokratischen Republik. Diese Erkenntnis muss mich wie ein Meteor getroffen haben in der Psychiatrie, in der ich mich eine ziemlich lange Zeit aufhielt. Zuerst war ich erschrocken, denn ich fürchtete mich vor mir selber; gleichzeitig spürte ich, dass da etwas auf mich zukam, was mit dir zu tun haben könnte, Vater. Der sicherste Schutz, nicht verführbar zu werden, ist, sich der eigenen Schwärze zuzuwenden, sie als gegeben hinzunehmen. Ja, so ist es!, zu sagen und ihr nicht auszuweichen. Dadurch verliert das Böse seine Macht, die es über uns hat.

Lisa war es, die in dieser Klinik meine Vertraute wurde. Sie hat mir die Zusammenhänge erklärt, die mir abhanden gekommen waren. Ihre Instinkte funktionieren gut, während ich meine mühsam zurückerobern musste. Aber das ist ein anderes Thema, obwohl auch das mit dem Angesprochenen zusammenhängt. Im Grunde ist es Lisa zu danken, dass ich nicht krepiert bin und nicht Hand an mich gelegt habe. Na, na, wirst du jetzt sagen, Vater, aber das war mein Zustand, nachdem ich annehmen musste, du seist tot.

Ich habe dir den Schwarzen Peter zugeschoben, weil ich dich dafür gehasst habe, was du anderen angetan hast. Täglich habe ich aufgezählt, was du getan, aber vor allem, was du unterlassen hast. Wie im Märchen begann ich, die Erbsen zu sortieren. Dahin die schlechten, dorthin die guten, zu den Letzteren zählte ich mich.

Als ich begriff, was du als Offizier des MfS verantwortet hast, wie viele Menschen du auf dem Gewissen hast, um es konkret auszudrücken, wollte ich nicht mehr leben. In dieser Situation lernte ich Nora Bär kennen, die Pfarrfrau, von der ich dir im Hotel Berolina erzählt habe. Du erinnerst dich an unser Gespräch? Ich will deinem Gedächtnis aufhelfen. Es handelt sich um den Operativen Vorgang Kreuz, um Nora und Dittmer Bär, von denen ich jetzt sprechen werde. Erinnerst du dich an die Pfarrersleute, die du kaputtmachen wolltest? Wie viele Gespräche hast du mit deinen Mitarbeitern ihretwegen geführt, um sie ein für alle Mal auszuschalten! Im Berolina haben wir auch über die Maßnahmepläne geredet, die du entwickelt hast. Jede Woche fand ein Treffen zum OV Kreuz statt. Da befragtest du deine Mitarbeiter, wie weit deine Pläne realisiert werden konnten. Mehr als sechzig Menschen waren Tag und Nacht auf den Beinen, um die Bärs im Auge zu behalten. Inoffizielle Mitarbeiter habt ihr sie genannt: IM. Hinzu kam das technische Personal, das die Tonbänder abschreiben musste, die anschließend ausgewertet wurden. Das ist eine Materie, die krank macht, Vater, in der du dich jahrzehntelang aufgehalten hast. Wenn ich mir deine Arbeit vorzustellen versuche ... Seltsam, es entstehen keine Bilder im Kopf. Dabei besitze ich eine rege Phantasie, die du kennst, schließlich waren wir ja eine Familie.

Frau Muth, die Therapeutin in der Klinik, hat mich davor gewarnt, sich dem Bösen ohne Schutz auszusetzen. Naiv bin ich in die Behörde gegangen, hab in den Akten gelesen, bis mir der Atem stockte. Deshalb kam es zu dem Crash, von dem du gehört haben wirst, Ernst. In dem Augenblick, wo ich annehmen musste, du hattest deinem Leben ein Ende gesetzt, sah ich Rot. Ich wusste, zu spät. Ernst Weigrund wird mir nichts mehr erklären.

Die Bärs sind ein Beispiel für die Arbeit, die du täglich verrichtet hast. Ich muss achtgeben, dass ich nicht auf dir herumhacke, weil ich mich dadurch selbst beschädige. Also wieder Eigennutz? Ja, und abermals ja. Und doch folgt daraus, dass ich dir endlich gegenübertrete, Vater.

Wer führt Regie in unserem Leben? Wovon sind wir abhängig, weißt du das, Ernst Weigrund? Wer bestimmt, wie wir werden? Wem sind wir ausgeliefert? Einem Gott, den wir nicht kennen? Glaubst du an eine höhere Gewalt? Ich denke nein, das tust du nicht. Das würde ja bedeuten, ich beuge mich unter eine Größe, die ich ohne Wenn und Aber respektiere. Es gibt in der Kunst wunderbare Darstellungen. Caspar David Friedrichs Mönch am Meer, du kennst das Bild. Eine Kopie hing in Mamas Zimmer, erinnerst du dich? Wie winzig erscheint hier der Mensch vor blauviolettem Himmel. Wir sind ein Stück Natur, aber mir scheint, wir haben die Beziehung zu dieser Größe verloren.

In der Schule, in die du und ich gegangen sind, wurde so etwas nicht gelehrt. Feststehende Tatsache war: Gott gibt es nicht. Aber zu Hause, bei deinen Eltern, welcher Geist herrschte da? Ich kenne deine Eltern kaum. Nur an den Festtagen bist du mit Mama und mir zu ihnen gefahren. Dann hatte ich oft das Gefühl, du bist nicht anwesend. Es stimmt, gefragt habe ich dich nicht.

Wie ging es dir in deiner Arbeit? Wer hat dich auf die Fährte gesetzt, diesen Weg einzuschlagen? Dein Vater? Er war Jurist im Hitlerreich. Hast du ihn nach seiner Arbeit gefragt?

In Freiburg, als ich Philosophie studierte, bin ich der Frage nachgegangen: Was ist das Böse? Zwei Semester haben wir Hannah Arendt gelesen.

Bist du mir bis hierher gefolgt, Vater? Zäh, ja ehern, so habe ich dich in Erinnerung. Dein Durchhaltevermögen ist von deinen Vorgesetzten lobend erwähnt worden. Es gab Auszeichnungen, Nadeln, die du zu Hause nicht getragen hast.

Tagein, tagaus hast du dich in den Dienst chauffieren lassen. Nur einmal bist du krank gewesen, lagst im Bett. Mama kam mit einem Tablett herein, setzte sich auf die Bettkante, du hast sie weggeschoben.

Bist du die Inkarnation des Bösen? Es tut mir gut, dich das zu fragen. Ich muss es ausspucken, weil mir speiübel ist bei diesem Unternehmen, das ich mir verordnet habe. Was tue ich dir, was tue ich mir damit an? Es ist, ich möchte, nein, ich muss dich endlich kennenlernen. Geht das überhaupt noch, und möchtest du das? Wann können wir uns treffen, um miteinander zu reden? Lass es mich bitte recht schnell wissen, denn ich habe vor, Europa eine Zeit lang zu verlassen. Ich werde heiraten, einen jüdischen Mann. Er ist steinalt in deinen Augen; mich stört es nicht. Ich liebe zum ersten Mal. Ich möchte mein Leben mit ihm teilen. Mit Moses, so heißt er, kann ich über alles reden; in seiner Gegenwart kann ich sein, wie ich bin. Moses erträgt mich. Er ist der Grund, dass ich mich dir zuwenden kann, Vater. Ohne Moses hätte ich es wohl nie geschafft, ohne Liebe geht es nicht. Nun weißt du, wie es um mich steht. Dies ist ein Versuch, den zerrissenen Faden zwischen uns neu zu knüpfen. Ich weiß, so wie ich mit dir rede, hast du keine Lust darauf. Soll ich schöntun, mich verstellen, damit nicht alles über den Jordan geht? Willst du das, Ernst? Weshalb hast du nie mit mir über deine Arbeit gesprochen? Ob ich dir zugehört hätte, möchtest du wissen? Ja, ich glaube schon. In Freiburg, aber auch in Bern, hätte es mich brennend interessiert, es hätte zu meinem Thema gepasst. Du wärst in gewisser Weise das praktische Beispiel für das Böse gewesen. Ich war immer gut im Theoretisieren, nicht wahr? Mit Liebe hat das aber nichts zu tun, so gut wie nichts. Das weiß ich heute, nachdem ich in der Klapse war. Das habe ich Lisa zu verdanken. Sie hat mir auf den Kopf zu gesagt, wie sie mich findet, und dass sie Bahnhof versteht, wenn ich abstrakt geredet habe. Wie haben wir zusammen gelacht. Mir sind die Tränen in den Ausschnitt gelaufen. Du siehst, ich musste erst über eine Grenze gehen, Vater.

Ab und zu verwirren sich meine Gedanken noch, vor allem wenn ich an jene Zeit in der Psychiatrie zurückdenke. Verzeih deiner Tochter und hör einfach nur zu, geht das?

Da ich diesen Brief nun einmal begonnen habe – du kennst meine Zähigkeit, die soll ich ja von dir haben –, werde ich versuchen, die Auseinandersetzung zu einem Ende zu führen.

Wo war ich stehengeblieben, weißt du das, Ernst?

Hannah Arendt, ach ja. Die Philosophin wäre jetzt einhundert Jahre alt. Eine außergewöhnliche Frau, mit der Kraft des Denkens ausgebildet. Querdenken, alles zertrümmern, um Neues entstehen zu lassen, das war ihre Maxime. Keinem nach-denken, selber denken. Hannah Arendt hat mir geholfen, mich in der Welt, in der ich lebe, zurechtzufinden, schließlich bin ich ein Teil des Ganzen. Ich mag diese Frau, die an ihrer Liebe festhielt, die sagte: Die Liebe ist nie wankelmütig.

Was ist das Herz? Ich meine nicht das Organ, ich meine das Gefäß, das die Gefühle aufbewahrt.

Die Jüdin Etty Hillesum, die die Nazis ermordet haben, hat ein Buch hinterlassen mit dem Titel Das denkende Herz. Es ist für mich jetzt die beste Lektüre. Ein Brunnen, aus dem ich Wasser schöpfe. Unbegreiflich, wie Etty mit dem Urteil, dass die Juden vernichtet werden sollen, umgeht. Sie ignoriert die Zeichen nicht, aber sie lässt sich durch sie nicht aus ihrem Rhythmus bringen. Etty hat die Gabe, trotz Terror und täglicher Schikanen, die Farbe der Rose zu sehen, die ihr der Geliebte schenkt, ihren Duft zu riechen. Sie will in allen Situationen ihre Menschlichkeit bewahren.

Sie beschreibt einen Besuch bei der Gestapo in Amsterdam: „Am Mittwochmorgen in aller Frühe standen wir in einer großen Gruppe im Lokal der Gestapo, die Lebensumstände waren in diesem Augenblick für alle von uns dieselben. Wir waren alle im selben Raum, die Männer hinter dem Pult ebenso wie die Befragten. Aber das Leben eines jeden war durch die Art bestimmt, wie er sich innerlich dazu stellte."

Ein nervöser junger Gestapomann fiel Etty besonders auf, der nach einem Grund suchte, die anwesenden Juden zu schikanieren. „Ich fand ihn bedauernswerter als die Angeschrienen ...", notiert Etty und fährt fort. „Ich habe eigentlich keine Angst. Nicht weil ich besonders tapfer wäre, sondern aus dem Gefühl, daß ich es immer noch mit Menschen zu tun habe und daß ich versuchen will, jede Äußerung zu verstehen, von wem sie auch sei." Etty empfindet Mitleid mit dem schreienden Gestapomann. Wie geht das? Wie kann das sein? „Er sah gequält und aufgeregt aus, übrigens auch recht unangenehm und schlapp. Am liebsten hätte ich ihn gleich in psychologische Behandlung genommen, wobei mir sehr stark bewußt war, daß solche Burschen nur bedauernswert sind, solange sie nichts Böses anrichten können, aber lebensgefährlich, wenn sie auf die Menschheit losgelassen werden. Verbrecherisch ist nur das System, das sich dieser Kerle bedient. Und wenn vom

Ausrotten die Rede ist, dann sollte das Böse im Menschen und nicht der Mensch ausgerottet werden."

Über diese Sätze habe ich nächtelang mit Moses nachgedacht. Wir sind damit zu keinem Ende gekommen. Es ist spannend, wie mein Freund reagiert. Stille breitet sich aus, vollkommene Konzentration. Irgendwann hebt Moses den Kopf, schaut mich an, dann sprechen wir, tauschen unsere Gedanken aus. Ist es das, was mich zu ihm zieht? Vater, ich habe so etwas nie erfahren.

Wieso ich von Etty, der jüdischen Studentin, zu dir rede, möchtest du wissen? Du bist klug, du wirst es erkennen.

Mich elektrisiert die Intensität, die Leidenschaft, mit der sie lebt, die ich auch durch Moses erfahre. Etty liebt. Mit allen Sinnen. Und sie ringt mit Gott, ringt mit Ihm, wie Jakob am Jabbok.

In den letzten Tagen ist es hell geworden in meinem Kopf, sodass ich heute an dich schreiben kann. Vielleicht besorgst du dir Das denkende Herz, Vater. Wenn du Ettys Buch gelesen hast, dann würde ich gern mit dir darüber reden. Nein, es ist keine Bedingung, aber schön wäre es doch.

Lisa fällt mir wieder ein, ihr ansteckendes Lachen. Diese Frau würde ich dir gern vorstellen. Du kennst sie inzwischen durch mein Erzählen. Lisa hat das Böse gebannt. Sie konnte ihm einen Namen geben. Dann ist es gebannt, sagen die Psychologen, wenn wir ihm einen Namen geben.

Ach, wie verirre ich mich in diesem Gestrüpp. Dabei müssen die Tatsachen klar wie ein Spiegel vor uns liegen, wenn wir ihnen nicht mehr ausweichen wollen. Willst du das, Ernst? Ich hab dich nicht gefragt, bin heute vor dich hingetreten, nicht als eine, die besser ist.

In Berlin begann ich mit meiner Recherche. Es gibt für die Aufarbeitung der Staatssicherheit der DDR dort eine Behörde. Dahin bin ich täglich gefahren, um dir, Ernst Weigrund, auf den Zahn zu fühlen. Ein Versuch, wie du dir denken kannst. Niemand kann seine Kräfte einschätzen, vor allem dann nicht, wenn sie einer Tortur unterworfen werden. Ist das Folter, wenn du lesen musst, dass dein Vater ein Halunke war? Dabei hat er immer wieder von einer Gesellschaft gesprochen, in der jeder seinen Platz finden kann. Kritische Denker waren in der sozialistischen Gesellschaft allerdings unerwünscht; sie musste dein Ministerium ausschalten.

Doch davon wusste ich nichts, als ich ein Kind war und du mit mir durch die Müggelberge gestreift bist. Was soll das, Kati?, höre ich dich jetzt fragen.

Denkst du, ich wusste, wohin mich diese Recherche führen würde? Bilder tauchen auf, die an Camus' Ratten erinnern. Ich will diese Bilder nicht, aber ich muss mich der Realität stellen. Zu lange habe ich die Augen davor zugemacht.

Im Lesesaal, in jener Behörde, habe ich deine Akten gelesen, Ernst Weigrund. Ich habe die Maßnahmepläne studiert, die du entworfen hast. Ich musste auf die Toilette rennen, mich übergeben. Als ich in den Flur trat, stand ich einer Frau gegenüber, die sagte: Ihnen ist nicht gut, nicht wahr? Bitte! Sie zeigte auf eine Tür. Kommen Sie – trinken Sie eine Tasse Tee mit mir. Das hilft, fügte die Frau hinzu. Ich bin Nora Bär, sagte sie und verzog den Mund zu einem

Lächeln; dann reichte sie mir ihre Hand. Kati Blank, sagte ich.

Ach, begann Frau Bär, während sie die Teeschale an die Lippen führte, man darf sich nicht zu viel an einem Tag aufbürden. Sie kommen aus Genf? Ich schüttelte den Kopf, sagte: aus Bern. Frau Bär schaute mich an: Wie fange ich es nur an? Sie setzte die Teeschale ab. Ich wusste nicht, was die Frau von mir wollte, die vielleicht sechzig Jahre alt war. Doch es tat mir gut, bei ihr zu sitzen und nicht im Lesesaal.

Es ist ..., begann sie erneut, ich habe davon gehört, dass sie über Ernst Weigrund recherchieren, das ist doch so? Wieder nickte ich. Frau Bär legte ihre Hände übereinander, ruckartig hob sie den Kopf: Ernst Weigrund ist in unser Leben eingedrungen. Frau Bär war aufgestanden, stand mit dem Rücken zu mir. Sprechen Sie!, bat ich, reden Sie bitte weiter!

Nora Bär hat an diesem Tag wenig gesprochen. Sie hat mich auch nicht ausgefragt, wie ich zu dir stehe und was man sonst so fragt. Das hat mir gut getan.

Jeden Tag bin ich in der Behörde gewesen. Das Lesen der Dokumente erforderte Zeit. Von Nora Bär habe ich erfahren, auf welche Weise die Staatssicherheit in ihr Leben eingedrungen war. Deine Dienststelle musste dafür nicht handgreiflich werden. Es gab subtilere Mittel; sie sind dir bekannt. Ahnst du, wie es ist, wenn nachts zwischen ein und vier Uhr das Telefon klingelt und eine unbekannte Stimme zischelt: Lebst du noch, du Hundesohn? Nicht mehr lange, Satansbrut! Wir machen dich fertig, kriegen euch alle! So ging es Nacht für Nacht, sagte Frau Bär. Das Schlimmste aber war, wenn die Stimme von den Kindern sprach, und deutlich wurde: Die wissen Bescheid, wissen, wo sich deine Tochter gerade aufhält. Da möchtest du auf die Knie sinken, sie anflehen: Lasst die Kinder in Frieden! Rührt sie nicht an! Genug! Frau Bär war abrupt aufgestanden. Fragen Sie mich heute nichts mehr, Frau Blank, sagte sie, und begleitete mich zur Tür.

Wie bist du in dieses Fahrwasser geraten, Vater? Beginnt es mit dem ersten Blick? Wie du angeschaut wirst, wie eine Mutter ihr Kind in ihren Armen wiegt? Unter welcher Flagge du geboren wirst, ob ein Hitlerbild oder eine Landschaft das Zimmer schmückt? Welches Gesicht sah auf dich herab? Welche Muster haben dich geprägt? Wie hat dein Vater mit dir gesprochen? Worüber? Was war ihm wichtig, was hast du aufbewahrt, Vater?

In der Klinik, in der ich mich einige Wochen aufhielt, hatte ich einen Traum, den möchte ich dir zum Schluss erzählen.

Ich befand mich in einem hermetisch geschlossenen Haus und wusste: Sie werden mich töten. Drei Männer in Schwarz. Das war das Erschießungskommando. Plötzlich durchfuhr mich ein Impuls. Frag sie: Wie geht das, was ihr tut, mit eurem Gott zusammen?

Ich musste Zeit gewinnen, selbst wenn es sinnlos schien. Also ging ich auf die Männer zu, die durch mich hindurchsahen, als ich ihnen diese Frage stellte.

Plötzlich bemerkte ich Menschen, die von draußen hereinkamen. Ohne darüber nachzudenken, wo die Tür herkam, die es vorher nicht gab, setzte ich einen Fuß auf die Schwelle, krallte mich an den Passanten fest, denn die Totschläger waren mir gefolgt. Aber auf der belebten Straße konnten sie mir nichts anhaben. Ich war frei, war ihnen entronnen.

Weißt du, wie lange ich an diesem Traum gekaut habe? Ahnst du es?

Ich habe die Männer nach ihrem Namen gefragt. Sie hatten keinen.

Wir gehorchen nur der Regierung, sagten sie, führen aus, was von uns verlangt wird.

Ein einziger Schritt, und ich war frei. Ist das nicht grandios?

Ich will den Traum nicht analysieren. Könnte es sein, Ernst, wenn man in tausend Nöten ist, dass einem dann wieder einfällt, worauf es ankommt? Ich scheue mich, es auszusprechen. Ich habe die Gesichtslosen nach ihrem Gott gefragt.

Wie schlage ich nur in dieses Gestrüpp einen Pfad? Um es noch einmal zu sagen: Das Böse wirkt. Nur wenn ich erkenne, es ist ein Teil in mir, entmachte ich es. Es ist die Kraft, die Gutes schafft und die es zerstört. Aber dieser Mephisto, dieser Faust lebt in mir.

Das ist keine Erklärung, sagst du. Wie willst du ein Phänomen erklären, in das du Jahrzehnte verstrickt warst? Wie würdest du den Sog begreifen, in den du durch deinen Fleiß, deinen Ideenreichtum geraten bist? Oberstleutnant Weigrund, geschmückt mit Orden und Ehrenzeichen. Hast du einmal nach links und nach rechts geschaut, hast du wahrgenommen, wer die sind, die du überwachen lässt? Es waren Menschen, die an Gerechtigkeit glaubten, die sich nicht einschüchtern ließen durch Mauer und Stacheldraht. Waren es nicht Menschen wie du und ich?

Lisa sagte einmal, als wir über die Stasi sprachen: Ich muss doch wissen, worauf ich mich einlasse! Ich bin doch nicht blöd und lass mich mit der Stasi ein!, hab ich zu denen gesagt, die mich anwerben wollten. Ein junges Ding, das ich war. Danach hab ich gleich meine Kollegin eingeweiht und mit ihr darüber gesprochen. Nie wieder haben die Stasileute etwas von mir gewollt. Lisas Stimme hallte an den grün gestrichenen Wänden entlang, an denen wir hin- und herliefen.

Lisa, immer deine Lisa!, sagst du. Ja, Vater. Lisa hat mir die Augen geöffnet. Sie hat mich davor bewahrt, Schluss zu machen.

Du wirst doch wegen diesem Vater nicht so'n Scheiß machen!, rief Lisa, und nahm mich in ihre Arme, wiegte mich, lief mit mir zum Fenster und wieder zurück, einen ganzen Tag lang. Das hat sie für mich getan. Ich hab mich ja so geschämt, als ich deine Handschrift unter den Schriftstücken fand. Es geht nicht darum, mich besser zu machen. Es geht um Wahrnehmung. Hinsehen, was war und was ist. Bist du anderer Meinung, dann sag es, bitte!

Nach meinem erneuten Zusammenbruch, wie die Ärzte es nannten, war es Lisa, die mir täglich aus einem Buch vorlas. Ich hab den Inhalt nicht behalten, wahrscheinlich nicht einmal verstanden, aber wie sie dasaß, wie ihre Lippen die Worte formten, da spürte ich, das tut Lisa für mich. Das war der Moment, in dem ich wieder leben wollte.

Ich sag es offen: Seitdem mir Lisa erzählt hat, wie sie deine Partei erlebte, bin ich dir gegenüber noch skeptischer geworden.

Lisa hat mich gefragt, wie ich die PDS fände. Ach, lachte sie, die nennen sich ja jetzt Die Linke. Warum fragt sie mich, dachte ich. Du musst dazu nichts sagen, aber es interessiert mich, weil du doch Journalistin bist, Kati.

Lisa, sagte ich, du hast die SED kennengelernt, was soll eine wie ich dazu sagen? Na, rief sie, du hast doch auch in der DDR gelebt. Ach, piepte sie mit verstellter Stimme, stimmt ja, du warst ja noch ein Kind, als die Mauer zusammenkrachte. Das hab ich doch glatt vergessen.

In dem Betrieb, fuhr Lisa mit belegter Stimme fort, in dem ich gearbeitet habe, wurde ich wieder und wieder aufgefordert, Parteimitglied zu werden. Scheiße!, dachte ich, jetzt nehmen sie dich wieder in die Mangel, denn meine Antwort stand fest: Niemals. Weshalb hätte mir sonst eine Freundin von Hoheneck erzählt, vom Knast meine ich, in dem sie als Politische einsaß, wenn ich daraus nicht eigene Schlüsse zog? Scheiße!, fluchte ich, weil ich doch auf einen Lehrgang wollte, um mich zu qualifizieren. Denkste, damit war nun nix, wenn ich nicht wenigstens in eine Blockpartei eintreten würde. Der Ferienplatz in Bad Schandau, vergessen! Die Prämie, die mir zum Jahresende zustand und die ich dringend gebraucht hätte, um mir einen Wintermantel zu kaufen, vorbei! Aber vor allem die Qualifizierung, die Möglichkeit, die triste Arbeit hinter mir zu lassen, täglich dieselben Handgriffe im Glühlampenwerk Treptow. Passé!

Du kennst meine Neugier auf einen Sozialismus, der gerecht und menschlich ist, Vater. Aber diesen hat es nicht gegeben. Die Ideologie, der du Treue geschworen hast, hat Menschen in die Höllen des Gulag gebracht, hat Millionen Menschen das Leben gekostet.

Nennen wir es beim Namen, und sagen Schuld. Weniger ist mehr. Also sage ich: Einsicht. Hast du die, Ernst Weigrund? Die Einsicht, zu verantworten, was du getan hast? Das Eindringen in fremdes Leben. Das Zerstören der Seelen. Selbst Kinder und Jugendliche wurden von euch missbraucht und in eure geheimen Dienste genommen. Gab es kein Tabu? Ins Schlafzimmer der Bärs seid ihr eingedrungen. Nein, nicht du, natürlich nicht. Es waren deine Mitarbeiter. Sie haben die Wanzen eingebaut. `Zerstören`, hast du geschrieben, `die Pfarrersleute kaputtmachen`.

Kotz aus, rief Lisa, woran du sonst erstickst! Das konnte ich. Ich konnte in ihren Armen über dich reden. Zusammen haben wir Etty Hillesum gelesen. Wie oft unterbrach mich Lisa mit zorniger Stimme: Etty hat geliebt, und sie wurde umgebracht! Wenn Lisa sich wieder beruhigt hatte, sagte sie: Wir dürfen doch denen nicht das Feld überlassen, Kati, versprich mir das! Es war Moses ... nein! Jene Kraft, die Moses und Lisa in sich tragen, ist es, die mich ermutigt, die mich frei macht. Das Resultat ist dieser Brief. Du bist mein Vater, ich bin deine Tochter. Wen hast du denn sonst? – deine Genossen? Sie würden auf dich pfeifen, wenn du dich offenbaren würdest.

Bitte, Vater, ich möchte nicht richten, ich darf nicht über dich richten. Ich muss dich doch nicht ändern wollen, das würde sowieso nicht gehen.

Es ist nicht wichtig für mich, wie du dich entscheidest. Oder doch? Kommt es genau darauf an, würde der Teufelskreis dann durchbrochen?

Du könntest mir von dir erzählen, ohne Angst zu haben, ich nutze dein Vertrauen aus. Ich möchte dir zuhören. Ich will dich nicht verstehen müssen.

Jetzt würde ich gern mit dir durch die verschneiten Müggelberge stapfen, oder hier, mit dem Skilift, weit hinauffahren. Wir würden vor Kälte zittern, würden uns gegenseitig die Hände warmreiben, und ich würde dir in die Augen sehen. Dann würdest du reden können, und ich könnte meine Fragen stellen. Irgendwo machen wir Rast, trinken Tee mit Rum, wie du ihn magst. Ist es wirklich so schwer, diese Tochter zu haben?

Mir ist kalt. Obwohl mir das Aussprechen gut getan hat, hör ich jetzt auf. Vielleicht antwortest du ja. Das wäre ein Anfang. Ich warte darauf, wie du dich entscheidest.

Was auch geschieht, du bist mein Vater.

Kati

Hinter der Glastür ist Kati aufgetaucht. Wie verwegen sie aussieht mit der schief aufgesetzten Kosakenmütze. Sie bückt sich, wirft Schneebälle gegen die Scheiben. Moses reißt die Tür auf, steht vor ihr mit zerfurchter Stirn. „Du weinst! Moischele?" Er schaut sie an, zieht sie an sich. Schweigend wandern sie den Berg hinauf. Eichkätzchen springen von einem Tannenzweig auf den nächsten. Er drückt ihre Hand, atmet schwer. Jemand geht mit schnellen Schritten an ihnen vorbei, neigt den Kopf. Fern sind Glocken zu hören. Kati sprüht vor Energie, reißt Moses in den Schnee, wirft sich auf ihn, küsst die aufgesprungenen Lippen.

„Am Nachmittag gibt's ein Orgelkonzert, Johann Sebastian Bach ..."

„Und da möchtest du hingehen?"
„Mit dir!"
Ein außergewöhnlich milder Abend. Schnee tropft von den Dächern, an denen sie vorbeikommen. „Es taut", sagt Moses. Kati schnüffelt. „Stimmt! – Ich hab einen Riesenhunger!"
Sie kochen Spaghetti. Moses schneidet Tomaten und Zwiebeln, wischt mit der Hand über die Augen. „Verflixt, beißen die!" „Wer denn?" Auch beim Essen frotzeln sie. Kati hat den Brief an ihren Vater nicht vergessen, aber sie wartet, bis Moses davon anfängt.
Jemand spielt nebenan Klavier. Kati zündet Kerzen an. Sie trägt ein dunkles, kurzes Kleid und die Kette, die ihr Moses geschenkt hat. „Von Lisa!", sagt Kati und deutet auf das grüne Käppi auf ihrem Kopf. „Von ihr hab ich dir schon oft erzählt. Lisa weiß, wie das Leben ist." Und du?, möchte er fragen. Aber er will jetzt nichts sagen. Eine Kerze verlischt, eine andere wird angezündet, so ist es, weiß er.
In der Nacht wird Moses wach. Behutsam dreht er sich aus Katis Arm, schaut sie an. Du bist es, durch dich kann ich wieder Kind sein. Ich möchte dich nie verlieren, möchte dich beschützen und weiß doch, dass es unmöglich ist.
Vor der Tür brennt sich Moses eine Pfeife an; den Kragen hochgeschlagen, wandert er durch den dunklen Ort. Es wird hell, als er ins Hotel zurückgeht.

Sie frühstücken auf der Terrasse. Kati setzt die Sonnenbrille auf, hat sich in Decken gehüllt. „Kati", sagt Moses, „danke, dass ich den Brief an deinen Vater lesen durfte! Danke für dein Vertrauen, Liebes!" „Komm her!" Sie zieht ihn heran.

„Sei doch nicht so feierlich! Was ist los mit dir? Das kann ich gar nicht vertragen, Moischele!" Sie lacht und steckt ihn mit ihrer Fröhlichkeit an. „Nach dem Frühstück geh ich erst schwimmen, danach reden wir über meinen Vater, ja?"

Sein Handy klingelt. Moses geht nach nebenan. „Ich muss für einen Tag nach Bern." Er schaut Kati an, die den Orangensaft zur Seite schiebt. „Du kommst doch zurück?" Er küsst sie, dann packt er seine Tasche. Vor der Seilbahnstation trennen sie sich. Kati trägt eine rote Wetterjacke, den Kopf in die Kapuze gesteckt. Er winkt, bis sie ein Punkt wird in der Schneelandschaft.

4

Nachdem Moses auch am zweiten Tag nicht zurückgekommen ist, nimmt Kati das Angebot an, an einem Skiausflug teilzunehmen. Es ist der Skilehrer, der die Gruppe begleiten wird. Für die Ausrüstung ist gesorgt. Kati ist gespannt, wie sie den Anforderungen gerecht werden wird. Sie braucht jetzt diese Herausforderung.

Sie sind zu viert mit dem Skilehrer. Die Gruppe geht los, als es noch dunkel ist. Über ihnen der bleiche Mond. Es werden zwei oder drei Stunden vergangen sein, da schimmert es hell über dem Horizont. Kati ist stehen geblieben, sieht sich um. Die Felsmassive schüchtern sie nicht ein. Sie wirken leicht, auf ihnen liegt eine schneeweiße Decke. Eine Amsel hüpft unter tief hängenden Zweigen hervor.

Plötzlich ist die Sonne da. Es ist so still, dass Kati das Herz schlagen hört. Sie stößt die Stöcke in den Schnee, folgt den anderen. Kristalle, wohin sie sieht, Zaubersteine, die sie Moses gern zeigen würde.

Die Gruppe kommt zügig voran; gegen Mittag legen sie eine kurze Rast ein. Bevor es dunkel wird, haben sie ihr erstes Ziel erreicht. Es ist eine komfortable Skihütte, mit elektrischem Licht und Kaminofen. Der Kräutertee wärmt von innen. Nach dem improvisierten Abendessen gehen alle schlafen, nur Kati tritt noch einmal hinaus, steht unter dem Sternenhimmel. Wo Moses jetzt ist? Wieso er nicht zurückgekommen ist? Sie will ihn nicht kontrollieren, deshalb hat sie ihn nicht gefragt, wohin er muss, hat ihn auch nicht angerufen. Er soll frei sein, wie ich. Mit diesem Gedanken rollt Kati ihren Schlafsack aus.

Am nächsten Tag werden sie von einer Nebelwand überrascht. Der Skilehrer will trotzdem mit der Gruppe weiterwandern. Er hat keine Bedenken, die nächste Hütte ist in knapp zwei Stunden zu erreichen, sagt er, und zieht gleich seine Skiausrüstung an.

„Ich bleibe hier!" Kati legt eine Hand vor den Mund, weil sie über ihren Entschluss überrascht ist. „Wenn das geht", fügt sie an. Der Skilehrer schaut sie an. „Wieso? Stimmt etwas nicht?" „Nein, nein", wehrt sie ab, „ich möchte nur hier bleiben, bis ihr zurückkommt." „Aber wir kommen hier nicht mehr vorbei", erwidert der Skilehrer. „Das ist auch nicht tragisch", antwortet Kati. „Ich kenne den Weg zurück." „Ich tue das nur sehr ungern!" Der Skilehrer schüttelt seinen Kopf, stopft den Schlafsack in den Rucksack, „aber wenn du meinst, wenn du ganz sicher bist?" „Danke!" Kati gibt dem verdutzten Mann einen Kuss auf die Wange. „Ich brauche das jetzt", ruft sie und winkt der kleiner werdenden Gruppe nach. Proviant ist für drei, vier Tage da, Holz liegt unterm Dach und Trinkwasser gibt es auch. Was brauche ich noch? Nichts, lacht sie, und lässt sich in den Schnee fallen.

Das sind wundersame Tage ..., schreibt Kati ins Tagebuch.

Den Berg hinunter, auf der anderen Seite hinauf. Im Schnee liegen, lauschen. Lisa hat recht, das Grübeln und Denken hat mich ganz kraftlos gemacht.

Der Abend mit seinem blauen Licht ... Eine Dohle fliegt heran. Und was tue ich? Ich beginne, mit dem schwarzen Vogel zu reden, frage ihn, wo er herkommt und wen er liebt.

Stoße ich die Tür auf, um ihm etwas hinzuwerfen, fliegt er davon. Scheu ist sie, meine Dohle.

Ich bin allein. Ich vermisse nichts.

Lisa, du hast mich nach Gott gefragt. Die Antwort umgibt mich.

Jetzt freust du dich, Lisa, ich höre dich lachen. Das Tolle an dir ist, dass du mit dir zufrieden bist. Weißt du noch, wie du deine Nase ins Brot gedrückt hast? Erinnerst du dich, wie ich darüber lachen musste, wie ich rief: Aber du isst ja mit der Nase!

Welch ein Genuss ist eine Scheibe Brot. Ich belege sie mit dünnen Knoblauchscheiben, brutzle sie in der Eisenpfanne. Welch ein Duft!

Eben habe ich die letzte Kartoffel gekocht. Eine Apfelsine ist auch noch da, die werde ich in kleine Schnitze teilen und sie mir zwischen die Lippen schieben, wenn ich vor dem Fenster sitze. Wo ich hinschaue weiße Fläche. Aber ist sie wirklich leer?

Ja, ich möchte mit Moses leben, den ich liebe. Ich ahne, wozu die Liebe fähig ist. Ich lache, ich weine, fühle mich einfach gut.

Der Schnee knirscht unter den Schuhsohlen, meine Füße stehen fest. Der Abendstern begleitet mich, wenn ich Holz hole, und er begleitet den Mond, bis es Tag wird.

Am vierten Tag bricht Kati auf, fegt die Hütte, verschließt die Tür. Sonnenstrahlen wärmen ihren Rücken, während sie Fahrt gewinnt und den Berg hinabsaust.

Anna kommt ihr in der Hotelhalle entgegen. Mit einem Schrei stürzt Kati auf die Freundin zu. „Wie kommst du denn hierher?" Sie kann es nicht fassen. Was macht Anna hier, ist etwas passiert?

„Bleib ruhig!", sagt Anna, die Kati auf den Mund küsst. „Ein paar Tage hier oben bringen den Kreislauf wieder in Schwung." Sie zieht an Katis Schal. „Hast du immer gesagt, stimmt's?"

Anna richtet sich in Katis Appartement ein, hängt ihre Sachen in den Schrank, Bücher und CD's liegen auf dem Tisch. Sie schwatzen, hören damit nicht auf, bis Anna sagt: „Mensch, hab ich Hunger, Kati, du nicht auch?"

Erst beim Wein spricht Anna von Moses und beobachtet Kati dabei genau. „Ich komme von ihm. Er konnte dich nicht erreichen, wo hast du nur gesteckt? Hast du einen anderen, he, sag es sofort!" Die Kerze flackert, Anna schiebt sie zur Seite. „Guck nicht so! Mach ja nicht wieder das Kuhgesicht! Es geht deinem Moses schon wieder ganz gut." „Was ist mit ihm? Wieso sagst du das erst jetzt?" „Du liebst ihn, ach, ist das schön, Mädchen! Also hör zu. An dem Tag, als Moses in Bern ankam, rutschte er auf einer Türschwelle aus. Eine Sehne war gerissen, sie musste genäht werden. Das ist alles." Anna lächelt. „Nichts Schlimmes, beruhige dich, Katikind! Er humpelt ein bisschen, aber bald könnt ihr euch wieder drehn!" Sie tippt Kati auf die Nasenspitze. „Moses hat sich große Sorgen gemacht, weil er dich nicht erreichen konnte. Wieso hast du ihm nicht gesagt, was du vorhast?"

Der Kellner gießt Wein nach. Kati drückt die Lippen ans Glas. Wie bleich ihre Wangen sind, wie die Hand zittert, die das Glas hält. Anna legt einen Arm um Kati. „He? Komm, gehen wir raus, ich hab viel zu lange gesessen."

Anna ist sofort eingeschlafen, sie liegt auf der rechten Seite. Kati hat immer wieder versucht, Moses zu erreichen. Endlich hört sie seine Stimme, und möchte laut Juchhu! rufen. „Was hast du denn nur angestellt, Moses? Hast du noch Schmerzen?" Was er sagt, nein, wie er es sagt, beruhigt sie. „Ich komme zu dir, morgen bin ich da!" Um Anna nicht zu stören, telefoniert sie im Bad; zieht vor dem Spiegel eine Grimasse: Ach, Moischele ...
Auf Socken geht sie umher, sucht ihre Sachen zusammen, denn morgen fährt sie ab. Davon weiß Anna nichts, die sofort protestieren würde.

Anna hat eine neue Frisur, ihre Haare sind gewachsen; ein zerfranster, pechschwarzer Pony bedeckt die hohe Stirn. „Hm, du hast schon Kaffee gemacht?" Anna duscht lange, kommt nackt heraus, dehnt sich vor dem Spiegel. „Hab ich zugenommen?" Kati kennt Annas Furcht, ein Pfündchen zu viel zu haben. Heute hat sie aber keine Zeit, darauf einzugehen; in drei Stunden geht ihr Zug. Sie schaut auf die Uhr. „Frühstücken wir?"
„Lisa lässt dich lieb grüßen", sagt Anna, die Honig auf eine Semmel träufelt. „Sie kommt zu dir, sobald sie kann. Ich hab Lisa zu einer Fete mitgeschleppt, da hat sie die richtigen Leute kennengelernt." „Also ist sie auch raus aus der Psychiatrie? Juchhu! Und, wie geht es ihr jetzt?" „Besser!", sagt Anna, die nun eine Scheibe Brot mit Lachs belegt. „Viel besser! Lisa arbeitet in einer Keramikwerkstatt. Es macht ihr höllischen Spaß, mit Ton umzugehen; ach ja, ich hab einen Brief von ihr mitgebracht." Kati isst mit Appetit, wie Anna sehen kann, die sich zurücklehnt. Über-

haupt scheint ihr die Zeit hier oben gut bekommen zu sein. Die Blässe gestern Abend hatte sicher mit Moses zu tun. Wie ihre Augen glänzen! Es geht ihr richtig gut. „Du bist schon ein verrücktes Huhn, Kati, steigst so weit auf, und niemand kann dich erreichen."

„Was ist mit Mark?", will Kati noch wissen, bevor sie aufbricht. „Ihr seid noch zusammen?" Anna gießt Orangensaft in zwei Gläser, da klingelt ihr Handy. Wie ein Mädchen kommt sie angesprungen und umarmt Kati. „Was ist denn los?" „Mark kommt herauf. Er hat die Scheidung eingereicht. Daran hab ich nicht mehr geglaubt. Du siehst, es geschehen noch Zeichen und Wunder." Hand in Hand springen die Frauen die Stufen ins Appartement hinauf. „Was ist denn hier los?" Anna zeigt auf Katis Gepäck. „Du hast gepackt?"

Der Architekt aus Bern hatte Moses in Braunwald erreicht und ihm mitgeteilt, dass das Häuschen jetzt frei wäre. Moses wollte Kati damit überraschen, deshalb war er nach Bern gefahren.

Nie konnte Kati an dem grün bewachsenen Häuschen vorbeigehen, ohne zu rufen: Sieh nur! Wie muss es sich darin wohnen! Sie hüpfte auf einem Bein, rief mit einem Leuchten in ihren Augen: Das Wasser strömt direkt am Haus vorbei!

Ohne ihr Wissen hatte sich Moses erkundigt und war auf einen Architekten gestoßen, dessen Tante das Haus gehörte, die aber längst nicht mehr darin wohnte, und ihrem Neffen war die Hütte, wie er das Häuschen nannte, nicht komfortabel genug. „Ich miete das Haus, sobald es frei wird", hatte er angeboten. Als er mit dem Architekten das Büro verließ, rutschte er aus. Er konnte den linken Fuß nicht bewegen, kam sofort ins Spital. Eine Sehne musste operiert werden. Unruhig war Moses nur, dass er Kati nicht erreichen konnte, um ihr sein Fortbleiben zu erklären. Trotz stechender Schmerzen im Fußgelenk freute er sich auf Katis Gesicht, wenn sie das Häuschen betreten würde.

Da steht sie im Spital und lässt ihre Tasche fallen. „Moses, was machst du nur für Sachen!" „Du kommst gerade richtig, heute werde ich entlassen." Er muss sich aus dem Stuhl hieven, um sie zu küssen.

Sie fahren direkt in Katis Wohnung. An Krücken hüpft Moses die Stufen hinauf. „Und?", fragt Kati, die ihre Tasche auspackt, „was hast du in Bern gewollt?" Sie kommt ihm zuvor, aber er will sich Zeit lassen, will nicht gleich von dem Häuschen sprechen. Er wirft die Krücken in die Ecke, die beinahe den Bambus getroffen hätten.

„Hier ist ein Brief für dich, Moses."
„Von wem ist er denn?"
„Weiß nicht."

Sie kochen Fisch in süßscharfer Soße. Kati beträufelt Salatblätter mit Öl und Zitrone. Er steht am Fenster, sieht hinaus.

„Und, wer hat dir geschrieben?"
„Eine Traueranzeige. Mein Vermieter ist tot."
„Herr Noeri?"

Moses nickt, überlegt, ob er Kati kurz von Noeri erzählen soll. Wozu? Sie kennt ihn nicht. Natürlich hat er an Noeri gedacht, als Simon ihm seine Geschichte erzählte. Er wollte Noeri anrufen. Vorher wollte er aber mit Simon darüber reden. Dazu ist es nicht mehr gekommen.

„Du hast noch Sachen dort?", unterbricht Kati seine Gedanken.

„Nicht wichtig. Das Wichtigste bist du!" Er nimmt sie in den Arm, streichelt ihr Gesicht, küsst ihre Augen.

„Öffnest du den Wein?" Kati schnuppert am Korken.

„Wo hast du den Château Pétrus her? Gab es den etwa bei euch im Spital?" Sie holt die Gläser, wundert sich nicht mehr über Moses. Dieser Mann hat es wirklich faustdick hinter den Ohren.

„Weißt du auch, mein Schatz, dass man diesen Wein zehn Jahre lagern muss?" „Zehn Jahre werde ich aber nicht mehr auf dich warten", lacht er und küsst ihren Mund. „Le Chaim, meine Schöne!" Er wird ihr nicht sagen, dass er die Flasche damals in der Garage entdeckt hat, als er mit Max eine Nacht zusammen war.

Als sie anstoßen, klingelt das Telefon. Kati spricht schnell, läuft hin und her. Mit geröteten Wangen wirft sie das Handy aufs Sofa, springt auf ihn zu. „He, willst du nicht wissen, wer angerufen hat?" Sie gießt die Gläser so voll, dass sie überlaufen.

„Hugo heiratet. Der Onkel lädt uns zur Hochzeit nach Beirut ein." Sie trinkt hastig, verschluckt sich, langsam, als genieße sie es, geht sie auf Moses zu. „Wir fliegen hin, ja? Das geht doch mit deinem Fuß?"

„Aber ja. Wann?"

„Nächste Woche", sagt Kati, die sich neben Moses auf die Sessellehne setzt.

„Ich kümmere mich darum", sagt Moses.

Plötzlich regnet es. Der Wind drückt die Balkontür auf. Kati springt auf, um sie zu schließen.

Danken möchte ich Marita Gleiss, Gabi Mack,
Anke Ristenpart, Wolfgang Steger,
meinem Mann und meiner ganzen Familie,
sowie Inge Witzlau und Alfred Büngen
vom Geest-Verlag.

Dieses Buchprojekt wurde realisiert mit freundlicher
Unterstützung von Wolfgang Steger,
FUTURE Master Coach, Trainer Consultant,
www.FUTURE.at